D1870676

Harper Collins

Tess Gerritsen

Sag niemals stirb

Thriller

Aus dem Englischen von
Rainer Nolden

Harper
Collins

HarperCollins®
Band 100135

FSC
MIX
Papier
FSC® C014496

1. Auflage: April 2018
Ungekürzte Neuausgabe

Originaltitel: »Never Say Die«
erschienen bei: Mira Books, Toronto

Published by arrangement with
HARLEQUIN ENTERPRISES II B.V./S. á r. l.

Umschlaggestaltung: büropecher, Köln
Umschlagabbildung: kao/shutterstock
Redaktion: Marco Mewes
Satz: GGP Media GmbH, Pößneck
Printed in Germany
Dieses Buch wurde auf FSC®-zertifiziertem Papier gedruckt.
ISBN 978-3-95967-184-2

www.harpercollins.de

PROLOG

1970
Laos – an der Grenze zu Nordvietnam

Dreißig Meilen vor Muong Sam sahen sie die ersten Leuchtspurgeschosse den Himmel durchpflügen.

Die DeHavilland Twin Otter mit William »Wild Bill« am Steuer bockte wie ein junges Fohlen, als sie am Heck des Flugzeugrumpfs getroffen wurde. Sofort entschied sich der Pilot für einen Steigflug, um eine sicherere Höhe zu erreichen. Als die nebelverhüllten Berge unter ihm wegtauchten, zischten noch mehr Patronen an ihnen vorbei und durchlöcherten das Cockpit.

»Verdammt, Kozy, du bringst Pech«, brummte Maitland zu seinem Co-Piloten. »Jedes Mal, wenn wir gemeinsam aufsteigen, schmecke ich Blei auf der Zunge.«

Ungerührt kaute Kozlowski auf seinem Klumpen Kaugummi weiter. »Keine Sorge«, antwortete er gedehnt und deutete mit einer Kopfbewegung auf die Löcher in der Windschutzscheibe. »Die haben dich um mindestens fünf Zentimeter verfehlt.«

»Ich würde eher sagen, zwei Zentimeter.«

»Was macht das für einen Unterschied?«

»Zwei Zentimeter können einen gewaltigen Unterschied machen.«

Lachend schaute Kozy aus dem Fenster. »Sagt meine Frau auch immer.«

Die Tür zum Cockpit wurde aufgerissen. Valdez, der für die Fracht an Bord zuständige Mann, steckte den Kopf herein. Um die breiten Schultern hatte er einen Fallschirm geschnallt. »Was zum Teufel ist hier …« Er erstarrte, als ein weiteres Geschoss vorbeisauste.

»Hier draußen gibt's verdammt große Moskitos.« Vor Kozlowskis Mund formte sich eine große rosafarbene Blase.

»Was war das?«, wollte Valdez wissen. »AK-47?«

»Sieht mehr nach einem 57-Millimeter-Geschoss aus«, antwortete Maitland.

»Sie haben nichts von 57-Millimetern gesagt. Was haben sie uns überhaupt erzählt?«

Kozlowski zuckte mit den Schultern. »Das Aufregendste, das du für deine Steuerdollar kriegen kannst.«

»Wie hält sich denn unsere ›Ladung‹?«, wollte Maitland wissen. »Ist die Hose noch trocken?«

Valdez beugte sich vor und sagte in vertraulichem Tonfall: »Mann, das ist vielleicht ein merkwürdiger Passagier.«

»Erzähl mir was Neues«, unkte Kozlowski.

»Nee, das ist wirklich ein komischer Vogel. Von allen Seiten fliegen uns die Geschosse entgegen, und er zuckt nicht mal mit der Wimper. Sitzt einfach da, als würde er auf einem Teich herumpaddeln. Ihr solltet mal die Medaille an seinem Hals sehen. Die wiegt mindestens ein Kilo.«

»Übertreib nicht«, sagte Kozlowski.

»Wenn ich's euch sage! Da hängt ein Kilo Gold um seinen kleinen fetten Hals. Wer ist das eigentlich?«

»Irgendein hohes Tier aus Laos«, antwortete Maitland.

»Mehr haben sie euch nicht gesagt?«

»Ich bin nur der Lieferjunge. Mehr muss ich nicht wissen.« In achttausend Fuß Höhe brachte Maitland die DeHavilland in eine stabile Lage. Er warf einen Blick durch die geöffnete Cockpittür und sah den einsamen Passagier seelenruhig zwischen den Kisten voll Nachschub sitzen. In der dämmerigen Kabine glänzte das Gesicht des Laoten wie poliertes Mahagoni. Er hielt die Augen geschlossen und bewegte stumm seine Lippen. Betet er? fragte

Maitland sich. Dieser Mann gehörte in der Tat zu einer seiner interessanteren Frachten.

Und Maitland hatte in seinen zehn Jahren bei Air America schon eine Menge seltsamer Passagiere befördert: deutsche Schäferhunde und Generäle, Gibbons und Freundinnen. Wohin auch immer sie wollten, er hatte sie pünktlich und sicher ans Ziel gebracht. Gäbe es in der Hölle eine Landebahn, pflegte er zu sagen, würde er sie auch dorthin fliegen – solange sie ein gültiges Ticket vorweisen konnten. Alles, zu jeder Zeit, an jeden Ort, lautete der Wahlspruch von Air America.

»Da ist der Fluss. Die Song Ma.« Kozlowski spähte hinunter auf den üppigen Dschungel, über dem dichte Nebelschwaden waberten. »Jede Menge Deckung. Wenn die noch mehr .57er im Anschlag haben, können wir uns auf eine harte Landung gefasst machen.«

»Darauf können wir uns auf jeden Fall gefasst machen«, erwiderte Maitland, während er die samtigen grünen Hügelketten zu beiden Seiten betrachtete. Das Tal war schmal; er würde ein rasches und steiles Landemanöver durchführen müssen. Die Landebahn war verdammt kurz; kaum mehr als ein Bleistiftstrich im Dschungel. Außerdem mussten sie mit bislang unentdeckten Geschützstellungen rechnen. Aber der Befehl lautete, den VIP-Laoten, wer immer er auch sein mochte, mitten in nordvietnamesischem Territorium abzusetzen. Davon, ihn wieder abzuholen, war nicht die Rede gewesen. Für Maitland klang die Mission wie eine Reise ins Nirwana.

»Wir landen in einer Minute«, rief er über seine Schulter hinweg zu Valdez. »Sag unserem Passagier Bescheid. Sobald wir unten sind, muss er verschwinden.«

»Er sagt, er nimmt die Kiste mit.«

»Welche Kiste? Ich weiß nichts von einer Kiste.«

»Sie haben sie in letzter Minute eingeladen. Kurz nachdem wir die Vorräte für Nam Tha eingepackt haben. Ein ziemlich dickes Ding. Wahrscheinlich brauche ich Hilfe.«

Ergeben schnallte Kozlowski sich ab. »Na gut«, seufzte er. »Aber denk dran: Fürs Kistenschleppen werde ich nicht bezahlt.«

Maitland lachte. »Für was wirst du überhaupt bezahlt?«

»Für 'ne ganze Menge.« Kozlowski schob sich an Valdez vorbei durch die Cockpittür. »Essen. Schlafen. Dreckige Witze …«

Seine letzten Worte wurden von einem ohrenbetäubenden Knall verschluckt, der Maitlands Trommelfelle platzen ließ. Die Explosion schleuderte Kozlowski – beziehungsweise das, was von ihm übrig geblieben war – rückwärts ins Cockpit. Blut spritzte auf die Instrumentenanzeigen und machte den Höhenmesser unleserlich. Doch Maitland brauchte keinen Höhenmesser, um zu spüren, dass sie rasant an Höhe verloren.

»Kozy!«, schrie Valdez und starrte auf die Überreste des Kopiloten. »Kozy!«

Seine Worte gingen im Heulen des Windes unter. Die DeHavilland zitterte wie ein verwundeter Vogel, der um sein Leben kämpfte. Maitland mühte sich mit der Steuerung ab. Er wusste sofort, dass die Hydraulik außer Kontrolle war. Jetzt konnte er nur noch auf eine möglichst glimpfliche Bauchlandung in den Baumkronen des Dschungels hoffen.

Er drehte den Kopf zur Seite, um den Schaden zu begutachten. Zwischen umherfliegenden Gegenständen lag der blutüberströmte Körper ihres laotischen Passagiers, der gegen die Frachtkisten gepresst wurde. Durch seltsam verbogenen Stahl sah Maitland auch das Sonnenlicht und Fetzen von blauem Himmel und Wolken dort, wo die Tür des Frachtraums hätte sein sollen. Was zum Teufel war passiert? War irgendetwas im Laderaum der Maschine explodiert?

»Spring ab!«, schrie er Valdez zu.

Der Frachthelfer antwortete nicht. Noch immer starrte er entsetzt auf Kozlowski.

Unsanft versetzte Maitland ihm einen Stoß. »Raus hier, verdammt noch mal!«

Endlich reagierte Valdez. Er stolperte aus dem Cockpit mitten hinein in ein Chaos aus zerstörten Frachtkisten und verbogenem Metall. An der zerfetzten Öffnung, wo eigentlich die Frachttür hätte sein sollen, blieb er stehen. »Maitland?«, schrie er über das Brüllen des Windes hinweg.

Ihre Blicke trafen sich, und innerhalb von Sekundenbruchteilen wussten sie Bescheid. Sie wussten es beide. Es war das letzte Mal, dass sie einander lebend sehen würden.

»Ich komm gleich nach!«, schrie Maitland. *»Spring!«*

Valdez trat ein paar Schritte zurück. Dann nahm er Anlauf und verschwand durch das Loch in der Flugzeugwand.

Maitland sah ihm nicht nach, um sich zu vergewissern, dass Valdez' Fallschirm sich geöffnet hatte. Er musste sich um andere Dinge kümmern.

Mit stotterndem Motor stürzte die Maschine der Erde entgegen.

Als er nach seinem Gurtschloss tastete, erkannte er schlagartig, dass er sein Glück ausgereizt hatte. Ihm blieb weder die Zeit noch genug Höhe, um sich in seinen Fallschirm zu zwängen. Da er ohnehin nie an den Nutzen einer solchen Vorrichtung geglaubt hatte, hatte er auch nie einen umgeschnallt. Es wäre für ihn das Eingeständnis gewesen, kein Vertrauen in seine Fähigkeiten als Pilot zu haben. Und Maitland wusste es – jeder wusste es –, dass er der Beste war.

Seelenruhig befestigte er wieder seinen Gurt und ergriff den Steuerknüppel. Durch das zerbrochene Cockpitfenster schaute er hinunter auf den Dschungel, üppig, grün und so schön, dass ihm die Tränen in die Augen traten. Der Urwald war bereit, ihn zu empfangen. Irgendwie hatte Maitland immer schon gewusst, dass es auf diese Weise enden würde: Der Wind, der durch sein zerstörtes Flugzeug pfiff, die Erde, die auf ihn zuraste, seine Hände, die den Steuerknüppel umklammerten … Dieses Mal würde er nicht davonkommen.

Die Erkenntnis seiner eigenen Sterblichkeit jagte ihm einen Schreck ein. Gleichzeitig staunte er über den Gedanken. *Ich werde sterben.*

Und ein Gefühl der Verwunderung ergriff auch Besitz von ihm, als die DeHavilland in die Baumkronen krachte.

Vientiane, Laos

Um 19 Uhr ging die Meldung ein, dass Flug Nummer 5078 von Air America verschollen war.

Im Kommandozentrum der US-Armee reagierten Colonel Joseph Kistner und seine Kollegen vom amerikanischen Geheimdienst, der Central and Defense Intelligence, mit schockiertem Schweigen auf die Nachricht. Hatte ihre Operation, die sie so sorgfältig geplant hatten und die für die Amerikaner so wichtig war, in einer Katastrophe geendet?

Colonel Kistner verlangte umgehend eine Bestätigung.

Der Führungsstab von Air America lieferte ihnen die Einzelheiten. Flug Nummer 5078, der um 15 Uhr in Man Tha eintreffen sollte, war nicht am Ziel angekommen. Bei einer Suche entlang der vermuteten Flugroute, die bei Einbruch der Dunkelheit abgebrochen werden musste, waren keine Spuren des Wracks gefunden worden. Nahe der Grenze war jedoch schwerer Flakbeschuss gemeldet worden, und bei Muong Sam hatte man Geschützstellungen mit .57-Millimeter-Gewehren gesichtet. Ein von Berggipfeln zerklüftetes Gelände sowie unsichere Wetterbedingungen verschlimmerten die Situation ebenso wie die geringe Anzahl von Landebahnen auf nicht-feindlichem Territorium.

Man musste also davon ausgehen, dass Flug Nummer 5078 abgeschossen worden war.

Mit grimmigen Mienen hatten sich die Männer um den Tisch versammelt. Ihre größte Hoffnung war soeben an Bord eines dem Untergang geweihten Flugzeugs gestorben. In Erwartung einer Entscheidung blickten alle zu Kistner.

»Die Suche wird bei Tagesanbruch fortgesetzt«, entschied er.

»Das hieße, den Toten die Lebenden hinterherzuschicken«, wandte der CIA-Officer ein. »Kommen Sie, Gentlemen. Wir wissen doch alle, dass die Besatzung nicht überlebt hat.«

Was für ein kaltblütiges Arschloch, dachte Kistner. Aber der Mann hatte recht – wie immer. Der Colonel sammelte seine Unterlagen ein und erhob sich. »Wir suchen nicht nach den Männern«, erklärte er. »Sondern nach dem Wrack. Ich will, dass die Absturzstelle gefunden wird.«

»Und dann?«

Kistner ließ die Schlösser seiner Aktentasche zuschnappen. »Werden wir das Wrack einschmelzen.«

Der CIA-Officer nickte zustimmend. Niemand widersprach. Die Operation war katastrophal gescheitert. Es gab nichts mehr zu tun.

Abgesehen vom Zerstören der Beweise.

1. KAPITEL

20 Jahre später
Bangkok, Thailand

Auf General Joe Kistners Stirn zeigte sich kein einziger Schweißtropfen, was Willy Jane Maitland in Erstaunen versetzte. Denn sie selbst schwitzte, obwohl sie nur hauchdünne Baumwollunterwäsche, eine ärmellose Bluse und einen Leinenrock trug, der ziemlich zerknittert war. Dabei sah Kistner aus wie ein Mann, der bei solchen Temperaturen eigentlich schweißüberströmt sein sollte. Sein Gesicht war stark gerötet, er hatte Hängebacken, eine von roten Adern durchzogene Nase und einen Hals, der so dick war, dass er den steifen Kragen seiner Uniform zu sprengen drohte. *Jeder Zoll der draufgängerische, unverkennbare alte Haudegen,* dachte sie. *Bis auf die Augen. Sie sind unsicher. Ausweichend.*

Diese Augen, ein kaltes Blassblau, schauten jetzt über die Veranda. In der Ferne schienen die üppig bewachsenen Thai-Berge in der Nachmittagshitze zu dampfen. »Das ist doch vergebene Mühe, Miss Maitland«, sagte er. »Es ist immerhin schon zwanzig Jahre her. Sie glauben doch auch nicht, dass Ihr Vater noch am Leben ist.«

»Meine Mutter hat das niemals akzeptiert. Sie braucht einen Toten, den sie bestatten kann, General.«

Kistner seufzte. »Natürlich. Die Ehefrauen. Es sind immer die Ehefrauen. Bei so vielen Witwen vergisst man leicht …«

»*Sie* hat es nicht vergessen.«

»Ich weiß nicht, was ich Ihnen sagen kann. Was ich Ihnen sagen sollte.« Er drehte sich zu ihr um und heftete den Blick seiner blassblauen Augen auf ihr Gesicht. »Und mal ehrlich, Miss Maitland: Wozu sollte das gut sein? Bis auf die Tatsache, dass Ihre Neugier befriedigt wird.«

Seine Bemerkung ärgerte sie. Es ließ ihren Auftrag unwichtig erscheinen, und es gab nur wenig, das Willy so sehr in Rage versetzte wie das Gefühl vermittelt zu bekommen, unbedeutend zu sein. Vor allem von einem aufgeblasenen, kurzgeschorenen Kriegstreiber. Dienstgrade beeindruckten sie nicht im Geringsten – erst recht nicht, nachdem sie in den vergangenen Monaten mit so vielen steifbeinigen Militärs geredet hatte. Sie hatten alle ihr Mitgefühl bekundet und ihr mitgeteilt, dass sie ihr nicht helfen könnten und all ihre Fragen zurückgewiesen. Aber Willy war keine Frau, die sich so leicht abwimmeln ließ. Sie würde so lange an dieser Mauer aus Schweigen kratzen, bis sie Antworten bekam – selbst auf das Risiko hin, unsanft hinausgeworfen zu werden.

Und in letzter Zeit hatte man sie aus vielen Büros hinausgeworfen. Das war jedenfalls ihr Eindruck.

»Das ist ein Fall für die Vermisstenabteilung«, sagte Kistner jetzt. »An die sollten Sie sich wenden …«

»Sie haben mir schon gesagt, dass sie mir nicht helfen können.«

»Ich kann es auch nicht.«

»Wir wissen beide, dass Sie es können.«

Ein Schweigen entstand, ehe er leise fragte: »Wirklich?«

Sie beugte sich ein wenig vor, fest entschlossen, ihren Vorteil zu nutzen. »Ich habe meine Hausaufgaben gemacht, General. Ich habe Briefe geschrieben, mit Dutzenden von Leuten gesprochen – praktisch mit jedem, der etwas mit diesem letzten Auftrag zu tun hatte. Und wann immer ich Laos oder Flug Nummer 5078 von Air America erwähnt habe, fiel Ihr Name.«

Er lächelte flüchtig. »Wie schön, dass man sich an mich erinnert.«

»Man hat mir erzählt, dass Sie Militärattaché in Vientiane waren und dass Ihre Dienststelle den letzten Flug meines Vaters in Auftrag gegeben hat. Und dass Sie persönlich den Befehl dazu gegeben haben.«

»Woher haben Sie denn dieses Gerücht?«

»Von meinen Kontaktleuten bei Air America. Dads ehemalige Kameraden. Ich würde sie durchaus als verlässliche Informationsquelle bezeichnen.«

Kistner schwieg eine Weile. Dabei studierte er sie so gründlich, wie er vermutlich auch einen Schlachtplan studieren würde. »Möglicherweise habe ich einen solchen Befehl gegeben«, entgegnete er.

»Soll das heißen, Sie erinnern sich nicht?«

»Das soll heißen, dass ich nicht darüber reden darf. Es handelt sich um geheime Informationen. Die Ereignisse von Laos sind ein äußerst heikles Thema.«

»Wir reden hier nicht über militärische Geheimnisse. Der Krieg ist seit fünfzehn Jahren vorbei.«

Ihre Aggressivität ließ Kistner überrascht schweigen. Sie verblüffte ihn umso mehr, als er sie von einer so zierlichen Person kaum erwartet hätte. Offenbar konnte Willy Maitland, die gerade einmal einen Meter fünfundfünfzig maß, genauso ruppig werden wie ein Marine von einem Meter neunzig, und sie scheute offenbar keinen Streit. Von dem Augenblick an, als sie seine Veranda betreten hatte, die Schultern entschlossen gestrafft, das Kinn angriffslustig vorgereckt, hatte er gewusst, dass mit dieser Frau nicht zu spaßen war. Sie erinnerte ihn an einen Ausspruch Eisenhowers: »Was zählt, ist nicht die Größe des Hundes im Kampf – es ist die Größe des Kampfes im Hund.« Drei Kriege – in Japan, Korea und Vietnam – hatten Kistner gelehrt, niemals einen Gegner zu unterschätzen.

Er beschloss, Wild Bill Maitlands Tochter auf keinen Fall zu unterschätzen.

Sein Blick schweifte von der großzügigen Veranda hinüber zu den leuchtend grünen Bergen. Ein Ara kreischte einen lauten Protest in seinem schmiedeeisernen Käfig.

Endlich sprach Kistner weiter. »Flug Nummer 5078 startete von Vientiane mit drei Besatzungsmitgliedern – Ihrem Vater, einem Frachthelfer und dem Kopiloten. Irgendwo auf der Route überflogen sie nordvietnamesisches Hoheitsgebiet. Wir vermuten, dass sie dort unter feindlichen Beschuss gerieten. Nur Luis Valdez, der Mann, der für die Fracht verantwortlich war, gelang der Ausstieg. Er wurde sofort von den Nordvietnamesen festgenommen. Ihren Vater hat man nicht gefunden.«

»Das heißt nicht, dass er tot ist. Valdez hat überlebt ...«

»Ich würde diese Art von Davonkommen nicht gerade als ›Überleben‹ bezeichnen.«

Beide schwiegen eine Weile in Erinnerung an den Mann, der fünf Jahre als Kriegsgefangener hatte überstehen müssen und als gebrochener Mann in die Zivilisation zurückgekehrt war. Luis Valdez war an einem Samstag zurückgekommen und hatte sich am darauffolgenden Sonntag erschossen.

»Sie haben etwas ausgelassen, General«, bohrte Willy weiter. »Ich habe gehört, dass es noch einen Passagier gegeben hat ...«

»Ach ja.« Kistner reagierte sofort. »Den hatte ich vergessen.«

»Wer war er?«

Kistner zuckte mit den Schultern. »Ein Laote. Sein Name spielt keine Rolle.«

»Arbeitete er für den Geheimdienst?«

»Diese Information ist vertraulich, Miss Maitland.« Er wandte den Blick ab, womit er ihr zu verstehen gab, dass er nicht vorhatte, auch nur ein weiteres Wort über den Laoten zu verlieren. »Nach dem Absturz des Flugzeugs haben wir eine Suche eingeleitet«, fuhr er fort. »Aber das Bodenfeuer war äußerst heftig. Und uns war klar: Sollte jemand überlebt haben, würde er sich in Feindeshand befinden.«

»Also haben Sie die Leute dort sich selbst überlassen.«

»Wir halten nichts davon, Menschenleben aufs Spiel zu setzen, Miss Maitland. Doch genau das hätten wir mit einer Rettungsaktion getan. Wir hätten die Lebenden den Toten geopfert.«

Sie verstand seine Beweggründe. Er war ein militärischer Taktiker, der keine Zeit mit Sentimentalitäten verschwendete. Selbst jetzt saß er kerzengerade in seinem Stuhl, während er gelassen die grünen Hügel rund um seine Villa betrachtete, als sei er noch immer und bis in alle Ewigkeit auf der Suche nach einem Gegner.

»Wir haben die Absturzstelle nie gefunden«, fuhr er fort. »Dieser Dschungel kann alles verschlucken. Über den Tälern hängen Nebel und Rauch. Die Bäume stehen so dicht, dass noch nie Tageslicht den Boden erreicht hat. Aber Sie werden es ja selbst bald sehen. Wann fahren Sie nach Saigon?«

»Morgen früh.«

»Und die Vietnamesen haben sich bereiterklärt, mit Ihnen über die Angelegenheit zu reden?«

»Ich habe ihnen den Grund für meinen Besuch nicht mitgeteilt. Sonst hätte ich möglicherweise kein Visum bekommen.«

»Ein kluger Schachzug. Die Vietnamesen mögen Konflikte nicht besonders gern. Was haben Sie ihnen denn erzählt?«

Sie schmunzelte. »Dass ich eine ganz normale Touristin bin, die auf eigene Faust unterwegs ist und sechs Städte in zwei Wochen besichtigen will.«

»So muss man das in Asien machen. Nur nicht mit der Tür ins Haus fallen. Immer um den heißen Brei reden.« Er schaute auf seine Uhr, um ihr zu verstehen zu geben, dass das Gespräch beendet war.

Sie erhoben sich gleichzeitig. Während er ihr die Hand schüttelte, musterte er sie mit einem abschätzenden Blick. Sein Griff war fest und entschlossen – genau wie man es von einem altgedienten Soldaten erwarten konnte.

»Viel Glück, Miss Maitland«, sagte er und nickte zum Abschied. »Ich hoffe, Sie finden, wonach Sie suchen.«

Er wandte sich um und schaute erneut zu den Bergen hinüber. In diesem Moment bemerkte sie zum ersten Mal die Schweißtropfen auf seiner Stirn. Sie glänzten wie kleine Diamanten.

General Kistner schaute der Frau hinterher, die von einem Diener zurück ins Haus geführt wurde. Kistner fühlte sich unbehaglich. An Wild Bill Maitland erinnerte er sich nur zu gut. Seine Tochter war ihm sehr ähnlich. Es würde Ärger geben.

Er ging zum Teetisch und griff nach einer silbernen Glocke. Ihr Läuten hallte über die Veranda, und Sekunden später tauchte Kistners Sekretär auf.

»Ist Mr. Barnard schon eingetroffen?«, fragte Kistner.

»Er wartet bereits seit einer halben Stunde«, antwortete der Mann.

»Und Miss Maitlands Fahrer?«

»Ich habe ihn fortgeschickt, wie Sie angeordnet haben.«

»Gut.« Kistner nickte. »Sehr gut.«

»Soll ich Mr. Barnard hereinbitten?«

»Nein. Sagen Sie ihm, dass ich meine Termine gestrichen haben. Und die für morgen geplanten ebenfalls.«

Der Sekretär runzelte die Stirn. »Er wird ziemlich verärgert sein.«

»Das kann ich mir vorstellen«, erwiderte Kister, drehte sich um und ging zu seinem Büro. »Aber das ist sein Problem.«

Ein thailändischer Diener in gestärkter weißer Jacke begleitete Willy durch einen kathedralenhaften Saal in den Empfangsraum. Ihre Schritte hallten von den Wänden wider. Schließlich blieb er stehen und sah sie mit einem höflichen Blick an. »Soll ich Ihnen einen Wagen bestellen?«, fragte er.

»Nein, vielen Dank. Mein Fahrer bringt mich zurück.«

Der Diener sah verwirrt aus. »Aber Ihr Fahrer ist bereits vor einiger Zeit weggefahren.«

»Unmöglich.« Verärgert schaute sie aus dem Fenster. »Er sollte doch auf mich warten …«

»Vielleicht hat er im Schatten der Bäume geparkt. Ich schaue mal nach.«

Durch die deckenhohen Terrassenfenster sah Willy dem Diener hinterher, der mit eleganten Schritten die Stufen zur Straße hinunterlief. Das Anwesen war weitläufig und reich bepflanzt. In diesem Pflanzendickicht ließ sich ein Wagen gut verstecken. Hinter der Zufahrt schnitt ein Gärtner eine Jasminhecke. Ein mit Kies säuberlich bedeckter Weg führte quer über den Rasen zu einem von Bäumen beschatteten Blumengarten mit steinernen Bänken. In der Ferne schwebte ein märchenhaft blauer Schleier über Bangkok.

Ein Räuspern erregte ihre Aufmerksamkeit. Sie drehte sich um und bemerkte erst jetzt den Mann, der in der entgegengesetzten Ecke des Empfangsraumes stand. Er nickte ihr kurz zu, womit er ihr klarmachte, dass er ihre Gegenwart zur Kenntnis nahm. Sie sah ein schiefes Grinsen und eine braune Locke, die ihm in die gebräunte Stirn gefallen war. Dann widmete er sich wieder dem antiken Wandteppich.

Seltsam. Er sah nicht aus wie ein Mann, der sich für mottenzerfressene Stickereien interessierte. Auf dem Rücken seines Khaki-Hemdes zeichnete sich ein Schweißfleck ab, und die Ärmel hatte er lässig bis über die Ellbogen hochgekrempelt. Seine Hosen sahen aus, als hätte er wochenlang in ihnen geschlafen. Eine Aktentasche mit der Aufschrift U.S.-Armeelabor stand zu seinen Füßen, aber er wirkte auf Willy nicht wie ein Soldat. Seine ganze Erscheinung wirkte alles andere als diszipliniert. Sie konnte sich ihn eher in einer Bar vorstellen, lässig über die Theke gebeugt, anstatt in General Kistners marmorgefliestem Empfangsraum herumzuhängen.

»Miss Maitland?«

Der Diener war zurückgekehrt und schüttelte bedauernd den Kopf. »Das muss ein Missverständnis sein. Der Gärtner sagte mir, dass Ihr Fahrer in die Stadt zurückgekehrt ist.«

»O nein.« Ratlos blickte sie aus dem Fenster. »Wie komme ich denn jetzt zurück nach Bangkok?«

»Vielleicht kann der Fahrer von General Kistner Sie zurückbringen? Er ist gerade wegen einer Besorgung unterwegs, aber er müsste bald zurückkommen. Wenn Sie möchten, könnten Sie inzwischen den Garten besichtigen?«

»Ja. Ja, das wäre schön.«

Mit einem stolzen Lächeln öffnete der Diener die Tür. »Der Garten ist geradezu berühmt. General Kistners Sammlung von Lianen genießt einen ausgezeichneten Ruf. Sie finden sie am Ende des Weges in der Nähe des Karpfenteichs.«

Sie trat hinaus in die schwül-warme Luft des späten Nachmittags und schlenderte über den Kiesweg. Abgesehen vom regelmäßigen *Schnipp-schnapp* der Gartenschere war es absolut ruhig. Auf halbem Weg zu einer Baumgruppe hielt sie plötzlich inne und schaute zurück zum Haus.

Zunächst sah sie nur das Sonnenlicht, das von der Marmorfassade reflektiert wurde. Dann entdeckte sie die Silhouette eines Mannes, der an einem der Terrassenfenster im Erdgeschoss stand. Der Diener vielleicht?

Sie drehte sich und ging langsam weiter. Aber bei jedem Schritt war sie sich der Tatsache bewusst, dass sie von jemandem beobachtet wurde.

Guy Barnard stand am Terrassenfenster und betrachtete die Frau, die über den Rasen zum Garten lief. Ihm gefiel, wie das Sonnenlicht auf ihren kurz geschnittenen honigblonden Haaren zu tanzen schien. Er mochte auch die Art ihrer anmutig schwingenden Hüften, wenn sie sich bewegte. Geradezu generalsstabsmäßig nahm er sie von Kopf bis Fuß in Augenschein: die ärmellose Bluse, der etwas knitterige Rock, der leider viel zu lang war und das Wesentliche verdeckte. Eine schmale Taille. Niedliche Hüften. Schöne Waden. Nette Knöchel. Hübsche …

Widerwillig schob er seine Gedanken beiseite. Das war kein guter Zeitpunkt für Ablenkungen. Dennoch konnte er sich einen letzten anerkennenden Blick auf die kleiner werdende Gestalt nicht verkneifen. Zugegeben, sie war ein bisschen dünn. Aber sie hatte fantastische Beine. Echt tolle Beine …

Schritte hallten über den Marmorboden. Guy drehte sich um. Kistners Sekretär, ein glattrasierter Thai mit ernstem Gesicht, näherte sich ihm.

»Mr. Barnard?«, fragte der Sekretär. »Entschuldigen Sie bitte die Verzögerung. Aber eine dringende Angelegenheit ist dazwischengekommen.«

»Empfängt er mich jetzt?«

Der Sekretär druckste herum. »Ich fürchte …«

»Ich warte bereits seit drei Uhr.«

»Ja, ich verstehe. Aber es gibt ein Problem. Es sieht so aus, als könne General Kistner die Verabredung mit Ihnen nicht einhalten.«

»Darf ich Sie daran erinnern, dass nicht *ich* es war, der um dieses Treffen gebeten hat? Sondern General Kistner.«

»Ja, aber …«

»Ich habe meinen wirklich engen Terminplan extra seinetwegen umgestellt«, Guy übertrieb bewusst ein wenig, »und bin den ganzen Weg hierhergekommen, um …«

»Ich verstehe, aber …«

»Dann verraten Sie mir wenigstens, warum er dieses Treffen veranstalten wollte.«

»Das müssen Sie ihn selbst fragen.«

Bis jetzt hatte Guy seine Verärgerung im Zaum halten können. Jetzt richtete er sich zu voller Größe auf. Obwohl er kein besonders hochgewachsener Mann war, überragte er den Sekretär dennoch um einen Kopf. »Ist das die Art, mit der der General normalerweise seine Geschäfte tätigt?«

Der Sekretär zuckte nur mit den Schultern. »Es tut mir leid, Mr. Barnard. Diese Planänderung kommt in der Tat völlig überraschend …« Er löste seinen Blick von Guy und konzentrierte sich auf etwas jenseits der Terrassenfenster.

Guy folgte seinem Blick und sah, was das Interesse des Mannes erregt hatte: die Frau mit dem honigblonden Haar.

Der Sekretär trat von einem Fuß auf den anderen – ein unmissverständlicher Hinweis darauf, dass er andere Aufgaben zu erledigen hatte. »Ich versichere Ihnen, Mr. Barnard, dass wir ein neues Treffen vereinbaren, wenn Sie in einigen Tagen anrufen«, versprach er ihm.

Guy griff nach seiner Aktentasche und ging zur Tür. »In ein paar Tagen bin ich in Saigon«, konterte er.

Ein ganzer Nachmittag verschwendet, überlegte er missmutig, während er die Eingangstreppe hinunterlief. Als er die leere Einfahrt erreichte, stieß er einen Fluch aus. Sein Wagen parkte fast hundert Meter entfernt im Schatten eines Flammenbaums. Der Fahrer war nirgendwo zu sehen. So, wie er Puapong kannte, flirtete er vermutlich mit der Tochter des Gärtners.

Frustriert schlenderte Guy zu seinem Wagen. Die Sonne brannte wie ein Grill, und der Kiesweg reflektierte die Hitze in sengenden Wellen. Nach der Hälfte der Strecke schaute er zufällig in den Garten und entdeckte die honigblonde Frau, die auf einer Steinbank saß. Sie wirkte deprimiert. Kein Wunder; die Fahrt zurück in die Stadt war lang, und wer weiß, wann ihr Fahrer auftauchen würde.

Was soll's, dachte er und ging zu ihr. Er konnte ein wenig Gesellschaft gebrauchen.

Sie schien tief in Gedanken versunken zu sein, denn sie sah erst auf, als er neben ihr stand.

»Hallo«, begrüßte er sie.

Sie blinzelte ihn an. »Guten Tag.« Ihre Antwort war gleichmütig – weder freundlich noch abweisend.

»Habe ich richtig verstanden? Sie benötigen eine Fahrgelegenheit zurück in die Stadt?«

»Ich habe eine, vielen Dank.«

»Möglicherweise müssen Sie noch lange darauf warten. Und ich fahre jetzt zurück.« Als sie nichts erwiderte, fügte er hinzu: »Es macht wirklich keine Umstände.«

Abschätzend schaute sie ihn an. Sie hatte rauchgraue Augen, mit denen sie ihn offen und direkt musterte. Oder besser: durch ihn hindurchsah. Sie war kein scheues Reh. Mit einem Blick zum Haus erwiderte sie: »Kistners Fahrer sollte mich bringen …«

»Ich bin hier. Er ist es nicht.«

Erneut musterte sie ihn mit diesem prüfenden Blick und kam wohl zu dem Schluss, dass er vertrauenswürdig sei, denn sie erhob sich. »Vielen Dank. Das ist sehr nett von Ihnen.«

Gemeinsam gingen sie über den Kiesweg zu seinem Wagen. Beim Näherkommen bemerkte Guy, dass die hintere Tür weit geöffnet war und ein Paar schmutziger brauner Füße hinausragte. Sein Fahrer lag wie eine Leiche auf dem Rücksitz.

Abrupt blieb die Frau stehen und betrachtete die reglose Gestalt. »Himmel. Er ist doch nicht etwa …«

Ein glückliches Schnarchen ertönte aus dem Wagen.

»Nein, ist er nicht«, antwortete Guy. »He! Puapong!« Er schlug mit der flachen Hand auf das Wagendach.

Das Schnarchen des Mannes hätte jeden Donnerschlag übertönt.

»Hallo, Dornröschen!« Erneut hämmerte Guy auf das Blech. »Wirst du jetzt wach, oder muss ich dich zuerst küssen?«

»Wie? Was?«, antwortete eine schläfrige Stimme. Puapong rührte sich und öffnete ein blutunterlaufenes Auge. »He, Boss. Sie sind schon zurück?«

»Hast du schön geschlafen?«, fragte Guy ironisch.

»Ja, nicht schlecht.«

»Ich möchte nicht nerven, aber würdest du bitte …?« Mit einer freundlichen Geste forderte er Puapong auf, den Rücksitz freizumachen. »Ich habe der Dame angeboten, sie mitzunehmen.«

Puapong kroch heraus, taumelte verschlafen zum Fahrersitz und sank hinter dem Steuer zusammen. Ein paar Mal schüttelte er den Kopf, ehe er sich bückte, um auf dem Boden nach dem Autoschlüssel zu suchen.

Der Gesichtsausdruck der Frau wurde immer skeptischer. »Sind Sie sicher, dass er fahren kann?«, murmelte sie.

»Dieser Mann hat die Reflexe einer Katze«, versicherte Guy ihr. »Jedenfalls wenn er nüchtern ist.«

»Ist er denn nüchtern?«

»Puapong! Bist du nüchtern?«

Pikiert fragte der Fahrer zurück: »Sehe ich etwa nicht nüchtern aus?«

»Da haben Sie Ihre Antwort«, grinste Guy.

»Jetzt fühle ich mich wirklich besser«, konterte die Frau seufzend. Mit einem sehnsüchtigen Blick schaute sie zum Haus zurück. Der thailändische Diener stand auf den Treppenstufen und winkte ihnen zum Abschied zu.

Mit einer Handbewegung forderte Guy die Frau auf, einzusteigen. »Die Fahrt in die Stadt dauert ziemlich lang.«

Sie schwieg, während sie die gewundene Bergstraße hinunterfuhren. Obwohl sie beide auf dem Rücksitz Platz genommen hatten und nur wenige Zentimeter voneinander entfernt saßen, schien sie eine Million Meilen weit entfernt zu sein. Hartnäckig hielt sie ihren Blick auf die Landschaft gerichtet.

»Sie waren ziemlich lange beim General«, bemerkte Guy.

Sie nickte. »Ich hatte viele Fragen.«

»Sind Sie Reporterin?«

»Wie bitte?« Sie schaute ihn an. »O nein. Es ging nur um ... um eine alte Familienangelegenheit.«

Er wartete auf eine Erklärung, aber sie drehte den Kopf wieder zum Fenster.

»Muss eine ziemlich wichtige Familienangelegenheit gewesen sein«, stellte er fest.

»Wie kommen Sie darauf?«

»Er hat all seine Termine abgesagt, gleich nachdem Sie ihn verlassen haben. Auch meinen.«

»Sie haben ihn gar nicht getroffen?«

»Ich bin nicht an dem Sekretär vorbeigekommen. Dabei war es Kistner, der um dieses Treffen gebeten hatte.«

Verwirrt runzelte sie die Stirn. Dann zuckte sie mit den Schultern. »Ich bin sicher, dass es nichts mit mir zu tun hatte.«

Und ich bin mir sicher, dass du sehr wohl etwas damit zu tun hast, dachte er plötzlich gereizt. Himmel, warum machte ihn diese Frau so nervös? Sie saß ganz ruhig neben ihm, aber er hatte das untrügliche Gefühl, dass ihr tausend Gedanken durch den hübschen Kopf gingen. Er war zu dem Schluss gekommen, dass sie wirklich hübsch war – auf eine sehr unkomplizierte Art. Sie war so klug, kein Make-up zu verwenden; es hätte ihr properes Aussehen unnatürlich erscheinen lassen. Er war noch nie am Typ »properes Mädchen von nebenan« interessiert gewesen. Vielleicht an jenen, die etwas weiter die Straße runter wohnten oder in einem ganz anderen Teil der Stadt. Aber diese hier war anders. Sie hatte also rauchgraue Augen, ein eckiges Kinn und eine kleine Stupsnase mit einigen Sommersprossen. Außerdem hatte sie einen Mund, den in bestimmten Situationen zu küssen er sich durchaus vorstellen konnte.

Automatisch fragte er: »Wie lange bleiben Sie in Bangkok?«

»Ich bin schon seit zwei Tagen hier. Morgen reise ich wieder ab.«

Mist, dachte er.

»Nach Saigon.«

Überrascht schaute er sie an. »Saigon?«

»Oder Ho-Chi-Minh-Stadt. Wie auch immer sie es heute nennen.«

»Das ist ja ein Zufall«, murmelte er.

»Was?«

»In zwei Tagen fahre ich auch nach Saigon.«

»Wirklich?« Ihr Blick fiel auf die Aktentasche mit dem Aufdruck der US-Armee. »Regierungsangelegenheiten?«

Er nickte. »Und Sie?«

Sie sah nach vorn. »Familienangelegenheiten.«

»Stimmt.« Er fragte sich, um was für Familienangelegenheiten es wohl gehen mochte. »Sind Sie schon mal in Saigon gewesen?«

»Einmal. Als ich zehn Jahre alt war.«

»Vater bei der Armee?«

»Sozusagen.« Ihren Blick hielt sie auf einen Punkt in der Ferne geheftet. »Ich erinnere mich nicht sehr gut an die Stadt. Viel Staub, viel Hitze und viele Autos. Ein einziger Verkehrsstau. Und wunderschöne Frauen …«

»Es hat sich seitdem einiges verändert. Die meisten Wagen sind verschwunden.«

»Und die schönen Frauen?«

Er lachte. »Oh, die sind noch da. Genau wie die Hitze und der Staub. Aber sonst ist alles anders geworden.« Er schwieg einen Moment. Dann, als ob es ihm gerade eingefallen wäre, fügte er hinzu: »Falls Sie länger bleiben, könnte ich Ihnen einiges zeigen.«

Sie zögerte. Offensichtlich fand sie seine Einladung verlockend. *Na los, komm, sag schon ja,* dachte er. Er bemerkte, wie Puapong ihm im Rückspiegel grinsend zublinzelte.

Hoffentlich hatte die Frau es nicht mitbekommen.

Aber Willy hatte durchaus Puapongs Zwinkern und Grinsen bemerkt und sofort verstanden, was das zu bedeuten hatte. *Nicht schon wieder,* dachte sie matt. *Als Nächstes fragt er mich, ob ich mit ihm essen gehen möchte, und ich werde sagen, dass ich nicht kann, und dann wird er mich fragen: Wie wäre es dann mit einem Drink? Und dann werde ich nachgeben und Ja sagen, weil er so verdammt gut aussieht.*

»Zufälligerweise habe ich heute Abend nichts vor«, fuhr er fort. »Hätten Sie Lust, mit mir essen zu gehen?«

»Ich kann nicht«, antwortete sie und fragte sich, wer dieses abgedroschene Drehbuch geschrieben hatte und ob man irgendwann einmal aus diesem Klischee würde ausbrechen können.

»Wie wäre es dann mit einem Drink?« Er warf ihr ein Lächeln zu, und sie hatte das Gefühl, an einer sehr hohen Klippe zu hängen. Das Verrückte war, dass er noch nicht einmal so wahnsinnig gut aussah. Seine Nase war schief, als ob er sich nicht die Mühe gemacht hätte, sie richten zu lassen, nachdem er es irgendwie fertiggebracht hatte, sie sich brechen zu lassen. Sein Haar brauchte dringend einen Friseur – oder wenigstens einen Kamm. Sie schätzte ihn auf Ende dreißig, obwohl man ihm die Jahre kaum ansah – abgesehen vielleicht von seinen Augen, neben denen die Lachfältchen tiefe Spuren hinterlassen hatten. Ihr waren wirklich schon besser aussehende Männer begegnet. Männer, die mehr zu bieten hatten als einen verschwitzten One-Night-Stand in einem fremden Hotel.

Warum also baggert dieser Typ mich an?

»Nur ein Drink?«, hakte er nach.

»Vielen Dank«, antwortete sie. »Aber nein.«

Zu ihrer Erleichterung drängte er sie nicht weiter. Stattdessen nickte er nur, rutschte auf seinem Platz zurück und schaute aus dem Fenster. Seine Finger trommelten geistesabwesend auf der Aktentasche. Es machte sie fast verrückt. Sie versuchte, ihn zu ignorieren – genauso, wie er sie zu ignorieren versuchte. Aber es war aussichtslos. Dafür war er viel zu präsent.

Als sie beim Oriental Hotel vorfuhren, wollte sie sofort aus dem Wagen springen. Und das tat sie dann auch.

»Vielen Dank fürs Mitnehmen«, sagte sie und warf die Tür zu.

»Hey, warten Sie!«, rief der Mann durch das geöffnete Fenster. »Ich weiß nicht einmal, wie Sie heißen.«

»Willy.«

»Haben Sie auch einen Nachnamen?«

Sie hatte bereits die halbe Treppe genommen, als sie sich umdrehte. »Maitland!«, rief sie halb über ihre Schulter hinweg.

»Bis bald, Willy Maitland!«, rief der Mann.

Wohl kaum, dachte sie. Aber als sie die Eingangstür erreicht hatte, konnte sie nicht anders: Sie schaute dem Wagen nach, der gerade um eine Ecke verschwand. In dem Moment fiel ihr ein, dass sie überhaupt nicht wusste, wie der Mann hieß.

Guy saß auf seinem Bett im Liberty Hotel und fragte sich, was ihn dazu gebracht hatte, diese Absteige zu wählen. Nostalgische Gefühle vielleicht? Und die lächerlich geringen Spesen, die der Staat ihm gewährte. Bei seinen Reisen nach Bangkok, die er nach dem Vietnamkrieg unternommen hatte, war er immer hier abgestiegen und hatte es auch nicht für nötig erachtet, ein anderes Hotel zu wählen. Bis jetzt. Natürlich war dieser Ort vollgestopft mit Erinnerungen. Er würde niemals die ausgelassenen, heißen Nächte von 1973 vergessen. Er war ein einundzwanzigjähriger Gefreiter auf Heimaturlaub gewesen; sie eine dreißigjährige Krankenschwester von der Army. Darlene. Ja, so hatte sie geheißen. Als er sie zum letzten Mal gesehen hatte, war aus ihr eine kettenrauchende, übergewichtige Mutter von drei Kindern geworden. Was für eine Schande! Die Frau hatte dasselbe Schicksal ereilt wie das Hotel: Mit beiden war es rapide bergab gegangen.

Vielleicht ist es bei mir genauso, überlegte er müde, als er aus dem schmutzigen Fenster auf die Straßen von Bangkok hinunterschaute. Früher hatte er diese Stadt geliebt, war gern über die Märkte flaniert, wo die Farben so leuchteten, dass die Augen geblendet wurden. Stundenlang war er durch die Seitengassen von Pat Pong gelaufen, wo es Musik und Mädchen ohne Ende gab. Damals hatte ihn nichts gestört – weder der Lärm noch die Hitze oder die Gerüche.

Nicht einmal die Kugeln. Er glaubte, unsterblich zu sein, immun gegen jede Verletzung. Es war immer der andere Typ, der die Patrone abbekam, der andere Mann, der in einer Kiste nach Hause verschifft wurde. Denn wenn man zu viel über die eigene Sterblichkeit nachdachte, wenn man zu viel Schiss hatte, war man ein miserabler Soldat.

Zum Schluss war er ein miserabler Soldat geworden.

Noch immer staunte er darüber, dass er überlebt hatte. Das würde er niemals so ganz verstehen: die schlichte Tatsache, dass er lebendig nach Hause gekommen war.

Vor allem, wenn er an all die anderen Männer dachte, die in diesem Transportflugzeug nach Da Nang an Bord gewesen waren. Das war ihr Ticket nach Hause gewesen – dieser magische Vogel, der sie aus all diesem Wahnsinn hatte herausbringen sollen.

Die Narben vom Absturz waren ihm geblieben. Ebenso wie die Angst vorm Fliegen.

Er verdrängte den Gedanken an den bevorstehenden Flug nach Saigon. Leider gehörte das Fliegen zu seiner Arbeit, und das war nur eines von vielen Flugzeugen, in die er noch würde steigen müssen.

Er öffnete seine Aktentasche, nahm einige Unterlagen heraus und verteilte sie auf dem Bett, um sie zu studieren. Die Akte, die er zuerst öffnete, war eine von ein paar Dutzenden, die er aus Honolulu mitgebracht hatte. Jede enthielt einen Namen, einen Rang, die Erkennungsnummer, ein Foto und eine detaillierte Geschichte – so detailliert wie möglich – über die Umstände des Verschwindens. In diesem Fall ging es um einen Marinepiloten, Lieutenant Commander Eugene Stoddard, der zuletzt gesehen worden war, als er sich mit dem Schleudersitz aus seinem havarierten Bomber katapultiert hatte – vierzig Meilen westlich von Hanoi. Der Akte war eine Röntgenaufnahme des Gebisses beigelegt sowie ein alter Röntgenbericht über einen Arm, den er sich als Teenager gebrochen hatte. Was nicht in der Akte stand, waren die unwichtigen Dinge: die Frau, die er zurückgelassen hatte, die Kinder, die Fragen.

Es blieben immer Fragen, wenn ein Soldat verschollen ging.

Guy überflog die Seiten, merkte sich die eine oder andere Einzelheit und griff nach einer anderen Akte. Das waren die aussichtsreichsten Fälle – die Geschichten jener Männer, die am ehesten zu den sterblichen Überresten passten. Die vietnamesische Regierung übergab drei Knochensammlungen, und Guys Job bestand darin zu bestätigen, dass es sich bei den Skeletten nicht um Vietnamesen handelte, und jedem einen Namen, Rang und Erkennungsnummer zu geben. Es war keine angenehme Arbeit, aber einer musste sie ja erledigen.

Er legte die zweite Akte beiseite und griff nach der dritten.

Diese enthielt kein Foto; es war ein zusätzliches Dokument, das er nur zögernd in allerletzter Minute in seine Aktentasche gesteckt hatte. Auf dem Deckblatt stand »Vertraulich«. Ein Jahr zuvor war sie mit dem Vermerk »Freigegeben« abgestempelt worden. Er öffnete die Akte und runzelte die Stirn, als er die erste Seite las.

Codename: Friar Tuck.
Status: offen (bis Oktober '85)
Die Akte enthält:
1. Zusammenfassung der Zeugenaussagen
2. Mögliche Identitäten
3. Suchstatus

Friar Tuck. Er war legendär. Jeder Soldat, der in Vietnam gekämpft hatte, kannte diesen Namen. Während des Krieges hatte Guy angenommen, die Geschichten über einen draufgängerischen amerikanischen Piloten, der die Feinde das Fürchten lehrte, wären reine Fantasie.

Vor einigen Wochen hatte er das Gegenteil erfahren.

Er hatte an seinem Schreibtisch im Kommandozentrum der US-Army gesessen, als zwei Männer, Vertreter einer Organisation namens »Ariel Group«, in seinem Büro aufgetaucht waren. »Wir möchten Ihnen einen Vorschlag machen«, hatten sie zur Begrüßung gesagt. »Wir haben erfahren, dass Sie demnächst nach Vietnam fliegen, und wir möchten Sie bitten, einen Kriegsverbrecher zu suchen.« Der Mann, den sie suchten, war Friar Tuck.

»Das soll wohl ein Witz sein«, hatte Guy gelacht. »Ich bin kein Militärpolizist. Und diesen Mann gibt es überhaupt nicht. Er ist eine Märchenfigur.«

Als Antwort überreichten sie ihm einen Scheck über zwanzigtausend Dollar – »Für Ihre Auslagen«, wie sie erklärten. Und er würde noch mehr bekommen, wenn er den Verräter der Justiz überstellen würde.

»Und wenn ich den Job nicht machen will?«, hatte er gefragt.

»Sie werden das Angebot kaum ablehnen können«, lautete die Antwort. Und sie erzählten Guy alles, was sie über ihn wussten – über seine Vergangenheit, die Dinge, die er während des Krieges gemacht hatte. Es war ein schreckliches Geheimnis, das ihn zerstören konnte; ein Geheimnis, das er für sich behalten hatte, verborgen hinter einer Mauer aus Angst und Selbstekel. Sie schilderten ihm haarklein, womit er zu rechnen habe, falls es ans Licht kommen würde. Das grelle Licht der Öffentlichkeit. Der Prozess. Die Gefängniszelle.

Er stand mit dem Rücken zur Wand. Also nahm er den Scheck und wartete auf den nächsten Kontakt.

Einen Tag bevor er nach Honolulu flog, trafen die Unterlagen mit einem Spezialtransport aus Washington ein. Ohne hineinzuschauen, hatte er sie in seine Aktentasche gesteckt.

Jetzt las er sie zum ersten Mal. An der Stelle, an der über mögliche Identitäten spekuliert wurde, blieb er hängen. Mehrere Namen kannte er aus den Unterlagen mit den Vermisstenfällen, und er empfand diese Liste als unfair. Diese Männer waren im Krieg verschollen und vermutlich tot. Sie als mögliche Verräter zu denunzieren, beleidigte ihr Andenken.

Er nahm sich jeden Namen dieser verstummten Piloten vor, die des Verrats bezichtigt wurden. Etwa nach der Hälfte der Liste stieß er auf den Eintrag »William T. Maitland, Pilot, Air America« und hielt inne. Daneben stand ein Stern, darunter die Fußnote: »Siehe Akte #M-70-4163 Verteidigungsnachrichtendienst (Geheim)«.

William T. Maitland, überlegte er und versuchte sich zu erinnern, wo er den Namen schon einmal gehört hatte. Maitland, Maitland.

Dann fiel ihm die Frau ein, die in Kistners Villa gewesen war, die zierliche Blondine mit den großartigen Beinen. Sie sei wegen einer Familienangelegenheit hier, hatte sie gesagt. Deshalb hatte sie General Joe Kistner aufgesucht, einen Mann, dessen Verbindungen zum Verteidigungsnachrichtendienst weithin bekannt waren.

Bis bald, Willy Maitland.

Es wäre ein zu großer Zufall. Und dennoch …

Er blätterte zur ersten Seite zurück und studierte die Akte über Friar Tuck noch einmal vom Anfang bis zum Ende. Den Abschnitt *Suchstatus* las er zwei Mal. Dann erhob er sich vom Bett und begann, im Zimmer auf und ab zu laufen. Dabei dachte er über seine Optionen nach. Keine davon gefiel ihm.

Er hielt nichts davon, Menschen für seine Zwecke zu benutzen. Aber es stand sehr viel auf dem Spiel, und das meiste davon betraf ihn persönlich. *Wie viele haben ihre kleinen Geheimnisse aus dem Krieg mit nach Hause gebracht?* fragte er sich. *Geheimnisse, über die wir nicht reden können. Geheimnisse, die uns zerstören könnten.*

Er schloss die Akte. Die Informationen in diesen Unterlagen waren nicht ausführlich genug. Er brauchte die Unterstützung der Frau.

Bin ich denn kaltblütig genug, um sie zu benutzen?

Kann ich es mir leisten, es nicht zu tun? flüsterte die Stimme der Notwendigkeit.

Die Entscheidung fiel ihm ungeheuer schwer. Aber er hatte keine Wahl.

Um fünf Uhr nachmittags war im Bong Bong Club noch nicht viel los. Auf der Bühne wanden sich drei Frauen mit ölglänzenden Körpern wie Schlangen umeinander. Musik dröhnte aus antiquierten Stereolautsprechern, ein unbarmherzig eintöniger Beat, der selbst die Dunkelheit zum Schaudern brachte.

Siang saß an seinem Lieblingstisch in der Ecke und beobachtete aufmerksam das Geschehen um ihn herum. Die Männer hingen an ihren Drinks, die Kellnerinnen umschmeichelten sie in der Hoffnung auf üppige Trinkgelder. Siang konzentrierte sich auf die Bühne und auf das Mädchen in der Mitte. Die junge Frau war etwas Besonderes. Üppige Hüften, fleischige Beine, rosafarbene, raubtierartige Zunge. Er wusste nicht, wie er ihre Augen beschreiben sollte, aber sie hatte diesen gewissen Blick. Die Nummer 7 war an ihren G-String geheftet. Er nahm sich vor, später Erkundigungen über Nummer sieben einzuholen.

»Guten Tag, Mr. Siang.«

Siang schaute auf und sah den Mann im Halbschatten stehen. Seine massige Statur beeindruckte ihn immer aufs Neue. Selbst jetzt, zwanzig Jahre nach ihrem ersten Treffen, konnte Siang sich des Eindrucks nicht erwehren, neben diesem Riesen wie ein Kind zu wirken.

Der Mann bestellte ein Bier und setzte sich zu ihm an den Tisch. Ein paar Minuten lang beobachtete er ebenfalls das Geschehen auf der Bühne. »Ein neuer Akt?«, fragte er.

»Die in der Mitte ist neu.«

»Ach ja. Sehr hübsch. Ihr Typ, nicht wahr?«

»Das muss ich noch herausfinden.« Siang trank einen Schluck Whisky, ohne den Blick von der Bühne zu nehmen. »Sie sagten, Sie hätten einen Job für mich.«

»Eine kleine Angelegenheit.«

»Ich hoffe, das bedeutet nicht, eine kleine Entschädigung.«

Der Mann lachte leise. »Nein, nein. Bin ich jemals nicht großzügig gewesen?«

»Wie ist der Name?«

»Eine Frau.« Der Mann schob eine Fotografie über den Tisch. »Sie heißt Willy Maitland. Zweiunddreißig Jahre. Knapp einen Meter sechzig. Dunkelblonde, kurz geschnittene Haare, graue Augen. Sie wohnt im Oriental Hotel.«

»Amerikanerin?«

»Ja.«

Siang schwieg eine Weile. »Ein ungewöhnlicher Auftrag.«

»Es ist ein wenig … dringend.«

Aha. Der Preis steigt, dachte Siang. »Warum?«, wollte er wissen.

»Sie fliegt morgen früh nach Saigon. Ihnen bleibt also nur eine Nacht.«

Siang nickte und konzentrierte sich wieder auf die Bühne. Er war erfreut, als er sah, dass das Mädchen in der Mitte, Nummer sieben, direkt in seine Richtung schaute. »Das sollte reichen«, erklärte er.

Willy Maitland stand am Flussufer und schaute auf das wirbelnde Wasser.

Von der Speiseterrasse aus entdeckte Guy sie – eine winzige Gestalt, die sich an die Brüstung lehnte und deren kurzes Haar vom Wind zerzaust wurde. Ihre hochgezogenen Schultern und ihr zielgerichteter Blick verrieten ihm, dass sie allein sein wollte. Im Vorübergehen holte er sich an der Bar ein Bier – Oranjebloom, eine gute, holländische Marke, die er seit Jahren nicht getrunken hatte. Er blieb eine Weile stehen, beobachtete sie, genoss die Kälte der Flasche, die er gegen seine Wange drückte.

Sie hatte sich noch immer nicht bewegt. Unentwegt schaute sie auf den Fluss, als sei sie hypnotisiert von etwas, das in seiner schlammigen Tiefe schlummerte. Langsam überquerte Guy die Terrasse in ihre Richtung, vorbei an leeren Tischen und Stühlen, und stellte sich neben sie an die Brüstung. Er war fasziniert von ihrem Haar, in dem der Sonnenuntergang rote und goldene Farben zum Funkeln brachte.

»Schöne Aussicht«, bemerkte er.

Sie schaute ihn an, mit einem Blick, der nicht gleichgültiger hätte sein können. Dann drehte sie den Kopf wieder weg.

Er stellte sein Bier auf die Brüstung. »Ich dachte, ich komme mal vorbei, um zu sehen, ob Sie Ihre Meinung vielleicht geändert haben.«

Hartnäckig starrte sie auf das Wasser.

»Ich weiß, wie es ist, in einer fremden Stadt zu sein. Niemand da, mit dem man seine Frustration teilen kann. Ich habe mir gedacht, Sie fühlen sich vielleicht etwas …«

»Hören Sie auf«, unterbrach sie ihn und ließ ihn stehen.

Offenbar lässt du nach, sagte er sich, griff nach seinem Bier und folgte ihr. Sie schlenderte über die Terrasse und würdigte ihn keines Blickes. Hin und wieder schob sie sich eine Haarsträhne aus dem Gesicht. Ihr Hüftschwung war ein wenig zu betont, als dass man ihn als elegant hätte bezeichnen können.

»Ich denke, wir sollten zusammen abendessen«, schlug er vor, während er Schritt mit ihr hielt. »Und uns ein bisschen unterhalten.«

»Über was?«

»Oh, wir könnten zum Beispiel mit dem Wetter anfangen. Dann zu Politik übergehen. Anschließend reden wir über Religion. Über meine Familie und über Ihre Familie.«

»Ich nehme an, das alles soll zu etwas Bestimmtem führen.«

»Nun, ich denke schon.«

»Lassen Sie mich raten. Eine Einladung in Ihr Hotelzimmer?«

»Glauben Sie wirklich, dass ich das will?«, fragte er leicht pikiert. »Sie aufreißen?«

»Versuchen Sie das denn nicht gerade?«, konterte sie. Dann drehte sie sich wieder um und ließ ihn stehen.

Dieses Mal folgte er ihr nicht. Er sah keinen Sinn darin. Er lehnte sich an die Brüstung, trank sein Bier und schaute ihr hinterher, als sie die Treppenstufen zur Speiseterrasse hinaufging. Dort setzte sie sich an einen Tisch und versteckte sich hinter einer Speisekarte. Für Tee war es zu spät, fürs Abendessen zu früh. Bis auf ein paar lärmende Italiener an einem Tisch in der Nähe war die Terrasse leer. Eine Weile blieb er noch an der Brüstung stehen, leerte seine Bierflasche und überlegte, was er als Nächstes tun könnte. Ob er überhaupt irgendetwas erreichen konnte. Sie war eine harte Nuss, nicht leicht zu knacken und überraschend starrköpfig für eine Frau, die ihm kaum bis zur Schulter reichte. Eine Maus mit scharfen Zähnen.

Er brauchte noch ein Bier. Und eine neue Strategie. In einer Minute würde er sich Gedanken darüber machen.

Er lief die Stufen hinauf und ging zurück an die Bar. Während er die Speiseterrasse überquerte, musste er der Frau über seine Schulter hinweg unwillkürlich einen Blick zuwerfen. Dabei wäre er fast mit einem gut gekleideten Thai zusammengestoßen, der sich in die entgegengesetzte Richtung bewegte. Mechanisch murmelte Guy eine Entschuldigung. Der Mann antwortete nicht, sondern ging einfach an ihm vorbei, den Blick fest auf etwas gerichtet, das vor ihm lag.

Diesen Blick von geradezu tödlicher Ruhe hatte Guy schon einmal gesehen – in den Augen eines Vietnamesen. Sie hatten sich an den Schultern berührt, als Guy den populären Da Nang-Nachtclub verließ. Für den Bruchteil einer Sekunde hatten sich ihre Blicke gekreuzt. Selbst jetzt, nach all den Jahren, erinnerte Guy sich an die Gänsehaut, die ihm beim Blick in die Augen des Mannes über den Rücken gelaufen war. Zwei Minuten später, als Guy auf der Straße auf seine Kumpel gewartet hatte, war in dem Gebäude eine Bombe explodiert. Siebzehn Amerikaner waren getötet worden.

Mit zunehmender Besorgnis beobachtete er den Thai, der stehenblieb und seine Umgebung ins Visier nahm. Als der Mann entdeckt zu haben schien, wonach er suchte, steuerte er auf die Speiseterrasse zu. Nur zwei Tische waren besetzt. An dem einen saßen die Italiener, an dem anderen Willy Maitland. An der Ecke der Terrasse hielt der Thai inne und griff in seine Tasche.

Instinktiv lief Guy ein paar Schritte nach vorn. Noch ehe seine Augen die Gefahr registrierten, reagierte sein Körper bereits. In der

Hand des Mannes glitzerte etwas – ein Gegenstand, der den blutroten Schein des Sonnenuntergangs reflektierte. Erst jetzt nahm Guy bewusst wahr, wovor ihn sein Instinkt längst gewarnt hatte.

Er schrie: »Willy! Passen Sie auf!«

Dann warf er sich auf den Mörder.

2. KAPITEL

Als Willy den Schrei des Mannes hörte, ließ sie die Speisekarte sinken und drehte sich um. Zu ihrer Überraschung entdeckte sie den verrückten Amerikaner, der einige Stühle umwarf, während er quer durch die Cocktailbar hastete. Was hatte der Geisteskranke denn jetzt vor?

Fassungslos sah sie zu, wie er einen Kellner beiseite stieß und sich auf einen sehr gut gekleideten Thai stürzte. Die beiden Körper prallten aufeinander. Im selben Augenblick hörte sie ein zischendes Geräusch, und spürte kurz darauf einen stechenden Schmerz im Arm. Sie sprang von ihrem Stuhl auf, als die beiden Männer vor ihren Füßen landeten.

Die Italiener am Nachbartisch waren ebenfalls aufgesprungen, schrien und gestikulierten. Die beiden Körper rollten auf dem Boden hin und her. Tische stürzten um, Zuckerdosen zerbrachen klirrend auf dem Terrassenboden. Willy war vollkommen verdattert. Was passierte hier? Warum prügelte sich dieser Idiot mit einem thailändischen Geschäftsmann?

Jetzt rappelten sich beide Männer auf. Der Thai holte aus und trat den anderen Mann mit Wucht in den Bauch. Der Amerikaner stürzte stöhnend zu Boden und landete mit dem Rücken an der Terrassenwand.

Der Thai verschwand.

Bei den Italienern war inzwischen pure Hysterie ausgebrochen.

Willy kroch zwischen umgestürzten Stühlen und zerbrochenem Geschirr zu dem Mann und hockte sich neben ihn. Auf seinem Wangenknochen hatte sich bereits eine Beule von der Größe eines Golfballs gebildet. Aus seiner aufgeplatzten Lippe lief Blut. »Ist alles in Ordnung mit Ihnen?«, rief sie.

Er berührte seine Wange und zuckte zusammen. »Ich glaube, ich habe schon schlimmer ausgesehen.«

Sie ließ ihren Blick über das zertrümmerte Mobiliar schweifen. »Schauen Sie sich nur dieses Chaos an. Ich hoffe, Sie haben eine gute Entschuldigung für … Was machen Sie da?«, blaffte sie ihn an, als er unvermittelt nach ihrem Arm griff. »Nehmen Sie Ihre Finger weg!«

»Sie bluten.«

»Was?« Sie folgte seinem Blick und betrachtete entsetzt den roten Fleck auf ihrem Ärmel, der immer größer wurde. Einige Tropfen fielen auf die Steinfliesen.

Die Reaktion setzte prompt ein. Ihr wurde schwindlig, und sie ließ sich neben ihn auf den Boden sinken. Wie durch einen Nebel nahm sie wahr, dass ihr Kopf auf die Knie gedrückt wurde, hörte, wie ihr Ärmel aufgerissen wurde. Sanft erkundeten Hände ihren Arm.

»Ganz ruhig«, murmelte er. »Es ist nicht schlimm. Ein paar Stiche, mehr brauchen Sie nicht. Atmen Sie einfach gleichmäßig weiter.«

»Nehmen Sie Ihre Finger weg«, zischte sie. Doch als sie den Kopf hob, begann die ganze Terrasse vor ihr zu schwimmen. Nur unscharf erkannte sie das Durcheinander, das sich vor ihr abspielte. Die Italiener redeten alle gleichzeitig, fuchtelten mit den Händen und schüttelten ungläubig den Kopf. Die Kellner hatten vor Schreck den Mund weit aufgerissen. Und der Amerikaner betrachtete sie mit einem besorgten Blick. Sie konzentrierte sich auf seine Augen. Durch die Nebelschleier stellte sie fest, dass er sie unverwandt und mitfühlend anschaute.

Inzwischen war der Hotelmanager aufgetaucht, ein weibischer Engländer in tadellos sitzendem Anzug und Empörung im Gesicht. Die Kellner zeigten anklagend auf Guy. Mit schnalzender Zunge und verständnislosem Kopfschütteln betrachtete der Manager den Schaden.

»Das ist ja schrecklich«, murmelte er. »Ein solches Benehmen kann nicht toleriert werden. Nicht auf *meiner* Terrasse. Sind Sie Gast hier? Nein?« Er wandte sich an einen der Kellner. »Rufen Sie die Polizei. Sie soll diesen Mann festnehmen.«

»Seid ihr denn alle blind?«, schrie Guy. »Hat keiner gesehen, dass er versucht hat, sie umzubringen?«

»Was? Wie? Wer?«

Vorsichtig durchsuchte Guy das zerbrochene Geschirr und fischte das Messer heraus. »Das gehört nicht zu Ihrem normalen Besteck«, sagte er und hielt die tödliche Waffe hoch. Der Griff war aus Ebenholz mit Perlmutteinlage. Die Klinge schimmerte rasiermesserscharf. »Dieses Messer ist zum Werfen gemacht.«

»Unsinn«, stieß der Engländer hervor.

»Schauen Sie sich ihren Arm an.«

Der Manager heftete seinen Blick auf Willys blutdurchtränkten Ärmel. Entsetzt stolperte er einen Schritt zurück. »Himmel. Ich rufe einen Arzt.«

»Bemühen Sie sich nicht.« Guy fasste Willys Hand. »Es geht schneller, wenn ich sie ins Krankenhaus fahre.«

Widerstandslos ließ Willy sich von Guy auf den Arm nehmen. Sein Geruch beruhigte sie seltsamerweise – eine sehr männliche Mischung aus Schweiß und Rasierwasser. Als er sie über die Terrasse trug, tanzten die entsetzten Gesichter der Kellner und neugierigen Hotelgäste an ihr vorbei.

»Das ist so peinlich«, beschwerte sie sich. »Mir geht es gut. Lassen Sie mich runter.«

»Sie werden ohnmächtig.«

»Ich bin noch nie ohnmächtig geworden.«

»Und das ist jetzt kein guter Zeitpunkt für ein erstes Mal.« Er setzte sie in ein wartendes Taxi, wo sie sich wie ein verletztes Tier auf der Rückbank zusammenkrümmte.

Der diensthabende Notarzt hielt nicht viel von Narkose. Willy hielt nicht viel von Schmerzensschreien. Als die gebogene OP-Nadel immer wieder in ihren Arm drang, biss sie die Zähne zusammen und wünschte sich, dass dieser verrückte Amerikaner ihr die Hand hielte. Hätte sie nur nicht die Unverwüstliche gespielt und ihn in den Wartebereich geschickt. Selbst jetzt, als sie gegen die Tränen ankämpfte, die der Schmerz ihr in die Augen trieb, weigerte sie sich zuzugeben – auch sich selbst gegenüber –, dass sie einen Mann brauchte, der ihr die Hand hielt. Es wäre allerdings nett gewesen. Es wäre sogar wundervoll gewesen.

Und ich weiß noch immer nicht, wie er heißt.

Der Arzt, den sie im Stillen für einen Sadisten hielt, machte den letzten Stich, vernähte ihn und schnitt den seidenen Faden ab. »Sehen Sie«, sagte er fröhlich. »So schlimm war's doch gar nicht!«

Am liebsten hätte sie ihm ins Gesicht geschlagen und gesagt: *Sehen Sie? Das war doch auch nicht so schlimm.*

Er verband die Wunde mit Gaze und Pflaster, dann tätschelte er ihr aufmunternd den Arm – natürlich den verletzten – und schickte sie ins Wartezimmer.

Er war immer noch da und lungerte an der Rezeption herum. Mit seinen Verletzungen und blauen Flecken sah er aus wie ein Penner, der gerade unter irgendeiner Brücke hervorgekrochen war. Aber der Blick, mit dem er sie bedachte, war warmherzig und besorgt. »Wie geht's dem Arm?«, erkundigte er sich.

Vorsichtig berührte sie ihre Schulter. »Hält man in diesem Land nichts von örtlicher Betäubung?«

»Die ist nur für Weicheier«, sagte er. »Und dazu gehören Sie ja offensichtlich nicht.«

Die Nacht war drückend warm. Da nirgendwo ein Taxi zu finden war, nahmen sie ein *Tuk-Tuk*, eines jener überdachten Fahrräder mit Hilfsmotor. Ihres wurde von einem zahnlosen Thai gelenkt.

»Sie haben mir noch gar nicht gesagt, wie Sie heißen!«, rief sie über das Knattern des Motors.

»Ich dachte, Sie interessieren sich nicht dafür.«

»Ist das ein dezenter Hinweis darauf, dass ich mich jetzt vor Ihnen auf die Knie werfen soll, um ihn zu erfahren?«

Grinsend streckte er die Hand aus. »Guy Barnard. Verraten Sie mir jetzt auch, wofür Willy steht?«

Sie ergriff seine Hand. »Wilone.«

»Sehr ungewöhnlich. Aber nett.«

»Das wiederum soll eine Abkürzung für Wilhelmina sein. Mehr William Maitland, Jr., geht für eine Tochter nicht.«

Daraufhin sagte er nichts, doch sie bemerkte ein Blitzen in seinen Augen, ein plötzlich aufflackerndes Interesse. Sie fragte sich nach dem Grund. Das *Tuk-Tuk* ratterte über einen *Klong*. Das stehende Gewässer schimmerte im Licht der Straßenlaternen.

»Maitland«, sagte er wie nebenbei. »Das ist ein Name, der mir aus dem Krieg bekannt vorkommt. Da gab es einen Piloten namens Wild Bill Maitland. Er ist für Air America geflogen. Sind Sie mit ihm verwandt?«

Sie wandte den Blick ab. »Er war mein Vater.«

»Echt jetzt? *Sie* sind Wild Bill Maitlands Tochter?«

»Sie haben die Geschichten über ihn gehört, nicht wahr?«

»Wer nicht? Er war eine lebende Legende. Auf Augenhöhe mit ›Earthquake Magoon‹.« So lautete der Spitzname des Kampfpiloten James B. McGovern aus dem Zweiten Weltkrieg.

»Das war er für mich auch«, murmelte sie. »Nur eine Legende.«

Ein Schweigen entstand, und sie fragte sich, ob Guy Barnard die Bitterkeit in ihrer Stimme schockiert hatte. Falls ja, ließ er es sich nicht anmerken.

»Ich habe Ihren alten Herrn nie persönlich getroffen«, sagte er schließlich. »Aber ich habe ihn mal gesehen – auf dem Flugplatz von Da Nang. Ich habe beim Bodenpersonal gearbeitet.«

»Bei Air America?«

»Nein. Bei der Luftwaffe.« Er deutete einen lässigen militärischen Gruß an. »Hauptgefreiter Barnard. Der wahre Abschaum dieser Erde.«

»Dafür sind Sie aber weit auf dieser Erde herumgekommen.«

»Ja.« Er lachte. »Jedenfalls ist Ihr alter Herr mit einer C-46 gelandet. Der Motor qualmte, das Heck war so zerschossen, dass man praktisch hindurchsehen konnte. Aber er setzte sie mit makelloser Eleganz auf den Asphalt auf. Anschließend stieg er aus und begutachtete sämtliche Einschusslöcher. Jeder andere Pilot wäre auf die Knie gefallen und hätte den Boden geküsst. Aber Ihr Dad hat nur mit den Schultern gezuckt, sich unter einen Baum gelegt und ein Schläfchen gehalten.« Guy schüttelte den Kopf. »Ihr Vater war wirklich etwas Besonderes.«

»Das erzählen mir alle.« Willy schob eine Haarsträhne beiseite, die der Fahrtwind ihr ins Gesicht geweht hatte. Sie wünschte sich, er würde aufhören, von ihrem Vater zu reden. So war es schon immer gewesen, solange sie sich erinnern konnte. Als sie ein Kind in Vientiane gewesen war, hatten die Piloten bei jedem Dinner und bei jeder Cocktailparty unweigerlich eine neue Geschichte von Wild Bill zum Besten gegeben. Sie tranken so lange auf seine Nerven, seine Kühnheit, seinen trockenen Humor, bis sie am liebsten geschrien hätte. Jede dieser Geschichten unterstrich nur, dass sie und ihre Mutter im Leben ihres Vaters so gut wie keine Rolle spielten.

Vielleicht war das der Grund, warum sie begann, sich über Guy Barnard zu ärgern.

Aber es war mehr als sein Gerede über Bill Maitland. Auf irgendeine seltsame, unbeschreibliche Art erinnerte Guy sie zu sehr an ihren Vater.

Plötzlich holperte das *Tuk-Tuk* über eine Bodenwelle auf der Fahrbahn, und sie prallte gegen Guys Schulter. Ein stechender Schmerz fuhr durch ihren Arm, und ihr ganzer Körper verkrampfte sich.

Besorgt schaute er sie an. »Alles in Ordnung mit Ihnen?«

»Ich …« Sie biss sich auf die Lippen und kämpfte gegen die Tränen an. »Es fängt jetzt wirklich an wehzutun.«

Er rief dem Fahrer zu, er solle das Tempo drosseln. Dann nahm er Willys Hand und hielt sie fest. »Es dauert nicht mehr lange. Wir sind gleich da …«, tröstete er sie.

Es war trotzdem eine sehr lange Fahrt bis zum Hotel.

In ihrem Zimmer setzte Guy sie aufs Bett und strich ihr sanft das Haar aus der Stirn. »Haben Sie Schmerztabletten?«

»Im … im Badezimmer steht Aspirin.« Sie wollte aufstehen. »Ich hole es.«

»Nein. Sie bleiben, wo Sie sind.« Er ging ins Bad und kam mit einem Glas Wasser und der Aspirinflasche zurück. Trotz ihrer entsetzlichen Schmerzen war sie sich der Tatsache bewusst, dass er sie durchdringend musterte, während sie die Tabletten hinunterschluckte. Als er sich umdrehte und das Zimmer durchquerte, weckte die Distanz zu ihm plötzlich so etwas wie ein Gefühl der Verlassenheit in ihr.

Sie sah ihm dabei zu, wie er den winzigen Kühlschrank durchforstete. »Was suchen Sie?«

»Schon gefunden.« Er kam mit einer kleinen Whiskyflasche zurück, öffnete sie und reichte sie ihr. »Flüssiges Betäubungsmittel. Es ist eine altmodische Medizin, aber sie wirkt.«

»Ich mag keinen Whisky.«

»Sie müssen ihn auch nicht mögen. Medizin muss bitter schmecken, sonst nützt sie nichts.«

Sie riskierte einen Schluck. Er brannte ihr in der Kehle. »Danke«, murmelte sie. »Trotzdem.«

Langsam begann er, im Zimmer herumzugehen, begutachtete das edle Mobiliar und die fantastische Aussicht. Glasschiebetüren führten auf einen Balkon. Vom Chaophya-Fluss, der nur wenige Meter tiefer vorbeifloss, drang das Dröhnen von Motorbooten, die das Wasser durchpflügten. Er trat an den Nachttisch, nahm eine Rambutan-Frucht aus dem Obstkorb, den das Hotel seinen Gästen kostenlos ins Zimmer stellte, und begann, die haarige Schale zu entfernen. »Schönes Zimmer«, bemerkte er gedankenverloren, während er das Obst kaute. »Da kann meine Absteige nicht mithalten – das Liberty Hotel. Was machen Sie eigentlich beruflich?«

Sie trank einen zweiten Schluck Whisky und hustete. »Ich bin Pilotin.«

»Wie Ihr alter Herr?«

»Nicht ganz. Ich fliege, um Geld zu verdienen und nicht wegen des Nervenkitzels. Nicht, dass ich viel verdiene. Als Cargoflieger bekommt man nicht besonders viel.«

»So schlecht kann die Bezahlung auch nicht sein, wenn Sie hier absteigen.«

»Ich zahle nicht dafür.«

Er zog die Augenbrauen hoch. »Wer denn?«

»Meine Mutter.«

»Sehr nobel von ihr.«

Sein zynischer Unterton irritierte sie. Welches Recht hatte er, sie zu beleidigen? Da stand dieser verprügelte Vagabund vor ihr, aß *ihr* Obst, genoss *ihre* Aussicht. Die Fahrt mit dem *Tuk-Tuk* hatte seine Haare in alle Richtungen verweht, und sein verletztes Auge war fast zugeschwollen. Warum gab sie sich überhaupt mit diesem Typen ab?

Er schaute sie neugierig an. »Wofür zahlt Mama denn noch?«, wollte er wissen.

Sie hielt seinem Blick stand. »Für ihre eigene Beerdigung.«

Zufrieden stellte sie fest, dass ihm das Grinsen sofort aus dem Gesicht fiel.

»Was soll das heißen? Ist Ihre Mutter tot?«

»Nein, aber sie liegt im Sterben.« Willy blickte aus dem Fenster auf die Laternen, die das Flussufer säumten. Einen Moment lang schienen sie wie Glühwürmchen im Dunst zu tanzen. Sie schluckte, und die Lichter wurden wieder schärfer. »Himmel«, sagte sie und fuhr sich mit dem Finger durchs Haar. »Was zum Teufel mache ich hier eigentlich?«

»Keinen Urlaub, nehme ich an.«

»Da haben Sie recht.«

»Was dann?«

»Eine total sinnlose Suche.« Sie leerte die kleine Whiskyflasche und stellte sie auf den Nachttisch. »Aber es ist der Letzte Wille meiner Mutter. Und Sterbenden soll man immer ihren letzten Wunsch erfüllen.« Sie schaute Guy an. »Finden Sie nicht?«

Er sank auf einen Stuhl, ohne den Blick von ihr abzuwenden. »Sie haben mir gesagt, dass Sie wegen einer Familienangelegenheit hier sind. Hat die mit Ihrem Vater zu tun?«

Sie nickte.

»Deshalb waren Sie heute bei Kistner?«

»Wir haben gehofft – *ich* habe gehofft –, dass er uns sagen kann, was mit Dad passiert ist.«

»Warum haben Sie sich an Kistner gewandt? Mit der Suche nach Vermissten hat er doch überhaupt nichts zu tun.«

»Aber die militärische Vermisstenabteilung. 1970 war Kistner in Laos stationiert. Er hat den Befehl für den letzten Flug meines Vaters gegeben. Und nachdem das Flugzeug verschollen war, hat er die Suchaktion geleitet. Oder das bisschen, das gesucht wurde.«

»Hat Kistner Ihnen etwas Neues erzählen können?«

»Nur das, womit ich ohnehin gerechnet habe. Dass es keinen

Zweck hat, die Angelegenheit nach zwanzig Jahren wieder aufzugreifen. Dass mein Vater tot ist. Und dass es keine Möglichkeit gibt, an seine sterblichen Überreste zu kommen.«

»Das zu hören muss schlimm für Sie gewesen sein. Jetzt haben Sie den weiten Weg für nichts und wieder nichts gemacht.«

»Es ist vor allem schlimm für meine Mutter.«

»Für Sie nicht?«

»Nicht wirklich.« Sie erhob sich vom Bett und trat auf den Balkon hinaus. Sie wusste, dass Guy sie beobachtete; sie konnte seinen Blick auf ihrem Rücken spüren, konnte sich seinen schockierten Gesichtsausdruck vorstellen. Natürlich war er schockiert. Was sie gerade gesagt hatte, war erschreckend gewesen. Aber es war auch die Wahrheit.

Sie spürte sein Näherkommen mehr, als dass sie es hörte. Er stellte sich neben sie und lehnte sich an das Geländer. Gegen das Licht der Straßenlaternen war sein Gesicht nur schattenhaft zu sehen.

Sie schaute auf die flirrende Wasseroberfläche. »Sie haben keine Ahnung, was es heißt, die Tochter einer Legende zu sein. Mein ganzes Leben lang haben mir die Leute erzählt, wie mutig er war und was für ein Held. Er muss diesen Ruhm wirklich geliebt haben.«

»Das tun viele Männer.«

»Und viele Frauen leiden darunter.«

»Hat Ihre Mutter darunter gelitten?«

Sie sah zum Himmel hinauf. »Meine Mutter …« Sie schüttelte den Kopf und lachte traurig. »Ich will Ihnen etwas über meine Mutter erzählen. Sie war Nachtclubsängerin. Sie trat in den besten New Yorker Clubs auf. Ich habe das Album gesehen, in dem sie ihre Kritiken gesammelt hat. An eine erinnere ich mich noch heute: ›Ihre Stimme webt ein Netz, das jedes Publikum in seinen Zauber einfängt.‹ Sie wollte ganz hoch hinaus. Dann heiratete sie. Vom

Bühnenstar stieg sie ab zu einer Fußnote im Leben eines Mannes. Ein paar Jahre lang haben wir in Vientiane gelebt. Ich erinnere mich noch daran, was für ein Rampentier sie war. Sie wollte unbedingt zurück nach Hause. Stattdessen musste sie die Kolonialwarenläden durchforsten, um etwas Anständiges zum Essen zu finden. Über die Handgranaten hat sie nur gelacht. Und Dad hat den Ruhm eingeheimst. Doch sie hat mich großgezogen.« Willy schaute zu Guy hinüber. »So funktioniert die Welt nun mal, nicht wahr?«

Er antwortete nicht.

Sie blickte wieder auf den Fluss. »Nachdem Dads Vertrag mit Air America ausgelaufen war, haben wir es eine Weile in San Francisco versucht. Er arbeitete für eine Passagierlinie. Und Mom und ich … nun, wir haben es genossen, in einer Stadt zu leben, in der es weder Mörser gab, noch Handgranaten in die Luft gingen. Aber …« Sie seufzte. »Es war nicht von Dauer. Dad langweilte sich immer mehr. Ich vermute, er vermisste die Adrenalinschübe. Und den Ruhm. Also ist er zurückgegangen.«

»Sie haben sich scheiden lassen?«

»Er hat nie um eine Scheidung gebeten. Mom hätte sowieso nicht eingewilligt. Sie hat ihn geliebt.« Willys Stimme zitterte. »Sie liebt ihn immer noch.«

»Er ist also allein nach Laos zurückgegangen?«

»Er hat sich für zwei weitere Jahre verpflichtet. Offenbar zog er die Gesellschaft von Draufgängern vor. Sie waren alle so gepolt, die Piloten von A.A. Nur Freiwillige, keine Dienstverpflichteten. Jeder lachte dem Tod ins Gesicht. Ich glaube, Fliegen war das Einzige, das ihnen einen Kick gab, ihnen das Gefühl vermittelte, lebendig zu sein. Es muss das ultimative Hochgefühl für Dad gewesen sein – zu sterben.«

»Und jetzt sind Sie hier, zwanzig Jahre später.«

»Ja. Jetzt bin ich hier.«

»Auf der Suche nach einem Mann, der Ihnen vollkommen schnuppe ist. Warum?«

»Ich stelle diese Fragen nicht. Sondern meine Mutter. Sie hat nie viel verlangt. Weder von mir, noch von sonst jemandem. Aber das hier ist etwas, das sie unbedingt wissen will.«

»Ihr letzter Wunsch.«

Willy nickte. »Das ist das einzig Positive am Krebs. Er lässt einem genügend Zeit, um noch einige Dinge zu erledigen und abzuschließen. Und die Sache mit meinem Vater ist noch lange nicht abgeschlossen.«

»Kistner hat Ihnen doch die offizielle Version mitgeteilt – Ihr Vater ist tot. Schließt das die Sache nicht ab?«

»Nicht nach all den Lügen, die man uns aufgetischt hat.«

»Wer hat Sie belogen?«

Sie lachte. »Fragen Sie lieber, wer uns *nicht* belogen hat. Glauben Sie mir, wir haben nichts unversucht gelassen. Die Unfalluntersuchungsabteilung der Army, der Geheimdienst, die CIA – sie alle haben uns den gleichen Rat gegeben: Vergessen Sie's.«

»Möglicherweise haben sie damit recht.«

»Möglicherweise haben sie was zu verbergen.«

»Und zwar?«

»Dass Dad den Absturz überlebt hat.«

»Welche Beweise haben Sie dafür?«

Sie schaute Guy einen Moment lang an, während sie überlegte, wie viel sie ihm erzählen sollte. Und sich fragte, warum sie ihm überhaupt schon so viel erzählt hatte. Sie wusste doch gar nichts über ihn – abgesehen von der Tatsache, dass er über ein schnelles Reaktionsvermögen sowie Humor verfügte. Dass er braune Augen und ein schelmisches Grinsen hatte. Und dass er auf seine zerzauste Art und Weise der attraktivste Mann war, den sie jemals getroffen hatte.

Der letzte Gedanke traf sie wie ein Blitz aus heiterem Himmel. Aber er war in der Tat attraktiv. Dabei hätte sie nicht einmal mit Gewissheit sagen können, was ihn so anziehend machte. Vielleicht war es seine Selbstgewissheit und die Siegessicherheit, mit der er auftrat. *Vielleicht ist es auch bloß dieser verdammte Whisky,* überlegte sie. Deshalb war ihr innerlich so warm, und ihre Knie fühlten sich wie Pudding an.

Sie hielt sich am stählernen Geländer fest. »Meine Mutter und ich haben … nun ja, *Hinweise*, dass uns gewisse Sachen verheimlicht wurden.«

»Irgendwas Konkretes?«

»Würden Sie einen Augenzeugen als konkret bezeichnen?«

»Kommt auf den Augenzeugen an.«

»Ein Dorfbewohner aus Laos.«

»Er hat Ihren Vater gesehen?«

»Nein, das ist es ja gerade – er hat ihn *nicht* gesehen.«

»Jetzt bin ich verwirrt.«

»Kurz nach dem Flugzeugabsturz«, erklärte sie, »haben Dads Kumpels Flugblätter gedruckt, auf denen sie demjenigen eine Belohnung in Höhe von zwei Kilo Gold versprachen, der einen Beweis für den Absturz liefern konnte. Die Blätter wurden entlang der Grenze und über dem Gebiet von Pathet Lao abgeworfen. Ein paar Wochen später tauchte ein Eingeborener aus dem Dschungel auf, um sich die Belohnung abzuholen. Er behauptete, das Flugzeugwrack gefunden zu haben, das kurz hinter der vietnamesischen Grenze abgestürzt sei. Seine Beschreibung war korrekt bis hin zur Maschinennummer am Heck. Und er schwor, dass nur zwei Leichen in dem Wrack gewesen seien – eine im Frachtraum, die andere im Cockpit. Aber zur Mannschaft gehörten *drei.*«

»Was haben die Ermittler dazu gesagt?«

»Von denen haben wir diese Information nicht. Wir haben erst davon erfahren, als der Geheimbericht in unserem Briefkasten steckte. Auf den Umschlag hatte jemand ›Von einem Freund‹ geschrieben. Ich vermute, dass einer von Dads ehemaligen Freunden bei Air America von der Vertuschung Wind bekommen und beschlossen hatte, die Familie zu informieren.«

Guy stand vollkommen still – wie eine Katze im Schatten. Als er seine nächste Frage stellte, verriet ihr seine Stimme, dass er ausgesprochen interessiert war.

»Was hat Ihre Mutter daraufhin unternommen?«, wollte er wissen.

»Sie ist natürlich an der Sache drangeblieben. Sie wollte nicht aufgeben. Sie nervte die CIA und Air America. Aber sie hat nichts herausbekommen. Allerdings erhielt sie daraufhin ein paar anonyme Telefonanrufe, bei denen ihr gesagt wurde, sie solle endlich Ruhe geben.«

»Oder?«

»Oder sie würde Dinge über Dad erfahren, die sie gar nicht wissen wollte. Peinliche Sachen.«

»Frauengeschichten? Oder was?«

Jetzt kam der Moment, an dem Willy jedes Mal wütend wurde. Sie brachte es fast nicht über sich, davon zu sprechen. »Sie behaupteten …« Sie holte tief Luft. »Sie behaupteten, dass er für die andere Seite gearbeitet hätte. Dass er ein Verräter sei.«

Eine Pause entstand. »Und Sie glauben das nicht«, sagte er leise.

Trotzig schob sie das Kinn vor. »Nein, verdammt noch mal, natürlich glaube ich das nicht! Nicht ein Wort davon. Sie wollten uns nur einschüchtern, damit wir nicht weiter nach der Wahrheit forschten. Es war nicht die einzige Masche, die sie benutzt haben. Als wir nicht aufhörten, Fragen zu stellen, verweigerten sie Dads Soldnachzahlung, die sich auf einige Zehntausend Dollar angesammelt hatte. Trotzdem haben wir nicht klein beigegeben, um an Informationen zu kommen. Dann endete der Krieg, und wir dachten, dass wir jetzt endlich Antworten bekommen würden. Wir haben im Fernsehen all die Kriegsheimkehrer gesehen. Es war schwer für Mom, diese Familienvereinigungen mitzuerleben. Und Nixon über unsere tapferen Männer palavern zu hören, die endlich wieder nach Hause gekommen seien. Denn ihrer war ja nicht dabei. Umso überraschter waren wir, als wir erfuhren, dass es einer der Männer aus der Mannschaft in Dads Flugzeug nach Hause geschafft hatte.«

Erstaunt richtete Guy sich auf. »Also gab es tatsächlich einen Überlebenden?«

»Luis Valdez, der zuständig für die Fracht gewesen war. Er ist mit dem Fallschirm abgesprungen, als das Flugzeug runterging. Kaum war er auf dem Boden, wurde er festgenommen. Er saß fünf Jahre in einem Militärgefängnis in Nordvietnam.«

»Erklärt das nicht die fehlende Leiche? Wenn Valdez abgesprungen ist …«

»Warten Sie, da ist noch mehr. Noch am selben Tag, als Valdez in die Staaten zurückgekehrt ist, hat er uns angerufen. Ich war am Telefon. Ich konnte hören, dass er Angst hatte. Der Geheimdienst hatte ihn gewarnt, nur ja nicht mit irgendjemandem zu reden. Aber er dachte, er schulde es Dad, uns zu erzählen, was passiert war. Er hat berichtet, dass auf diesem Flug ein Passagier dabei war, ein Laote, der bereits tot war, als das Flugzeug auf die Erde stürzte. Und dass es sich bei der Leiche im Cockpit vermutlich um Kozlowski, den Kopiloten, gehandelt hat. Damit fehlt immer noch eine Leiche.«

»Ihr Vater.«

Sie nickte. »Mit dieser Information sind wir noch einmal zur CIA gegangen. Und wissen Sie was? Sie haben abgestritten, dass auf dem Flug ein Passagier gewesen sei, weder ein Laote noch sonst jemand. Sie behaupteten, es seien nur Flugzeugteile transportiert worden.«

»Und was haben sie bei Air America gesagt?«

»Die behaupten auch, dass es keine Unterlagen über einen Passagier gibt.«

»Aber Sie hatten Valdez' Aussage.«

Sie schüttelte den Kopf. »Am Tag nach seinem Anruf, als er uns besuchen wollte, hat er sich in den Kopf geschossen. Selbstmord. Das stand jedenfalls im Polizeibericht.«

Guys langes Schweigen verriet ihr, dass er schockiert war. »Wie praktisch«, murmelte er.

»Zum ersten Mal in meinem Leben habe ich meine Mutter verängstigt gesehen. Nicht ihretwegen, sondern wegen mir. Sie hatte Angst davor, was geschehen könnte und wozu die anderen möglicherweise imstande waren. Also ließ sie die Angelegenheit auf sich beruhen. Bis ...« Willy machte eine Pause.

»Etwas Neues passierte?«

Willy nickte. »Etwa ein Jahr nach Valdez' Tod – ich glaube, es war 1976 – passierte etwas Seltsames mit dem Bankkonto meiner Mutter. Es wies auf einmal fünfzehntausend Dollar mehr auf. Von der Bank erfuhr sie nur, dass die Überweisung von Bangkok aus getätigt worden war. Ein Jahr später geschah das Gleiche – diesmal waren es etwa zehntausend Dollar.«

»So viel Geld – und sie hat nie herausgefunden, wo es herkam?«

»Nein. All die Jahre hat sie versucht, es herauszufinden. Sie fragte sich, ob es einer von Dads Kameraden gewesen sein könnte – oder vielleicht sogar Dad selbst ...« Seufzend schüttelte Willy den Kopf. »Jedenfalls – vor ein paar Monaten wurde bei ihr Krebs diagnostiziert. Und plötzlich schien es ihr sehr wichtig zu sein, die Wahrheit zu erfahren. Sie ist zu krank, um die Reise selbst zu unternehmen, deshalb hat sie mich gebeten zu fahren. Und ich laufe jetzt gegen die gleichen Wände wie sie vor zwanzig Jahren.«

»Vielleicht waren Sie nicht bei den richtigen Leuten?«

»Wer sind denn die *richtigen* Leute?«

Guy machte einen Schritt auf sie zu. »Ich habe gewisse Verbindungen«, sagte er leise. »Ich könnte es für Sie herausfinden.«

Ihre Hände berührten sich auf dem Geländer. Willy spürte einen wohligen Schauer. Rasch zog sie die Hand fort.

»Welche Art von Verbindungen?«

»Geschäftliche.«

»Was genau sind denn Ihre Geschäfte?«

»Opferzahlen bestimmen. Hundemarken identifizieren. Ich arbeite beim militärischen Erkennungsdienst.«

»Verstehe. Sie sind in der Army.«

Grinsend lehnte er sich mit der Hüfte ans Geländer. »Von wegen. Nach Vietnam habe ich den Dienst quittiert. Ich bin zurück ans College und habe einen Master in Steine und Gebeine gemacht. Also angewandte Anthropologie mit dem Schwerpunkt Südostasien. Eine Zeitlang habe ich im Museum gearbeitet, bis ich festgestellt habe, dass die Army besser bezahlt. Also habe ich mich als Zivilist verpflichtet. Ich sortiere immer noch Knochen – mit dem Unterschied, dass diese Namen, Dienstrang und Erkennungsnummern haben.«

»Und deshalb fliegen Sie nach Vietnam.«

Er nickte. »Es gibt ein paar neue Überreste, die ich in Saigon und Hanoi abholen soll.«

Überreste. So ein kaltes Wort für das, was einmal ein menschliches Wesen war.

»Ich kenne einige Leute«, fuhr er fort. »Vielleicht kann ich Ihnen helfen.«

»Warum?«

»Sie haben mich neugierig gemacht.«

»Das ist alles? Neugier?«

Sein nächster Schritt erschreckte sie. Er streckte die Hand aus und schob ihr kurzes zerzaustes Haar zurück. Die flüchtige Berührung seiner Finger brachte ihre Nervenenden zum Kitzeln. Sie erstarrte, denn sie wusste nicht, wie sie auf diesen unerwarteten intimen Kontakt reagieren sollte.

»Vielleicht bin ich einfach nur ein netter Kerl«, flüsterte er.

Himmel, jetzt wird er mich gleich küssen, dachte sie. *Er wird mich küssen, und ich werde es zulassen, und was dann passiert, kann man sich unschwer vorstellen …*

Sie schlug seine Hand beiseite und machte einen schnellen Schritt rückwärts. »Ich glaube nicht an nette Kerle«, konterte sie.

»Angst vor Männern?«

»Ich habe keine Angst vor Männern. Aber ich traue ihnen auch nicht.«

»Trotzdem haben Sie mich in Ihr Zimmer gelassen«, erwiderte er amüsiert.

»Vielleicht wird es Zeit, Sie wieder herauszulassen.« Sie durchquerte das Zimmer und riss die Tür auf. »Oder haben Sie vor, Probleme zu machen?«

»Ich?« Zu ihrer Überraschung folgte er ihr sofort zur Tür. »Ich mache niemals Probleme.«

»Das glaube ich Ihnen aufs Wort.«

»Abgesehen davon kann ich sowieso nicht bleiben. Ich habe noch ein paar wichtige Dinge zu erledigen.«

»Wirklich?«

»Wirklich.« Er betrachtete das Schloss an ihrer Tür. »Ich sehe, Sie haben einen Sicherheitsriegel. Benutzen Sie ihn. Und befolgen Sie meinen Ratschlag – gehen Sie heute Abend nicht mehr in die Stadt.«

»Verflixt. Genau das wollte ich gerade tun.«

»Oh – und für den Fall, dass Sie mich brauchen …« Im Türbogen drehte er sich noch einmal um und grinste übers ganze Gesicht. »Ich wohne im Liberty Hotel. Sie können mich jederzeit anrufen.«

Sie wollte gerade sagen: *Bemühen Sie sich nicht.* Aber ehe sie ein Wort herausbrachte, war er bereits verschwunden.

Und sie starrte auf die geschlossene Tür.

3. KAPITEL

Tobias Wolff hatte seinen Rollstuhl zum Barschrank gelenkt. Jetzt drehte er sich um und warf seinem alten Freund einen Blick zu. »An deiner Stelle würde ich mich da raushalten, Guy.«

Seit fünf Jahren hatten sie sich nicht gesehen. Toby war noch immer so muskulös wie eh und je – zumindest von der Taille aufwärts. Nach fünfzehn Jahren im Rollstuhl waren seine Arme und Schultern kräftiger geworden. Dennoch hatte die Zeit ihren Tribut gefordert. Toby war inzwischen fast fünfzig, und so sah er auch aus. Sein buschiges Haar, das er wie Beethoven trug, war ergraut. Sein Gesicht war aufgedunsen und feucht von der tropischen Hitze. Doch die dunklen Augen blickten wachsam wie immer.

»Nimm den Rat eines alten Kollegen an«, sagte er, während er Guy ein Glas Scotch reichte. »Es gibt keine zufälligen Treffen. Es gibt nur geplante Begegnungen.«

»Zufall oder nicht«, entgegnete Guy. »Willy Maitland könnte der Durchbruch sein, auf den ich gewartet habe.«

»Sie könnte dir aber auch nur Probleme bereiten.«

»Was habe ich zu verlieren?«

»Dein Leben?«

»Komm, Toby. Du bist der Einzige, dem ich zutraue, dass er mir eine ehrliche Antwort gibt.«

»Das ist schon so lange her. Ich hatte gar nichts mit dem Fall zu tun.«

»Aber du warst in Vientiane, als es geschah. Du musst dich doch an irgendetwas über den Maitland-Fall erinnern.«

»Nur, was ich so im Vorübergehen aufgeschnappt habe. Nichts davon ist bewiesen. Himmel, da draußen ging es zu wie im Wilden Westen. Es gab mehr Gerüchte als Moskitos.«

»Von euch Undercover-Agenten gab's aber noch mehr.«

Toby zuckte mit den Schultern. »Wir hatten einen Job zu erledigen. Und wir haben ihn erledigt.«

»Weißt du noch, wer sich um den Maitland-Fall gekümmert hat?«

»Das muss Mike Micklewait gewesen sein. Ich weiß, dass er der Sachbearbeiter war, der diesen Dorfbewohner in die Zange genommen hat. Der Typ, der wegen der Belohnung gekommen war.«

»Hielt Micklewait den Mann für ehrlich?«

»Vermutlich nicht. Ich weiß jedenfalls, dass der Einheimische die Belohnung nicht bekommen hat.«

»Warum hat man Maitlands Familie das alles nicht erzählt?«

»Moment mal, Maitland war nicht einfach nur irgendein unbedeutender Gefreiter. Er arbeitete für Air America. Mit anderen Worten für die CIA. Das ist ein Job, über den man nicht spricht. Maitland kannte die Risiken.«

»Die Familie hat es verdient, über jede neue Entwicklung in Kenntnis gesetzt zu werden.« Guy dachte an die verschlungenen Pfade, über die Willy und ihre Mutter davon erfahren hatten.

Toby lachte. »Da fand ein geheimer Krieg statt, weißt du das nicht mehr? Wir hätten nicht einmal in Laos sein dürfen. Die Familien zu informieren stand ganz unten auf der To-do-Liste.«

»Gab es noch andere Gründe für diese Heimlichtuerei? Hatte es etwas mit dem Passagier zu tun?«

Toby zog eine Augenbraue hoch. »Woher hast du denn dieses Gerücht?«

»Von Willy Maitland. Sie hat gehört, dass ein Laote an Bord war. Jeder leugnet seine Existenz, deshalb vermute ich, dass er eine sehr wichtige Person war. Wer also war er?«

»Ich weiß es nicht.« Toby drehte seinen Rollstuhl und schaute aus dem geöffneten Fenster seines Apartments. Aus der Dunkelheit drangen die Geräusche und Gerüche von Bangkoks Straßen herauf.

Fleisch, das über einer Feuerstelle gegrillt wurde. Das Lachen von Frauen. Das Knattern eines *Tuk-tuks.* »Damals ist eine Menge passiert. Dinge, über die wir nie geredet haben. Dinge, über die zu reden wir uns geschämt haben. Bei all den Geheimagenten und Doppelagenten und Generälen und Glücksrittern konnte man niemals sicher sein, an wen man sich halten sollte. Jeder war ein Strippenzieher und versuchte, möglichst schnell reich zu werden. Ich konnte es kaum erwarten, von dort wegzukommen.« Verärgert schlug er auf die Lehne seines Rollstuhls. »Und hier bin ich nun gelandet. Was für ein großartiger Abgang!« Seufzend lehnte er sich zurück und schaute hinaus in die Nacht. »Lass die Finger davon, Guy«, sagte er leise. »Wenn du recht haben solltest, wenn tatsächlich jemand versucht, Maitlands Tochter umzubringen, ist das eine viel zu heiße Angelegenheit.«

»Genau darum geht es doch, Toby. *Warum* ist das so eine heiße Angelegenheit? Warum macht Maitlands Göre sie so nervös – nach all den Jahren? Was könnte sie herausfinden?«

»Weiß sie, worauf sie sich da einlässt?«

»Das bezweifle ich. Aber diese Dame kann ohnehin niemand aufhalten. Sie ist aus demselben Holz geschnitzt wie ihr alter Herr.«

»Das heißt, sie wird Probleme bereiten. Wie willst du sie dazu bringen, mit dir gemeinsame Sache zu machen?«

»Darüber bin ich mir noch nicht im Klaren.«

»Als letzten Ausweg gibt es immer noch die Methode Romeo.«

Guy grinste. »Ich werde es mir überlegen.«

Im Grunde war das genau die Taktik, über die er den ganzen Abend nachgedacht hatte. Nicht, weil er sich so sicher war, dass sie funktionieren würde, sondern weil sie eine attraktive Frau war und er sich schon die ganze Zeit gefragt hatte, wie es wohl hinter dieser abweisenden Fassade aussah.

»Du könntest ihr natürlich auch die Wahrheit erzählen«, fuhr Toby fort. »Dass du es gar nicht auf sie abgesehen hast. Sondern auf die drei Millionen Dollar Belohnung.«

»Zwei Millionen.«

»Drei Millionen, zwei Millionen … wo ist der Unterschied? Es ist eine Menge Kohle.«

»Und ich könnte viel Unterstützung brauchen«, sagte Guy mit Betonung.

Toby seufzte. »Okay.« Endlich rollte er seinen Stuhl herum, um Guy ins Gesicht zu sehen. »Du willst einen Namen, also gebe ich dir einen. Versuche es mit Alain Gerard, einem Franzosen. Er lebt zurzeit in Saigon. Er hatte enge Beziehungen zur Firma und wusste über alles Bescheid, was in Vientiane vor sich ging.«

»Er war bei der Fluggesellschaft und lebt in Saigon? Warum haben die Vietnamesen ihn nicht rausgeworfen?«

»Er ist nützlich für sie. Während des Krieges hat er sein Geld mit dem Export von, nennen wir es mal ›pharmazeutischen Rohstoffen‹ verdient. Im Alter hat er sich zum Wohltäter gewandelt. Wegen der amerikanischen Handelsembargos haben die Vietnamesen keinen Zugang zu westlichen Märkten. Gerard beschafft ihnen Arzneimittel und medizinische Geräte wie Antibiotika oder Röntgenfilme aus Frankreich. Dafür lassen sie ihn im Land bleiben.«

»Kann ich ihm vertrauen?«

»Er war bei der Firma.«

»Dann kann ich ihm nicht vertrauen.«

Tobias ließ ein Grunzen hören. »Aber du vertraust mir.«

»Das ist was anderes.«

»Nur, weil ich dir etwas schuldig bin, Barnard. Obwohl ich schon oft gedacht habe, dass du mich in dem Flugzeug hättest verbrennen lassen sollen.« Toby massierte seine gefühllosen Schenkel. »Niemand hat Verwendung für einen halben Mann.«

»Man braucht keine Beine, um ein Mann zu sein, Toby.«

»Ha. Erzähl das mal Onkel Sam.« Mithilfe seiner muskulösen Arme verlagerte Toby sein Gewicht im Rollstuhl. »Wann fliegst du denn nach Saigon?«

»Morgen früh. Ich habe den Flug um ein paar Tage verschoben.« Allein bei dem Gedanken, die Air-France-Maschine besteigen zu müssen, wurden Guys Handflächen feucht. Er trank einen großzügigen Schluck von seinem Whisky, um sich zu beruhigen. »Ich wünschte, ich könnte mit dem Schiff fahren.«

Toby lachte. »Dann wärst du der erste Boat People, der nach Vietnam *zurück* reist. Hast du immer noch Angst vorm Fliegen?«

»Weiße Knöchel sind noch das Geringste dabei.« Er stellte sein Glas ab und ging zur Tür. »Danke für den Drink. Und den Tipp.«

»Ich schau mal, was ich sonst noch für dich tun kann«, rief Toby ihm nach. »Ich könnte noch den einen oder anderen Kontakt im Land aktivieren. Vielleicht kann ich sie dazu überreden, ein Auge auf dich zu haben. Und auf diese Frau. Nebenbei gefragt – passt eigentlich heute Nacht jemand auf sie auf?«

»Ein paar von Puapongs Kumpels. Sie lassen keinen in ihre Nähe. Damit sie morgen lebend am Flughafen ankommt.«

»Und was passiert dann?«

An der Tür blieb Guy stehen. »Wenn wir erst mal in Saigon gelandet sind, wird es bestimmt ungefährlicher für uns.«

»Ungefährlicher? In Saigon?« Toby schüttelte den Kopf. »Verlass dich da lieber nicht drauf.«

Die Zuschauer im Bong Bong Club waren mittlerweile außer Rand und Band. Die betrunkenen Männer grölten und begrapschten die Mädchen, die mit totem Blick auf der Bühne tanzten. Niemand bemerkte die beiden Männer, die in einer dunklen Ecke an ihrem Tisch saßen.

»Ich bin sehr enttäuscht, Mr. Siang. Sie sind doch ein Profi. Jedenfalls habe ich das gedacht. Ich habe fest damit gerechnet, dass Sie den Auftrag erfüllen. Doch die Frau lebt immer noch.«

Mit ausdruckslosem Gesicht nahm Siang die Demütigung zur Kenntnis. Er war es nicht gewohnt zu versagen – oder kritisiert zu werden. Dankbar dafür, dass seine roten Wagen im Dämmerlicht nicht zu sehen waren, stellte er sein Wodkaglas auf den Tisch. »Ich habe Ihnen doch schon gesagt, dass das unmöglich vorherzusehen war. Diese Störung … ein Mann …«

»Ja. Ein Amerikaner, hat man mir erzählt. Ein gewisser Mr. Barnard.«

Siang erschrak. »Sie kennen seinen Namen?«

»Ich lege großen Wert darauf, alles zu wissen.«

Siang berührte sein verletztes Gesicht und zuckte zusammen. Dieser Mr. Barnard hatte wirklich einen harten Schlag. Sollten sie sich je wieder über den Weg laufen, würde er für diese Demütigung zahlen müssen.

»Die Frau fliegt morgen nach Saigon«, sagte der Mann.

»Morgen?« Siang schüttelte den Kopf. »Das lässt mir nicht genügend Zeit.«

»Sie haben die ganze Nacht.«

»Heute Nacht? Unmöglich.« Während der vergangenen vier Stunden hatte Siang tatsächlich schon versucht, in die Nähe der Frau zu kommen. Aber der Mann an der Rezeption des Oriental hatte wie ein Wachhund auf die Generalschlüssel aufgepasst, der Sicherheitsbeamte des Hotels wich keinen Zentimeter von den Aufzügen fort, und ein Hotelpage lief unentwegt in der Lobby auf und ab. Die Frau war unerreichbar. Siang hatte kurz daran gedacht, zum Balkon hinaufzuklettern, aber sein Plan wurde von zwei Obdachlosen zunichtegemacht, die am Ufer unterhalb ihres Fensters ihr Lager aufgeschlagen hatten. Obwohl sie ziemlich feindselig aussahen, stellten die Penner keine wirkliche Bedrohung für Siang dar. Dennoch wollte er keine unkontrollierbare Situation heraufbeschwören.

Und jetzt stand seine berufliche Reputation auf dem Spiel.

»Die Angelegenheit wird immer dringlicher«, sagte der Mann. »Sie muss baldmöglichst erledigt werden.«

»Aber morgen früh verlässt sie Bangkok. Ich kann für nichts garantieren.«

»Dann tun Sie es in Saigon. Ob Sie es hier oder dort zu Ende bringen – *es muss erledigt werden*!«

»Saigon?«, fragte Siang verblüfft. »Ich kann nicht zurück nach …«

»Wir schicken Sie mit einem thailändischen Diplomatenpass. Vielleicht als Kulturattaché. Ich kümmere mich um die entsprechenden Einreisepapiere.«

»Die vietnamesischen Sicherheitsbehörden kontrollieren sehr genau. Ich werde keine …«

»Die Diplomatenpost wird zweimal wöchentlich verschickt. Der nächste Kurier geht in drei Tagen. Ich schau mal, welche Waffen ich unterbringen kann. Bis dahin müssen Sie eben improvisieren.«

Siang schwieg, während er sich fragte, wie es sich wohl anfühlen würde, noch einmal über die Straßen von Saigon zu laufen. Und er dachte an Chantal. Wie viele Jahre hatten sie sich nicht gesehen? Ob sie ihn immer noch dafür hasste, dass er sie zurückgelassen hatte? Natürlich würde sie es tun; sie vergaß nie eine Kränkung. Irgendwie würde er ihre Zuneigung zurückgewinnen müssen. Er glaubte nicht, dass es allzu schwierig wäre. Das Leben im neuen Vietnam war bestimmt nicht einfach, vor allem nicht für eine Frau. Chantal liebte das angenehme Leben; für ein paar Luxusgüter würde sie alles tun. Sogar ihre Seele verkaufen.

Sie war eine Frau, die er verstehen konnte.

Er fixierte sein Gegenüber auf der anderen Seite des Tisches. »Es werden Unkosten entstehen.«

Der Mann nickte. »Ich kann sehr großzügig sein. Das wissen Sie ja.«

Im Geiste stellte Siang bereits eine Liste der Dinge zusammen, die er benötigte. Alte Klamotten – fadenscheinige Hemden und verblichene Hosen –, damit er in der Menge nicht auffiel. Zigaretten, Seife und Rasierklingen, die er gegen kleine Gefälligkeiten von Fremden tauschen könnte. Und er brauchte ein paar spezielle Geschenke für Chantal …

Er nickte. Der Deal war besiegelt.

»Eine Sache noch«, sagte der Mann, während er sich vom Tisch erhob.

»Ja?«

»Es scheinen … noch andere Parteien im Spiel zu sein. Die Firma beispielsweise. Ich würde nur sehr ungern schlafende Hunde wecken. Beschränken Sie das Blutvergießen auf ein Minimum. Nur die Frau stirbt. Sonst niemand.«

»Verstehe.«

Nachdem der Mann gegangen war, blieb Siang tief in Gedanken versunken am Ecktisch sitzen. Er rief sich Saigon in Erinnerung. War es tatsächlich schon fünfzehn Jahre her? Die letzten Bilder, die er von der Stadt gesehen hatte, bestanden aus panischen Gesichtern, Händen, die sich in heller Not an Hubschraubertüren festhielten, das Dröhnen der Rotoren und die Staubwolken, als die Dächer unter ihnen zurückblieben.

Siang nahm einen großen Schluck Wodka und wollte gerade gehen, als die Meute, die sich um die Bühne geschart hatte, zu pfeifen und zu klatschen begann. Ein einsames, tiefbraunes Mädchen stand splitternackt im Scheinwerferkegel. Um ihre Hüften hatte sie eine zwei Meter fünfzig lange Boa constrictor geschlungen. Das Mädchen schauderte, als die Schlange zwischen ihren Schenkeln hinabglitt. Die Männer applaudierten begeistert.

Siang grinste. Tja, der Bong Bong Club bot immer etwas Neues.

Saigon

Vom Dachgarten des Rex Hotel betrachtete Willy die Fahrräder, die die Kreuzung zwischen Le Lio und Nguyen Hue verstopften. Ein Zusammenstoß schien unvermeidlich, es war nur eine Frage der Zeit. Radfahrer bahnten sich mit halsbrecherischer Geschwindigkeit einen Weg durch den Stau und ignorierten den einzigen verrückten Fußgänger, der vorsichtig die Straße zu überqueren wagte. Willy war so damit beschäftigt, dem Mann symbolisch die Daumen zu drücken, dass sie die eintönige Stimme des Begleiters, der ihr vom Ministerium zugewiesen worden war, gar nicht wahrnahm.

»Und morgen fahren wir Sie zum Nationalpalast, wo die Marionettenregierung in Saus und Braus gelebt hat. Von da aus geht es dann zum Naturkundemuseum, in dem Sie viel über den Kampf gegen die chinesischen und französischen Imperialisten erfahren können. Am Tag darauf werden Sie unsere Lackierfabrik kennenlernen, wo Sie viele schöne Andenken für zu Hause kaufen können. Und danach …«

»Mr. Ainh«, unterbrach Willy ihn mit einem Seufzer und drehte sich endlich zu ihrem Führer um. »Das klingt alles sehr interessant, was Sie für diese Tour geplant haben. Aber haben Sie auch gesehen, was ich sonst noch vorhabe?«

Ainh blinzelte. Trotz seines spindeldürren Körpers hatte er ein engelhaftes Gesicht, das durch die dicken Gläser seiner Brille etwas Eulenhaftes erhielt. »Miss Maitland.« Er klang verletzt. »Ich habe für Sie einen Wagen organisiert. Und viele großartige Mahlzeiten.«

»Ja, das weiß ich zu schätzen, aber …«

»Sind Sie nicht zufrieden mit Ihrem Reiseplan?«

»Um ganz ehrlich zu sein – ich möchte gar kein Touristenprogramm absolvieren. Ich möchte etwas über meinen Vater herausfinden.«

»Aber Sie haben doch für das Besichtigungsprogramm bezahlt. Also müssen wir Ihnen etwas anbieten.«

»Ich habe für das Besichtigungsprogramm bezahlt, um ein Visum zu erhalten. Aber jetzt, da ich hier bin, muss ich mit den richtigen Leuten ins Gespräch kommen. Das können Sie doch für mich in die Wege leiten, oder?«

Ainh bewegte sich nervös hin und her. »Das ist … etwas kompliziert. Ich weiß nicht, ob ich das kann … es ist nicht das, was ich …« Er verfiel in hilfloses Schweigen.

»Vor einigen Monaten habe ich mich wegen meines Vaters an Ihr Außenministerium gewandt. Sie haben mir nicht geantwortet. Wenn Sie jetzt ein Treffen arrangieren könnten …«

»Vor wie vielen Monaten haben Sie geschrieben?«

»Sechs – mindestens.«

»Sie sind sehr ungeduldig. Sie können keine umgehenden Antworten erwarten.«

Sie seufzte. »Offenbar nicht.«

»Außerdem haben Sie an das Außenministerium geschrieben. Mit ihm habe ich nichts zu tun. Ich bin vom Ministerium für Tourismus.«

»Und ihr Beamten kommuniziert nicht miteinander?«

»Sie sitzen in einem anderen Gebäude.«

»Dann könnten Sie mich vielleicht, wenn es nicht zu viele Umstände macht, zu diesem Gebäude bringen?«

Er sah sie ausdruckslos an. »Aber wer wird dann die Besichtigungstour machen?«

»Mr. Ainh«, stieß sie durch zusammengebissene Zähne hervor, »*streichen* Sie diese Tour.«

Ainh sah aus wie jemand, der plötzlich schreckliche Kopfschmerzen hatte. Fast mitleidig schaute sie hinter ihm her, als er über den Dachgarten lief. Sie konnte sich vorstellen, durch welchen bürokratischen Treibsand er laufen musste, um ihre Bitte zu erfüllen. Sie hatte bereits mitbekommen, wie das System funktionierte – oder eher, wie es *nicht* funktionierte. Am Nachmittag hatte sie am Ton Sun Nhut-Flughafen drei Stunden in brütender Hitze verbringen müssen, ehe sie sämtliche Forderungen der Einwanderungsbeamten zu deren Zufriedenheit erfüllt hatte.

Ein Windhauch wehte über die Terrasse – der erste, den sie seit dem Nachmittag spürte. Obwohl sie erst vor einer Stunde geduscht hatte, war ihre Kleidung schon wieder schweißnass. Sie ließ sich auf einen Stuhl sinken und betrachtete die Skyline von Saigon, die vom Sonnenuntergang in goldenen Staub getaucht wurde. Das musste einmal eine fantastische Stadt gewesen sein – mit baumbestandenen Alleen und Freiluftcafés, in denen man die Nachmittage kaffeetrinkend genießen konnte.

Doch nach der Eroberung durch den Norden war die einstmals geradezu dekadent reiche Stadt resigniert in Armut verfallen. Überall waren die Zeichen des Niedergangs zu sehen – von der abblätternden Farbe der alten französischen Kolonialbauten bis zu den Skeletten der Gebäude, die niemals fertiggestellt worden waren. Selbst das Rex Hotel, das nach örtlichem Standard sogar als luxuriös galt, schien an allen Ecken zu bröckeln. Die Terrassenfliesen waren gerissen. Im Fischteich trieben drei teilnahmslose Karpfen wie tote Blätter umher. Das Wasser des Swimmingpools auf dem Dach hatte eine ungesunde grüne Farbe angenommen. Ein einsamer russischer Tourist saß am Beckenrand, tauchte seine Beine in das trübe Wasser und schien über die Gefährlichkeit des Schwimmens nachzudenken.

Unvermittelt wurde Willy klar, dass ihre momentane Situation genauso unklar war wie das Wasser. Der Vietnamese glaubte offenbar, dass es für alles einen geregelten Weg geben musste, aber ohne Ainhs Hilfe gab es für sie überhaupt keinen Weg – nicht einmal einen illegalen.

Was dann? überlegte sie müde. *Alleine schaffe ich das nicht. Ich brauche Hilfe. Ich brauche einen Führer. Ich brauche …*

»Na, wenn diese Dame nicht aussieht, als sei sie vollkommen vom Glück verlassen«, hörte sie eine Stimme.

Sie schaute auf und sah Guy Barnards gebräuntes Gesicht, verschattet vom Sonnenuntergang hinter seinem Rücken. Dass sie sich freute, etwas Vertrautes zu sehen – selbst wenn nur er es war –, zeigte ihr umso deutlicher, in welche Tiefen der Verzweiflung sie hinabgesunken war.

Er warf ihr ein Lächeln zu, bei dem eine Nonne schwach geworden wäre. »Willkommen in Saigon, der Hauptstadt der zerstörten Träume. Wie läuft's denn so, Kindchen?«

Sie seufzte. »Das fragen Sie noch?«

»Nicht wirklich. Ich habe das auch schon erlebt. Bin wie ein kopfloses Huhn umhergerannt und habe mir Beglaubigungen für jedes noch so unwichtige Dokument zusammengebettelt. Die Bürokratie in diesem Land ist wirklich weltweit einzigartig.«

»Vielen Dank, aber ich brauche Ihre aufmunternden Worte nicht.«

»Darf ich Sie zu einem Bier einladen?«

Sie betrachtete sein Lächeln und fragte sich, was wohl dahinterstecken mochte. Sie vermutete das Schlimmste.

Er bemerkte, dass sie schwach wurde, und bestellte zwei Bier. Dann ließ er sich auf einen Stuhl fallen und sah sie mit einem Ausdruck zerknautschter Fröhlichkeit an.

»Ich dachte, Sie kämen erst am Mittwoch nach Saigon«, sagte sie.

»Ich habe meine Pläne geändert.«

»Ziemlich plötzlich, nicht wahr?«

»Flexibilität ist eine meiner Tugenden.« Reuevoll fügte er hinzu: »Vielleicht meine einzige.«

Der Barkeeper brachte zwei eisgekühlte Heineken an den Tisch. Guy wartete, bis der Mann verschwunden war, ehe er weitersprach.

»Sie haben zwei neue Überreste von Dak To gebracht«, erklärte er.

»Verschollene Soldaten?«

»Das herauszufinden, ist meine Aufgabe. Mir war klar, dass ich ein paar zusätzliche Tage benötigen würde, um die Knochen zu untersuchen. Abgesehen davon«, er nahm einen Schluck Bier, »habe ich angefangen, mich in Bangkok zu langweilen.«

»Ganz bestimmt.«

»Nein, wirklich. Ich war bereit für einen Ortswechsel.«

»Sie haben die Fleischtöpfe des Ostens verlassen, um hierherzukommen und ein paar tote Soldaten zu untersuchen?«

»Ob Sie's glauben oder nicht, aber ich nehme meinen Job ernst.« Er stellte die Bierflasche auf den Tisch. »Aber da ich nun sowieso schon in der Stadt bin, kann ich Ihnen vielleicht behilflich sein. Denn Sie brauchen ja offensichtlich Hilfe.«

Etwas an der Art, wie er sie ansah – den Kopf schräggelegt, die Zähne blitzend vor Selbstbewusstsein –, irritierte sie. »Ich komme schon klar«, log sie.

»Wirklich? Wann findet denn Ihr erstes offizielles Treffen statt?«

»Das wird gerade in die Wege geleitet.«

»*Was* wird gerade in die Wege geleitet?«

»Ich weiß es nicht. Mr. Ainh kümmert sich um die Details, und …«

»Mr. Ainh? Sie meinen doch nicht Ihren Fremdenführer?« Er brach in schallendes Gelächter aus.

»Was ist denn daran so komisch?«, wollte sie wissen.

»Sie haben recht.« Guy riss sich zusammen. »Es ist überhaupt nicht komisch. Es ist bedauernswert. Möchten Sie jetzt schon einen Blick in meine Kristallkugel werfen? Denn ich kann Ihnen genau sagen, was passieren wird. Als Erstes wird Ihr Führer morgen mit einem bedauernden Gesichtsausdruck vor Sie treten.«

»Warum bedauernd?«

»Weil er Ihnen erzählen wird, dass das Ministerium einen Tag lang geschlossen hat. Immerhin ist der glorreiche und glanzvolle Nationalfeiertag – der 18. Juli.«

»Feiertag? Was für ein Nationalfeiertag?«

»Ist egal. Er wird irgendwas erfinden. Dann wird er Sie fragen, ob Sie nicht doch die Lackierfabrik besichtigen wollen, wo Sie viele schöne Andenken für zu Hause kaufen können …«

Jetzt lachte sie ebenfalls, denn er wiederholte exakt Mr. Ainhs Worte.

»Am Tag darauf wird er mit irgendeinem anderen Grund auftauchen, warum Sie das Ministerium nicht besuchen können. Entweder haben sie da plötzlich alle die Schweinegrippe bekommen oder es fehlt ihnen an Radiergummis. *Aber* – Sie könnten doch den Nationalpalast besichtigen?«

Ihr Lachen verebbte. »Ich glaube, ich verstehe, was Sie meinen.«

»Es ist nicht so, dass der Mann freiwillig Ihre Pläne durchkreuzt. Er weiß einfach nur, wie undurchdringlich das Dickicht dieser Bürokratie ist. Er will nur seinen eigenen kleinen Job ordentlich machen – Fremdenführer sein und harmlose Berichte über die nette Touristin verfassen. Mehr sollten Sie von ihm nicht erwarten. Der arme Kerl wird nämlich schon jetzt nicht ordentlich für das wenige bezahlt, was er bereits macht.«

»Ich bin nicht hilflos. Ich kann auch selbst an einige Türen klopfen.«

»Ja, aber an *welche* Türen? Und wo sind die versteckt? Und kennen Sie überhaupt das geheime Passwort?«

»Guy, wenn man Sie so reden hört, klingt es, als sei dieses Land ein Tollhaus.«

»*Toll* ist nicht das richtige Wort in dem Zusammenhang.«

»Was ist denn das richtige Wort?«

»Chaos.« Er zeigte hinunter auf die Straße, wo Radfahrer und Fußgänger sich in einem heillosen Durcheinander vorwärts zu bewegen versuchten. »Sehen Sie das? So funktioniert die Regierung. Jeder kämpft für sich allein. Ministerien konkurrieren mit Ministerien, Provinzen mit Provinzen. Jeder kleine Beamte versucht, seine Schäfchen ins Trockene zu bringen. Alle haben zu viel Angst, auch nur einen Zentimeter vom Weg abzuweichen, wenn ihre Vorgesetzten das nicht abgenickt haben.« Er schüttelte den Kopf. »Nicht gerade ein System für Menschen mit schwachem Herz.«

»Das bin ich nie gewesen.«

»Warten Sie, bis Sie fünf Stunden lang in einer Sauna gesessen haben, die man hier Empfangshalle nennt. Außerdem verursacht das unsaubere Wasser Ihnen Bauchschmerzen. Und die nächste Toilette ist nur ein Loch im …«

»Ich habe verstanden.«

»Wirklich?«

»Was schlagen Sie denn vor? Was soll ich tun?«

Lächelnd lehnte er sich zurück. »Bleiben Sie in meiner Nähe. Ich habe hier und da Kontakte. Zugegeben, nicht im Außenministerium. Aber sie könnten Ihnen trotzdem behilflich sein.«

Er will etwas, überlegte sie. *Was kann das sein?* Obwohl er sie freundlich anschaute, spürte sie eine gewisse Anspannung in seiner Haltung. In seinem Blick lag eine gewisse Erwartung.

»Sie sind wirklich ausgesprochen hilfsbereit. Warum?«

Er zuckte mit den Schultern. »Warum nicht?«

»Das ist kaum eine Antwort.«

»Vielleicht bin ich tief in meinem Herzen immer noch der Pfadfinder, der alten Damen über die Straße hilft. Vielleicht bin ich auch einfach nur ein netter Kerl.«

»Vielleicht könnten Sie mir auch einfach nur die Wahrheit sagen?«

»Sind Sie eigentlich schon immer so misstrauisch gegenüber Männern gewesen?«

»Ja, und wechseln Sie nicht das Thema.«

Einen Moment lang schwieg er. Mit den Fingern trommelte er gegen seine Bierflasche. »Okay«, sagte er schließlich. »Ich habe ein bisschen geschwindelt. Ich war nie bei den Pfadfindern. Aber ich habe es ernst gemeint, als ich Ihnen meine Hilfe angeboten habe. Und das Angebot steht noch immer.«

Sie sagte nichts. Doch das Schweigen und ihr skeptischer Blick verrieten Guy eine Menge. Diese Frau vertraute ihm nicht. Warum nicht – wo er doch so aufrichtig wie möglich klang? Er fragte sich, was sie wohl so misstrauisch gemacht hatte. Zu viele Rückschläge im Leben? Zu viele Männer, die sie belogen hatten?

Dann pass bloß auf, Baby. Denn dieser hier ist keinen Deut besser, dachte er mit einem Anflug von Selbstekel.

Sofort schüttelte er dieses Gefühl ab. Der Einsatz war zu hoch, als dass ihm ein schlechtes Gewissen in die Parade fahren durfte. Vor allem nicht in seinem Alter.

Jetzt würde er ihr auch noch eine andere Lüge erzählen. In letzter Zeit hatte er sehr oft gelogen. Und es wurde nicht einfacher.

»Sie haben recht«, gab er zu. »Ich tue das nicht nur, weil ich ein so gutes Herz habe.«

Sie sah nicht überrascht aus. Das ärgerte ihn. »Was erwarten Sie denn im Gegenzug?«, wollte sie wissen, den Blick fest auf ihn geheftet. »Geld?« Sie machte eine Pause. »Sex?«

Das letzte Wort, so beiläufig ausgesprochen, ließ sein Herz ein wenig schneller schlagen. Nicht, dass er nicht schon selbst daran gedacht hätte. Der Gedanke war ihm sogar schon sehr oft gekommen, seit er sie kannte. Und jetzt, da sie nur wenige Zentimeter entfernt saß und ihn mit diesem unerschütterlichen Blick musterte, hatte er Schwierigkeiten, an gewisse Dinge *nicht* zu denken. Er überlegte kurz, die Abmachung mit ein bisschen Sex zu würzen, aber er verwarf den Gedanken ganz schnell. Er fühlte sich so schon mies genug.

Gelassen griff er nach seinem Bier. Die Flasche war nicht länger eiskalt. »Nein«, antwortete er. »Sex gehört nicht zum Geschäft.«

»Verstehe.« Sie biss sich auf die Lippen. »Es geht also um Geld.«

Er nickte.

»Ich glaube, Sie sollten wissen, dass ich keines habe. Jedenfalls nicht für Sie.«

»Es ist auch nicht *Ihr* Geld, auf das ich es abgesehen habe.«

»Wessen denn?«

Er schwieg und bemühte sich um einen neutralen Gesichtsausdruck. Seine Stimme war nur noch ein Murmeln, als er weitersprach. »Haben Sie schon mal etwas von der Ariel Group gehört?«

»Noch nie.«

»Ich auch nicht. Bis vor zwei Wochen, als mich zwei ihrer Vertreter kontaktiert haben. Sie sind eine Veteranenorganisation, die sich darum kümmert, unsere verschollenen Soldaten nach Hause zu holen – und zwar lebendig. Selbst wenn das bedeutet, dass man wie Rambo vorgehen muss.«

»Ich verstehe.« Sie presste die Lippen zusammen. »Wir reden über paramilitärische Idioten.«

»Das habe ich auch gedacht, anfangs zumindest. Ich wollte sie schon aus meinem Büro werfen, als sie einen Scheck präsentierten – einen sehr großzügigen, möchte ich hinzufügen. Zwanzigtausend. Für meine Ausgaben, haben sie gesagt.«

»Ausgaben? Was genau sollen Sie denn für sie tun?«

»Ein bisschen nebenbei arbeiten. Sie wussten, dass ich hierher fliegen würde. Sie haben mich gebeten, ganz inoffiziell, sozusagen privat, nach verschollenen Soldaten zu suchen. Aber sie sind nicht an Skeletten und Erkennungsmarken interessiert. Sie wollen Fleisch und Blut.«

»Überlebende also? Glauben Sie wirklich, dass es noch welche gibt?«

»Sie glauben es. Und sie brauchen auch nur einen einzigen zu finden. Ein einziger überlebender Soldat, um ihre Ansprüche zu rechtfertigen. Wenn die Öffentlichkeit erst einmal davon erfährt, wäre Washington gezwungen zu handeln.«

Er schwieg, als der Kellner an den Tisch kam, um die leeren Bierflaschen zu holen. Erst nachdem der Mann wieder verschwunden war, fragte Willy leise: »Und welche Rolle spiele ich dabei?«

»Es geht nicht um Sie. Sondern um Ihren Vater. Nach allem, was Sie mir erzählt haben, besteht die Chance – wenn auch nur eine geringe, wohlgemerkt –, dass er noch lebt. Falls das stimmt, kann ich Sie bei der Suche unterstützen. Ich kann ihnen dabei helfen, ihn nach Hause zu bringen.«

Seine Worte, die er so ruhig und selbstsicher aussprach, ließen Willy verstummen. Guy spürte, dass sie in seinem Gesicht zu lesen versuchte, was er ihr *nicht* erzählte. Und er erzählte ihr nur wenig.

»Was haben Sie davon?«, wollte sie wissen.

»Sie meinen, abgesehen vom Vergnügen Ihrer Gesellschaft?«

»Sie haben gesagt, es gehe auch um Geld. Da ich Sie nicht bezahle, nehme ich an, dass es jemand anderes tut. Die Ariel Group vielleicht? Bietet sie Ihnen mehr als nur die Erstattung der Ausgaben?«

»Stimmt es, dass Sie immer die Klassenbeste waren?«, schmunzelte er.

»Wie viel?«

»Ganz ehrlich? Zwei Millionen.«

»Zwei Millionen *Dollar*?«

Mit festem Griff umklammerte er ihre Hand. »Nicht so laut, bitte. Diese Information ist nicht für die Öffentlichkeit bestimmt.«

Sie senkte ihre Stimme zu einem Flüstern. »Ist das Ihr Ernst? Zwei Millionen?«

»So lautet ihr Angebot. Und jetzt denken *Sie* über *mein* Angebot nach. Arbeiten Sie mit mir zusammen, und wir werden beide davon profitieren. Sie bekommen Ihren Vater zurück. Ich ein schönes Polster für meinen Ruhestand. Eine Win-win-Situation.« Er grinste, da er wusste, dass er sie nun am Haken hatte. Es wäre dumm von ihr, das Angebot auszuschlagen. Und Willy Maitland war ganz bestimmt nicht dumm. »Ich denke, Sie werden zustimmen«, sagte er. »Das ist doch eine geradezu himmlische Abmachung!«

»Oder eine höllische«, murmelte sie. Sie lehnte sich zurück und musterte ihn mit stahlharter Miene. »Sie sind doch nichts anderes als ein Kopfgeldjäger.«

»Wenn Sie mich so bezeichnen wollen.«

»Ich könnte Sie auch noch ganz anders bezeichnen. Aber nichts davon wäre schmeichelhaft.«

»Ehe Sie jetzt anfangen, mich zu beschimpfen, sollten Sie lieber über Ihre Alternativen nachdenken. Von denen es nicht allzu viele gibt. Entweder machen Sie auf eigene Faust weiter, was Sie bisher allerdings nicht wirklich vorangebracht hat. Sie könnten allerdings auch«, er beugte sich näher und schenkte ihr sein überzeugendstes Lächeln, »mit mir zusammenarbeiten.«

Ihre Lippen wurden schmal. »Ich arbeite nicht mit Söldnern zusammen.«

»Was haben Sie gegen Söldner?«

»Nur eine Kleinigkeit – Prinzipien.«

»Das Geld macht Ihnen zu schaffen, nicht wahr? Die Tatsache, dass ich es für Geld mache und nicht aus Herzensgüte.«

»Es geht hier nicht um eine Großwildjagd. Wir reden von *Menschen*. Von Männern, deren Familien ihr Erspartes ausgegeben haben, um nutzlose kleine Rambos wie Sie zu bezahlen. Ich kenne diese Familien. Einige machen das noch immer und klammern sich an das kleinste bisschen Hoffnung. Und Sie wissen genauso gut wie ich, dass diese Soldaten nicht in irgendeinem Kriegsgefangenenlager sitzen und auf ihre Befreiung warten. Sie sind *tot*.«

»Sie glauben doch, dass Ihr alter Herr noch am Leben ist.«

»Das ist eine andere Geschichte.«

»Stimmt. Und jeder andere der fünfhundert Verschollenen könnte ebenfalls eine ›andere Geschichte‹ sein.«

»Zufällig habe ich jedoch Beweise.«

»Aber nicht die Bauernschläue, die Sie benötigen, um ihn zu finden.« Guy beugte sich noch weiter vor und musterte sie durchdringend. Im letzten Licht des Sonnenuntergangs schien ihr Gesicht zu glühen, und auf ihren Wangen lag ein wunderschönes, gedämpftes Rot. »Wenn er noch lebt, können Sie es nicht riskieren, diese Chance nicht zu ergreifen. Und möglicherweise haben Sie nur diese eine Chance. Denn ich versichere Ihnen, dass die Vietnamesen Sie nicht noch einmal für eine Luxusreise in ihr Land lassen. Geben Sie es endlich zu, Willy. Sie brauchen mich.«

»Nein«, blaffte sie zurück. »Sie brauchen *mich*. Wie wollen Sie ohne meine Hilfe Profit aus Ihren ›Überlebenden‹ schlagen?«

»Und wie wollen Sie ihn finden?«

Jetzt beugte sie sich ebenfalls vor – so dicht, dass er vor Überraschung fast zurückgewichen wäre. »Unterschätzen Sie mich nicht, Sie Mistkerl.«

»Und Sie sollten sich nicht *überschätzen*, meine Kleine. Es ist nicht leicht, in diesem Land Antworten zu bekommen. Nichts und niemand ist das, was es oder er zu sein scheint. Ein Flackern in den Augen oder ein Senken der Stimme kann einen gewaltigen Unterschied ausmachen. Sie brauchen einen Partner. Kommen Sie, ich bin nicht unverschämt. Ich denke sogar daran, die Belohnung mit Ihnen zu teilen. Sagen wir zehn Prozent. Mit diesem Geld haben Sie nie gerechnet. Also lassen Sie mich einfach …«

»Ich pfeife auf Ihr Geld.« Sie schnellte von ihrem Stuhl hoch. »Bereichern Sie sich doch an einem anderen alten Mann.« Sie drehte sich um und stolzierte davon.

»Wollen Sie nicht einmal darüber nachdenken?«, rief er ihr nach.

Unbeirrt setzte sie ihren Weg über die Dachterrasse fort. Die neugierigen Blicke der anderen Gäste schien sie nicht zu spüren.

»Lassen Sie es sich von mir gesagt sein, Willy. Sie brauchen mich.«

Drei russische Touristen, die Gesichter von zu vielen Wodka-Runden gerötet, schauten hoch, als sie an ihrem Tisch vorbeikam. Einer von ihnen hob zum Gruß sein Glas mit einer unsicheren Bewegung. »Vielleicht gefällt russischer Mann Ihnen besser?«, lallte er.

Sie verlangsamte ihre Schritte nicht. Aber jeder Gast auf der Dachterrasse bekam ihre Antwort mit, die sie ihm mit entwaffnender Freundlichkeit über die Schulter zuwarf. »Fahr zum Teufolowitsch!«

4. KAPITEL

Guy starrte auf ihren Baumwollrock, der um ihre fantastischen Beine wippte. Obwohl er ziemlich sauer war, musste er lachen, als er ihre Antwort an den Russen hörte.

Fahr zum Teufolowitsch! Er lachte noch lauter und lachte immer noch, als er zur Bar ging und ein zweites Bier bestellte. Es war so eisig, dass seine Zähne schmerzten.

»Für jemanden, der gerade eine riesige Abfuhr bekommen hat, scheinen Sie aber in ausgezeichneter Stimmung zu sein«, sagte eine Stimme, die unüberhörbar einem Briten gehörte.

Guy warf dem korpulenten Mann, der neben ihm an der Bar hockte, einen Blick zu. Mit seinen beiden Haarbüscheln auf dem ansonsten kahlen Kopf sah er aus wie eine gehörnte Eule. Kobaltblaue Augen blitzten unter buschigen Brauen.

Guy zuckte mit den Achseln. »Mal gewinnt man, mal verliert man.«

»Eine vernünftige Einstellung. Wenn man bedenkt, wie die Frauen heutzutage drauf sind.« Der Mann hob sein Whiskyglas an die Lippen. »Aber ich hätte Ihnen vorhersagen können, dass Sie bei ihr nicht landen würden.«

»Sie klingen ja wie ein Experte.«

»Nein, ich habe im Flugzeug hinter ihr gesessen und mitbekommen, wie ein schmieriger Franzose bei ihr alle Hebel in Bewegung gesetzt hat. Zum Teil ganz gute Anmachsprüche, muss ich schon sagen, aber sie ist nicht darauf hereingefallen.« Durch zusammengekniffene Lider blinzelte er Guy an. »Waren Sie nicht auch in dem Flieger von Bangkok?«

Guy nickte. Er erinnerte sich zwar nicht an den Mann, aber er hatte auch auf dem ganzen Flug die Hände in die Armlehne gekrallt, sodass seine Fingerknöchel weiß hervortraten, und sich mit Whisky betäubt. So war es immer, wenn er in einem Flugzeug saß. Selbst in großen 747-Boeings mit hübschen französischen Stewardessen. Es versetzte ihn immer wieder in Erstaunen, dass die Tragflächen nicht abbrachen.

Am anderen Ende des Dachgartens hatten die drei Russen begonnen zu singen. Leider jeder in einer anderen Tonart und möglicherweise nicht einmal dasselbe Lied. Es war schwer zu sagen.

»Mit so etwas habe ich ja überhaupt nicht gerechnet«, sagte der Engländer nun mit einem Blick auf die Russen. »Ich erinnere mich noch an die Yankees, die genau an diesem Tisch gesessen und getrunken haben. Wer hätte damals gedacht, dass eines Tages die Russen da sitzen würden?«

»Wann waren Sie denn hier?«

»Von achtundsechzig bis fünfundsiebzig.« Er streckte eine pummelige Hand zur Begrüßung aus. »Dodge Hamilton, *London Post*.«

»Guy Barnard. Ehemaliger Gefreiter.« Er schüttelte die Hand des Mannes. »Reporter, ja? Sind Sie hinter einer Story her?«

»Ich war es.« Betrübt betrachtete Hamilton seinen Scotch. »Aber es hat nicht funktioniert.«

»Was? Ihre Interviews?«

»Nein, das Konzept. Ich habe es ›Eine sentimentale Reise‹ genannt. Ein Besuch bei alten Freunden in Saigon. Oder besser, bei einer ganz besonderen Freundin.« Er nahm einen Schluck Whisky. »Aber sie ist verschwunden.«

»Aha. Eine Frau.«

»Stimmt, eine Frau. Sie machen zwar die Hälfte der menschlichen Rasse aus, aber wenn es darum geht, dieses Geschlecht zu verstehen, könnten sie genauso gut vom Mars kommen.« Er stellte das Glas ab und bedeutete dem Barkeeper nachzugießen. Der Mann hinter der Theke schob Hamilton gleich die ganze Flasche hinüber. »Sehen Sie, in der Geschichte, die mir vorschwebte, sollte es um die Suche nach einer verlorenen Liebe gehen. Jene Art von Story, die den Zeitungsverkauf in die Höhe treibt. Mein Chef war ganz verrückt danach.« Er füllte das Glas mit kühnem Schwung bis zum Rand. »Ha! Verlorene Liebe! Ich habe heute vor ihrem Haus gestanden, auf der Rue Catinat. Beziehungsweise auf dem, was mal die Rue Catinat gewesen ist. Ihr Bruder lebt immer noch dort. Aber es sieht so aus, dass meine alte Liebe mit einer neuen Liebe durchgebrannt ist. Und zwar einem Sergeant. Ausgerechnet aus Memphis.«

Mitfühlend schüttelte Guy den Kopf. »Eine Frau hat das Recht, ihre Meinung zu ändern.«

»Einen Tag, nachdem ich das Land verlassen habe?«

Dem wusste er nichts entgegenzusetzen. Aber Guy konnte es der Frau nicht verübeln. Er wusste, wie die Lebensumstände in Saigon waren – ein Leben voller Furcht und Unsicherheiten. Niemand wusste, wann es wieder ein Gemetzel geben würde, und alle rechneten stets mit dem Schlimmsten. Er hatte die Fotos von der Zerstörung der Stadt gesehen, den Ausdruck von Verzweiflung auf den Gesichtern der Vietnamesen, die um einen Platz in den letzten Hubschraubern kämpften, die das Land verließen. Nein, er konnte der Frau wirklich keinen Vorwurf machen, weil sie das Land verlassen wollte – egal auf welche Weise.

»Sie könnten immer noch eine Geschichte daraus stricken«, schlug Guy vor. »Versuchen Sie es unter einem anderen Gesichtspunkt. Wie die Frau dem Hexenkessel entkommen ist. Der Preis des Überlebens.«

»Ich bin nicht länger mit dem Herzen dabei.« Traurig sah Hamilton sich auf der Dachterrasse um. »Oder in dieser Stadt. Ich bin mal sehr gerne hier gewesen. Ich habe die Geräusche und die Gerüche geliebt. Sogar die Einschläge der Granaten. Aber Saigon hat sich verändert. Die Seele der Stadt ist davongeflogen. Komischerweise sieht dieses Hotel hier noch genauso aus wie früher. Ich habe genau an dieser Bar gestanden und gehört, wie Ihre Generäle untereinander geflüstert haben: ›Was zum Teufel tun wir hier eigentlich?‹ Ich glaube nicht, dass sie es jemals herausgefunden haben.« Er lachte und trank einen weiteren Schluck Whisky. »Memphis! Warum ist sie ausgerechnet nach Memphis gegangen?«

Jetzt murmelte er nur noch zu sich selbst – ein Monolog über Frauen, die für das ganze Unglück in der Welt verantwortlich waren. Eine Ansicht, der Guy fast zustimmen konnte. Er brauchte nur an sein eigenes jämmerliches Liebesleben zu denken, und dann würde er ebenfalls den dringenden Wunsch verspüren, sich hemmungslos zu betrinken.

Frauen! Sie waren alle gleich. Aber auch alle unterschiedlich – irgendwie.

Er dachte an Willy Maitland. Sie redete unverblümt, doch er war davon überzeugt, dass es nur eine Fassade war und dass sich hinter dieser undurchdringlichen Fassade etwas Weiches, Verletzliches verbarg. Sie war doch nur eine Tochter, die dem Namen ihres Vaters gerecht werden wollte und so tat, als bräuchte sie keinen Mann, wenn sie unbedingt einen brauchte. Ihr Stolz rang ihm widerwillige Bewunderung ab.

Es war klug von ihr, sein Angebot auszuschlagen. Er war sich ohnehin nicht sicher, ob er den Mumm hatte, die Sache bis zum Ende durchzuziehen. Sollte die Ariel Group mit ihrer Drohung ruhig Ernst machen. Er hatte lange genug mit seinen Leichen gelebt; vielleicht wurde es allmählich Zeit, sie aus dem Keller zu holen.

Ich sollte einfach nur meinen Job machen, überlegte er. *Nach Hanoi fahren, ein paar tote Soldaten einsammeln und sie nach Hause bringen.*

Und Willy Maitland vergessen.

Andererseits …

Er bestellte noch ein Bier und leerte es, während die Gedanken in seinem Kopf Achterbahn fuhren. Er dachte an all die Möglichkeiten, mit denen er ihr helfen könnte, und dass sie unbedingt irgendjemandes Unterstützung brauchte. Er würde es nicht tun, weil er dazu gezwungen wäre, überlegte er, sondern weil er es wollte. *Weil ich so ein großes Herz habe?* Das wäre eine ganz neue Masche. Nein, er war nie ein Pfadfinder gewesen. Diese Uniformen, diese gestelzte Ernsthaftigkeit, dieses religiöse Gerede hatte er immer als ausgesprochen lächerlich empfunden. Aber jetzt saß er hier, Pfadfinder Barnard, und bot seine Unterstützung an – ohne irgendwelche Gegenleistungen.

Na ja, vielleicht doch ein paar. Und er musste immer an die Möglichkeiten denken. Er stellte sich vor, wie es wäre, sie mit in sein Zimmer zu nehmen. Sie auszuziehen. Zu spüren, wie sie unter ihm nachgab. Er schluckte hart und griff nach seiner Bierflasche.

»Daran besteht kein Zweifel«, brummte Hamilton gerade. »Ich sag Ihnen, das ist allein deren Fehler.«

»Hm?« Guy drehte sich zu ihm. »Wessen Fehler?«

»Der Fehler der Frauen natürlich. Sie verursachen mehr Probleme, als sie wert sind.«

»Sie sagen es, Kumpel.« Seufzend hob Guy die Flasche an seine Lippen. »Sie sagen es.«

Männer. Sie verursachen mehr Probleme, als sie wert sind, überlegte Willy, während sie mit energischen Bewegungen ihren Wecker einstellte.

Ein Glücksjäger. Sie hätte es wissen müssen. Als er ihr so großzügig seine Hilfe angeboten hatte, hätten bei ihr sofort sämtliche Alarmglocken schrillen müssen. *Hilfe!* Lächerlich. Sie dachte an all die Bittbriefe, die sie und ihre Mutter erhalten hatten, an all die geldgierigen Organisationen, die ihre wertlose Unterstützung für ein paar Tausend Dollar angeboten hatten. Da gab es die Stiftung zur

Suche nach Verschollenen, das Komitee »Überlebende Männer«, die »Operation Kastanie«, deren Motto sinnigerweise »Holen wir sie aus dem Feuer« lautete. Wie bescheuert war das denn? Wie viele trauernde Familien hatten ihre Hoffnungen auf sie gesetzt und ihre Ersparnisse an sie verschwendet – für Träume, die wie Seifenblasen zerplatzt waren?

Sie zog sich bis auf ihr Tanktop aus und ließ sich aufs Bett fallen. Sofort wurde ihr klar, dass sich ihr Wunsch nach erholsamem Schlaf kaum verwirklichen lassen würde. Die Matratze war uneben, und das Kissen schien mit Zement gefüllt zu sein. Aber das spielte wohl kaum eine Rolle. Wie hätte sie Schlaf finden können, wenn dröhnende Disco-Musik die Wände zum Vibrieren brachte? Um acht Uhr hatten die ersten Trommelschläge die Eröffnung einer Tanznacht im Rex Hotel eingeleitet. *Lieber Gott,* dachte sie, *wozu soll der Kommunismus überhaupt gut sein, wenn er nicht einmal Discotheken verbieten kann?*

In diesem Moment dachte sie daran, dass Guy Barnard vermutlich gerade die Stufen zu diesem Tanzsaal hinunterstieg und die Lage checkte. Manchmal glaubte sie, dass das der eigentliche Grund dafür war, dass Männer Kriege anzettelten: Es war ihre Ausrede dafür, von zu Hause abzuhauen und die Lage zu checken.

Was interessiert es mich, dass er da unten den Frauen hinterherschaut? Dieser Mann ist Abschaum. Er ist es nicht wert, dass man auch nur eine Sekunde an ihn denkt.

Dennoch musste sie zugeben, dass er einen gewissen zerknitterten Charme besaß. Schöne, gerade Zähne, ein strahlendes Lächeln und Augen, so braun wie die eines Wolfs. Allein wegen dieser Augen konnte eine Frau in ernsthafte Schwierigkeiten geraten. *Weiß der Himmel – solche Probleme kann ich im Moment wirklich nicht gebrauchen.*

Es klopfte an ihrer Tür. Sie setzte sich auf und rief: »Wer ist da?«

»Zimmerservice.«

»Das muss ein Irrtum sein. Ich habe nichts bestellt.«

Keine Antwort. Seufzend schlüpfte sie in einen Morgenmantel und schlurfte zur Tür.

Aus dem dunklen Flur grinste Guy sie an. »Nun?«, fragte er. »Haben Sie darüber nachgedacht?«

»Über was?«, fuhr sie ihn an.

»Über uns beide. Über unsere Zusammenarbeit.«

Sie lachte ungläubig. »Entweder sind Sie schwerhörig, oder ich habe mich nicht deutlich genug ausgedrückt.«

»Das war vor zwei Stunden. Ich dachte, inzwischen hätten Sie vielleicht Ihre Meinung geändert.«

»Ich werde meine Meinung *niemals* ändern. Gute Nacht!« Sie knallte ihm die Tür vor der Nase zu, schob den Riegel vor und ging wutschäumend zurück ins Bett.

Kurz darauf klopfte es an ihr Fenster. Sie riss den Vorhang beiseite und sah Guy, der ihr durch die Scheibe zulächelte.

»Nur noch eine Frage«, rief er.

»Was?«

»Ist diese Antwort endgültig?«

Sie schob den Vorhang vor und blieb stehen. Wo würde er als Nächstes auftauchen? Würde er von der Decke fallen? Wie ein Springteufel aus dem Fußboden schießen?

Was war das für ein raschelndes Geräusch?

Sie schaute nach unten und sah, wie ein Stück Papier unter der Tür durchgeschoben wurde. Sie griff danach und las die hingekritzelte Nachricht. »Rufen Sie mich an, wenn Sie mich brauchen.«

Ha! Wütend riss sie das Papier in kleine Fetzen. »Eher gefriert die Hölle, als dass ich Sie brauche«, schrie sie.

Sie erhielt keine Antwort. Und sie wusste auch ohne nachzuschauen, dass er längst gegangen war.

Chantal betrachtete die Champagnerflasche, die Dosen mit Kaviar und *Foie gras*, die Pralinenschachtel, und leckte sich die Lippen. Dann sagte sie: »Wie kannst du es wagen, nach all den Jahren hier aufzutauchen.«

Siang lächelte nur. »Du hast keinen Appetit mehr auf Champagner? Wie schade. Dann muss ich ihn ja ganz alleine trinken.« Er griff nach der Flasche und löste langsam den Draht. Der Flug von Bangkok hatte den Inhalt aufgewirbelt; der Korken schoss heraus, und goldene Bläschen ergossen sich über den Fußboden. Chantal schluchzte leise. Sie sah aus, als wollte sie auf die Knie fallen und die kostbare Flüssigkeit auflecken. Er füllte eine der beiden Flöten, die er extra aus Bangkok mitgebracht hatte. Schließlich konnte man Champagner nicht aus Teetassen trinken. Er nahm einen Schluck und seufzte glücklich. »Taittinger. Köstlich.«

»Taittinger?«, flüsterte sie.

Er füllte das zweite Glas und stellte es auf den wackligen Tisch vor sie hin. Sie starrte es bloß an und schaute den Bläschen zu, die an die Oberfläche stiegen.

»Ich brauche Hilfe«, sagte er.

Sie griff nach dem Glas und hob es an ihre zitternden Lippen, kostete zunächst den Rand, dann vom Inhalt. Fast konnte er die Bläschen über ihre Zunge hüpfen und ihren langen schlanken Hals hinunterlaufen sehen. Selbst wenn der Rest von ihr allmählich schlaff wurde – sie hatte immer noch einen wunderschönen Hals, so schlank wie ein Grashalm. Das hatte sie von ihrer vietnamesischen Mutter geerbt. Ihre asiatische Hälfte hatte sich über die Jahre gut gehalten, was man von der französischen Hälfte leider nicht sagen konnte. Er betrachtete die Sommersprossen und die feinen Linien um ihre grünen Augen.

Jetzt kostete sie den Champagner nicht mehr, jetzt goss sie ihn hinunter. Gierig leerte sie ihr Glas bis auf den letzten Tropfen und griff nach der Flasche.

Er zog sie außer Reichweite. »Ich sagte, ich brauche Hilfe.«

Mit dem Handrücken wischte sie sich das Kinn ab. »Was für Hilfe?«

»Nicht viel.«

»Ha. Das sagst du immer.«

»Eine Pistole. Automatik. Und mehrere Schuss Munition.«

»Und wenn ich keine Pistole habe?«

»Dann wirst du mir eine besorgen.«

Sie schüttelte den Kopf. »Die alten Zeiten sind vorbei. Du weißt nicht, was hier inzwischen abgeht. Es ist alles komplizierter geworden.« Sie betrachtete ihre faltig gewordenen Hände. »Saigon ist die reinste Hölle.«

»Selbst in der Hölle kann man es bequem haben. Ich werde mich darum kümmern.«

Sie sagte nichts. Es fiel ihm nicht schwer, ihre Gedanken zu lesen – fast so, als würde sie sie ihm auf einem silbernen Tablett präsentieren. Sie betrachtete die Schätze, die er aus Bangkok mitgebracht hatte. Sie schluckte, den Geschmack von Champagner noch im Mund. Schließlich sagte sie: »Die Pistole. Wozu brauchst du sie?«

»Für einen Job.«

»Vietnamesin?«

»Sie ist Amerikanerin.«

In Chantals Blick lag ein Flackern. Neugier. Vielleicht Eifersucht. Sie hob das Kinn. »Deine Geliebte?«

Er schüttelte den Kopf.

»Warum willst du sie dann töten?«

Er zuckte mit den Schultern. »Es ist etwas Geschäftliches. Mein Kunde hat mir eine großzügige Entschädigung in Aussicht gestellt. Ich werde sie mit dir teilen.«

»So wie du es schon einmal getan hast?«, schoss sie zurück.

Bedauernd schüttelte er den Kopf. »Chantal, Chantal!« Er seufzte. »Du weißt, dass ich keine Wahl hatte. Es war die letzte Maschine aus Saigon.« Er berührte ihr Gesicht. Die Haut fühlte sich nicht mehr so seidig an wie früher, was ebenfalls am französischen Erbteil lag: In all den Jahren unter der gleißenden Sonne war sie welker geworden. »Ich verspreche dir: Dieses Mal wirst du bezahlt.«

Reglos saß sie vor ihm, schaute erst ihn und dann den Champagner an. »Und wenn ich ein wenig Zeit brauche, um an eine Pistole zu kommen?«

»Dann werde ich improvisieren. Außerdem brauche ich einen Assistenten. Jemand, dem ich vertrauen kann. Einer, der verschwiegen ist.« Er hielt inne. »Dein Cousin – braucht er immer noch Geld?«

Ihre Blicke trafen sich. Er schenkte ihr ein vielsagendes Lächeln. Dann füllte er ihr Glas erneut mit Champagner.

»Öffne den Kaviar«, forderte sie ihn auf.

»Ich brauche Ihre Hilfe«, sagte Willy.

Verdutzt und noch halb im Schlaf stand Guy in der Tür und blinzelte in die Morgensonne. Er war ungekämmt, unrasiert und hatte nur ein Handtuch umgeschlungen – und zu allem Überfluss ein ziemlich fadenscheiniges. Sie versuchte, nur in sein Gesicht zu schauen, aber ihr Blick wanderte unwillkürlich zu seinem Brustkorb, auf die Matte von braunem, lockigem Haar, bis hin zu der Narbe an seinem Bauch.

Ungläubig schüttelte er den Kopf. »Hätten Sie mir das nicht schon gestern Abend sagen können? Mussten Sie damit unbedingt bis in aller Herrgottsfrühe warten?«

»Guy, es ist acht Uhr!«

Er gähnte. »Wirklich?«

»Vielleicht sollten Sie mal früher ins Bett gehen.«

»Wer sagt denn, dass ich das nicht getan habe?« Lässig lehnte er sich gegen den Türrahmen und grinste. »Vielleicht hatte ich Schlaf gar nicht auf meinem Stundenplan stehen.«

Himmel. Hatte er etwa eine Frau in seinem Zimmer? Unwillkürlich linste Willy an ihm vorbei in den dämmerigen Raum. Das Bett war zerwühlt, aber leer.

»Erwischt«, sagte er lachend.

»Ich sehe schon – Sie sind keine große Hilfe.« Sie machte auf dem Absatz kehrt und wollte gehen.

»Willy. Hey, warten Sie.« Er ergriff ihren Arm und drehte sie zu sich um. »Meinen Sie das wirklich ernst? Dass Sie meine Hilfe wollen?«

»Vergessen Sie's. Das war ein Irrtum.«

»Gestern Abend musste noch die Hölle gefrieren, ehe Sie mich um Hilfe bitten würden. Und jetzt sind Sie hier. Woher dieser Sinneswandel?«

Sie antwortete nicht sofort. Sie war viel zu sehr damit beschäftigt, nicht darauf zu achten, dass sein Handtuch tiefer rutschte. Zu ihrer Erleichterung packte er es noch rechtzeitig und schlang es fester um seine Hüften.

Schließlich schüttelte sie den Kopf und seufzte. »Sie hatten recht. Es läuft genau so, wie Sie es gesagt haben. Kein Beamter ist bereit, mit mir zu reden. Niemand beantwortet meine Anrufe. Wenn sie hören, dass ich kommen will, tauchen sie alle unter ihre Schreibtische ab.«

»Sie sollten etwas geduldiger sein. Warten Sie doch einfach noch eine Woche.«

»Nächste Woche ist auch nicht gut.«

»Warum nicht?«

»Haben Sie es nicht mitbekommen? Nächste Woche ist der Geburtstag von Ho Chi Minh.«

Guy schickte einen Blick zum Himmel. »Wie konnte ich das bloß vergessen?«

»Also – was soll ich tun?«

Einen Moment lang kratzte er sich nachdenklich das unrasierte Kinn. Dann nickte er entschlossen. »Reden wir darüber.«

Mit einem beklommenen Gefühl nahm sie auf der Kante seines Bettes Platz, während er sich im Badezimmer anzog. Den zerwühlten Laken nach zu urteilen war der Mann ein unruhiger Schläfer. Die Decke hatte er beiseite getreten, die Kissen waren formlose, gegen das Kopfende gestützte Klumpen. Ihr Blick wanderte zum Nachttisch, auf dem ein Stapel Akten lag. Auf der obersten stand *Operation Friar Tuck. Freigegeben für den allgemeinen Dienstgebrauch.* Neugierig schlug sie das Deckblatt auf.

»So funktioniert das nun mal in diesem Land«, hörte sie ihn durch die Badezimmertür. »Wenn Sie von A nach B wollen, laufen Sie nicht einfach geradeaus. Sie gehen zwei Schritte nach rechts, zwei nach links, drehen sich um und gehen rückwärts weiter.«

»Und was soll ich jetzt tun?«

»Machen Sie den Two Step. Seitwärts.« Frisch rasiert und angezogen tauchte er in der Badezimmertür wieder auf. Er entdeckte die geöffnete Akte und klappte sie gelassen zu. »Tut mir leid, aber das ist nicht für die Öffentlichkeit gedacht«, sagte er und schob die Unterlagen in seine Aktentasche. Dann wandte er sich ihr zu. »Also. Erzählen Sie mir, was sonst noch vor sich geht.«

»Was meinen Sie?«

»Ich habe das untrügliche Gefühl, dass da noch mehr dahintersteckt. Es ist acht Uhr. So früh am Morgen können Sie den Kampf gegen die Bürokratie noch nicht aufgenommen haben. Warum haben Sie wirklich Ihre Meinung über mich geändert?«

»Oh, meine Meinung über *Sie* habe ich keineswegs geändert. Für mich sind Sie immer noch ein Kriegsgewinnler.« Ihre Verachtung schien wie ein schlechter Geruch in der Luft zu hängen.

»Aber jetzt sind Sie auf einmal bereit, mit mir zusammenzuarbeiten. Warum?«

Seufzend blickte sie auf ihren Schoß. Zögernd öffnete sie ihre Tasche und zog ein Blatt Papier hervor. »Ich habe das hier heute Morgen unter meiner Tür gefunden.«

Er faltete das Blatt auseinander. In krakeliger Schrift las er: *Yankee, verrecke.* Allein der Anblick dieser beiden Wörter machte sie wieder wütend. Als sie die Nachricht vor ein paar Minuten Mr. Ainh gezeigt hatte, hatte seine einzige Reaktion in einem bedauernden Kopfschütteln bestanden. Guy war Amerikaner; wenigstens er würde ihren Zorn teilen.

Er gab ihr das Blatt zurück. »Na und?«

»Na und?« Entgeistert starrte sie ihn an. »Man schiebt mir eine Todesdrohung unter der Tür durch. Die gesamte vietnamesische Regierung taucht ab, sobald sie meinen Namen hört. Ainh befiehlt mir praktisch, diese bescheuerte Lackierfabrik zu besichtigen. Und alles, was Sie dazu zu sagen haben, ist: *Na und*?«

Mit einem glucksenden Lachen setzte er sich neben sie. *Warum muss er sich so nahe setzen?* dachte sie irritiert und versuchte, das Kribbeln auf ihrer Haut zu ignorieren, als sein Bein das ihre berührte, und so gerade wie möglich zu sitzen, obwohl sein Gewicht die Matratze so tief hinunterdrückte, dass Willy unweigerlich näher zu ihm rutschte.

»Zunächst einmal ist das nicht unbedingt eine persönliche Todesdrohung«, begann er. »Es könnte auch einfach ein politisches Statement sein.«

»Ach, ist das alles?«, fragte sie ungläubig.

»Sehen Sie den Besuch in der Lackierfabrik doch einfach wie einen Besuch beim Zahnarzt. Sie wollen nicht hingehen, aber jeder denkt, Sie sollten es tun. Und was das schwer zu erreichende Außenministerium angeht – von den Bürokraten würden Sie sowieso nichts erfahren. Apropos Bürokraten – wo ist eigentlich Ihr Babysitter?«

»Sie meinen Mr. Ainh?« Sie seufzte. »Er wartet in der Lobby auf mich.«

»Sie müssen ihn loswerden.«

»Ich wünschte, ich könnte es.«

»Wir können ihn nicht in unserer Nähe gebrauchen.« Guy stand auf, ergriff ihre Hand und zog sie hoch. »Jedenfalls nicht da, wo wir hingehen.«

»Wo gehen wir denn hin?«, wollte sie auf dem Weg zur Tür wissen.

»Wir besuchen einen Freund. Glaube ich zumindest.«

»Heißt das, dass er uns möglicherweise nicht empfängt?«

»Das heißt, dass ich mir nicht sicher bin, ob er ein Freund ist.«

Seufzend betrat sie den Aufzug. »Ist ja toll.«

In der Lobby stand Ainh an der Rezeption, um sie abzupassen. »Miss Maitland!«, rief er. »Bitte beeilen Sie sich. Wir haben heute einen engen Terminplan.«

Willy warf Guy einen hilfesuchenden Blick zu. Doch er zuckte nur mit den Achseln und schaute in eine andere Richtung. Dieser verdammte Mistkerl! Er überließ es ihr, eine Ausrede zu erfinden. »Mr. Ainh«, begann sie, »was unsere kleine Tour zur Lackierfabrik angeht …«

»Es wird sehr interessant werden. Aber sie nehmen keine Dollar. Wenn Sie Ihr Geld also in Dong wechseln wollen, kann ich …«

»Ich fürchte, ich fühle mich nicht danach«, unterbrach sie ihn tonlos.

Ainh blinzelte überrascht. »Sie sind krank?«

»Ja, ich …« Sie bemerkte, dass Guy den Kopf schüttelte. »Ähm, nein, das bin ich nicht. Ich wollte sagen …«

»Sie wollte sagen, dass ich sie herumführen werde«, schaltete Guy sich ein. »Sie wissen schon …« Er zwinkerte ihm zu. »Eine *persönliche* Führung.«

»P-persönlich?« Errötend schaute Ainh zu Willy. »Aber was ist mit *meiner* Tour? Es ist alles schon arrangiert. Das Auto, die Besichtigung, ein besonderes Mittagessen …«

»Ich sag Ihnen was, Kumpel.« Verschwörerisch beugte Guy sich zu ihm hinüber. »Warum machen Sie die Tour nicht selbst?«

»Ich habe sie schon gemacht«, antwortete Ainh mürrisch.

»Schon, aber das war Arbeit, oder? Warum nehmen Sie sich heute nicht einen freien Tag – Sie und der Fahrer? Schauen Sie sich die Sehenswürdigkeiten von Saigon an. Und genießen Sie Miss Maitlands Mittagessen. Schließlich ist ja alles schon bezahlt.«

Plötzlich wirkte Ainh interessiert. »Ein kostenloses Mittagessen?«

»Und ein Bier.« Guy schob dem Mann ein paar Dollarnoten in die Hemdtasche und tätschelte sie. »Das geht auf mich.« Dann nahm er Willy beim Arm und führte sie durch die Lobby.

»Aber Miss Maitland!«, rief Ainh ihr niedergeschlagen hinterher.

»Himmel, ihr Jungs werdet eine tolle Zeit haben.« Guy klang fast neidisch. »Klimatisiertes Auto. Kostenloses Essen. Kein Terminplan, an den ihr euch halten müsst.«

Ainh folgte ihnen nach draußen. Die Hitze stand wie eine Mauer in den Straßen. Überrascht schnappte Willy nach Luft. »Miss Maitland«, sagte er verzweifelt, »so war das alles nicht geplant.«

Guy drehte sich um und klopfte dem Mann feierlich auf die Schulter. »Genau so soll es sein, Mr. Ainh.«

Sie ließen den armen Kerl allein auf der Treppe zurück. Bekümmert schaute er ihnen hinterher.

»Was wird er jetzt wohl machen?«, flüsterte Willy.

Geschickt lenkte Guy sie über den überfüllten Bürgersteig. »Ich denke, er wird sein kostenloses Mittagessen genießen.«

Als sie sich umdrehte, sah sie, dass Mr. Ainh tatsächlich im Hotel verschwunden war. Ihr fiel auch auf, dass sie verfolgt wurden. Ein Straßenjunge mit dunklen Augen im schmutzigen Gesicht, kaum älter als zwölf, holte sie ein und tanzte auf dem heißen Pflaster um sie herum.

»Lien-xo?«, zwitscherte er. Sie versuchten ihn zu ignorieren, aber der Junge lief neben ihnen her und redete die ganze Zeit. Das Hemd hing ihm in Fetzen am Körper, und seine Füße waren verkrustet mit braunem Dreck, den er niemals abzuwaschen schien. Er zeigte auf Guy. *»Lien-xo?«*

»Nein, nicht Russland«, sagte Guy. »Amerikanski.«

Der Junge grinste. »Amerikanski? Ja?« Er streckte seine schmutzige Hand aus und rief begeistert: »Hallo, Daddy!«

Ergeben schüttelte Guy die Hand des Jungen. »Ja, ich freu mich auch, dich kennenzulernen.«

»Daddy reich?«

»Tut mir leid. Daddy arm.«

Der Junge lachte. Offenbar hielt er das für einen guten Witz. Während Guy und Willy weiter über die Straße liefen, hüpfte der Junge neben ihnen her und versuchte, die anderen Straßenjungen zu vertreiben, die sich ihnen angeschlossen hatten. Eine zerlumpte Prozession bahnte sich einen Weg durch ein heilloses Chaos. Fahrräder sausten unentwegt in halsbrecherischem Tempo vorbei, und auf dem Gehweg boten Straßenhändler ihre ärmlichen Waren an.

Der Junge zog an Guys Arm. »He, Daddy. Du Zigaretten?«

»Nein«, antwortete Guy.

»Komm, Daddy. Ich tue dir Gefallen und vertreibe Bettler.«

»Na gut.« Guy fischte eine Packung Marlboro aus seiner Hemdtasche und gab dem Jungen eine Zigarette.

»Guy, wie können Sie nur!«, protestierte Willy. »Er ist doch noch ein Kind.«

»Er wird sie nicht rauchen«, antwortete Guy. »Sondern gegen etwas anderes eintauschen. Zum Beispiel Lebensmittel. Sehen Sie?« Mit dem Kopf deutete er auf den Jungen, der seinen neuerworbenen Schatz eifrig in ein schmutziges Tuch wickelte. »Deshalb nehme ich immer ein paar Stangen mit, wenn ich hierherkomme. Sie sind praktisch, wenn man eine Gefälligkeit braucht.« Er drehte sich um und betrachtete stirnrunzelnd ein Straßenschild. »Jetzt zum Beispiel, glaube ich.« Er winkte den Jungen näher. »He, wie heißt du?«

Der Junge zuckte mit den Schultern.

»Du musst doch einen Namen haben.«

»Anderer Amerikanski sagt, ich aussehe wie Oliver.«

Guy lachte. »Vermutlich meinte er Oliver Twist. Okay, Oliver. Ich schlage dir ein Geschäft vor. Du tust uns einen Gefallen.«

»Sicher, Daddy.«

»Ich suche eine Straße namens Rue des Voiles. Das ist der alte Name, und er steht nicht auf der Karte. Weißt du, wo sie ist?«

»Rue des Voiles? Rue des Voiles …« Der Junge rümpfte die Nase. »Ich glaube, heißt jetzt Binh Tan. Warum dahin? Keine Geschäfte, nichts zu sehen.«

Guy zog eine Tausend-Dong-Note hervor. »Bring uns einfach hin.«

Der Junge schnappte sich das Geld. »Okay, Daddy. Du warten. Versprechen zu warten.« Der Junge trottete davon. An der Straßenecke drehte er sich um und rief noch einmal: »Du warten!«

Eine Minute später kam er flankiert von zwei Fahrradtaxis zurück. »Ich habe Beste gefunden. Sehr schnell«, verkündete Oliver.

Misstrauisch beäugten Guy und Willy die beiden Fahrer. Einer entblößte beim Lächeln einen zahnlosen Mund; der andere schnaufte wie eine Lokomotive.

Guy schüttelte den Kopf. »Wo um alles in der Welt hat er diese Fossile aufgetrieben?«, murmelte er.

Stolz zeigte Oliver auf die beiden alten Männer und grinste übers ganze Gesicht. »Meine Onkel.«

»Verschwinden Sie!«, sagte eine Stimme hinter der Tür.

»Mr. Gerard?«, rief Guy. Er erhielt keine Antwort, aber der Mann drückte sich eindeutig hinter der Tür herum. Willy spürte ihn förmlich auf der anderen Seite lauern. Guy griff nach dem Türklopfer, der einem grotesken Gesicht nachgebildet war – entweder einem gehörnten Löwen oder einer Ziege mit Zähnen – und der wie eine gigantische Warze aus Messing an der Tür hing. Ein paar Mal hämmerte er damit gegen das Holz. »Mr. Gerard!«

Immer noch keine Antwort.

»Es ist wichtig. Wir müssen mit Ihnen reden.«

»Ich habe gesagt, Sie sollen verschwinden.«

»Halten Sie es für möglich, dass er gar nicht mit uns reden will?«, murmelte Willy.

»Oh, er wird schon mit uns reden.« Wieder klopfte Guy an die Tür. »Ich bin Guy Barnard«, schrie er. »Ein Freund von Toby Wolff.«

Der Riegel wurde beiseitegeschoben. Ein blasses Auge linste durch den Türspalt. Das Auge bewegte sich rasch hin und her, begutachtete erst Guy, dann Willy. Die Stimme, die zu dem Auge gehörte, zischte: »Toby Wolff ist ein Idiot.«

»Toby Wolff hat aber auch darauf gewettet, dass Sie mit uns reden werden.«

Das Auge blinzelte. Die Tür wurde ein paar Zentimeter weiter geöffnet. Im Spalt wurde ein kahlköpfiger kleiner Mann sichtbar, der wie ein Krebs aussah. »Was denn nun?«, blaffte er. »Wollen Sie hier stehenbleiben?«

Im Inneren des Hauses war es dunkel wie in einer Höhle. Alle Vorhänge waren zugezogen. Guy und Willy folgten dem krustentierähnlichen Franzosen durch einen engen Flur. Im Dämmerlicht war Gerards Gestalt kaum zu sehen, aber Willy konnte ihn hören, als er nur wenige Zentimeter vor ihr über den Holzboden schlurfte.

Sie gelangten in einen großen Raum, der als Wohnzimmer zu dienen schien. Gedämpftes Licht drang durch zerschlissene Vorhänge. Klobige Möbel waren in der erstickenden Dunkelheit nur vage zu erkennen.

»Setzen Sie sich, setzen Sie sich«, befahl Gerard. Guy und Willy steuerten auf eine Couch zu, aber Gerard fauchte: »Nicht da drauf. Sehen Sie nicht, dass das ein echtes Queen-Anne-Sofa ist?« Er deutete auf zwei riesige Stühle aus Palisander. »Setzen Sie sich dahin.« Er selbst nahm in einem mit Brokat gepolsterten Sessel am Fenster Platz. Mit verschränkten Armen und spitzen Knien, die in ihre Richtung zeigten, sah er aus wie ein missmutiger Haufen Knochen. »Was will Toby denn jetzt schon wieder von mir?«, fragte er.

»Er sagte, Sie könnten uns einige Informationen geben.«

Gerard schnaubte verächtlich. »Ich bin nicht mehr im Geschäft.«

»Aber Sie waren es mal.«

»Das ist vorbei. Das Risiko ist zu groß.«

Nachdenklich ließ Willy ihren Blick durch das Zimmer wandern. Irgendwo im Schatten des Raumes schimmerte sanft Elfenbein und glänzte edles altes Porzellan. Schlagartig wurde ihr klar, dass sie mitten in einer antiken Schatzhöhle saßen. Selbst das Haus war antik, einer jener französischen Kolonialbauten, an denen sich Kletterpflanzen emporrankten. Dem Gesetz nach gehörte es dem Staat.

Sie fragte sich, wie der Franzose es wohl geschafft haben mochte, ein solches Haus zu behalten.

»Ich habe schon seit Jahren nichts mehr mit der Firma zu tun«, sagte Gerard. »Ich weiß nichts, was Ihnen irgendwie helfen könnte.«

»Vielleicht doch«, antwortete Guy. »Wir sind wegen einer alten Angelegenheit hier. Aus dem Krieg.«

Gerard lachte. »Diese Leute sind dauernd im Krieg. Wer ist der Feind? Die Chinesen? Die Franzosen? Die Roten Khmer?«

»Sie wissen, welchen Krieg ich meine«, konterte Guy.

Gerard lehnte sich zurück. »Dieser Krieg *ist* vorbei.«

»Für einige von uns nicht«, warf Willy ein.

Der Franzose drehte sich zu ihr um. Sie spürte, wie er sie von oben bis unten musterte, um ihre Bedeutung einzuschätzen. Sie hasste es, auf diese Weise betrachtet zu werden. Ganz bewusst hielt sie seinem Blick stand.

»Was hat die Frau damit zu tun?«, wollte Gerard wissen.

»Sie ist wegen ihres Vaters hier. Er ist 1970 verschollen.«

Gerard zuckte mit den Schultern. »In meinem Geschäft geht es um Importe. Über vermisste Soldaten weiß ich nicht Bescheid.«

»Mein Vater war kein Soldat«, warf Willy ein. »Er war Pilot bei Air America.«

»Wild Bill Maitland«, ergänzte Guy.

Die plötzliche Stille im Raum war zum Schneiden dick. Nach langem Schweigen murmelte Gerard: »Air America.«

Willy nickte. »Erinnern Sie sich an ihn?«

Die knochigen Finger des Franzosen begannen, auf die Sessellehne zu trommeln. »Ich kannte einige von den Piloten. Sie haben hin und wieder Waren für mich transportiert. Für Geld.«

»Waren?«

»Arzneimittel«, erklärte Guy.

Wütend schlug Gerard auf die Sessellehne. »Kommen Sie, Mr. Barnard, wir wissen doch beide, worüber wir reden. Opium. Ich leugne es nicht. Ein Krieg wurde geführt, und Geld musste verdient werden. Also habe ich es verdient. Air America war zufälligerweise die zuverlässigste Fluggesellschaft, wenn es um Lieferungen ging. Die Piloten haben nie Fragen gestellt. In dieser Beziehung waren sie sehr gut. Ich habe sie angemessen bezahlt. In Gold.«

Erneut entstand ein Schweigen. Willy musste ihren ganzen Mut zusammennehmen, um die nächste Frage zu stellen. »Und mein Vater? War er einer der Piloten, die Sie mit Gold bezahlt haben?«

Alain Gerard zuckte mit den Schultern. »Würde Sie das überraschen?«

Im Grunde nicht. Aber sie versuchte sich vorzustellen, was die Freunde ihrer Familie dazu sagen würden – jene, die ihren Vater für einen Helden hielten.

»Er war einer der Besten«, erklärte Gerard.

Sie schaute auf. »Einer der Besten?« Fast hätte sie laut gelacht. »Wobei? Beim Drogentransport?«

»Beim Fliegen. Es war seine Berufung.«

»Die Berufung meines Vaters«, konterte sie verbittert, »bestand darin, immer das zu tun, was er wollte. Ohne auf irgendjemand anderen Rücksicht zu nehmen.«

»Trotzdem war er einer der Besten«, beharrte Gerard.

»An dem Tag, als er mit seiner Maschine abgestürzt ist …« Guy hielt kurz inne. »Hat er da etwas für Sie transportiert?«

Der Franzose antwortete nicht. Stattdessen rutschte er auf seinem Stuhl hin und her, erhob sich und trat ans Fenster, wo er an den Vorhängen herumzufingern begann.

»Gerard?«, hakte Guy nach.

Gerard drehte sich um und sah sie an. »Warum sind Sie hier? Warum stellen Sie all diese Fragen?«

»Ich muss wissen, was mit ihm passiert ist«, antwortete Willy.

Gerard drehte sich wieder zum Fenster und blinzelte durch einen Spalt zwischen den Vorhängen. »Fahren Sie nach Hause, Miss Maitland. Bevor Sie Dinge erfahren, von denen Sie lieber nichts wissen möchten.«

»Was für Dinge?«

»Unangenehme Dinge.«

»Er war mein Vater! Ich habe das Recht …«

»Das Recht?« Gerard lachte höhnisch. »Er war im Kriegsgebiet. Er kannte die Risiken. Er war einfach nur einer von vielen Männern, die nicht lebend zurückgekehrt sind.«

»Ich möchte wissen, warum. Ich möchte wissen, was er in Laos getan hat.«

»Seit wann weiß irgendjemand, was sie wirklich in Laos getan haben?« Er begann, im Zimmer umherzuwandern und selbstzufrieden seine kostbaren Schätze zu berühren. »Sie können sich nicht vorstellen, was damals alles passiert ist. Unser Geheimkrieg. Laos war das Land, über das wir nie sprachen. Aber wir waren alle dort. Russen, Chinesen, Amerikaner, Franzosen. Freunde und Feinde, die in denselben dreckigen Bars von Vientiane standen. Alles gute Soldaten, und hier draußen verdienten wir unseren Lebensunterhalt.« Er blieb stehen und schaute Willy an. »Ich verstehe den Sinn dieses Krieges bis heute nicht.«

»Aber Sie wissen mehr als die meisten anderen«, konterte Guy. »Sie haben für den Geheimdienst gearbeitet.«

»Ich habe nur einen Teil des Bildes gesehen.«

»Toby Wolff sagte, Sie seien an der Suche des Flugzeugs beteiligt gewesen.«

»Ich hatte nur wenig damit zu tun.«

»Wer hatte denn die Leitung?«

»Ein amerikanischer Colonel namens Kistner.«

Überrascht schaute Willy hoch. »*Joseph* Kistner?«

»Inzwischen zum General befördert«, bemerkte Guy leise.

Gerard nickte. »Er hat sich selbst als Militärattaché bezeichnet.«

»Was hieß, dass er bei der CIA war.«

»Was vieles heißen konnte. Ich war ein Verbindungsmann zum französischen Geheimdienst, und man hat mir nur das Nötigste erzählt. So hat der Colonel gearbeitet, verstehen Sie. Für ihn waren Informationen Macht. Er hat nur sehr wenig davon preisgegeben.«

»Was wissen Sie über den Flugzeugabsturz?«

Gerard zuckte mit den Schultern. »Sie haben es ›Routineverlust‹ genannt. Feindliches Feuer. Weil die anderen Piloten darauf bestanden hatten, wurde eine Suchaktion gestartet, aber es wurden keine Überlebenden gefunden. Einen Tag später hat Colonel Kistner den Befehl gegeben, jedes Flugzeugwrack einzuschmelzen. Ich habe keine Ahnung, ob der Befehl ausgeführt wurde.«

Willy schüttelte den Kopf. »Einschmelzen?«

»Das ist Militärsprache und bedeutet zerstören«, erklärte Guy. »Das machen sie immer, wenn ein Flugzeug bei einer geheimen Mission abstürzt. Um Beweise zu vernichten.«

»Aber der Flug meines Vaters war keine Geheimsache. Es war ein ganz normaler Frachtflug.«

»Die wurden alle als Frachtflüge klassifiziert«, sagte Guy. »Doch das war kein Grund, das Flugzeug zu zerstören. Was befand sich wirklich in der Maschine?«

Gerard antwortete nicht.

»Es gab einen Passagier«, antwortete Willy. »Sie hatten einen Passagier an Bord.«

Scharf blickte Gerard sie an. »Wer hat Ihnen das erzählt?«

»Luiz Valdez, der Frachthelfer meines Vaters. Er ist mit dem Fallschirm abgesprungen, als das Flugzeug abstürzte.«

»Haben Sie mit diesem Valdez gesprochen?«

»Wir haben nur kurz am Telefon miteinander geredet – sofort nachdem er aus dem Kriegsgefangenenlager entlassen worden war.«

»Dann … lebt er noch?«

Sie schüttelte den Kopf. »Einen Tag, nachdem er in die Staaten zurückgekommen war, hat er sich erschossen.«

Erneut begann Gerard, durch das Zimmer zu kreisen und jedes Möbelstück anzufassen. Er erinnerte sie an einen gierigen Zwerg, der seine Schätze befingerte.

»Wer war dieser Passagier, Gerard?«, wollte Guy wissen.

Gerard nahm ein lackiertes Kästchen zur Hand und stellte es sofort wieder ab.

»Militär? Geheimdienst? Was?«

Gerard blieb stehen. »Er war ein Phantom, Mr. Barnard.«

»Soll das heißen, Sie kennen seinen Namen nicht?«

»Oh, er hatte viele Namen und viele Gesichter. Das haben Gerüchte immer. Einer sagte, er sei General. Oder ein Prinz. Oder ein Drogenbaron.« Er drehte sich um und starrte wieder durch den Vorhangschlitz – eine eingeschrumpfte Silhouette gegen den Lichtstrahl. »Wer immer er war – er war eine Bedrohung für eine hochgestellte Persönlichkeit.«

Eine hochgestellte Persönlichkeit. Willy dachte an die Intrige, die 1970 in Vientiane für Aufregung gesorgt haben musste. Sie dachte an Air America, an den militärischen Abwehrdienst und die CIA. Wer von all diesen Spielern konnte sich von diesem namenlosen Laoten bedroht gefühlt haben?

»Was glauben Sie denn, wer er war, Mr. Gerard?«, fragte sie.

Die Gestalt am Fenster hob die Schultern. »Das macht jetzt keinen Unterschied mehr. Er ist tot. Alle, die in dem Flugzeug waren, sind tot.«

»Vielleicht nicht alle. Mein Vater …«

»Ihr Vater ist seit zwanzig Jahren nicht mehr gesehen worden. Und ich an Ihrer Stelle würde es auch dabei belassen.«

»Aber falls er noch lebt ...«

»*Falls* er noch lebt, will er vielleicht nicht gefunden werden.« Gerard drehte sich um und sah sie an. Sein Gesicht lag im Schatten des Lichts, das durch die Vorhänge drang. »Ein Mann, auf den ein Kopfgeld ausgesetzt ist, hat gute Gründe, tot zu bleiben.«

5. KAPITEL

Erstaunt sah sie ihn an. »Ein Kopfgeld? Ich verstehe nicht …«

»Sie meinen, niemand hat Ihnen etwas von der Belohnung erzählt?«

»Belohnung für was?«

»Für die Festnahme von Friar Tuck.«

Sie schwieg, als ein Bild vor ihrem inneren Auge Gestalt annahm: Wörter, die auf einen Aktenordner getippt waren: *Operation Friar Tuck. Freigegeben für den allgemeinen Dienstgebrauch.* Sie wandte sich an Guy. »Sie wissen, wovon er spricht, nicht wahr? Wer ist Friar Tuck?«

Guys Miene war undurchdringlich, sein Gesicht eine ausdruckslose Maske. »Es ist nur eine Geschichte.«

»Aber Sie hatten seine Akte in Ihrem Zimmer.«

»Es ist ein Spitzname für einen abtrünnigen Piloten. Eine Legende …«

»Es ist keine Legende«, fiel Gerard ihm ins Wort. »Es hat ihn wirklich gegeben. Er war ein Verräter. Der Geheimdienst bietet keine zwei Millionen-Dollar-Belohnung für eine Legende.«

Erneut sah Willy zu Guy. Sie fragte sich, woher er die Nerven – die Chuzpe – nahm, ihr in die Augen zu schauen. *Du hast es gewusst, du Mistkerl*, dachte sie. *Du hast es die ganze Zeit gewusst!* Die Wut schnürte ihr die Kehle zu, sodass sie kaum sprechen konnte.

Entsprechend schwer fiel ihr die nächste Frage, die sie an Alain Gerard richtete: »Glauben Sie, dass dieser … abtrünnige Pilot mein Vater ist?«

»Der Geheimdienst hat es jedenfalls geglaubt.«

»Welche Beweise hatten sie? Dass er Flugzeuge steuern konnte? Die Tatsache, dass er nicht hier ist, um sich selbst zu verteidigen?«

»Der Zeitpunkt, die Umstände – das waren die Beweise. Im Juli

1970 ist William Maitland vom Erdboden verschwunden. Im August desselben Jahres erhielten wir erste Berichte über einen ausländischen Piloten, der für den Feind flog und Waffen und Gold transportierte.«

»Aber in Laos gab es Hunderte von ausländischen Piloten. Friar Tuck könnte genauso gut Franzose oder Russe oder ...«

»Er war Amerikaner. Das wissen wir hundertprozentig.«

Herausfordernd hob sie das Kinn. »Sie behaupten, mein Vater sei ein Verräter.«

»Ich erzähle Ihnen das nur, weil es etwas ist, das Sie wissen sollten. Falls er noch lebt, könnte das der Grund sein, warum er nicht gefunden werden möchte. Sie glauben, Sie befinden sich auf einer Rettungsmission, Miss Maitland, aber vielleicht liegen Sie damit vollkommen falsch. Wenn Ihr Vater zurückkehrt, könnte er in einer Gefängniszelle landen.«

In der folgenden Stille musterte sie Guy durchdringend. Er hatte noch immer kein Wort gesagt. Das allein bewies seine Schuld. *Für wen arbeitest du?* fragte sie sich. *Die CIA? Die Ariel Group? Oder für dich selbst, du mieser kleiner Lügner?*

Sie konnte seinen Anblick kaum noch ertragen. Allein im selben Raum mit ihm zu sein, verursachte ihr Übelkeit.

Sie stand auf. »Danke, Mr. Gerard. Sie haben mir gesagt, was ich hören musste. Dinge, die ich allerdings nicht erwartet habe.«

»Dann stimmen Sie mir also zu, dass es das Beste wäre, die Sache auf sich beruhen zu lassen?«

»Nein, ich stimme Ihnen nicht zu. Sie halten meinen Vater für einen Verräter. Offenbar stehen Sie mit dieser Meinung nicht allein da. Aber Sie täuschen sich alle.«

»Und wie wollen Sie das beweisen?«, schnaubte Gerard verächtlich. »Verraten Sie's mir, Miss Maitland: Wie wollen Sie dieses große Rätsel zwanzig Jahre später lösen?«

Darauf hatte sie keine Antwort. Tatsächlich wusste sie selber nicht, was sie als Nächstes tun sollte. Sie wusste nur, dass sie es alleine tun musste.

Mit durchgestrecktem Rückgrat folgte sie Gerard in den Flur. Die ganze Zeit spürte sie Guy dicht hinter sich. *Ich wusste, dass ich ihm nicht trauen kann,* überlegte sie. *Ich wusste es von Anfang an.*

Auf dem Weg zur Tür sprach keiner ein Wort. Dort blieb Gerard stehen und sagte eher beiläufig: »Mr. Barnard, würden Sie Toby Wolff eine Nachricht übermitteln?«

Guy nickte. »Natürlich. Wie lautet sie?«

»Sagen Sie ihm, er hat soeben seinen letzten Gefallen von mir erhalten.« Gerard öffnete die Haustür. Das Sonnenlicht stach ihnen in die Augen. »Mehr gibt es von mir nicht.«

Sie hatte noch keine fünf Schritte zurückgelegt, als sie vor Wut explodierte.

»Sie haben mich angelogen. Sie Dreckskerl, Sie haben mich *benutzt*!«

Sein Gesichtsausdruck reichte Willy als Antwort. In seiner Miene war es deutlich zu sehen – das Eingeständnis, die Gewissenbisse.

»Sie wussten über Friar Tuck Bescheid. Über die Belohnung. Sie waren nicht nur hinter irgendwelchen ›Überlebenden‹ her, nicht wahr? Sie waren auf der Suche nach einem ganz bestimmten Mann – meinem Vater.«

Guy zuckte nur mit den Schultern – als ob es nun, da die Wahrheit ans Licht gekommen war, keine Rolle mehr spielte.

»Wie sollte dieser ›Deal‹ mit mir eigentlich ablaufen?«, bohrte sie weiter. »Sagen Sie's mir, ich bin neugierig. Wollten Sie ihn der Polizei übergeben, sobald wir ihn gefunden hätten? Und meinen Teil der Abmachung einfach vergessen? Oder hätten Sie mich noch eine Weile hingehalten, mir die Chance gegeben, meinen Vater nach

Hause zu bringen, aus dem Flugzeug zu steigen und amerikanischen Boden zu betreten, ehe Sie ihn hätten festnehmen lassen? War das Ihr Plan, Guy? *Was zum Teufel hatten Sie vor?*«

»Es gab keinen Plan.«

»Erzählen Sie mir nichts. Ein Mann wie Sie hat immer einen Plan.«

Er sah müde aus. Besiegt. »Es gab keinen Plan.«

Sie musterte ihn durchdringend. Unwillkürlich ballte sie die Fäuste, öffnete die Hände jedoch sofort wieder. »Ich wette, dass Sie für diese zwei Millionen Dollar einen Plan hatten. Ich wette, dass Sie genau wissen, wie Sie sie ausgeben würden. Jeden einzelnen Cent! Sie mussten nur meinen Vater hinter Gitter bringen. Sie Mistkerl!« Am liebsten hätte sie ihm ins Gesicht geschlagen. Stattdessen drehte sie sich um und ließ ihn stehen.

»Natürlich könnte ich zwei Millionen Dollar gut gebrauchen!«, schrie er. »Ich könnte eine Menge gebrauchen. Aber ich wollte Sie nicht benutzen!«

Sie lief weiter. Er brauchte nur wenige Schritte, um sie einzuholen.

»Willy! Verdammt noch mal, wollen Sie mich endlich anhören?«

»Wozu? Um weitere Lügen von Ihnen aufgetischt zu bekommen?«

»Nein. Um die Wahrheit zu erfahren.«

»Die Wahrheit?« Sie lachte höhnisch. »Seit wann haben Sie mit der Wahrheit zu tun?«

Er packte sie am Arm und zwang sie, ihn anzusehen. »Seit jetzt.«

»Lassen Sie mich los.«

»Erst, wenn Sie mir zugehört haben.«

»Warum sollte ich Ihnen auch nur irgendetwas glauben?«

»Hören Sie, ich gebe es ja zu. Ich wusste über Friar Tuck Bescheid. Über die Belohnung. Und …«

»Und Sie wussten, dass mein Vater auf deren Liste stand.«

»Ja.«

»Warum haben Sie es mir dann nicht gesagt?«

»Das hätte ich doch. Ich wollte es ja.«

»Es war von Anfang an ein abgekartetes Spiel, nicht wahr? Sie wollten mich benutzen, um auf die Spur meines Vaters zu kommen.«

»Ich hatte daran gedacht, ja. Zumindest anfangs.«

»Sie sind so ein Schwein, Guy. Absolut unterste Schublade. Bedeutet Ihnen Geld wirklich so viel?«

»Ich habe es nicht wegen des Geldes getan. Ich hatte keine Wahl. Sie haben mir quasi die Pistole auf die Brust gesetzt.«

»Wer?«

»Die Ariel Group. Ich habe es Ihnen doch erzählt – vor zwei Wochen tauchten sie in meinem Büro auf. Sie wussten, dass ich wieder nach Vietnam fliegen würde. Was ich Ihnen nicht erzählt habe, ist der eigentliche Grund, weswegen ich für sie arbeiten sollte. Sie waren nicht auf der Suche nach Verschollenen. Sondern nach einem alten Kriegsverbrecher.«

»Friar Tuck.«

Er nickte. »Ich habe ihnen gesagt, dass ich nicht interessiert sei. Sie haben mir Geld angeboten. Eine Menge. Mein Interesse war geweckt, wenigstens ein bisschen. Dann haben sie mir ein Angebot gemacht, dass ich nicht ablehnen konnte.«

»Ach so«, konterte sie verächtlich.

»Kein Geld«, verteidigte er sich.

»Was ist dann der Lohn?«

Er fuhr sich mit der Hand durchs Haar und seufzte resigniert. »Stillschweigen.«

Verständnislos runzelte sie die Stirn. Er sagte nichts mehr, aber in seinem düsteren Blick konnte sie eine tiefe Seelenqual erkennen.

»Das ist es also«, flüsterte sie schließlich. »Erpressung. Was haben die gegen Sie in der Hand, Guy? Was verbergen Sie?«

»Es ist …« Er schluckte. »Ich kann nicht darüber reden.«

»Verstehe. Es muss also etwas ziemlich Schockierendes sein. Was mich, ehrlich gesagt, nicht besonders überrascht. Trotzdem rechtfertigt es nicht, was Sie mir antun wollten.« Angewidert drehte sie sich um und ging davon.

Der Straßenbelag flimmerte in der Vormittagshitze. Guy lief sofort hinter ihr her – wie ein streunender Hund, der sich nicht abhängen lassen wollte. Und er war nicht der einzige Streuner, der ihr folgte. Das Geräusch nackter Füße auf Asphalt verkündete das Wiederauftauchen von Oliver, der neben ihr herhüpfte und flötete: »Du willst Fahrradtaxi haben? Sehr heißer Tag heute. Tausend Dong – und ich besorge Fahrrad.«

Sie hörte das Quietschen von Reifen und das Keuchen eines erschöpften Radfahrers. Jetzt hatten sich auch Olivers Onkel der kleinen Prozession angeschlossen.

»Verschwinde«, sagte sie. »Ich will kein Fahrradtaxi.«

»Sonne sehr heiß, sehr stark heute. Vielleicht Sie fallen in Ohnmacht. Einmal habe ich russische Lady in Ohnmacht fallen sehen.«

»Hau ab!«

Ungerührt wandte Oliver sich an Guy. »Was ist mit dir, Daddy?«

Guy drückte Oliver ein paar Geldscheine in die schmuddelige Hand. »Hier hast du tausend. Und jetzt verdufte.«

Oliver verschwand. Leider war Guy nicht so leicht loszuwerden. Er folgte Willy zum Markt in der Stadt, vorbei an Ständen, auf denen Melonen und Mangos aufgetürmt waren, und vorbei an Wagen, deren frisch geschlachtetes Fleisch die Fliegen anzog.

»Ich wollte Ihnen von Ihrem Vater erzählen«, versicherte Guy ihr. »Ich war mir nur nicht sicher, wie Sie es aufnehmen würden.«

»Ich habe keine Angst vor der Wahrheit.«

»Und ob Sie die haben. Sie versuchen, ihn zu schützen. Deshalb wollen Sie das Offensichtliche nicht sehen.«

»Er war kein Verräter.«

»Sie lieben ihn immer noch, nicht wahr?«

Sie bog um eine Ecke und eilte weiter. Guy war sofort neben ihr. »Was ist los?«, fragte er. »Habe ich einen wunden Punkt erwischt?«

»Warum sollte er mir etwas bedeuten? Er hat uns im Stich gelassen.«

»Und Sie fühlen sich deswegen immer noch schuldig.«

»Schuldig?« Abrupt blieb sie stehen. »Ich?«

»Genau. Irgendwo tief in Ihrem Kleinmädchenkopf geben Sie sich noch immer die Schuld daran, dass er gegangen ist. Vielleicht hatten Sie einen Streit, wie ihn Kinder und Väter andauernd haben, und Sie haben etwas gesagt, was Sie besser nicht gesagt hätten. Aber noch ehe Sie die Gelegenheit hatten, es auszubügeln, ist er fort. Und sein Flugzeug stürzt ab. Und jetzt, zwanzig Jahre später, stehen Sie hier und versuchen, alles wiedergutzumachen.«

»Versuchen Sie sich jetzt auch noch als Amateur-Psychologe?«

»Man braucht kein Seelenklempner zu sein, um zu wissen, was im Kopf eines Kindes vor sich geht. Ich war vierzehn, als *mein* alter Herr verschwunden ist. Ich bin auch nie darüber hinweggekommen, verlassen worden zu sein. Jetzt mache ich mir Sorgen um mein eigenes Kind. Und das tut verdammt weh.«

Erstaunt sah sie ihn an. »Sie haben ein Kind?«

»Sozusagen.« Er wandte den Blick ab. »Die Mutter des Jungen und ich … wir waren nicht verheiratet. Ich bin nicht stolz darauf, das können Sie mir glauben.«

»Oh.«

»Ja.«

Du hast sie im Stich gelassen, dachte sie. *Dein Vater hat dich im Stich gelassen. Du hast deinen Sohn im Stich gelassen. Es ändert sich nie etwas in der Welt.*

»Er war kein Verräter«, beharrte sie und kam damit wieder auf ihr Thema zurück. »Er war vieles – unverantwortlich, unvorsichtig, unsensibel. Doch er hätte sich niemals gegen sein eigenes Land gewendet.«

»Aber er steht auf der Liste der Verdächtigen. Wenn er selbst nicht Friar Tuck ist, steht er vielleicht in irgendeiner Verbindung zu ihm. Und das muss eine gefährliche Verbindung sein. Deshalb versucht auch irgendjemand, Sie aufzuhalten. Deshalb rennen Sie dauernd gegen Wände, egal, in welche Richtung Sie laufen. Deshalb werden Sie auf Schritt und Tritt verfolgt.«

»Was?« Reflexartig drehte sie sich um und ließ ihren Blick über die Menge schweifen.

»Benehmen Sie sich nicht so auffällig!« Guy packte sie am Arm und zog sie vor das Schaufenster einer Apotheke. »Mann auf zwei Uhr«, murmelte er und deute mit dem Kopf auf eine Spiegelung in der Scheibe. »Blaues Hemd, schwarze Hose.«

»Sind Sie sicher?«

»Absolut. Ich weiß nur nicht, für wen er arbeitet.«

»Er sieht vietnamesisch aus.«

»Er könnte aber auch für die Russen arbeiten. Oder die Chinesen. Beide haben ein wirtschaftliches Interesse an dem Land.«

Sogar als sie das Spiegelbild des Mannes betrachtete, schien der Mann im blauen Hemd mit der Masse zu verschwimmen. Sie wusste, dass er noch in der Nähe war; sie konnte förmlich seine Blicke auf ihrem Rücken spüren.

»Was soll ich tun, Guy?«, flüsterte sie. »Wie kann ich ihn loswerden?«

»Das können Sie nicht. Behalten Sie einfach im Hinterkopf, dass er da ist. Und dass Sie vermutlich unter ständiger Beobachtung stehen. Tatsächlich habe ich sogar das Gefühl, dass wir unter der Aufsicht einer ganzen verdammten Armee sind.« Mindestens ein Dutzend Gesichter spiegelten sich nun in der Scheibe; Gesichter, die immer näher kamen und die beiden Ausländer neugierig betrachteten. Ganz hinten sprang eine vertraute Gestalt auf und ab und winkte ihnen im Schaufenster zu.

»Hallo, Daddy«, kam ein lauter Ruf.

Guy seufzte. »Wir werden ja nicht einmal *ihn* los.«

Angespannt starrte Willy auf Guys Spiegelbild. Dabei dachte sie: *Aber dich kann ich loswerden.*

Major Nathan Donnell vom Unfallermittlungsteam hatte leuchtend rotes Haar, eine donnernde Stimme und eine Zigarre, die zum Himmel stank. Guy konnte sich nicht entscheiden, was er schlimmer fand – den Gestank dieser Zigarre oder den Verwesungsgeruch, der von den vier Skeletten auf dem Untersuchungstisch herüberwehte. Wahrscheinlich rauchte Nate deshalb diese widerwärtigen Zigarren. Sie überdeckten den Geruch des Todes.

Die Skelette waren alle mit einer Identifizierungsnummer gekennzeichnet und lagen auf verschiedenen Planen. Zusätzlich befanden sich vier Plastiksäcke auf den Tischen, die die persönlichen Gegenstände sowie andere Dinge enthielten, die bei den Skeletten gefunden worden waren. Nach zwanzig oder mehr Jahren in diesem Klima existierten von den Körpern nicht mehr als schmutzverkrustete Knochen und Zähne. Aber wenigstens die waren noch erhalten – ein paar Fragmente, mit denen sie arbeiten konnten.

Nate las laut aus den Begleitunterlagen vor. In dieser unwirtlichen Umgebung klang seine dröhnende Stimme, die von den Wänden der Wellblechhütte widerhallte, irgendwie obszön. »Nummer 784-A, gefunden im Dschungel, zwölf Kilometer westlich von Camp Hawthorne. Erkennungsmarke lag in der Nähe. Name: Elmore Stukey, Gefreiter.«

»Die Marke lag in der Nähe?«, hakte Guy nach. »Er hatte sie nicht um den Hals?«

Nate warf dem vietnamesischen Verbindungsoffizier, der neben ihnen stand, einen Blick zu. »Ist das korrekt? Sie befand sich nicht am Hals?«

Der Vietnamese nickte. »So steht es im Bericht.«

»Elmore Stukey«, murmelte Guy und schlug den militärischen Krankenbericht des Mannes auf. »Ein Meter achtundachtzig, Weißer, alle Zähne vorhanden.« Er schaute auf das Skelett. Allein ein Blick auf den Oberschenkelknochen verriet ihm, dass der Mann auf dem Tisch höchstens ein Meter siebzig groß gewesen sein konnte. Er schüttelte den Kopf. »Falscher Mann.«

»Stukey also durchstreichen?«

»Stukey durchstreichen. Aber vermerken Sie, dass jemand mit seiner Hundemarke abgehauen ist.«

Nate ließ ein ungesundes Lachen hören. »Kein gutes Zeichen.«

»Was ist mit den anderen drei?«

»Ach, die.« Nate griff zu einem anderen Aktenordner. »Die drei wurden zusammen gefunden – acht Kilometer nördlich von Landezone Bird. Hatten ihren US-Armee-Helm in der Nähe. Ansonsten nicht viel.«

Automatisch konzentrierte Guy sich auf die relevanten Einzelheiten: Beckenform, Anordnung der Schneidezähne. »Diese beiden sind Frauen, vermutlich Asiatinnen«, stellte er fest. »Aber das da …« Er nahm ein Maßband zur Hand und hielt es an den verschmutzten Oberschenkelknochen. »Männlich, etwa eins neunundsiebzig … Hmm. Plomben in eins und zwei.« Er nickte. »Könnte sein.«

Nate schaute zu dem vietnamesischen Verbindungsoffizier hinüber. »Nummer 786-A. Ich lasse ihn zwecks näherer Untersuchungen nach Hause fliegen.«

»Und die anderen?«

»Was meinst du, Guy?«

Guy zuckte mit den Schultern. »Wir nehmen auch 784-A mit. Nur um sicherzugehen. Aber die beiden Frauen gehören dir.«

Der Vietnamese nickte. »Wir werden alles Nötige in die Wege leiten«, versprach er und verschwand geräuschlos.

Ein Schweigen entstand, als Nate sich eine neue Zigarre ansteckte und die Flamme des Streichholzes auswedelte. »Du hast dich mächtig beeilt. Ich hätte erst morgen mit dir gerechnet.«

»Es ist etwas dazwischengekommen.«

»Ja?« Gedankenverloren schaute Nate ihn durch stinkende Qualmwolken an. »Irgendwas, bei dem ich dir behilflich sein kann?«

»Vielleicht.«

Mit einer Kopfbewegung deutete Nate zur Tür. »Komm, lass uns rausgehen. Dieser Ort verursacht mir eine Gänsehaut.«

Sie traten ins Freie und standen im staubigen Innenhof eines Militärgeländes. Die Mauern um sie herum waren mit Stacheldraht gesichert. Aus einer ratternden Klimaanlage in einem Fenster der Wellblechbaracke tropfte Wasser.

»Also«, begann Nate und stieß genüsslich eine Rauchwolke aus. »Ist es dienstlich oder privat?«

»Sowohl als auch. Ich brauche ein paar Informationen.«

»Hoffentlich keine geheimen.«

»Das werde ich gleich von dir erfahren.«

Lachend blinzelte Nate zu dem Stacheldraht hoch. »Von mir erfährst du wahrscheinlich gar nichts. Aber fragen kostet ja nichts.«

»Du hast 1973 dem Rückführungsteam angehört, nicht wahr?«

»Von dreiundsiebzig bis fünfundsiebzig. Aber mein Job war kaum der Rede wert. Ich habe nur viel gegrinst und Rasierapparate und Zahnbürsten verteilt. Du weißt schon – ein Willkommensgruß für die zurückgekehrten Kriegsgefangenen.«

»Hast du zufällig auch die Kriegsgefangenen aus Tuyen Quan willkommen geheißen?«

»Nicht viele. Ein halbes Dutzend. Das war ein ziemlich elendes Lager. Am Ende hat es dort eine Typhus-Epidemie gegeben. Viele sind in der Gefangenschaft gestorben.«

»Aber nicht alle. Einer der Gefangenen war ein Mann namens Luis Valdez. Erinnerst du dich an den?«

»Nur an den Namen. Und auch nur, weil ich gehört habe, dass er sich am Tag nach seiner Rückkehr erschossen hat. Ich dachte damals, was für eine Schande.«

»Du hast ihn also nie persönlich getroffen?«

»Nein. Er wurde unter strengsten Sicherheitsvorkehrungen verhört. Und im Übrigen wurde er von allen anderen ferngehalten. Er hatte keinerlei Kontakt nach draußen.«

Guy runzelte die Stirn. Er wunderte sich über diese Geheimniskrämerei. Warum hatte der Geheimdienst Valdez von den anderen ferngehalten?

»Was ist mit den anderen Kriegsgefangenen von Tuyen Quan?«, wollte Guy wissen. »Hat irgendeiner von ihnen über Valdez gesprochen? Oder erwähnt, warum er keinen Kontakt zu den anderen haben durfte?«

»Eigentlich nicht. Hör mal, die waren alle im Freudentaumel. Sie haben nur über ihre Heimreise geredet. Und dass sie bald ihre Familie wiedersehen würden. Überhaupt bezweifle ich, dass jemand von denen Valdez kannte. In dem Camp waren jeweils zwei Gefangene in einer Zelle, und Valdez' Zellengenosse war nicht in der Gruppe.«

»Tot?«

»Nein. Er weigerte sich, ins Flugzeug zu steigen. Kaum zu glauben, was?«

»Er wollte nicht fliegen?«

»Er wollte nicht nach Hause. Punkt.«

»Erinnerst du dich an seinen Namen?«

»Und ob! Ich musste einen zehnseitigen Bericht über diesen Kerl ausfüllen. Lassiter. Sam Lassiter. Der Vorfall hat mir eine Abmahnung eingebracht.«

»Was ist denn passiert?«

»Wir haben versucht, ihn an Bord zu ziehen. Er schrie die ganze Zeit über, dass er in Vietnam bleiben wolle. Das war so ein riesiger blonder Wikinger, verstehst du? Gut eins neunzig groß, und er brüllte wie ein Zweijähriger. Du hättest mal die Vietnamesen erleben sollen – die haben sich kaputtgelacht. Jedenfalls konnte sich der Typ befreien und in der Menge verschwinden. Da haben wir uns gedacht, was soll's? Lass diesen Idioten doch bleiben, wenn er unbedingt will.«

»Er ist also nicht nach Hause geflogen?«

Nate blies eine Wolke Zigarrenqualm aus. »Nein. Eine Zeitlang haben wir versucht, ihn im Auge zu behalten. Zum letzten Mal haben wir von ihm gehört, als er in Can Tho gesehen wurde, aber das ist auch schon ein paar Jahre her. Seitdem kann er sonst wo hingegangen sein. Oder er ist gestorben.« Nate schaute sich auf dem unwirtlichen Gelände um. »Verrückt – das ist meine Meinung. Man muss verrückt sein, um freiwillig in diesem gottverlassenen Land bleiben zu wollen.«

Vielleicht auch nicht, überlegte Guy. *Vielleicht hatte er keine andere Wahl.*

»Was ist mit den anderen Männern von Tuyen passiert?«, fragte Guy. »Nachdem sie nach Hause gekommen sind?«

»Sie hatten die üblichen Probleme. Du weißt schon – posttraumatische Stressreaktionen. Aber sie haben sich wieder in den Griff bekommen. Zumindest so weit, wie man es erwarten konnte.«

»Alle bis auf Valdez.«

»Ja. Alle bis auf Valdez.« Nate schnippte Asche von seiner Zigarre. »Man konnte nichts für ihn tun – oder für Durchgeknallte wie Lassiter. Wenn sie weg sind, sind sie weg. All diese Kinder – sie waren viel zu jung für diesen Krieg. Die hatten doch keine Ahnung, was ihnen blühen würde. Wann immer ich an Lassiter und Valdez denke, komme ich mir verdammt nutzlos vor.«

»Du hast dein Möglichstes getan.«

Nate nickte. »Nun, ich denke, für etwas taugen wir doch noch.« Seufzend schaute er zu der Wellblechhütte hinüber. »Wenigstens 786-A kommt endlich nach Hause.«

Die Russen sangen schon wieder. Ansonsten war es ein angenehmer Abend. Das Bier war gekühlt und der Barmann auf diskrete Weise aufmerksam. Von seinem Platz an der Dachterrassenbar aus beobachtete Guy die Russen dabei, wie sie eine weitere Runde Stolichnaya in ihre Gläser kippten. Wenigstens sie schienen sich zu amüsieren. Was er von sich selbst nicht gerade behaupten konnte.

Er musste sich einen Plan überlegen, und zwar schnell. Alles, was er von Alain Gerard am Morgen und von Nate Donnell am Nachmittag erfahren hatte, bestätigte ihn in seinen Vermutungen: dass Willy Maitland bis zu ihrem hübschen Hals in Schwierigkeiten steckte. Er war davon überzeugt, dass der Angriff in Bangkok kein versuchter Raubüberfall gewesen war. Jemand wollte sie aus dem Weg räumen. Jemand, der verhindern wollte, dass sie in Bill Maitlands Vergangenheit wühlte. Die CIA? Die Vietnamesen? Oder Wild Bill persönlich?

Den letzten Gedanken verwarf er sofort als unmöglich. Kein

Mann, egal, wie verzweifelt er sein mochte, würde jemanden beauftragen, seine eigene Tochter zu überfallen.

Aber wenn das nur eine Warnung hatte sein sollen? Ein Einschüchterungsversuch?

So viele Möglichkeiten, so viele Vermutungen – Guy bekam regelrecht Kopfschmerzen davon. Lebte Maitland noch? In welcher Beziehung stand er zu Friar Tuck? Waren sie ein und dieselbe Person?

Und was hatte die Ariel Group damit zu tun?

Das war der andere Teil des Rätsels – die Ariel Group. In Gedanken ließ Guy ihren Besuch bei ihm vor zwei Wochen noch einmal Revue passieren. Die beiden Männer, die ihn in seinem Büro aufgesucht hatten, waren ziemlich unauffällig gewesen: glatt rasiert, dunkle Anzüge, nichtssagende Krawatten, Gesichter, die man sofort vergaß, sobald man sie aus den Augen verlor. Erst, als sie ihm den Scheck über zwanzigtausend Dollar vorlegten, hatte er sich aufgerichtet und sie bewusst wahrgenommen. Wer immer sie sein mochten – sie hatten Geld ohne Ende. Und er würde noch mehr davon bekommen – sehr viel mehr –, wenn er ihnen nur einen kleinen Gefallen erweisen würde und einen gewissen Piloten namens Friar Tuck ausfindig machte. »Es ist Ihre patriotische Pflicht«, wie sie es ihm erklärt hatten. Der Mann sei ein Verräter, ein unzurechnungsfähiger Amerikaner, der die Seiten gewechselt habe. Trotzdem hatte Guy gezögert. Das war nicht seine Art von Arbeit. Er war kein Kopfgeldjäger.

Und dann hatten sie ihr Ass aus dem Ärmel gezogen.

Ariel, Ariel. Lange dachte er über den Namen nach. Er hatte etwas mit der Bibel zu tun. Männer wie Löwen. Seltsamer Name für eine Veteranenorganisation. Wenn sie das überhaupt waren.

Ariel war nicht die einzige Organisation, die hinter dem flüchtigen Friar Tuck her war. Die CIA hatte ein Lösegeld auf den Mann ausgesetzt. Und soweit Guy wusste, waren auch die Vietnamesen, die Franzosen und die Marsmenschen hinter dem Piloten her.

Und mitten im Auge des Hurrikans stand die naive, dickköpfige, unmögliche Willy Maitland.

Dass sie so unverschämt attraktiv war, machte die Sache nur noch schlimmer. Sie war eine aufreizende Kombination aus Zähigkeit und Verletzlichkeit, und er war hin- und hergerissen – er wollte sie benutzen und gleichzeitig beschützen. Ergab das alles überhaupt einen Sinn?

Das rhythmische Wummern von Discomusik drang von einer der unteren Etagen bis zu ihm hinauf. Er überlegte kurz, ob er hinuntergehen sollte, um ein paar willige Tanzpartnerinnen zu finden, denen er auf die Zehen treten konnte. Als er einen weiteren Schluck Bier trank, bemerkte er aus den Augenwinkeln eine vertraute Gestalt. Er drehte sich um. Willy steuerte auf einen Tisch neben der Balustrade zu. Er fragte sich, ob sie ihm bei einem Drink Gesellschaft leisten würde.

Eher nicht, stellte er fest, da sie ihn ganz bewusst ignorierte. Sie schaute in die Nacht hinaus und fixierte dabei einen Punkt irgendwo weit weg in der Dunkelheit. Eine Strähne ihres honigblonden Haars fiel ihr auf die Wange, und sie schob sie hinters Ohr. Eine kleine Geste, die ihn an eine Lehrerin erinnerte.

Er beschloss, sie ebenfalls nicht zu beachten. Doch je mehr er sich bemühte, jeden Gedanken an sie aus seinem Kopf zu vertreiben, umso mehr brannte sich ihr Bild in sein Gehirn ein. Selbst als er sich auf die leerer werdende Flasche Stolichnaya vor dem Barkeeper konzentrierte, spürte er ihre Gegenwart – wie ein knisterndes Kaminfeuer, das irgendwo hinter ihm loderte.

Zum Teufel auch! Er würde es noch einmal versuchen.

Er rutschte vom Barhocker und schlenderte über die Dachterrasse.

Willy spürte, dass er sich ihr näherte, aber sie schaute nicht auf – nicht einmal dann, als er einen Stuhl hervorzog, sich ihr gegenübersetzte und sich über den Tisch beugte.

»Ich glaube immer noch, dass wir zusammenarbeiten können«, begann er.

Sie schnaubte verächtlich. »Das bezweifele ich.«

»Können wir nicht wenigstens darüber reden?«

»Ich habe Ihnen nichts mehr zu sagen, Mr. Barnard.«

»Wir sind also wieder bei Mr. Barnard.«

Ihr kalter Blick schoss über den Tisch. »Ich könnte Sie auch noch ganz anders nennen. Ich könnte Sie einen …«

»Wollen wir uns den Honig nicht ersparen? Hören Sie, ich habe einen Freund von mir besucht …«

»Sie haben Freunde? Erstaunlich!«

»Nate gehörte 1975 zum Unfall-Ermittlungsteam, das die Kriegsgefangenen nach Hause gebracht hat. Er hat eine Menge von ihnen persönlich getroffen. Inklusive der Männer von Tuyen Quan.«

Sofort war ihr Interesse geweckt. »Er hat Luis Valdez gekannt?«

»Nein. Valdez hat eine streng geheime Vernehmung über sich ergehen lassen müssen. Keiner durfte sich ihm nähern. Aber Valdez hatte einen Zellengenossen in Tuyen Quan, einen Mann namens Sam Lassiter. Nate hat mir erzählt, dass Lassiter nicht nach Hause geflogen ist.«

»Ist er gestorben?«

»Er hat das Land nie verlassen.«

Sie beugte sich vor. Ihr Körper war vor Aufregung ganz angespannt. »Ist er noch hier in Vietnam?«

»Das war er jedenfalls vor ein paar Jahren. In Can Tho. Das ist eine Stadt am Flussdelta, etwa hundertfünfzig Kilometer südwestlich von hier.«

»Das ist nicht sehr weit.« In ihrem Kopf schienen sich die Gedanken zu jagen. »Ich könnte morgen früh losfahren … nachmittags wäre ich da.«

»Und wie wollen Sie dorthin kommen?«

»Was glauben Sie denn? Natürlich mit dem Wagen.«

»Und Sie glauben, Mr. Ainh lässt Sie ganz allein dahinfahren?«

»Dafür gibt es doch Schmiergelder. Einige Leute tun doch alles für Geld. Nicht wahr?«

Er hielt ihrem bohrenden Blick stand, ohne mit der Wimper zu zucken. »Vergessen Sie das verdammte Geld. Merken Sie nicht, dass da jemand versucht, uns *beide* zu benutzen? Ich möchte herausfinden, warum.« Er beugte sich zu ihr und fuhr mit sanfter, einschmeichelnder Stimme fort. »Ich habe bereits für morgen früh einen Wagen mit Fahrer nach Can Tho organisiert. Wir können Ainh erzählen, dass ich Sie zu diesem Trip eingeladen habe. Sie wissen schon – noch ein Tourist, der ein paar Sehenswürdigkeiten anschauen möchte …«

Sie lachte höhnisch. »Sie glauben offenbar, dass ich den IQ einer Mohrrübe habe. Warum sollte ich Ihnen vertrauen? Kopfgeldjäger. Opportunist. *Mistkerl.*«

»Ist das nicht ein wunderschöner Abend?«, hörten sie eine fröhliche Stimme.

Dodge Hamilton schaute sie mit einem strahlenden Lächeln und einem Drink in der Hand an. Sein Gruß wurde mit eisigem Schweigen erwidert.

»Meine Güte. Störe ich etwa?«

»Überhaupt nicht.« Mit einem Seufzer zog Willy einen Stuhl für den allgegenwärtigen Engländer hervor. Er wollte Gesellschaft in seinem Elend, und Willy wäre genau die Richtige. Sie beide könnten sich noch ein wenig selbst bemitleiden – er wegen seiner verpatzten Story, sie wegen ihres verschollenen Vaters.

»Nein, wirklich, ich möchte auf keinen Fall …«

»Ich bestehe darauf.« Willy warf Guy einen messerscharfen Blick zu. »Mr. Barnard wollte sowieso gerade gehen.«

Hamilton schaute von Guy zu dem angebotenen Stuhl. »Nun, wenn Sie darauf bestehen.« Ein wenig unbehaglich ließ er sich auf dem Stuhl nieder, stellte sein Glas auf den Tisch und sah Willy an. »Ich wollte Sie fragen, Miss Maitland, ob Sie eventuell mit einem Interview einverstanden wären.«

»Ich? Warum ausgerechnet ich?«

»Ich habe mir einen neuen Schwerpunkt für meinen Artikel über Saigon ausgesucht: Eine Tochter auf der Suche nach ihrem Vater. Eine zu Herzen gehende Geschichte. Eine sentimentale Reise in die …«

»Ganz schlechte Idee«, unterbrach Guy ihn.

»Warum?«, wollte Hamilton wissen.

Er suchte nach Worten. »Es fehlt die … Leidenschaft. Keine Romantik. Keine Spannung.«

»Natürlich ist es spannend. Ein vermisster Vater …«

»Hamilton.« Guy beugte sich zu ihm. »Nein.«

»Er hat *mich* gefragt«, schaltete Willy sich ein. »Es geht schließlich um meinen Vater.«

Guy drehte sich zu ihr um. »Willy«, sagte er ruhig. »Denken Sie mal nach.«

»Ich denke, ein bisschen Werbung könnte ein paar Türen öffnen.«

»Wahrscheinlich wird sie eher Türen schließen. Die Vietnamesen hassen es, ihre schmutzige Wäsche öffentlich zu waschen. Vielleicht wissen sie ja, was mit Ihrem Vater passiert ist. Und wenn es kein schönes Ende war? Sie würden die Einzelheiten bestimmt nicht gerne in einer Londoner Zeitung veröffentlicht sehen. Es wäre viel leichter, Sie aus dem Land zu werfen.«

»Glauben Sie mir, ich kann sehr diskret sein«, versicherte Hamilton.

»Ein diskreter Reporter. Das ist ja ganz was Neues«, murmelte Guy.

»Der Artikel würde erst veröffentlicht, wenn sie das Land verlassen hat.«

»Die Vietnamesen sind nicht blöd. Sie würden herausbekommen, woran Sie arbeiten.«

»Dann werde ich denen einfach etwas anderes erzählen. Um sie abzulenken.«

»Entschuldigen Sie bitte«, meldete Willy sich höflich zu Wort.

»Die Geschichte ist heikler, als Sie glauben, Hamilton«, sagte Guy.

»Ich habe schon früher über heikle Sachen geschrieben. Wenn ich sage, dass ich etwas vertraulich behandele, dann tue ich das auch.«

Willy erhob sich von ihrem Stuhl. »Ich geb's auf. Ich gehe ins Bett.«

Guy schaute hoch. »Sie können nicht ins Bett gehen. Wir haben unser Gespräch noch nicht beendet.«

»Und ob wir es beendet haben.«

»Was ist mit morgen?«

»Was ist mit meiner Geschichte?«

»Hamilton.« Sie warf dem Reporter ein maliziöses Lächeln zu. »Wenn Sie auf schmutzige Wäsche aus sind, sollten Sie ihn interviewen.« Sie zeigte auf Guy. Dann drehte sie sich um und ließ die beiden Männer allein zurück.

Hamilton schaute Guy an. »Welche Art schmutzige Wäsche haben Sie denn zu bieten?«

Guy lächelte nur.

Und er lächelte noch immer, als er seine Bierdose mit einer Hand zusammendrückte.

Herr, bewahre mich vor all den Idioten auf dieser Welt, dachte Willy müde, als sie in den Aufzug stieg. Die Türen glitten zusammen. *Und bewahre mich vor allem vor Guy Barnard.*

Mit geschlossenen Augen lehnte sie sich zurück und wartete darauf, dass der Aufzug sie hinunter in den dritten Stock beförderte. Er bewegte sich im Schneckentempo – wie alles in diesem Land. Die abgestandene Luft stank nach Alkohol und Schweiß. Sie hörte ein leises Quietschen, das von weit oben aus dem Motorhaus kam. Fledermäuse. Sie hatte sie in der Nacht zuvor über den Garten fliegen sehen. Wundervoll. Fledermäuse und Guy Barnard. Konnte ein Mädchen mehr verlangen?

Wenn sie nur an sein Insiderwissen herankommen könnte, ohne gemeinsame Sache mit ihm machen zu müssen. Der Mann war clever und gerissen, und er verfügte über diese dunklen, aber ausnehmend wichtigen Verbindungen. Zu schade, dass man ihm nicht trauen konnte. Trotzdem fragte sie sich, wie es wohl wäre, wenn sie sein Angebot annähme. Doch allein der Gedanke, so eng mit dem Mann zusammenzuarbeiten, verursachte ein seltsames Ziehen in ihrer Magengrube. Kein gutes Zeichen. Der Mann begann, Gefühle in ihr zu wecken …

Natürlich war sie schon früher verliebt gewesen. Sie wusste, wie unvernünftig die Hormone sein, wie viel Schaden sie anrichten konnten, wenn sie in einem sexentwöhnten Frauenkörper wüteten.

Ich denke einfach nicht über ihn nach. Es ist der falsche Zeitpunkt, der falsche Ort, die unpassende Situation.

Und auf jeden Fall der falsche Mann.

Ächzend hielt der Aufzug an und die Türen glitten auseinander. Vor ihr erstreckte sich ein leerer Korridor. Durch die Nacht dröhnten von Weitem her die harten Beats der Discomusik. Über den im Schatten liegenden Gang eilte sie zu ihrem Zimmer. Die gesamte dritte Etage schien an diesem Abend verlassen zu sein. Aus keinem Fenster drang Licht. Alle Vorhänge waren geschlossen. Erschrocken fuhr sie herum, als Schreie von dem Gebäude widerhallten und hinauf in die Dunkelheit stiegen. Auf der anderen Seite der Balustrade flatterten Fledermäuse schattenhaft wie Phantome über die Gartenanlage hinweg.

Mit zitternden Händen erreichte sie ihr Zimmer, und sie brauchte eine Weile, um den Schlüssel zu finden. Während sie ihre Handtasche durchwühlte, bemerkte sie aus dem Augenwinkel eine Gestalt. Eine Art sechster Sinn – eine Vorahnung von Gefahr – veranlasste sie, sich umzudrehen.

Aus den Schatten am Ende des Gangs tauchte ein Mann auf. Als er durch den Lichtschein einer Straßenlaterne ging, erkannte sie glattes, schwarzes Haar und ein Gesicht, so unbeweglich wie eine Wachsmaske. Und noch etwas anderes erregte ihre Aufmerksamkeit. Etwas in seiner Hand. Er umklammerte ein Messer.

Sie ließ ihre Handtasche fallen und rannte los.

Wenige Meter vor ihr führte der Gang um eine Ecke, vorbei am Lüftungsschacht einer Klimaanlage. Wenn sie in Bewegung blieb, würde sie jeden Moment das Treppenhaus erreichen.

Der Mann war nur wenige Meter hinter ihr. Bestimmt hatte er es auf ihre Handtasche abgesehen. Aber als sie um die Ecke bog, hörte sie seine Schritte ganz nahe. Himmel, er war doch nicht hinter ihrer Handtasche her.

Er verfolgte *sie.*

Das Treppenhaus lag am anderen Ende des Gangs. Nur eine Etage tiefer befand sich die Diskothek. Dort waren Leute. Sicherheit …

Mit der Kraft der Verzweiflung verdoppelte sie ihr Tempo. Wie durch eine Nebelwand stellte sie fest, dass ihr Fluchtweg verbarrikadiert war. Helle Panik setzte ein …

Ein weiterer Mann war aufgetaucht. Er stand bewegungslos im Schatten am Ende des Gangs. Von seinem Gesicht konnte sie nur einen schwachen Schimmer sehen.

Sie blieb stehen, fuhr herum. In dem Moment flog ein Gegenstand nur wenige Millimeter an ihrer Wange vorbei und landete klirrend auf dem Boden. Ein Messer. Instinktiv griff sie danach und hielt es schützend vor sich.

Ihr Blick wanderte zu dem ersten Mann, dann zu dem zweiten. Sie kamen näher.

Sie schrie. Ihr Schrei vermischte sich mit der Tanzmusik, hallte von den Gebäuden wider und versickerte in der Nacht. Ein Schwarm verschreckter Fledermäuse flatterte durch die Dunkelheit. *Hört mich denn keiner?* dachte sie verzweifelt.

Noch einmal schaute sie sich voller Panik um, auf der Suche nach einem Ausweg. Vor ihr, jenseits des Geländers, ging es drei Stockwerke in die Tiefe. Hinter ihr, eingelassen in ein großes Kiesbett, befand sich der riesige Lüftungsschacht der Klimaanlage. Durch das verrostete Gitter konnte sie die gigantischen Rotoren erkennen, die sich wie Flugzeugpropeller drehten. Die warme Luft, die herausgeblasen wurde, bauschte ihren Rock auf.

Die Männer kamen näher, bereit zum Töten.

6. KAPITEL

Ihr blieb keine Wahl. Sie kletterte über das Geländer und ließ sich auf das Abdeckgitter fallen. Unter ihrem Gewicht gab es nach – bis knapp über den todbringenden Rotoren. Ein rostiges Teil brach ab und fiel zwischen die Flügel des Propellers. Der Lärm war ohrenbetäubend.

Zentimeter für Zentimeter überquerte sie das Gitter, um eine sichere Insel auf dem Dach zu erreichen. Es waren nur wenige Schritte, aber sie hatte das Gefühl, auf einem Seil über dem Abgrund zu balancieren. Auf der anderen Seite kletterte sie mit zitternden Beinen vom Gitter – und stellte fest, dass sie in einer Sackgasse steckte, an deren Ende es senkrecht in die Tiefe ging: Ein verrostendes Abdeckgitter war alles, was sie von ihren Mördern trennte.

Frustriert schauten sich die beiden Männer um, auf der Suche nach einem sicheren Weg, um zu ihr zu gelangen. Es gab keinen anderen als den über das schwankende Gitter. Die Männer würden es überqueren müssen. Aber das Metall hatte schon ihr Gewicht kaum getragen. Ihre beiden Verfolger waren viel schwerer. Sie schaute hinunter auf die mörderischen Rotoren. Das werden sie nicht riskieren, hoffte sie.

Doch zu ihrem Entsetzen kletterte einer der Männer über das Geländer und ließ sich vorsichtig auf das Gitter hinunter. Das Metallgeflecht sackte tief durch, aber es hielt. Er schaute über die rotierenden Propeller hinweg zu ihr herüber, und in seinen Augen sah sie den gleichgültigen Blick eines Mannes, der nur gekommen war, um seinen Job zu erledigen.

In der Falle, dachte sie. *Ich sitze in der Falle.*

Wieder schrie sie, aber ihr Entsetzensschrei wurde von dem Lärm der Rotoren verschluckt.

Mit dem Messer im Anschlag legte er den halben Weg zurück. Auch sie umklammerte ihr Messer und ging rückwärts bis zum äußersten Ende des Daches. Ihr blieben nur zwei Möglichkeiten: ein Sprung aus dem dritten Stock auf das Pflaster unter ihr, oder ein Zweikampf mit einem routinierten Mörder. Weder das eine noch das andere erschien ihr besonders aussichtsreich.

Sie duckte sich. Mit dem Messer in der zitternden Hand war sie bereit, zuzustechen, zu kratzen – alles, um am Leben zu bleiben. Der Mann trat einen weiteren Schritt vor. Die Klinge kam näher.

Plötzlich peitschte ein Schuss durch die Nacht.

Verdutzt sah Willy, wie der Mörder sich an seinen Bauch fasste und seine blutige Hand betrachtete. Sein maskenhaftes Gesicht wirkte verwirrt. Dann stürzte er zu Boden wie eine Marionette, deren Fäden durchtrennt worden waren. Als sein schwerer toter Körper auf das nachgebende Abdeckgitter prallte, schloss Willy die Augen und erschauerte.

Sie sah nicht, wie sein Körper hindurchfiel. Aber sie hörte das Kreischen von Metall, das Stocken der heftig rotierenden Propeller. Sie fiel auf die Knie und übergab sich in die Dunkelheit, die sich unter ihr auftat.

Als das quälende Würgen endlich nachließ, zwang sie sich, hochzuschauen.

Ihr zweiter Angreifer war verschwunden.

Etwas blitzte metallisch auf dem gegenüberliegenden Gang auf der anderen Seite des Gartens auf. Der Lauf einer Pistole senkte sich. Ein kleines Gesicht schaute sie über die Balustrade hinweg an. Sie versuchte zu verstehen, warum der Junge dort war, warum er ihr gerade das Leben gerettet hatte. Sie rappelte sich auf und wisperte: »Oliver?«

Der Junge legte nur einen Finger an seine Lippen. Dann verschwand er wie ein Geist in der Dunkelheit.

Wie durch einen Nebel hörte sie näherkommende Rufe und Schritte.

»Willy! Ist alles in Ordnung?«

Sie drehte sich um und erblickte Guy. Und sie hörte die Panik in seiner Stimme.

»Bewegen Sie sich nicht. Ich komme und hole Sie.«

»Nein!«, schrie sie. »Das Gitter … es ist zerbrochen …«

Einen Moment lang betrachtete er die rotierenden Propeller. Als er sich umschaute, entdeckte er eine Arbeitsleiter, die gegen ein zerbrochenes Fenster gelehnt war. Er zerrte sie an das Geländer, hievte sie hoch und legte sie quer über das zerbrochene Abdeckgitter. Anschließend kletterte er über die Balustrade, trat vorsichtig auf eine Sprosse und hielt Willy seinen Arm hin. »Ich bin hier«, sagte er. »Stell den linken Fuß auf die Leiter und nimm meine Hand. Ich lasse dich nicht los, das schwöre ich dir. Komm, Schatz. Halt dich einfach an meiner Hand fest.«

Sie brachte es nicht über sich, zu den Rotorblättern hinunterzublicken. Sie schaute über sie hinweg in Guys angespanntes und schweißnasses Gesicht. Auf seine Hand, die er ihr hinhielt. Und in diesem Augenblick zweifelte sie nicht mehr im Geringsten daran, dass er sie festhalten würde. Sie wusste jetzt, dass sie ihm ihr Leben anvertrauen konnte.

Sie holte tief Luft, um Mut zu fassen. Dann trat sie einen Schritt vor und stand über den kreiselnden Propellern.

Sofort schlossen sich seine Finger um ihre Hand. Für den Bruchteil einer Sekunde geriet sie ins Taumeln, doch Guys fester Griff brachte sie wieder ins Gleichgewicht. Langsam und schwankend trat sie auf die Sprosse, auf der er balancierte.

»Ich habe dich!«, schrie er, schloss sie in seine Arme und drehte sie weg von dem klaffenden Luftfilter. Mit Leichtigkeit schwang er sie über das Geländer zurück auf den Gang. Dann sprang er neben sie, und erneut barg er sie in der Sicherheit seiner Umarmung.

»Alles ist gut«, murmelte er wieder und wieder in ihr Haar. »Alles ist gut …«

Erst jetzt, als sie den Schlag seines Herzens an ihrem Ohr spürte, wurde ihr bewusst, welche Sorgen er sich um sie gemacht hatte.

Sie zitterte so sehr, dass sie sich kaum auf den Beinen halten konnte. Es spielte keine Rolle. Sie wusste, dass die Arme, die sie hielten, sie niemals fallen lassen würden.

Beide erstarrten, als ein scharfes Kommando auf Vietnamesisch an ihre Ohren drang. Die Menschen, die sich um sie versammelt hatten, traten rasch beiseite, um einem Polizisten den Weg freizumachen. Willy blinzelte in einen grellen Lichtstrahl. Der Schein der Taschenlampe bewegte sich und verharrte über dem Abdeckgitter. Aus den Kehlen der Zuschauer kamen Laute des Entsetzens.

»Meine Güte«, hörte sie Dodge Hamilton flüstern. »Was für ein blutiges Gemetzel.«

Mr. Ainh schwitzte wie verrückt. Außerdem war er hungrig und müde und musste dringend auf die Toilette. Aber all seine Bedürfnisse mussten warten. Das hatte er vom Krieg gelernt: geduldig sein. *Der Sieg ist mit den Ausdauernden.* Das redete er sich immer wieder ein, während er auf seinem Stuhl saß und den Holztisch vor sich fixierte.

»Wir waren unvorsichtig, Genosse.« Die Stimme des Ministers war leise, kaum mehr als ein Flüstern. Aber die Stimme der Macht musste auch nicht laut werden.

Langsam hob Ainh den Kopf. Der Mann, der ihm gegenübersaß, hatte Augen wie glatte, glänzende Kieselsteine. Sein Gesicht war faltig, und das Haar hing ihm in silbernen Fäden wie Spinnweben um den Kopf. Aber die Augen waren die eines jungen Mannes – kühn und schwarz und funkelnd. Ainh spürte, wie die Blicke durch ihn hindurchschnitten.

»Der Tod einer amerikanischen Touristin wäre äußerst unangenehm«, sagte der Minister.

Ainh konnte ihm nur mit einem schüchternen Nicken beipflichten.

»Sind Sie sicher, dass Miss Maitland nicht verletzt wurde?«

Ainh räusperte sich. Und nickte erneut.

Die Stimme des Ministers, die eben noch so sanft geklungen hatte, wurde unvermittelt rasiermesserscharf. »Dieser Typ namens Barnard – er hat einen internationalen Zwischenfall verhindert, wozu unsere eigenen Leute offenbar nicht in der Lage sind.«

»Aber wir sind nicht gewarnt worden und hatten keinen Grund zu der Annahme, dass so etwas passieren könnte.«

»Der Angriff in Bangkok – war das nicht Warnung genug?«

»Ein versuchter Raubüberfall. Das steht in dem Bericht ...«

»Und Berichte sind niemals falsch, nicht wahr?« Das Lächeln des Ministers war irritierend nichtssagend. »Zuerst Bangkok. Dann heute Abend. Ich möchte zu gern wissen, in was sich unsere kleine amerikanische Touristin da hineinmanövriert hat.«

»Es muss nicht unbedingt einen Zusammenhang zwischen den beiden Überfällen geben.«

»Alles, Genosse, hängt mit allem zusammen.« Der Minister schwieg und dachte lange nach. »Und was ist mit Mr. Barnard? Sind er und Miss Maitland ...« Der Minister machte eine taktvolle Pause. »Haben sie eine Beziehung?«

»Ich glaube nicht. Sie hat ihn ... wie heißt noch gleich das Wort, das sie benutzt hat? Sie hat ihn ›Bastard‹ genannt.«

Der Minister lachte. »Aha. Mr. Barnard hat Probleme mit Frauen.«

Es klopfte an der Tür. Ein Bediensteter trat ein, übergab dem Minister einen Bericht und zog sich respektvoll zurück.

»Gibt es Fortschritte in dem Fall?«, wollte Ainh wissen.

Der Minister schaute auf. »Gewissermaßen. Sie haben es geschafft, den Ausweis des toten Mannes zusammenzusetzen. Es sieht ganz so aus, als wäre er der Polizei bereits sehr gut bekannt.«

»Das erklärt doch alles«, erklärte Ainh. »Für ein paar Tausend Dong würden einige dieser Verbrecher alles tun.«

»Es war kein Raubüberfall.« Der Minister reichte Ainh den Bericht. »Er hat Kontakte zur alten Regierung.«

Ainh überflog die Seite. »Hier wird aber nur eine Cousine erwähnt – eine Fabrikarbeiterin.« Er las weiter und schaute erstaunt hoch. »Ein Mischling.«

Der Minister nickte. »Sie wird gerade vernommen. Sollen wir mal vorbeischauen?«

Chantal lümmelte auf einer Holzbank und warf dem Polizisten, der sie verhörte, tödliche Blicke zu.

»Ich habe nichts getan«, spuckte sie aus. »Warum soll ich jemandem den Tod wünschen? Einer amerikanischen Zicke, sagen Sie? Glauben Sie etwa, ich bin verrückt? Ich war die ganze Nacht zu Hause. Fragen Sie den alten Mann, der über mir wohnt. Fragen Sie ihn, wer die ganze Nacht das Radio hat laufen lassen. Fragen Sie ihn, warum er dauernd auf den Fußboden gehämmert hat, dieser blöde Idiot. Ich könnte Ihnen Geschichten über *ihn* erzählen.«

»Sie beschuldigen einen alten Mann?«, fragte der Polizist. »*Sie* sind die Konterrevolutionärin. Sie und Ihr Cousin.«

»Ich kenne meinen Cousin kaum.«

»Sie haben zusammengearbeitet.«

Chantal schnaubte verächtlich. »Ich arbeite in einer Fabrik. Ich habe nichts mit ihm zu tun.«

Der Polizist schleuderte eine Tasche auf den Tisch. Jedes Teil, das er herausnahm, stellte er vor sie hin. »Kaviar. Champagner. Pastete. Wir haben das in Ihrem Schrank gefunden. Wie kann sich eine Fabrikarbeiterin solche Dinge leisten?«

Chantal presste die Lippen zusammen und schwieg.

Der Polizist grinste. Er machte einem der Wärter ein Zeichen, und Chantal, die beharrlich weiterschwieg, wurde aus dem Raum geführt.

Anschließend wandte sich der Polizist respektvoll dem Minister zu, der zusammen mit Ainh dem Verhör beigewohnt hatte. »Wie Sie sehen, Minister Tranh, ist sie nicht kooperativ. Aber geben Sie uns noch ein wenig Zeit. Wir werden schon einen Weg finden, um sie …«

»Lassen Sie sie gehen«, befahl der Minister.

Der Polizist sah verwirrt aus. »Ich versichere Ihnen, dass wir sie zum Reden bringen.«

Minister Tranh lächelte. »Es gibt andere Wege, um an Informationen zu gelangen. Lassen Sie sie gehen. Dann warten Sie, bis die Fliege wieder zum Honigtopf kommt.«

Kopfschüttelnd verließ der Polizist den Raum. Selbstverständlich würde er den Befehl ausführen. Schließlich hatte Minister Tranh mit solchen Dingen sehr viel mehr Erfahrung. Hatte der alte Fuchs seine Fähigkeiten nicht dank jahrelanger Spionage während des Krieges perfektioniert?

Der Minister blieb lange sitzen und dachte nach. Dann griff er nach der Champagnerflasche und studierte das Etikett. »Ah, Taittinger.« Er seufzte. »Mein Lieblingsgetränk während meiner Zeit in Paris.« Vorsichtig stellte er die Flasche zurück und schaute Ainh an. »Ich habe das Gefühl, dass Miss Maitland in etwas Gefährliches hineingerutscht ist. Vielleicht stellt sie zu viele Fragen. Weckt schlafende Hunde aus der Vergangenheit.«

»Meinen Sie ihren Vater?« Ainh schüttelte den Kopf. »Das ist ein sehr tief schlafender Hund.«

Der Minister entgegnete leise: »Aber einer, der vielleicht noch nicht besiegt ist.«

Eine riesige schwarze Kakerlake krabbelte quer über den Tisch. Eine der Wachen schlug mit einer Zeitung zu, fegte die Überbleibsel auf den Boden und widmete sich erneut seiner Schreibarbeit. Über ihm surrte ein Deckenventilator und brachte die Papiere auf dem Tisch zum Rascheln.

»Noch einmal, Miss Maitland«, sagte der leitende Beamte. »Erzählen Sie mir, was passiert ist.«

»Ich habe Ihnen doch schon alles erzählt.«

»Ich glaube, dass Sie etwas ausgelassen haben.«

»Nein. Ich habe nichts ausgelassen.«

»Doch, das haben Sie. Es gab einen bewaffneten Gangster.«

»Ich habe keinen bewaffneten Gangster gesehen.«

»Wir haben Zeugen. Sie haben einen Schuss gehört. Wer hat die Pistole abgefeuert?«

»Ich sagte es Ihnen bereits: Ich habe niemanden gesehen. Das Gitter gab nach – er ist eingebrochen.«

»Warum lügen Sie?«

Trotzig streckte sie das Kinn vor. »Warum behaupten Sie andauernd, dass ich lüge?«

»Weil wir beide wissen, dass Sie es tun.«

»Lassen Sie sie endlich in Ruhe«, schaltete Guy sich ein. »Sie hat Ihnen alles gesagt, was sie weiß.«

Der Beamte drehte sich zu Guy um und funkelte ihn gereizt an. »Halten Sie sich bitte da heraus, Mr. Barnard.«

»Und hören Sie mit dieser Gestapo-Masche auf! Sie verhören sie jetzt schon seit zwei Stunden. Sehen Sie nicht, dass sie erschöpft ist?«

»Vielleicht ist es besser, wenn *Sie* jetzt gehen.«

Guy dachte nicht daran, klein beizugeben. »Sie ist amerikanische Staatsbürgerin. Sie können sie nicht unendlich lange hierbehalten.«

Der Beamte schaute Willy an und dann zurück zu Guy. Lässig zuckte er mit den Schultern. »Sie wird entlassen werden.«

»Und wann?«

»Wenn sie die Wahrheit sagt.« Damit drehte er sich um und ging hinaus.

»Keine Bange«, murmelte Guy. »Wir kriegen dich hier schon raus.« Er folgte dem Beamten in den Nebenraum und knallte die Tür hinter sich zu.

Das Wortgefecht dauerte zehn Minuten. Durch die Tür hörte sie, wie sich die beiden anschrien. Wenigstens hatte Guy noch die Kraft zu brüllen; sie dagegen konnte kaum noch den Kopf oben halten.

Als Guy endlich zurückkam, verriet ihr seine frustrierte Miene, dass er nichts erreicht hatte. Müde ließ er sich neben sie auf die Bank fallen und rieb sich die Augen.

»Was wollen die denn von mir?«, fragte sie. »Warum können sie mich nicht einfach in Ruhe lassen?«

»Ich habe das Gefühl, dass sie auf irgendetwas warten. Eine Genehmigung …«

»Von wem?«

»Wenn ich das wüsste.«

Eine zusammengerollte Zeitung wurde auf den Tisch geknallt. Willy schaute hoch und sah, wie die Wache eine weitere tote Kakerlake wegwischte. Sie schauderte.

Die Uhr zeigte Mitternacht.

Um ein Uhr morgens erschien Mr. Ainh. Er war leichenblass. Willy war zu erschöpft, um sich von der Bank zu erheben. Sie blieb einfach sitzen, den Kopf an Guys Schulter gelehnt, und überließ den beiden Männern das Reden.

»Wir entschuldigen uns vielmals für diese Unannehmlichkeiten.« Mr. Ainh klang ehrlich zerknirscht. »Aber Sie müssen verstehen …«

»Unannehmlichkeiten?«, blaffte Guy ihn an. »Miss Maitland wäre heute Abend fast umgebracht worden, und jetzt hält man sie schon seit drei Stunden hier fest. Was zum Teufel geht hier eigentlich vor?«

»Die Situation ist … ungewöhnlich. Ein versuchter Raubüberfall – bei einer Ausländerin … nun ja …« Hilflos hob er die Schultern.

Fassungslos sah Guy ihn an. »Sie nennen das einen *versuchten Raubüberfall*?«

»Wie würden Sie es denn bezeichnen?«

»Ein Vertuschungsmanöver.«

Unbehaglich trat Ainh von einem Fuß auf den anderen. Dann drehte er sich um und wechselte mit dem Wärter einige Worte auf Vietnamesisch. Anschließend verbeugte er sich höflich vor Willy. »Die Polizei sagt, dass Sie gehen können, Miss Maitland. Im Namen der vietnamesischen Regierung möchte ich mich für diese äußerst unangenehme Erfahrung entschuldigen. Was geschehen ist, beeinflusst nicht im Geringsten unsere hohe Wertschätzung und unsere freundschaftlichen Gefühle gegenüber dem amerikanischen Volk. Wir hoffen sehr, dass dieses Ereignis den Rest Ihres Besuches nicht überschatten wird.«

Guy lachte höhnisch. »Warum sollte es? Es war ja nur ein kleiner Mordversuch.«

»Morgen früh können Sie Ihre Besichtigungstour selbstverständlich fortsetzen«, fuhr Ainh schnell fort.

»Mit welchen Beschränkungen?«, wollte Guy wissen.

»Ohne irgendwelche Beschränkungen.« Ainh räusperte sich und versuchte zu lächeln. »Im Gegensatz zur Propaganda unserer Regierung sind wir ein vernünftiges Volk, Mr. Barnard. Wir haben nichts zu verbergen.«

»So scheint es jedenfalls«, konterte Guy ausdruckslos.

»Ich verstehe es nicht. Erst verhören sie dich stundenlang. Und dann geben sie dir den Schlüssel zum ganzen Land. Das ergibt doch alles keinen Sinn.«

Willy starrte aus dem Fenster des Taxis, vor dem die Straßen von Saigon vorbeiglitten. Hier und dort flackerte eine Laterne in der Dunkelheit. Ein Nudelverkäufer hockte neben seinem dampfenden Wagen auf dem Bürgersteig. Ein Perlenvorhang bewegte sich in einer offenen Tür, und in dem dämmerigen Raum, der dahinter lag, konnten sie schlafende Kinder sehen, die wie Katzen auf ihrer Matte zusammengerollt waren.

»Nichts ergibt Sinn«, flüsterte sie. »Nicht dieses Land. Oder die Menschen. Oder irgendetwas, das hier passiert ...«

Sie zitterte. Der Schrecken über die entsetzlichen Ereignisse der Nacht brach sich durch den Nebel ihrer Erschöpfung unvermittelt Bahn. Selbst Guys Arm, der wundersamerweise plötzlich auf ihren Schultern lag, konnte den Horror der letzten Stunden nicht abhalten.

Er zog sie an seine Brust, und erst als sie den beruhigenden Geruch der Müdigkeit wahrnahm und das regelmäßige Schlagen seines Herzens hörte, ließ das Zittern allmählich nach. Immer wieder flüsterte er: »Es wird alles gut, Willy. Ich lasse nicht zu, dass dir irgendetwas geschieht.« Und dann spürte sie seinen Kuss, federleicht wie die Berührung eines Schmetterlings, auf ihrer Stirn.

Als der Fahrer vor dem Hotel anhielt, musste Guy sie überreden, aus dem Taxi zu steigen. Er führte sie durch die albtraumhaft beleuchtete Lobby. Er war der Fels in der Brandung, als sie in den Aufzug stieg. Und es war sein Arm, mit dem er sie über den schattenhaften Gang am Schacht der Klimaanlage vorbeiführte, die jetzt unheimlich still war. Er fragte sie nicht einmal, ob sie in dieser Nacht seine Gesellschaft wünschte. Er öffnete einfach die Tür seines Zimmers, schob sie hinein und setzte sie auf sein Bett. Dann verschloss er die Tür und schob einen Stuhl davor.

Im Badezimmer tränkte er einen Waschlappen mit warmem Wasser. Anschließend setzte er sich neben sie und wischte ihr sanft über das verschmutzte Gesicht. Ihre Wangen waren blass. Er verspürte den verrückten Wunsch, sie zu küssen, mit seinem Atem ihren Körper zum Leben zu erwecken. Er wusste, dass sie sich nicht wehren würde, denn sie war einfach zu schwach. Aber es wäre nicht richtig, und er war nicht der Mann, der eine solche Situation ausnutzte.

»So«, murmelte er und schob ihr Haar beiseite. »So ist es besser.«

Sie bewegte sich und sah ihn aus großen verdutzten Augen an. »Danke«, flüsterte sie.

»Wofür?«

»Für …« Sie verstummte, während sie nach den richtigen Worten suchte. »Dafür, dass du hier bist.«

Er berührte ihr Gesicht. »Ich werde die ganze Nacht hier sein. Ich lasse dich nicht allein. Wenn du das möchtest.«

Sie nickte. Es versetzte ihm einen Stich ins Herz, sie so müde und erschöpft zu sehen. *Sie taut auf,* dachte er. *So hätte es aber nicht passieren dürfen. So habe ich das nicht erwartet.*

Ihre glänzenden Augen verrieten ihm, dass sie sich krampfhaft bemühte, nicht zu weinen. Erneut legte er den Arm um ihre Schultern.

»Du bist in Sicherheit, Willy«, wisperte er in ihr weiches Haar. »Morgen früh fliegst du wieder nach Hause. Und wenn ich dich persönlich im Flugzeug festschnallen muss – du fliegst nach Hause.«

Sie schüttelte den Kopf. »Ich kann nicht.«

»Was soll das heißen – du kannst nicht?«

»Mein Vater …«

»Vergiss ihn. Er ist die Sache nicht wert.«

»Ich habe mein Versprechen gegeben …«

»Alles, was du deiner Mutter versprochen hast, war eine Antwort. Keine Leiche. Keinen offiziellen Bericht mit Stempel und

Zertifikat. Nur eine einfache Antwort. Gib sie ihr. Sag ihr, dass er tot ist, dass er bei dem Flugzeugabsturz ums Leben gekommen ist. Das ist vermutlich auch die Wahrheit.«

»Ich kann sie nicht belügen.«

»Du musst es tun.« Er fasste sie bei den Schultern und zwang sie, ihm ins Gesicht zu schauen. »Willy, jemand versucht dich umzubringen. Zweimal haben sie es vermasselt. Aber was passiert beim dritten Mal? Oder beim vierten Versuch?«

Sie schüttelte den Kopf. »Es lohnt sich nicht, mich zu töten. Ich weiß doch gar nichts.«

»Vielleicht geht es nicht um das, was du weißt. Sondern um das, was du möglicherweise herausfindest.«

Sie schniefte und sah ihn verwirrt an. »Dass mein Vater tot ist? Oder noch lebt? Was für einen Unterschied macht das? Und für wen?«

Sein Seufzer klang unendlich müde. »Ich weiß es nicht. Wenn wir mit Oliver reden und herausfinden könnten, für wen er arbeitet ...«

»Er ist doch nur ein Kind!«

»Offenbar nicht. Er könnte schon sechzehn oder siebzehn sein. Alt genug, um ein Spion zu sein.«

»Für die Vietnamesen?«

»Nein. Warum sollte er verschwinden, wenn er einer von ihnen wäre? Warum hat die Polizei dich seinetwegen mit Fragen gelöchert?«

Sie kauerte sich aufs Bett, während ihre Verwirrung immer größer wurde. »Er hat mir das Leben gerettet. Und ich weiß nicht einmal, warum.«

Da bemerkte er ihn wieder in ihren Augen – diesen Ausdruck extremer Verletzlichkeit. Sie war zwar Wild Bill Maitlands Tochter, aber sie war auch eine Frau, und Guy fiel es im Moment extrem schwer, sich auf das aktuelle Problem zu konzentrieren: Warum versuchte jemand, sie zu töten?

Er war zu müde zum Denken. Es war spät, sie war ganz nah bei ihm, und da wartete das Bett.

Sanft streichelte er ihr Gesicht. Sofort schien sie zu spüren, was gleich passieren würde. Obwohl ihr Körper starr blieb, wehrte sie ihn nicht ab. Als ihre Lippen sich trafen, spürte er den Schock in ihren Körpern, als wären beide von einem hellen Blitz getroffen worden. *Himmel,* dachte er überrascht. *Du hast es genauso gewollt wie ich …*

»Nein«, murmelte sie an seinem Mund, aber er wusste, dass sie es nicht so meinte. Also fuhr er fort sie zu küssen, bis er merkte, dass er wirklich etwas tun würde, was er nicht tun wollte, wenn er sich nicht sofort von ihr löste.

O doch, ich würde es gern tun, dachte er und spürte, wie seine Hemmungen dahinschwanden. *Ich begehre sie mehr, als ich jemals eine andere Frau begehrt habe.*

Sie legte die Hand auf seine Brust und murmelte noch einmal »Nein«, dieses Mal jedoch schwächer. Er hätte es ignoriert – wäre da nicht dieser Blick in ihren weit aufgerissenen Augen gewesen – verwirrt und ratlos. Die Augen einer Frau am Rande eines Zusammenbruchs, verursacht von Angst und Erschöpfung. So wollte er sie nicht haben. Auch wenn sie ihn zur Weißglut treiben konnte, bevorzugte er doch die lebendige, die muntere, die *echte* Willy Maitland in seinen Armen.

Er ließ sie los. Schweigend saßen sie eine Weile nebeneinander auf dem Bett und musterten sich gegenseitig mit stiller Verwunderung, die von beiden Besitz ergriffen hatte.

»Warum … warum hast du das getan?«, fragte sie schließlich mit matter Stimme.

»Du hast so ausgesehen, als könntest du einen Kuss gebrauchen.«

»Nicht von dir.«

»Na gut, dann von irgendjemandem. Du bist schon länger nicht mehr geküsst worden, stimmt's?«

Als sie ihm die Antwort schuldig blieb, wusste er, dass er den Nagel auf den Kopf getroffen hatte. *Was für eine Verschwendung*, dachte er, während er ihren perfekt geschwungenen kleinen Mund bewunderte. Er ließ ein beiläufiges Lachen hören. »Das habe ich mir gedacht.«

Willy starrte in sein grinsendes Gesicht. *Ist das so offensichtlich?* fragte sie sich. Nicht nur, dass sie schon lange keiner mehr geküsst hatte – noch nie hatte sie jemand *auf diese Weise* geküsst. Er wusste genau, wie er es zu machen hatte. Vermutlich konnte er auf jahrelange Erfahrungen mit anderen Frauen zurückblicken. Aus irgendeinem verrückten Grund überlegte sie tatsächlich, wie sie bei dem Vergleich wohl abschnitt, und sie hasste jede Frau, die er vor ihr geküsst hatte. Mehr hasste sie nur noch die Frauen, die er *nach* ihr küssen würde.

Sie ließ sich aufs Bett fallen und wandte ihm den Rücken zu. »Lass mich allein«, schluchzte sie. »Ich kann mich damit nicht beschäftigen. Ich kann mich nicht mit dir beschäftigen. Ich bin müde. Ich möchte einfach nur schlafen.«

Er sagte nichts. Sie spürte, wie er ihr die Haare streichelte. Es war nur eine flüchtige Berührung seiner Finger, aber diese eine Berührung machte ihr klar, dass er nicht gehen würde, dass er die ganze Nacht bleiben würde, um auf sie aufzupassen. Er erhob sich vom Bett und schaltete die Lampe aus. Reglos lag sie im Dunkeln und lauschte seinen Bewegungen. Er lief durchs Zimmer, kontrollierte die Fenster, prüfte das Türschloss, verkeilte den Stuhl noch fester unter der Türklinke. Offenbar zufrieden mit seinen Vorsichtsmaßnahmen, ging er ins Badezimmer, und kurz darauf hörte sie Wasser ins Waschbecken rauschen.

Sie war immer noch wach, als er zurückkam und sich neben ihr auf dem Bett ausstreckte. Sie befürchtete, dass er sie erneut küssen würde – und sehnte sich gleichzeitig verzweifelt danach, dass er es tat.

»Guy?«, flüsterte sie.

»Ja?«

»Ich habe Angst.«

Er tastete im Dunkeln nach ihr. Bereitwillig ließ sie sich an seine nackte Brust ziehen. Er roch nach Seife und Sicherheit. Ja, das war es – Sicherheit.

»Es ist nicht schlimm, Angst zu haben«, wisperte er. »Selbst wenn du Wild Bill Maitlands Mädchen bist.«

Als ob ich eine Wahl hätte, dachte sie, während sie in seinen Armen lag. Das Traurige daran war, dass sie niemals die Tochter einer Legende hatte sein wollen. Was sie von Wild Bill wollte, waren weder Tapferkeit noch Tollkühnheit oder der Glorienschein eines mutigen Helden.

Am sehnlichsten wünschte sie sich einen Vater.

Bewegungslos hockte Siang in einem stinkenden Schlammloch und schaute über die Straße hinweg hinauf zu Chantals Haus. Zwei Stunden stand dieser Mann nun schon am Straßenrand. In der Dunkelheit erahnte Siang die Gestalt mehr, als dass er sie sah. Zweifellos ein Agent der Polizei, und kein besonders professioneller. Drang da etwa ein polterndes Schnarchen durch die Nacht? Ja, dachte Siang, eindeutig ein Schnarchen. Was für ein Glück, dass solche Überwachungen immer jene übernehmen mussten, die am wenigsten der damit verbundenen Langeweile widerstehen konnten.

Siang beschloss, aktiv zu werden.

Er zog sein Messer hervor. Geräuschlos verließ er die Gasse, bog um die Ecke und huschte vorbei an den Verkaufskarren, in deren

Schatten er sich bewegte. Knapp fünf Meter vor seinem Ziel blieb er stehen, als das Schnarchen des Mannes unregelmäßiger wurde und schließlich ganz verstummte. Der schattenhafte Kopf bewegte sich und schüttelte die letzten Reste von Schlaf weg.

Siang machte einen Satz, riss den Kopf des Mannes nach oben und schlitzte ihm die Kehle auf.

Es gab keinen Schrei, nur ein gurgelndes Geräusch und das Zischen des letzten Atemzugs, der den Lungen des sterbenden Mannes entwich. Siang zerrte die Leiche hinter das Haus und stieß ihn in einen Abflussgraben. Dann schlüpfte er durch ein offenstehendes Fenster in Chantals Wohnung.

Sie schlief, wachte aber sofort auf, als er ihr die Hand auf den Mund drückte.

»Verdammt«, presste sie zwischen seinen Fingern hervor, »du hast mir ja ganz schön was eingebrockt.«

»Was hast du der Polizei erzählt?«

»Lass mich los.«

»Was hast du ihnen erzählt?«

Sie schlug seine Hand fort. »Ich habe denen gar nichts erzählt.«

»Du lügst.«

»Hältst du mich für bescheuert? Glaubst du wirklich, ich verrate denen, dass ich Freunde bei der CIA habe?«

Er ließ sie los. Als sie sich aufrichtete, streifte sie mit ihrer warmen weichen Brust seinen Arm. Die alte Hure schlief also immer noch nackt, dachte er und spürte prompt seine erwachende Begierde.

Sie stieg aus dem Bett und schlüpfte in einen Morgenmantel.

»Lass das Licht aus«, befahl er.

»Draußen war ein Mann – ein Agent von der Polizei. Was hast du mit ihm gemacht?«

»Ich habe mich um ihn gekümmert.«

»Und die Leiche?«

»Liegt im Abflussgraben hinterm Haus.«

»Sehr schön, Siang. Wirklich sehr schön. Jetzt werden sie mir das auch noch anhängen.« Sie entzündete ein Streichholz und steckte sich eine Zigarette an. Im kurzen Licht der Flamme erblickte er ihr Gesicht, das von schwarzen Haaren umrahmt war. Im Halbdunkel sah sie immer noch verführerisch aus – jung und weich und voll im Saft stehend.

Das Streichholz erlosch. Der Geruch von Zigarettenrauch erfüllte die Luft. »Sie haben nach meinem Cousin gefragt. Sie behaupten, er ist tot. Stimmt das?«

»Was wissen sie von mir?«

»Ist Winn wirklich tot?«

Siang zögerte mit der Antwort. »Es ging nicht anders.«

Chantal lachte – leise zunächst, und dann immer ausgelassener. »*Sie* war das, nicht wahr? Diese amerikanische Kuh. Du schaffst es nicht einmal mehr, eine Frau zu beseitigen? Oh Siang, du lässt nach.«

Er hätte sie am liebsten geohrfeigt, aber er bezwang seinen Wunsch. Chantal hatte recht. Er ließ wirklich nach.

Sie begann, im Zimmer auf und ab zu laufen. In der Dunkelheit bewegte sie sich so sicher wie eine Katze. »Die Polizei ist interessiert. Sehr interessiert. Ich habe auch andere Leute dort gesehen – Parteimitglieder, glaube ich. Sie waren bei dem Verhör dabei. In was hast du mich da reingeritten, Siang?«

Er zuckte mit den Schultern. »Gib mir eine Zigarette.«

Wütend fuhr sie ihn an: »Besorg dir deine eigenen Zigaretten. Glaubst du, ich kann es mir leisten, mein Geld an dich zu verschwenden?«

»Du kriegst das Geld. So viel du willst.«

»Du weißt nicht, wie viel ich will.«

»Ich brauche immer noch eine Waffe. Du hast mir versprochen, eine zu besorgen. Dazu mindestens zwanzig Patronen.«

Heftig blies sie eine Rauchwolke aus. »Munition ist nicht leicht zu beschaffen.«

»Ich kann nicht länger warten. Das Ganze muss bald …«

Sie erstarrten beide, als die Tür quietschend geöffnet wurde. *Die Polizei,* dachte Siang und griff instinktiv nach seinem Messer.

»Sie haben vollkommen recht, Mr. Siang«, erklang eine Stimme in der Dunkelheit. Perfektes Englisch. »Es muss erledigt werden. Aber noch nicht.«

Mit lässigem Gang kam der Eindringling ins Zimmer, entzündete ein Streichholz und hielt die Flamme an eine Petroleumlampe auf dem Tisch.

Erstaunt riss Chantal die Augen auf. Angst zeichnete sich in ihnen ab. »Du bist das«, wisperte sie. »Du bist zurückgekommen …«

Lächelnd legte der Eindringling eine Pistole und eine Schachtel mit Munition vom Kaliber .38 auf den Tisch. Dann schaute er Siang an. »Es gibt eine kleine Planänderung.«

7. KAPITEL

Sie flog. Ganz hoch über den Wolken, wo der Himmel so kalt und so klar war, dass es sich anfühlte, als schwömme ihr Flugzeug in einem See aus flüssigem Kristall. Sie hörte, wie die Tragflächen durch die Luft schnitten wie ein Messer durch Seide. Jemand sagte: »Höher, Baby. Du musst höher hinauf, wenn du die Sterne erreichen willst.«

Sie drehte sich um. Ihr Vater saß auf dem Platz des Kopiloten, umgeben von tanzenden Quecksilberwolken. Er sah genauso aus, wie sie sich immer an ihn erinnerte, die Mütze schräg auf dem Kopf, seine Augen blitzten. Genauso hatte er ausgesehen, als sie ihn noch geliebt hatte. Als er der größte und mutigste Daddy auf der ganzen Welt gewesen war.

Sie sagte: »Aber ich will nicht höher steigen.«

»Doch, das willst du. Du möchtest nach den Sternen greifen.«

»Ich habe Angst, Daddy. Bitte lass mich nicht …«

Doch er nahm den Steuerknüppel und zog das Flugzeug hoch, hoch hinauf in die blaue Himmelsschüssel. Dabei sagte er immer wieder: »Darum geht es. Ja, Baby, genau darum geht es.« Nur seine Stimme hatte sich verändert. Sie stellte fest, dass es nicht länger ihr Vater war, der neben ihr saß; es war Guy Barnard, der sie ins Verderben steuerte. »Ich bringe uns zu den Sternen.«

Und dann war es wieder ihr Vater, der fröhlich zum Steuerknüppel griff. Sie versuchte, das Flugzeug am Steigen zu hindern, aber der Knüppel zerbrach in ihrer Hand.

Der Himmel wirbelte um sie herum, ehe sich das Flugzeug wieder stabilisierte. Sie schaute auf den Sitz des Kopiloten. Lächelnd saß Guy neben ihr. Es ging immer höher hinauf. Ihr Vater lachte.

»Wer bist du?«, schrie sie.

Das Phantom lächelte. »Kennst du mich nicht?«

Sie schrak aus dem Traum hoch und suchte immer noch verzweifelt nach dem Steuerknüppel.

»Ich bin's«, antwortete die Stimme.

Verschreckt sah sie hoch. »Daddy.«

Der Mann, der auf sie hinunterschaute, lächelte. »Nicht ganz.«

Sie blinzelte und erkannte Guys Gesicht, sein zerzaustes Haar, das unrasierte Kinn. Seine nackten Schultern glänzten schweißfeucht. Durch die Vorhänge hinter ihm schimmerte Tageslicht.

»Ein Albtraum?«, fragte er.

Stöhnend richtete sie sich auf und schob ein paar Haarsträhnen nach hinten. »Normalerweise habe ich keine Albträume.«

»Nach der letzten Nacht würde es mich aber sehr wundern, wenn du keine hättest.«

Letzte Nacht. Sie schaute an sich herab und stellte fest, dass sie noch immer dasselbe blutbefleckte Kleid trug, das ihr jetzt feucht am Rücken klebte.

»Es gibt keinen Strom.« Guy schlug mit der Hand gegen die tote Klimaanlage, ehe er zum Fenster hinüberschlurfte und die Vorhänge zurückzog. Grelles Sonnenlicht drang ins Zimmer und blendete Willys Augen. »Das wird ein heißer Tag werden.«

»Das ist es jetzt schon.«

»Alles in Ordnung mit dir?« Seine Silhouette zeichnete sich gegen das Fenster ab, und seine gürtellose Hose hing ihm tief auf den Hüften. Wieder sah sie die Narbe, die sich über seinen Unterleib bis zu seinem Hosenbund und tiefer zog.

»Mir ist heiß«, sagte sie. »Und ich fühle mich schmutzig. Außerdem rieche ich bestimmt nicht gut.«

»Das ist mir noch gar nicht aufgefallen.« Schuldbewusst setzte er hinzu: »Wahrscheinlich, weil ich noch schlimmer stinke.«

Sie mussten beide lachen. Doch es blieb ihnen im Halse stecken, als jemand an die Tür klopfte. »Wer ist da?«, rief Guy.

»Mr. Barnard? Es ist acht Uhr. Der Wagen wartet.«

»Mein Fahrer«, erklärte Guy und entriegelte die Tür.

Draußen stand ein lächelnder Vietnamese. »Guten Morgen. Möchten Sie heute Morgen immer noch nach Can Tho fahren?«

»Ich glaube nicht«, antwortete Guy und trat in den Korridor, um ungestört mit dem Mann reden zu können. Guy hörte ihn murmeln: »Ich möchte Miss Maitland heute Nachmittag zum Flughafen bringen. Vielleicht können wir …«

Can Tho. Willy saß auf dem Bett und versuchte, das Stimmengewirr zu verstehen und sich zu erinnern, warum dieser Name so wichtig war. Ach ja … dort lebte ein Mann, mit dem sie unbedingt reden musste. Ein Mann, der vielleicht die Antworten auf ihre Fragen hatte. Sie schloss die Augen gegen das grelle Licht, das durchs Fenster fiel, und die Bilder des Traums kehrten zurück, das grinsende Gesicht ihres Vaters, der Übelkeit erregende Steigflug eines zum Untergang verdammten Flugzeugs. Sie dachte an ihre Mutter, die todkrank zu Hause lag. Sie hörte ihre Mutter fragen: »Bist du sicher, Willy? Weißt du mit Bestimmtheit, dass er tot ist?« Sie hörte sich eine andere Lüge erzählen und hasste sich dafür, hasste ihre Feigheit, hasste die Tatsache, dass sie den Erwartungen, die mit dem Namen ihres Vaters verbunden waren, niemals gerecht werden konnte. Dass sie niemals so mutig sein würde wie er.

»Bleiben Sie in der Nähe des Hotels«, wies Guy den Fahrer gerade an. »Ihre Maschine geht um vier, deshalb sollten wir gegen …«

»Ich fahre nach Can Tho«, verkündete Willy.

Guy drehte sich zu ihr um. »Was?«

»Ich habe gesagt, ich fahre nach Can Tho. Du hast gesagt, du würdest mich hinbringen.«

Er schüttelte den Kopf. »Die Dinge haben sich geändert.«

»Nichts hat sich geändert.«

»Die Einsätze schon.«

»Aber nicht die Fragen. Die stehen noch. Sie werden immer stehen.«

Guy wandte sich an den Fahrer. »Entschuldigen Sie mich, damit ich die Dame zur Vernunft bringen kann …«

Aber Willy war bereits aufgestanden. »Gib dir keine Mühe. Du kannst mich nicht zur Vernunft bringen.« Sie ging ins Badezimmer und schloss die Tür hinter sich. »Schon vergessen? Ich bin Wild Bill Maitlands Tochter!«, rief sie.

Der Fahrer schaute Guy mitfühlend an. »Ich hole den Wagen.«

Die Straße, die aus Saigon herausführte, war vollgestopft mit Lastwagen, die meisten von ihnen uralt. Aus jedem Auspuff quoll dichter schwarzer Rauch. Durch das geöffnete Fenster ihres Wagens drang der Gestank von Abgasen, aufgeheiztem Asphalt und faulendem Obst. Arbeiter trotteten neben der Straße entlang, eine wippende Reihe von kegelförmigen Hüten vor dem leuchtenden Grün der Reisfelder.

Fünf Stunden und zwei Fährüberfahrten später standen Guy und Willy auf einem Pier in Can Tho und betrachteten die Armada von Booten, die auf dem schlammigen Mekong vorbeizog. Bootsfrauen tauchten die Paddel ins Wasser und schwankten beim Rudern hin und her. Es sah aus wie ein eleganter Tanz im Takt einer unhörbaren Musik. Am Ufer herrschten der Lärm und Trubel eines geschäftigen Marktfleckens. Schulmädchen mit geflochtenen Zöpfen, die in der Sonne glänzten, sausten auf ihren Fahrrädern vorbei. Hafenarbeiter wuchteten Reissäcke und Kisten voller Melonen und Ananas auf Wohnboote.

Überwältigt vom Chaos ringsum fragte Willy zaghaft: »Wie sollen wir ihn hier jemals finden?«

Guys Antwort weckte nicht viel Zuversicht in ihr. Er zuckte nur mit den Schultern und antwortete: »Wie schwer kann das denn sein?«

Sehr schwer, wie sich herausstellte. Jedes Mal erhielten sie die gleiche Antwort auf ihre Frage: »Ein großer Mann?«, wollten die Leute wissen. »Und blond?« Und unweigerlich schüttelten sie verneinend den Kopf.

Irgendwann kam Guy auf die glorreiche Idee, in einer Reihe von Schneidereigeschäften nachzufragen. »Vielleicht ist Lassiter ja gar nicht mehr blond«, erklärte er. »Er könnte seine Haare gefärbt haben oder kahl sein. Aber eines kann ein Mann nicht verbergen – seine Größe. Und in diesem Land braucht ein Ein-Meter-Neunzig-Mann maßgeschneiderte Kleidung.«

Die Nachfragen in den ersten drei Schneidereien brachten kein Ergebnis. Den vierten Laden, der in einer Gasse zwischen blechgedeckten Verkaufskarren eingezwängt war, betraten sie daher mit einem Gefühl wachsender Frustration. In dem höhlenartigen Dämmerlicht hockte eine ältere Schneiderin über einem Stapel von Ballen künstlicher Seide. Guys Fragen schien sie nicht zu verstehen. Missmutig zog Guy einen Stift hervor und kritzelte ein paar Worte auf Vietnamesisch auf ein Stück Zeitungspapier. Um sein Anliegen zu verdeutlichen, zeichnete er noch die Figur eines sehr großen Mannes.

Blinzelnd betrachtete die Frau die Zeichnung. Lange blieb sie so sitzen und hielt ihren glänzenden Stoff fest in der Hand. Dann schaute sie hoch zu Guy. Worte wurden keine gewechselt. Aber der trauernde Blick der Frau genügte ihm.

Guy nickte zum Zeichen, dass er verstanden hatte. Er griff in seine Tasche und legte eine Zwanzig-Dollar-Note auf den Tisch vor ihr. Verwundert schaute sie den Geldschein an. Amerikanische Dollar. Für sie war es ein Vermögen.

Schließlich griff sie zu Guys Stift und begann, langsam und umständlich zu schreiben. Kaum war sie fertig, nahm Guy den Papierfetzen und stopfte ihn in seine Tasche. »Gehen wir«, wisperte er Willy zu.

»Was bedeutet es denn?«, flüsterte Willy zurück, während sie den gleichen Weg an den Verkaufskarren zurückliefen.

Guy antwortete nicht. Stattdessen wurde er schneller. In der stillen Gasse wurde sich Willy plötzlich der Augen bewusst, die sie von überall her beobachteten – aus Fenstern und Türen.

Willy zog an Guys Arm »Guy …«

»Es ist eine Adresse. In der Nähe des Marktes.«

»Lassiters Adresse?«

»Sag nichts. Lauf einfach weiter. Wir werden verfolgt.«

»Was?«

Er griff nach ihrem Arm, ehe sie sich umdrehen konnte, um es mit eigenen Augen zu sehen. »Komm weiter. Bleib ganz ruhig. Tu so, als ob er nicht hier ist.«

Sie bemühte sich, geradeaus zu schauen, aber zu wissen, dass sie verfolgt wurden, weckte in ihr den dringenden Wunsch loszulaufen. *Wie kann er nur so ruhig bleiben?* fragte sie sich mit einem Seitenblick auf Guy. Er hatte sogar zu pfeifen begonnen, eine tonlose Melodie, die sie noch nervöser machte. Sie erreichten das Ende der Gasse und blickten in ein Gewirr von Straßen. Zu ihrer Überraschung blieb Guy stehen und begann eine Unterhaltung mit einem Jungen, der an einer Ecke Zigaretten verkaufte. Es kam ihr vor, als wollte er gar nicht mehr aufhören zu reden.

»Was machst du da eigentlich?«, fuhr Willy ihn schließlich an. »Sollten wir nicht endlich weitergehen?«

»Vertrau mir.« Guy kaufte eine Schachtel Winston, für die er zwei Dollar bezahlte. Der Junge strahlte übers ganze Gesicht und salutierte unbeholfen.

Guy nahm Willys Hand. »Mach dich bereit.«

»Bereit für was?«

Kaum hatte sie die Frage gestellt, als Guy sie um eine Ecke zerrte und in eine andere Gasse lief. Sie eilten nach links und wieder nach rechts, vorbei an ein paar Wellblechhütten, und traten durch eine Tür.

Drinnen war es zu düster, um viel zu erkennen. Eine Ewigkeit blieben sie eng nebeneinander stehen und lauschten auf Schritte. Aus der Ferne hörten sie das Lachen von Kindern. Eine Autohupe quäkte unablässig. Nur auf der Gasse vor der Tür war es ganz still.

»Sieht so aus, als hätte der Junge seinen Job gemacht«, flüsterte Guy.

»Du meinst den Zigarettenverkäufer?«

Guy schlich zur Tür und steckte vorsichtig den Kopf hinaus. »Die Luft ist rein. Komm, lass uns von hier verschwinden.«

Sie verließen die Hütte und liefen denselben Weg zurück. Noch ehe sie den Marktplatz erreichten, konnten sie bereits die Rufe der Verkäufer und das entsetzte Quieken der Schweine hören. Sie hielten sich am Rand des Marktes, lasen die Schilder mit den Straßennamen und bogen in eine schmale Gasse ein, die von baufälligen Wohnhäusern gesäumt wurde. Die Hausnummern waren kaum zu entziffern.

Schließlich blieben sie vor einem Haus stehen, dessen blassgrüne Farbe weitgehend abgeblättert war. Blinzelnd versuchte Guy, die Nummer über der Tür zu entziffern, und nickte. »Hier ist es.« Er klopfte.

Die Tür wurde geöffnet. Durch den Spalt starrte sie ein tiefschwarzes Auge an, dessen Iris nicht auszumachen war. Das Wenige, das sie vom Gesicht der Frau sehen konnten, verriet ihnen, dass sie Angst hatte. Guy sprach sie auf Vietnamesisch an. Die Frau schüttelte den Kopf und wollte die Tür schließen. Er streckte die Hand aus, um sie davon abzuhalten, und sprach weiter. Dieses Mal erwähnte er den Namen des Mannes: »Sam Lassiter.«

Voller Panik drehte die Frau sich um und rief etwas auf Vietnamesisch.

Irgendwo im Haus konnte man Schritte hören, gefolgt von zersplitterndem Glas.

»Lassiter!«, schrie Guy. Er schob sich an der Frau vorbei und drang in die Wohnung ein, dicht gefolgt von Willy. In einem Hinterzimmer entdeckten sie eine zerbrochene Fensterscheibe. Draußen auf der Gasse rannte ein Mann davon. Guy hechtete aus dem Fenster, landete auf den Glasscherben und nahm die Verfolgung auf.

Willy wollte ihm gerade auf die Gasse folgen, als die entsetzte Vietnamesin nach ihrem Arm griff.

»Bitte. Ihn nicht wehtun!«, rief sie. »Bitte!«

Willy versuchte sich zu befreien. Ihre Finger hatten sich mit denen der Frau verhakt. Ihre Blicke trafen sich. »Wir tun ihm nichts«, versprach Willy und löste sich sanft von ihr.

Dann kletterte sie auf die Fensterbank und sprang.

Guy holte auf. Er sah seine Beute Richtung Marktplatz fliehen. Es musste Lassiter sein. Seine Haare waren zwar glatt und von einem schmutzigen Braun, aber seine Größe konnte er nicht kaschieren. Er überragte die Menge um mindestens zwei Köpfe. Er duckte sich unter die Markisen der Verkaufsstände hinweg und verschwand in deren Schatten.

Verdammt, fluchte Guy, während er sich einen Weg durch das Gedränge bahnte, *er entwischt mir.*

Er schob sich in das größte Zelt auf dem Markt. Sofort wichen die grellen Sonnenstrahlen einem diffusen Licht und einer feuchten Schwüle. Blind stolperte er vorwärts, bis seine Augen sich an den Lichtwechsel gewöhnt hatten. Er lief durch vollgestopfte Gänge, vorbei an Ladentischen, auf denen sich Obst und Gemüse türmte, an bunten Windrädern, die auf einem Karren für Spielzeug aufgestellt waren. Aus den Augenwinkeln bemerkte er eine große Gestalt, die zur Seite hechtete. Guy drehte sich um und entdeckte

Lassiter, der sich hinter einem Stapel silbern glänzender Kochtöpfe verbarg.

Erneut nahm Guy die Verfolgung auf, als der Mann aufsprang und weiterrannte. Töpfe und Pfannen landeten scheppernd auf dem Boden. Es klang wie Dutzende von Becken, die gegeneinander geschlagen wurden.

Guys Beute verschwand in Richtung Obst- und Gemüseabteilung. Er drehte sich scharf nach links, sprang über eine Kiste mit Mangos und preschte durch einen Seitengang. »Lassiter!«, schrie er. »Ich möchte mit Ihnen reden. Mehr nicht. Nur reden.«

Der Mann hielt sich rechts, machte einen Satz über einen Obststand und lief stolpernd weiter. Wassermelonen fielen zu Boden, und rotes Fruchtfleisch ergoss sich explosionsartig über den Gang. Fast wäre Guy auf dem Matsch ausgerutscht. »Lassiter!«, rief er erneut.

Jetzt hatten sie die Fleischabteilung erreicht. Verzweifelt schob Lassiter eine Kiste mit Enten in den Gang, um Guy den Weg zu versperren. Die Vögel nutzten die unerwartete Freiheit, um gackernd auseinanderzustieben und wegzufliegen. Guy wich der Kiste aus, sprang über eine verirrte Ente und lief weiter. Vor ihm erstreckten sich die Stände der Metzger, vollgepackt mit Fleischbergen. Einer der Verkäufer spritzte den Boden mit einem Schlauch ab; blutiges Wasser ergoss sich über den Zement in einen Gully. Lassiter, der so schnell wie möglich rannte, glitt plötzlich aus und landete auf den Knien in Innereien. Sofort versuchte er sich wieder aufzurappeln, aber Guy hatte ihn bereits am Kragen erwischt.

»Nur … reden«, keuchte Guy zwischen zwei Atemzügen. »Mehr nicht – nur reden.«

Lassiter schlug zu und versuchte, sich aus Guys Griff zu befreien.

»Geben Sie mir eine Chance!«, schrie Guy und zog ihn zurück auf den Boden.

Lassiter rammte seine Schultern gegen Guys Knie, sodass er ins Taumeln geriet. Sofort kam Lassiter auf die Füße. Doch ehe er fliehen konnte, bekam Guy seinen Knöchel zu fassen. Lassiter stürzte nach vorn und landete mit dem Kopf in einem Fass mit sich windenden Aalen.

Das Wasser sprudelte auf, als die glitschigen Tiere panisch durcheinanderwirbelten. Guy zog den Kopf des Mannes aus dem Fass. Beide landeten auf dem rutschigen Zementboden.

»Lassen Sie mich los«, schluchzte Lassiter. »Bitte …«

»Ich habe Ihnen doch gesagt … Ich will nur mit Ihnen reden …«

»Ich sage gar nichts. Ich schwöre es Ihnen. Sagen Sie denen das. Sagen Sie ihnen, dass ich alles vergessen habe …«

»Wer?« Guy packte den Mann bei den Schultern. »Wer sind *die*? Vor wem haben Sie Angst?«

Lassiter atmete zitternd ein und schaute ihn an. Er schien einen Entschluss zu fassen. »Die Firma.«

»Warum will die CIA Ihren Tod?«, fragte Willy.

Sie saßen an einem Holztisch auf einem alten Lastkahn. Neutrales Gebiet, hatte Lassiter das schwimmende Café genannt. Während des Krieges hatten der Vietcong und südvietnamesische Soldaten aufgrund eines stillschweigenden Übereinkommens auf ebendiesem Deck gesessen und ein wenig Frieden genossen. Ein paar Hundert Meter weiter mochte der Krieg weitertoben, aber hier schwiegen die Waffen, hier wurden keine Kugeln abgefeuert.

Lassiter, hager und sehr nervös, nahm einen tiefen Schluck von seinem Bier. Hinter ihm, auf der anderen Seite der Reling, floss der Mekong, über den die Rufe der Flussarbeiter und Fährleute schallten. Im letzten Licht der Sonne schimmerten die Wellen wie Gold. Lassiter erzählte: »Sie wollen mich aus dem gleichen Grund aus dem Weg räumen wie Luis Valdez. Ich weiß zu viel.«

»Worüber?«

»Laos. Die Bombenangriffe, die Waffenabwürfe. Der Krieg, von dem der normale Soldat nichts wusste.« Er schaute Guy an. »Wussten Sie etwas davon?«

Guy schüttelte den Kopf. »Wir waren so sehr damit beschäftigt, am Leben zu bleiben, dass wir kein Interesse daran hatten, was auf der anderen Seite der Grenze vor sich ging.«

»Valdez wusste es. Jeder, der in Laos runterging, bekam eine echt harte Lektion erteilt. Falls er überlebte. Und das war ein riesiges *Falls. Falls* du es schaffst, den Schleudersitz zu betätigen. *Falls* du die Beschleunigungskraft überstehst, mit der du aus dem Cockpit geschossen wirst. Und wenn der Feind dich anschließend nicht fand, taten es die Tiere.« Er starrte in sein Bier. »Valdez hatte das Glück, zu überleben.«

»Sie haben ihn in Tuyen Quan getroffen?«, fragte Guy.

»Ja. Im Sommerlager.« Er lachte freudlos. »Drei Jahre haben wir in derselben Zelle gesteckt.« Er schaute über den Fluss. »Ich war bei der 101. Luftlandedivision, als ich gefangen genommen wurde. Während eines Angriffs wurde ich von den anderen getrennt. Sie wissen, wie das in diesen Tälern ist – der Dschungel ist so dicht, dass man nicht sagen kann, welcher Weg hinausführt. Ich bin andauernd im Kreis gelaufen, und die ganze Zeit konnte ich diese verdammten Hueys über mir fliegen hören, *genau über mir*, und die haben die Jungs da rausgeholt. Alle bis auf mich. Ich dachte, die lassen mich da krepieren. Oder vielleicht war ich auch schon tot – nur noch eine Leiche, die zwischen den Bäumen umherwandert …« Er schluckte. Die Hand, mit der er sein Bier hielt, zitterte. »Als sie mich schließlich eingekreist hatten, habe ich mein Gewehr weggeworfen und habe die Hände gehoben. Ich wurde gezwungen, nach Norden zu marschieren – in das Gebiet der nordvietnamesischen Volksarmee. So bin ich in Tuyen Quan gelandet.«

»Wo Sie Valdez getroffen haben«, sagte Willy.

»Er kam ein Jahr später. Er war aus irgendeinem Camp in Laos verlegt worden. Zu der Zeit war ich schon ein alter Hase. Ich kannte die Spielregeln, hatte mein eigenes Gemüsebeet angelegt. Es ging mir ganz gut. Valdez dagegen war dem Tod gerade noch von der Schippe gesprungen. Gelb von Hepatitis, ein gebrochener Arm, der nicht richtig verheilen wollte. Er brauchte Monate, bis er stark genug war, um leichte Gartenarbeit zu verrichten. Ja, da waren nur er und ich in dieser Zelle. Drei Jahre lang. Wir haben viel geredet. Ich habe alle seine Geschichten gehört. Er hat mir Sachen erzählt, die ich gar nicht glauben wollte – über Laos, über das, was wir da taten …«

Willy beugte sich vor und fragte leise: »Hat er jemals über meinen Vater gesprochen?«

Lassiter drehte sich zu ihr, die Augen dunkel im Sonnenuntergang. »Als Valdez ihn das letzte Mal gesehen hat, war Ihr Vater noch am Leben. Er versuchte, das Flugzeug unter Kontrolle zu halten.«

»Und was ist dann passiert?«

»Luis ist rausgesprungen, kurz nachdem es in die Luft geflogen ist. Deshalb war er sich nicht sicher …«

»Moment mal«, unterbrach Guy ihn. »Was meinen Sie mit ›in die Luft geflogen‹?«

»So hat er es gesagt. Irgendwas ist im Frachtraum explodiert.«

»Aber das Flugzeug ist doch abgeschossen worden.«

»Es war kein feindliches Feuer, das zum Absturz geführt hat. Da war sich Valdez ganz sicher. Gut möglich, dass sie zu diesem Zeitpunkt durch Flakfeuer geflogen sind, aber das war etwas anderes – etwas, das die Hecktür herausgerissen hat. Er hat immer wieder darüber nachgegrübelt, was sie im Laderaum mitgeführt haben, aber soweit er sich erinnerte, waren auf den Frachtpapieren nur Flugzeugteile aufgelistet.«

»Und ein Passagier«, ergänzte Willy.

Lassiter nickte. »Valdez hat ihn erwähnt. Er sagte, es sei ein komischer kleiner Typ gewesen, ruhig, fast, nun ja, *heilig*. An seiner Halskette haben sie erkannt, dass er ein VIP war.«

»Meinen Sie Gold? Ketten?«, hakte Guy nach.

»Eine Art Medaillon. Vielleicht ein religiöses Symbol.«

»Wo sollte dieser Passagier abgesetzt werden?«

»Hinter den feindlichen Linien. Vietcong-Gebiet. Geplant war, ihn abzusetzen und sofort zurückzufliegen – und das Ganze unter strengster Geheimhaltung.«

»Valdez hat *Ihnen* davon erzählt«, wunderte Willy sich.

»Zum Teufel, ich wünschte, er hätte es nicht getan.« Lassiter trank einen Schluck Bier. Seine Hand hatte wieder zu zittern begonnen. Der Sonnenuntergang warf blutrote Flecken auf die Wellen des Flusses. »Das ist schon komisch. Zu jener Zeit fühlten wir uns im Lager fast, nun ja, *geschützt*. Vielleicht lag es nur an der Gehirnwäsche, aber die Wärter erzählten Valdez andauernd, dass er Glück hätte, ein Gefangener zu sein. Weil er von Dingen wusste, die ihn in Schwierigkeiten bringen würden. Und weil die CIA ihn töten wolle.«

»Das klingt wie Propaganda.«

»Das war es wahrscheinlich auch. Die Kommunisten haben ihn belogen, um ihn zu brechen. Aber sie haben Valdez Angst gemacht. Andauernd ist er nachts schreiend aufgewacht und hat von einem abstürzenden Flugzeug gefaselt …«

Lassiter starrte aufs Wasser. »Nach dem Krieg haben sie uns jedenfalls entlassen. Valdez und die anderen Männer sind nach Hause geflogen. Er hat mir aus Bangkok geschrieben. Den Brief hat er über eine Schwester vom Roten Kreuz geschickt, die wir kurz nach unserer Entlassung in Hanoi kennengelernt haben. Eine Engländerin, ein wenig anti-amerikanisch, aber sehr nett. Als ich den Brief gelesen habe, dachte ich, jetzt ist der arme Kerl wirklich durchgedreht. Er hat verrückte Dinge geschrieben – behauptet, dass er nicht mehr ausgehen dürfe, dass seine Telefongespräche überwacht würden. Ich dachte, er käme schon wieder ins Lot, wenn er erst mal zu Hause wäre. Dann erhielt ich einen Anruf von Nora Walker, dieser Rote-Kreuz-Schwester. Sie erzählte mir, dass er tot sei. Dass er sich in den Kopf geschossen hatte.«

»Glauben Sie, dass es Selbstmord war?«, fragte Willy.

»Ich glaube, er war zu einer Belastung geworden. Und die Firma mag keine Belastungen.« Erneut schaute er mit sorgenvollem Blick auf den Fluss. »Als wir in Tuyen waren, hat er dauernd davon geredet, nach Hause zu kommen, verstehen Sie? Er freute sich auf seine alten Kumpels und Freunde. Für mich gab es kein Zuhause, in das ich hätte zurückkehren können. Ich hatte nur eine Schwester, die mir nie viel bedeutet hat. Hier hatte ich wenigstens mein Mädchen, jemanden, den ich liebte. Deshalb bin ich geblieben. Und ich bin nicht der Einzige. Es gibt noch einige andere Typen wie mich, die sich in den Dörfern oder im Dschungel verstecken. Die haben sich angepasst, sind praktisch Einheimische geworden.« Bedauernd schüttelte er den Kopf. »Zu schade, dass Valdez es nicht getan hat. Dann wäre er noch am Leben.«

»Aber ist das Leben hier nicht ziemlich hart?«, wollte Willy wissen. »Immer Außenseiter, immer der ehemalige Feind sein? Fühlen Sie sich nicht manchmal von der Polizei bedroht?«

Lassiter lachte nur und deutete mit einer Kopfbewegung zu einem weiter entfernten Tisch, an dem vier Männer saßen. »Haben Sie unsere Ortspolizisten schon begrüßt? Die beschatten Sie vermutlich, seit Sie die Stadt betreten haben.«

»Das haben wir bemerkt«, erwiderte Guy.

»Ich vermute, dass sie zu meinem Schutz abgestellt worden sind – um diesen verrückten Amerikaner zu bewachen. Allein die Tatsache, dass ich wohlauf bin, ist Beweis genug, dass das hier nicht das

Reich des Bösen ist.« Er hob seine Bierflasche und prostete den vier Polizisten zu. Sie starrten belämmert zurück.

»Und jetzt sind Sie hier, abgeschnitten vom Rest der Welt«, sagte Guy. »Warum sollte die CIA hinter Ihnen her sein?«

»Wegen etwas, das Nora mir erzählt hat.«

»Die Krankenschwester?«

Lassiter nickte. »Nach dem Krieg ist sie in Hanoi geblieben. Sie arbeitet dort immer noch im Krankenhaus. Vor etwa einem Jahr ist ein Typ zu ihr gekommen, ein Amerikaner, der mit ihr reden wollte. Er hat sie gefragt, ob sie wüsste, wo er mich finden könne. Behauptete, er hätte eine wichtige Nachricht von meinem Onkel. Aber Nora ist nicht auf den Kopf gefallen. Sie ist clever. Sie hat ihm erzählt, ich hätte das Land verlassen und würde in Thailand leben. Sie hat goldrichtig reagiert.«

»Wieso?«

»Weil ich keinen Onkel habe.«

Ein längeres Schweigen entstand. Leise fragte Guy: »Sie glauben, dass das ein Mann von der Firma war?«

»Das frage ich mich immer noch. Und ob er mich vielleicht doch noch findet. Ich möchte nicht wie Luis Valdez enden. Mit einer Kugel im Kopf.«

Auf dem Fluss glitten die Boote wie Geister durch den Schatten. Ein Kellner des Cafés lief stumm übers Deck und entzündete eine Reihe von Laternen.

»Ich halte mich bedeckt«, erzählte Lassiter. »Ich mache nicht viel Lärm. Errege kein Aufsehen. Ich habe sogar mein Haar gefärbt.« Er grinste flüchtig und zog an seinem dünnen braunen Pferdeschwanz. »Die Tönung hat mir ein Kräuterhändler aus dem Ort besorgt. Eine Mixtur aus Sepia und weiß der Himmel was sonst noch. Es stinkt widerlich, aber wenigstens bin ich nicht mehr blond.« Er ließ seinen Pferdeschwanz los. Sein Lächeln erstarb. »Ich habe gehofft, dass die

Firma ihr Interesse an mir verliert. Dann standen Sie plötzlich vor meiner Tür – tja, und da bin ich wohl ausgerastet.«

Der Barkeeper legte eine Schallplatte auf, und ein vietnamesisches Liebeslied ertönte. Die melancholische Melodie schwebte wie ein Nebel über den Fluss. Sachte schwankten die Papierlaternen im Wind hin und her, und Schatten tanzten über das Deck. Lassiter starrte auf die fünf Bierflaschen, die er vor sich auf dem Tisch aufgereiht hatte. Er bestellte eine sechste.

»Es dauert eine Weile, aber man kann sich eingewöhnen«, erzählte er. »An den Lebensrhythmus. An die Leute und die Art, wie sie ticken. Die jammern nicht über ihr Unglück oder versinken in Selbstmitleid. Sie nehmen das Leben, wie es ist. Das gefällt mir. Und nach einer Weile hatte ich das Gefühl, dass das hier der einzige Ort ist, an den ich wirklich hingehöre, der einzige Ort, an dem ich mich sicher fühle.« Er schaute Willy an. »Es könnte auch für Sie der einzige Ort sein, an dem Sie sicher sind.«

»Aber ich bin nicht wie Sie«, entgegnete Willy. »Ich kann nicht für den Rest meines Lebens hier bleiben.«

»Ich möchte sie ins nächste Flugzeug nach Bangkok setzen«, erklärte Guy.

»Bangkok?« Lassiter schnaubte verächtlich. »Der beste Ort der Welt, um sich umbringen zu lassen. Und nach Hause zu fliegen wäre auch keinen Deut sicherer. Schauen Sie doch, was mit Valdez geschehen ist.«

»Aber *warum*?« Willy klang frustriert. »Warum sollten sie Valdez töten? Oder mich? Ich weiß doch gar nichts.«

»Sie sind Bill Maitlands Tochter. Sie sind eine direkte Verbindung …«

»Zu was? Zu einem toten Mann?«

Das Liebeslied endete, und die Nadel kratzte über die Auslaufrille der Schallplatte.

Lassiter stellte sein Bier auf den Tisch. »Ich weiß es nicht«, antwortete er. »Ich weiß nicht, warum Sie eine solche Bedrohung für sie sind. Ich weiß nur, dass auf diesem Flug irgendetwas schrecklich schiefgelaufen ist. Und die Firma bemüht sich immer noch, es geheim zu halten …« Er betrachtete die leeren Bierflaschen, die im Schein der Laternen blitzten. »Wenn sie sich das Schweigen mit einer Kugel erkaufen müssen, dann werden sie die Kugel auch benutzen.«

»Glaubst du, dass er recht hat?«, flüsterte Willy.

Auf dem Rücksitz ihres Wagens betrachteten sie die Reisfelder, die am Fenster vorbeiglitten und vom Mond in silbernes Licht getaucht wurden. Eine Stunde lang waren sie schweigend gefahren, eingelullt vom Geräusch der Reifen auf dem Asphalt. Aber jetzt konnte Willy die Frage, vor der sie sich fürchtete, nicht länger zurückhalten. »Werde ich zu Hause sicherer sein?«

Guy schaute in die Nacht hinaus. »Ich wünschte, ich wüsste es. Ich wünschte, ich könnte dir sagen, was du tun sollst. Wohin du gehen sollst …«

Sie dachte an das Haus ihrer Mutter in San Francisco, wie heimelig und sicher es ihr immer erschienen war – ein blau gestrichenes Haus im viktorianischen Stil auf der Third Avenue. Dort würde ihr gewiss niemand etwas antun können.

Dann dachte sie an Valdez, der in seinem Wohnheim erschossen worden war. Für ihn war sogar ein Kriegsgefangenenlager sicherer gewesen.

Der Fahrer schob eine Kassette in das Autoradio. Ein vietnamesischer Song ertönte, näselnd von einer Frau mit klagender Stimme vorgetragen. Die Reisfelder jenseits der Scheiben schwankten wie Wellen auf einem silbernen Ozean. Nichts an diesem Moment schien wirklich zu sein – nicht die Melodie, nicht die mondbeschienene Landschaft und auch nicht die Gefahr. Nur Guy war wirklich – wirklich genug, um ihn zu berühren und sich an ihm festzuhalten.

Sie legte den Kopf an seine Schulter. Die Wärme und die Dunkelheit machten es ihr unmöglich, gegen den Schlaf anzukämpfen. Guy hatte den Arm um ihre Schultern gelegt und drückte sie an sich. Sie spürte seinen Atem in ihrem Haar, seine Lippen auf ihrer Stirn. Ein Kuss, dachte sie schläfrig. Es fühlte sich so schön an, geküsst zu werden …

Das Surren der Reifen auf dem Asphalt schien einen neuen Rhythmus anzunehmen, das Flüstern des Ozeans, das beruhigende Rauschen der Wellen. Jetzt küsste er sie überall, und sie saßen nicht länger auf der Rückbank eines Wagens, sondern befanden sich auf einem Schiff, das auf dem schwarzen Wasser schaukelte. Der Wind seufzte in der Takellage und begleitete ein melancholisches vietnamesisches Liebeslied. Sie lag auf dem Rücken, und seltsamerweise waren all ihre Kleider fort. Er lag auf ihr und hielt ihre Hände fest auf den Boden gedrückt. Siegesgewiss wie ein Eroberer erforschte er mit seinen Lippen ihren Hals, ihre Brüste. Sie sehnte sich so sehr danach, von ihm geliebt zu werden, dass sie ihren Körper dem seinen entgegenbog, um der süßen Qual, die in ihr bohrte, ein Ende zu bereiten. Aber dann löste er seine Lippen von ihrer Haut, und sie hörte ihn sagen: »Wach auf, Willy. Aufwachen …«

Sie öffnete die Augen. Sie lag auf dem Rücksitz, den Kopf in Guys Schoß gebettet. Durch die Fenster drang schwach das Leuchten der Großstadtlichter.

»Wir sind zurück in Saigon«, flüsterte er und streichelte ihr Gesicht. Die Berührung seiner Hand, so neu und doch so vertraut, ließ sie trotz der Hitze der Nacht erzittern. »Du musst sehr müde gewesen sein.«

Immer noch gebannt von ihrem Traum, richtete sie sich auf und setzte sich gerade hin. Die Straßen waren menschenleer. »Wie spät ist es?«

»Nach Mitternacht. Ich glaube, wir haben das Abendessen verpasst. Hast du Hunger?«

»Eigentlich nicht.«

»Ich auch nicht. Vielleicht sollten wir ...« Er verstummte. Sie spürte seinen Arm an ihrer Seite. »Was ist denn das?«, murmelte er und schaute geradeaus.

Willy folgte seinem Blick zum Hotel, das soeben in Sicht gekommen war. Vor ihnen spielte sich eine unwirkliche Szene ab: das nächtliche Licht der Straßenlaternen, das Heer von Polizisten, die vor den Eingangstüren der Lobby standen, das Glänzen der schussbereiten AK-47.

Ihr Fahrer murmelte etwas auf Vietnamesisch. Willy konnte sein Gesicht im Rückspiegel sehen. Er schwitzte.

Sobald sie am Straßenrand geparkt hatten, wurde ihr Wagen umzingelt. Ein Polizist riss die hintere Tür auf.

»Bleib sitzen«, befahl Guy. »Ich kümmere mich darum.«

Doch als er ausstieg, wurde sie von einer uniformierten Hand gepackt und ebenfalls herausgezogen. Schlaftrunken und verwirrt klammerte sie sich an Guys Arm. Stimmen riefen durcheinander, und Männer bedrängten sie.

»Barnard.« Dodge Hamilton eilte die Stufen vom Hotel hinunter in ihre Richtung. »Was zum Teufel geht hier vor?«

»Fragen Sie mich nicht. Wir sind gerade erst zurückgekommen.«

»Verdammt, wo steckt dieser Mann – Ainh?« Hamilton sah sich suchend um. »Vor einer Minute war er noch hier.«

»Ich bin hier«, ertönte eine zitternde Stimme. Ainh stand auf der obersten Stufe der Treppe. Die Brille saß schief in seinem Gesicht, und er blinzelte nervös. Rasch wurde er von einem Polizisten durch die Menge eskortiert. Er deutete auf eine Limousine und sagte zu Guy: »Bitte. Sie und Miss Maitland kommen mit mir.«

»Warum werden wir festgenommen?«, wollte Guy wissen.

»Sie werden nicht festgenommen.«

Guy befreite sich aus dem Griff eines Polizisten. »Soll das ein Witz sein?«

»Sie sind nur als Vorsichtsmaßnahme hier«, beteuerte Ainh, während er sie zum Wagen geleitete. »Bitte steigen Sie ein. Schnell.«

Etwas am Klang seiner Stimme verriet Willy, dass etwas Schreckliches passiert sein musste. »Was ist denn los?«, fragte sie Ainh. »Was ist passiert?«

Mit fahrigen Bewegungen rückte Ainh seine Brille zurecht. »Vor zwei Stunden haben wir einen Anruf von der Polizei in Can Tho erhalten.«

»Dort waren wir gerade.«

»Das haben sie uns auch erzählt. Sie haben auch gesagt, dass sie eine Leiche gefunden haben. Sie schwamm im Fluss …«

Wortlos starrte Willy ihn an. Sie hatte Angst, ihn zu fragen, aber sie wusste ohnehin Bescheid. Erst als sie Guys festen Griff an ihrem Arm spürte, wurde ihr klar, dass sie an seine Brust gesunken war.

»Sam Lassiter?«, fragte Guy tonlos.

Ainh nickte. »Man hat ihm die Kehle durchgeschnitten.«

8. KAPITEL

Der alte Mann, der in einem mit Schnitzereien verzierten Stuhl aus Rosenholz saß, sah so zerbrechlich aus, als könnte ihn eine Windböe umblasen. Seine Arme waren zwei Zweige, die sich in seinem Schoß kreuzten. Sein weißer Bart wehte im Luftzug des Deckenventilators. Doch seine Augen waren flink wie Quecksilber. Durch das geöffnete Fenster drang der Gesang der Zikaden im von einer Mauer umschlossenen Garten. Über seinem Kopf surrte der Ventilator leise in der Mitternachtshitze.

Der alte Mann schaute Willy durchdringend an. »Wo immer Sie auch hingehen, Miss Maitland«, sagte er, »scheinen Sie eine Blutspur zu hinterlassen.«

»Wir haben nichts mit Lassiters Tod zu tun«, schaltete Guy sich ein. »Als wir aus Can Tho weggefahren sind, hat er noch gelebt.«

Der Mann wandte sich an Guy. »Ich glaube, Sie haben mich missverstanden, Mr. Barnard. Ich beschuldige Sie überhaupt nicht.«

»Wen beschuldigen Sie denn dann?«

»Dieses Detail überlasse ich unseren Leuten in Can Tho.«

»Sie meinen die Polizisten, die Sie auf unsere Spur gesetzt haben?«

Minister Tranh lächelte. »Sie haben es ihnen nicht leicht gemacht. Dieser Junge an der Ecke – ein genialer Schachzug. Nein, uns ist klar, dass Mr. Lassiter noch lebte, als Sie sich von ihm verabschiedet haben.«

»Und *nachdem* wir uns verabschiedet hatten?«

»Wir wissen, dass er noch zwanzig Minuten lang in dem Schiffscafé geblieben ist. Dass er insgesamt acht Bier getrunken hat. Danach ist er gegangen. Leider ist er nicht zu Hause angekommen.«

»Haben Ihre Leute ihn denn nicht beschattet?«

»Beschattet?«

»Überwacht.«

»Mr. Lassiter war ein Freund. Wir beschatten … ist das das richtige Wort? Wir beschatten keine Freunde.«

»Aber sie sind *uns* gefolgt«, sagte Willy.

Gelassen schaute Minister Tranh zu ihr hinüber. »Sind Sie unsere Freundin, Miss Maitland?«

»Was glauben Sie denn?«

»Ich glaube, dass man diese Frage nicht so leicht beantworten kann. Ich glaube, selbst Sie können nicht immer Ihre Freunde von Ihren Feinden unterscheiden. Die Lage ist nicht ungefährlich. Es hat bereits drei Morde gegeben.«

Verwirrt schüttelte Willy den Kopf. »Drei? Lassiter ist der Einzige, von dem ich gehört habe.«

»Wer ist sonst noch ermordet worden?«, wollte Guy wissen.

»Ein Polizist aus Saigon«, antwortete der Minister. »Letzte Nacht, während seiner normalen Streife.«

»Ich verstehe den Zusammenhang nicht.«

»Und es hat in der Nacht noch einen Toten gegeben. Dem Mann wurde ebenfalls die Kehle aufgeschlitzt.«

»Sie können uns nicht für jeden Mord in Saigon verantwortlich machen«, protestierte Willy. »Wir kennen die anderen Opfer nicht mal …«

»Aber gestern haben Sie eines von ihnen besucht. Oder haben Sie das schon vergessen?«

Guy starrte über den Tisch hinweg. »Gerard.«

Das Zirpen der Grillen vor dem Fenster schwoll zu einem schrillen Gesang an, der die Dunkelheit zerschnitt. Nur einen Moment später herrschte wieder absolute Stille.

Minister Tranh fixierte einen Punkt auf der Wand gegenüber, als ob er auf der verschimmelten Tapete eine Botschaft entziffern könnte. »Ist Ihnen der vietnamesische Kalender vertraut, Miss Maitland?«, fragte er ruhig.

»Ihr Kalender?« Sie runzelte die Stirn. Der plötzliche Themenwechsel irritierte sie. »Es ist doch der gleiche wie der chinesische, oder?«

»Im vergangenen Jahr war das Jahr des Drachen. Ein Glücksjahr, so heißt es. Ein gutes Jahr für Babys und Hochzeiten. Aber dieses Jahr …« Er schloss die Augen.

»Die Schlange«, sagte Guy.

Minister Tranh nickte. »Die Schlange. Ein gefährliches Symbol. Ein Zeichen von Desaster. Hungersnot und Tod. Ein Jahr voller Unglück …« Er seufzte und ließ den Kopf hängen, als ob sein dünner Hals plötzlich zu schwach geworden sei, um ihn zu halten. Lange saß er nur da und schwieg, während sein weißes Haar im Luftstrom des Ventilators wehte. Schließlich hob er den Kopf ganz langsam. »Gehen Sie nach Hause, Miss Maitland«, sagte er. »Das ist kein Jahr für Sie und kein Ort für Sie. Gehen Sie nach Hause.«

Einen Augenblick lang überlegte Willy, wie einfach es wäre, das Flugzeug in Bangkok zu besteigen. Sie dachte an die simplen Annehmlichkeiten, die nur einen Flug entfernt waren. Duftende Seife und sauberes Wasser und weiche Kissen. Aber dann überlagerte ein Bild alles andere: Sam Lassiters Gesicht im Gegenlicht des Sonnenuntergangs, erschöpft und gehetzt. Und seine vietnamesische Frau, die um sein Leben flehte. All die Jahre hatte Sam Lassiter sicher in seinem Versteck in einer friedlichen Stadt am Fluss gelebt. Und jetzt war er tot. Wie Valdez. Wie Gerard.

Es stimmte, überlegte sie. Wo sie auch hinging, hinterließ sie eine Blutspur. Und sie wusste nicht einmal, warum.

»Ich kann nicht nach Hause gehen«, entgegnete sie.

Der Minister zog eine Augenbraue hoch. »Sie können nicht? Oder wollen Sie nicht?«

»Man hat versucht, mich in Bangkok umzubringen.«

»Hier sind Sie auch nicht sicherer. Miss Maitland, wir würden Sie nur ungern zwangsausweisen. Aber Sie müssen verstehen, dass Sie uns in eine schwierige Lage bringen. Sie sind Gast in unserem Land. Wir Vietnamesen erweisen unseren Gästen alle Ehre. Diese Sitte ist uns heilig. Falls Sie, ein Gast, ermordet aufgefunden würden, sähe es so aus …« Er machte eine Pause, ehe er geradezu beschwingt fortfuhr, »… als wären wir nicht gastfreundlich.«

»Mein Visum ist noch gültig. Ich möchte bleiben. Ich *muss* bleiben. Ich wollte nach Hanoi fliegen.«

»Wir können keine Garantie für Ihre Sicherheit übernehmen.«

»Das erwarte ich auch nicht von Ihnen.« Müde fügte sie hinzu: »Niemand kann für meine Sicherheit garantieren. Nirgendwo.«

Der Minister schaute Guy an und bemerkte seinen besorgten Blick. »Mr. Barnard, Sie werden sie doch sicherlich überzeugen können?«

»Aber sie hat recht«, konterte Guy.

Willy schaute auf und sah ebenfalls die Sorge und Unsicherheit in Guys Augen. Es machte ihr Angst, dass nicht einmal er eine Antwort wusste.

»Wäre ich davon überzeugt, dass sie zu Hause sicherer ist, würde ich sie persönlich ins Flugzeug setzen«, erklärte er. »Aber ich bezweifle, dass sie sicher sein wird. Nicht, ehe sie weiß, wovor sie flieht.«

»Sie hat gewiss Freunde, an die sie sich wenden kann.«

»Aber Sie haben es doch selbst gesagt, Minister Tranh. Sie kann die Freunde nicht von den Feinden unterscheiden. Es ist eine gefährliche Lage, in der sie sich befindet.«

Der Minister schaute zu Willy. »Was suchen Sie denn eigentlich im Norden?«

»Dort ist das Flugzeug meines Vaters abgestürzt«, antwortete sie. »Er könnte noch am Leben sein, in irgendeinem Dorf. Möglicherweise hat er sein Gedächtnis verloren oder er hat Angst, den Dschungel zu verlassen, oder …«

»Oder er ist tot.«

Sie schluckte. »Dann werde ich dort seine Leiche finden. Im Norden.«

Minister Tranh schüttelte den Kopf. »Der Dschungel ist voller Skelette. Amerikaner. Vietnamesen. Sie vergessen, dass auch wir unsere Verschollenen haben, Miss Maitland. Unsere Witwen, unsere Waisen. Unter all diesen Knochen einen ganz bestimmten Mann zu finden …« Er atmete tief aus.

»Ich muss es wenigstens versuchen. Ich muss nach Hanoi fliegen.«

Schweigend schaute Minister Tranh sie an. In seinen Augen loderte ein seltsames, dunkles Feuer. Sie hielt seinem Blick stand. Langsam zeichnete sich ein gütiges Lächeln auf seinen Lippen ab, und sie wusste, dass sie gewonnen hatte.

»Haben Sie eigentlich vor nichts Angst, Miss Maitland?«, erkundigte er sich.

»Ich habe vor vielem Angst«, gestand sie.

»Das sollten Sie auch.« Er lächelte immer noch, doch seine Augen waren unergründlich. »Ich hoffe nur, Sie sind so vernünftig, auch jetzt Angst zu haben.«

Lange, nachdem die beiden Amerikaner gegangen waren, saßen Minister Tranh und Mr. Ainh beisammen, rauchten Zigaretten und lauschten dem nächtlichen Zirpen der Zikaden.

»Sie werden unsere Leute in Hanoi informieren«, sagte der Minister.

»Wäre es nicht einfacher, ihr Visum ungültig zu machen?«, entgegnete Ainh. »Und sie zu zwingen, das Land zu verlassen?«

»Einfacher vielleicht, aber nicht klüger.« Der Minister zündete sich eine weitere Zigarette an und sog genüsslich den Rauch tief in seine Lungen. Eine gute amerikanische Marke. Seine einzige

Schwäche. Er wusste, dass sie seinen Tod beschleunigen würde, dass der Krebs, der in seinem rechten Lungenflügel wucherte, sich an jedem Tabakmolekül labte. Welch eine Ironie, dass derselbe Feind, der ihn während des Krieges zu töten versucht hatte, jetzt doch noch den Sieg über ihn davontragen würde – nur weil er dessen Zigaretten so sehr liebte.

»Und wenn ihr etwas zustößt?«, fragte Ainh. »Es würde international Aufsehen erregen.«

»Deshalb muss sie beschützt werden.« Der Minister erhob sich von seinem Stuhl. Der einst so rüstige Körper war über die Jahre steif geworden. Kaum vorstellbar, dass dieses vertrocknete Gerippe in zwei schweren Dschungelkriegen gekämpft hatte. Jetzt konnte es sich kaum durchs Haus bewegen.

»Wir könnten ihr so viel Furcht einjagen, dass sie freiwillig zurückgeht«, schlug Ainh vor. »Wir könnten einen Vorfall arrangieren, der sie in Angst und Schrecken versetzt.«

»Wie Ihre Botschaft: *Yankee verrecke!*«? Der Minister lachte, als er zur Tür ging. »Nein, ich glaube nicht, dass man ihr so leicht Angst machen kann. Wir warten besser ab, wo sie uns hinführt. Vielleicht erfahren wir auch ein paar Geheimnisse. Oder haben Sie etwa Ihre Neugier verloren, Genosse?«

Ainh sah unglücklich aus. »Ich glaube, Neugier ist eine gefährliche Eigenschaft.«

»Also lassen wir ihr Bewegungsfreiheit. Soll sie doch die Risiken eingehen.« An der Tür drehte sich der Minister noch einmal lächelnd um. »Schließlich«, sagte er, »ist es *ihr* Schicksal.«

»Du musst nicht nach Hanoi fliegen«, sagte Guy, während er Willy beim Kofferpacken zuschaute. »Du könntest in Saigon bleiben und auf mich warten.«

»Während du was tust?«

»Während ich im Norden den Laufburschen mache. Mal sehen, was ich herausfinden kann.« Er schaute aus dem Fenster und beobachtete die beiden Polizisten, die auf dem Gang herumlungerten. »Ainh lässt dich von allen Seiten überwachen. Hier bist du sicher.«

»Hier würde ich auch durchdrehen.« Sie ließ den Koffer zuschnappen. »Danke für das Angebot, deinen Kopf für mich hinzuhalten. Aber ich brauche keinen Helden.«

»Ich versuche nicht, den Helden zu spielen.«

»Warum hast du die Rolle dann übernommen?«

Da er darauf keine rechte Antwort wusste, zuckte er nur mit den Schultern.

»Es ist das Geld, nicht wahr? Die Belohnung für Friar Tuck.«

»Es geht nicht ums Geld.«

»Dann um die Leiche in deinem Keller.« Wieder antwortete er nicht. »Was versuchst du zu verbergen? Was hat diese Ariel Group überhaupt gegen dich in der Hand?« Er schwieg, und sie verschloss den Koffer. »Ist auch egal. Ich will es gar nicht wissen.«

Er setzte sich aufs Bett. Erschöpft stützte er den Kopf in die Hände. »Ich habe einen Mann getötet«, antwortete er.

Entgeistert starrte sie ihn an. Wie er so gebeugt auf der Bettkante saß, wirkte er fix und fertig – ein Mann, der seine letzten Kraftreserven aufgebraucht hatte. Unvermittelt empfand sie den Wunsch, sich neben ihn zu setzen, ihn in die Arme zu nehmen und festzuhalten. Aber ihre Füße waren wie angewurzelt. Seine Enthüllung hatte sie fassungslos gemacht.

»Es ist hier passiert. In Vietnam. 1972.« Sein Lachen klang erstickt durch seine Hände. »Am 4. Juli.«

»Da herrschte Krieg. Viele Menschen wurden getötet.«

»Das war etwas anderes. Das war keine Kriegshandlung, bei der man eine Medaille dafür kriegt, dass man ein paar Männer erschießt.« Er hob den Kopf und schaute sie an. »Der Mann, den ich getötet habe, war Amerikaner.«

Langsam ging sie zu ihm hinüber und ließ sich neben ihn aufs Bett sinken. »War es ein … Versehen?«

Er schüttelte den Kopf. »Nein, kein Fehler. Ich habe es getan, ohne nachzudenken. Nenn es einen Reflex. Es ist einfach passiert.«

Schweigend wartete sie darauf, dass er fortfuhr. *Sie wusste,* dass er weiterreden würde. Jetzt konnte er nicht mehr zurück.

»Ich war an dem Tag in Da Nang, um Vorräte zu besorgen«, begann er. »Ich hatte mich verfahren und landete in irgendeiner Seitenstraße. Es war eher eine Gasse, ein unbefestigter Weg mit ein paar Wohnverschlägen. Ich bin aus dem Jeep gestiegen, um nach der Richtung zu fragen. Da habe ich dieses … dieses Schreien gehört …«

Er verstummte und schaute auf seine Hände. »Sie war noch ein Kind. Fünfzehn, höchstens sechzehn Jahre alt. Ein kleines Mädchen, vierzig Kilo vielleicht. Sie konnte sich nicht gegen ihn zur Wehr setzen. Ich … ich habe einfach nur reagiert. Ich habe gar nicht darüber nachgedacht, was ich tat … was ich tun würde. Ich zerrte ihn von ihr herunter und warf ihn zu Boden. Er stand auf und wollte zuschlagen. Mir blieb keine Wahl, ich musste kämpfen. Als ich aufhörte, ihn zu schlagen, hat er sich nicht mehr bewegt. Ich drehte mich um und sah, was er dem Mädchen angetan hatte. Überall war Blut …«

Guy rieb sich über die Stirn, als wollte er das Bild ausradieren. »Inzwischen waren noch andere Leute aufgetaucht. Ich schaute mich um und sah all die Augen, die mich beobachteten. Vietnamesen. Eine der Frauen kam zu mir und flüsterte mir zu, ich solle weglaufen. Sie würden die Leiche verschwinden lassen. Erst da wurde mir klar, dass der Mann tot war.«

Lange saßen sie nebeneinander, berührten sich nicht, sprachen nicht. Er hatte gerade gebeichtet, dass er einen Mann getötet hatte.

Trotzdem konnte sie ihn nicht verurteilen. Sie empfand nur eine tiefe Trauer wegen des Mädchens, wegen all der stummen, namenlosen Opfer dieses Krieges.

»Und was ist dann passiert?«, fragte sie leise.

Er zuckte mit den Schultern. »Ich bin gegangen. Ich habe niemandem ein Wort davon erzählt. Wahrscheinlich aus Angst. Ein paar Tage später habe ich gehört, dass sie am anderen Ende der Stadt die Leiche eines Soldaten gefunden haben. Er wurde als Mordopfer von irgendwelchen Leuten aus der Gegend registriert. Und das war's dann. Dachte ich jedenfalls.«

»Wie hat die Ariel Group das herausbekommen?«

»Ich weiß es nicht.« Weil er nicht länger still sitzen konnte, trat er ans Fenster und schaute auf den schwach erleuchteten Gehweg. »Es gab ein halbes Dutzend Zeugen, alles Vietnamesen. Es muss sich irgendwie herumgesprochen haben. Und auf irgendeine Art und Weise hat die Ariel Group davon Wind bekommen. Was ich allerdings nicht verstehe – warum haben sie so lange gewartet?«

»Vielleicht haben sie doch erst vor Kurzem davon erfahren?«

»Oder sie haben auf den richtigen Zeitpunkt gewartet, um zuzuschlagen.« Er drehte sich zu ihr um. »Hast du mal darüber nachgedacht, unter welchen Umständen wir uns zum ersten Mal begegnet sind? Wie wir uns *zufällig* in Kistners Villa über den Weg gelaufen sind? Dass du *zufällig* jemanden brauchtest, der dich mit in die Stadt genommen hat?«

»Und dass der Mann, den zu finden man dich gebeten hat, zufälligerweise mein Vater ist.«

Er nickte.

»Sie benutzen uns«, sagte sie. Sie wurde wütend. »Sie benutzen *mich*.«

»Willkommen im Club.«

Sie schaute auf. »Was können wir dagegen tun?«

»Morgen früh fliege ich nach Hanoi und fange an, mich umzuhören.«

»Und was ist mit mir?«

»Du bleibst hier, wo Ainh dich bewachen kann.«

»Klingt nach einem ziemlich miesen Plan.«

»Hast du einen besseren?«

»Ja. Ich komme mit dir.«

»Das wird die Sache nur komplizierter machen. Wenn dein Vater noch lebt, werde ich ihn finden.«

»Und was passiert, wenn du es tust? Wirst du ihn ausliefern? Ihn gegen das Stillschweigen der Ariel Group eintauschen?«

»Das Stillschweigen habe ich aufgegeben«, erwiderte Guy beiläufig. »Ich will jetzt Antworten haben.«

Schwungvoll hievte sie ihren Koffer vom Bett und stellte ihn neben die Tür. »Warum diskutiere ich überhaupt mit dir? Ich brauche deine Erlaubnis nicht. Ich brauche niemandes Erlaubnis. Er ist *mein* Vater. Ich kenne sein Gesicht. Seine Stimme. Nach zwanzig Jahren werde *ich* diejenige sein, die ihn wiedererkennt.«

»Du bist auch diejenige, die getötet werden könnte. Oder gehört es zum Spaß dazu, sich in Gefahr zu begeben? Zum Teufel noch mal.« Er lachte. »Du hast es wahrscheinlich in den Genen. Du bist genauso verrückt wie dein alter Herr. Er liebte es, wenn auf ihn geschossen wurde, nicht wahr? Er war ein Nervenkitzel-Junkie, und du bist genauso. Gib es zu. Du amüsierst dich prächtig.«

»Das sagt der Richtige.«

»Ich mache das hier nicht wegen des Nervenkitzels. Ich bin hier, weil ich muss. Ich hatte keine Wahl.«

»Keiner von uns hat eine Wahl.« Sie wandte ihm den Rücken zu, doch er ergriff ihren Arm und drehte sie zu sich um. Er stand so nahe vor ihr, dass ihr Nacken schmerzte, als sie zu ihm aufsehen musste.

»Bleib in Saigon«, bat er sie.

»Du willst mich wirklich aus dem Weg haben.«

»Ich will, dass du in Sicherheit bist.«

»Warum?«

»Weil ich … du …« Er unterbrach sich. Sie schauten einander an. Beide atmeten so schwer, dass sie kein Wort hervorbrachten. Und dann nahm er sie spontan in den Arm.

Es war nur ein Kuss, doch er traf sie mit der Gewalt eines Hurrikans, sodass ihre Knie zu Pudding wurden. Er fühlte sich ziemlich rau an mit seinen Bartstoppeln, den schwieligen Händen und dem zerfransten Hemd. Ohne darüber nachzudenken, streckte sie die Arme aus und legte sie in seinen Nacken, um ihn noch fester an sich ziehen zu können. Er brauchte keine Ermutigung. Als er seinen Körper an sie drängte, erinnerte sie sich an die Bilder aus ihrem Traum: das schwankende Deck eines Schiffs, der nächtliche Himmel, Guys Gesicht, das über ihrem schwebte. Wenn sie es zuließe, würde es hier und jetzt passieren. Er schob sie bereits zum Bett, und sie wusste, dass er sie nehmen und sie ihn lassen würde, wenn sie auf die Matratze fielen. Und das wäre es dann. Egal, ob es irgendeinen Sinn ergab oder ob es gut für sie war. Sie wollte ihn haben.

Selbst wenn es der größte Fehler ist, den ich jemals im Leben machen werde?

Als sie mit ihren Beinen gegen das Bett stieß, war sie unvermittelt wieder in der Realität. Sie löste sich von ihm und hielt ihn auf Armeslänge entfernt.

»Das war nicht so gemeint«, sagte sie etwas atemlos.

»Ich denke schon.«

»Und ich denke, wir haben aneinander vorbeigeredet.«

»Ganz und gar nicht«, konterte er leise. »Ich denke, wir sind genau auf einer Linie.«

Sie ging zur Tür und öffnete sie. »Ich denke, es ist besser, wenn du jetzt gehst.«

»Ich gehe nicht.«

»Du kannst nicht bleiben.«

Aber seine entschlossene Haltung machte ihr unmissverständlich klar, dass er genau das vorhatte. »Hast du schon vergessen, dass dich jemand umbringen will?«

»Im Moment bist *du* es, der mich bedroht.«

»Es war doch nur ein Kuss. Ist es wirklich schon so lange her, Willy? Reicht ein kleiner Kuss aus, um dich völlig aus der Bahn zu werfen?«

Ja! hätte sie am liebsten geschrien. *Es wirft mich aus der Bahn, weil ich noch nie so geküsst worden bin!*

»Ich bleibe heute Nacht hier«, sagte er ruhig. »Du brauchst mich. Und, ich gebe es zu, ich brauche dich auch. Du bist meine Verbindung zu Bill Maitland. Ich werde dich nicht berühren, wenn du es nicht möchtest. Aber ich werde dich auch nicht alleinlassen.«

Sie musste sich geschlagen geben. Nichts, was sie sagen oder tun konnte, würde ihn dazu bringen, sich von der Stelle zu rühren. Sie ließ die Tür ins Schloss fallen. Dann ging sie zum Bett und setzte sich hin. »Ich bin so müde«, seufzte sie. »Zu müde, um mit dir zu kämpfen. Ich bin sogar zu müde, um Angst zu haben.«

»Genau dann wird es gefährlich. Wenn das ganze Adrenalin aufgebraucht ist. Wenn du zu erschöpft bist, um noch einen klaren Gedanken fassen zu können.«

»Ich gebe auf.« Rücklings ließ sie sich aufs Bett fallen, denn sie hatte das Gefühl, sämtliche Knochen in ihrem Körper seien plötzlich butterweich geworden. »Mir ist im Moment alles egal. Ich möchte nur noch schlafen.«

Er musste nichts mehr erwidern; sie wussten beide, dass die Diskussion beendet war und sie verloren hatte. Tatsache war jedoch, dass sie über seine Anwesenheit froh war. Es tat gut, die Augen zu schließen und jemanden neben sich zu haben, der auf einen achtgab. Ihr war allerdings auch bewusst geworden, dass ihre Maßstäbe ziemlich durcheinandergeraten waren, wenn sie einen Mann wie Guy Barnard für zuverlässig hielt.

Aber sie fühlte sich tatsächlich sicher.

Guy stand neben dem Bett und sah ihr beim Einschlafen zu. Ausgestreckt auf der Matratze wirkte sie so zerbrechlich wie eine Porzellanpuppe.

So zerbrechlich hatte sie sich in seinen Armen allerdings nicht angefühlt. Vielmehr aus wirklichem Fleisch und Blut, warm und weich. Genau die Frau, die er haben wollte. Er hätte sich keine andere wünschen können. Er war sich nur noch nicht sicher, was genau er für sie empfand. Ein Teil war einfach nur unangemessene Begierde. Aber da war noch mehr, ein männlicher Urinstinkt, der in ihm den Wunsch weckte, sie an einen Ort zu bringen, wo niemand ihr etwas zuleide tun konnte.

Er drehte sich um und schaute aus dem Fenster. Die beiden Polizisten lungerten immer noch am Treppenhaus herum; er sah ihre Zigaretten in der Dunkelheit glimmen. Er konnte nur hoffen, dass sie in dieser Nacht ihre Arbeit machten, denn mittlerweile war er selbst ziemlich erschöpft.

Er setzte sich in einen Sessel und versuchte zu schlafen.

Zwanzig Minuten später verlangte sein gequälter Körper eine bequemere Unterlage. Er gab sich geschlagen und legte sich ins Bett. Willy rührte sich nicht. Zum Teufel, dachte er. Sie wird es nicht merken. Er streckte sich neben ihr aus. Die Matratze bewegte sich und schien sie höher zu heben. Seufzend drehte sie sich zu ihm hin und schmiegte sich wie ein Kätzchen an seine Brust. Der süße Duft ihrer Haare benebelte ihn geradezu. Er fühlte sich fast betrunken. Gefährlich, sehr gefährlich …

Er sollte besser im Sessel bleiben.

Aber er konnte sich nicht von ihr lösen. Also blieb er ganz still liegen und hielt sie fest. Dabei überlegte er, was als Nächstes kommen würde.

Sie hatten jetzt einen Namen, einen ersten Kontakt oben im Norden: Nora Walker, die britische Rote-Kreuz-Schwester. Lassiter hatte erzählt, dass sie im örtlichen Krankenhaus arbeitete. Guy hoffte inständig, dass sie mit ihnen reden und nicht davon ausgehen würde, dass dies nur eine weitere Finte der Firma sei. In diesem Fall würde sie vermutlich dichtmachen wie eine Auster. Willys Anwesenheit konnte da sehr hilfreich sein. Schließlich hatte Bill Maitlands Tochter jedes Recht der Welt, Fragen zu stellen. Vielleicht entschied sich Nora Walker ja dazu, die Antworten zu liefern.

Seufzend schmiegte Willy sich noch enger an seine Brust. Er musste lächeln. *Du verrückte Frau.* Er vergrub das Gesicht in ihren Haaren.

Die Entscheidung war gefallen. Er war ihr auf Gedeih und Verderb ausgeliefert.

9. KAPITEL

Die Stewardess lief durch den Gang der zweimotorigen Ilyuschin und wedelte gleichgültig die Fliegen beiseite, die um ihren Kopf schwirrten. Schwaden kalten Nebels drangen aus den Schlitzen der Klimaanlage und wirbelten durch die Kabine. Die Flugbegleiterin schien auf Wolken zu schweben. Durch den Dunst konnte Willy kaum das Notfallzeichen erkennen, das über dem Ausgang leuchtete: Rettungsseil. Diese Sicherheitsvorrichtung trug nicht gerade zur Beruhigung bei. Vor ihrem inneren Auge flog die Maschine durch den blauen Himmel und schleifte die Passagiere an einem dreitausend Meter langen Seil hinter sich her.

Ein Klumpen Toffee landete in ihrem Schoß – ein Geschenk der gelangweilten Stewardess. »Legen Sie den Sicherheitsgurt um«, befahl sie in einem Ton, der keinen Widerspruch duldete.

»Ich bin schon angeschnallt«, konterte Willy. Erst dann merkte sie, dass die Frau zu Guy sprach. Willy versetzte ihm einen Rippenstoß. »Guy, dein Sitzgurt.«

»Was? Ach ja.« Er schnallte sich an und lächelte gequält.

In dem Moment bemerkte sie, dass er sich an der Armlehne festkrallte. Sie berührte seine Hand. »Alles in Ordnung?«

»Mir geht's gut.«

»Du siehst aber nicht so aus.«

»Das alte Problem. Wirklich nichts Besonderes …« Er schaute aus dem Fenster und schluckte hart.

Unwillkürlich brach sie in schallendes Gelächter aus. »Guy Barnard, erzähl mir nicht, dass du Angst vorm Fliegen hast.«

Das Flugzeug machte einen Satz nach vorn und begann, über die Startbahn zu rumpeln. Ein Schwall von Vietnamesisch ergoss sich aus den Lautsprechern, gefolgt von Russisch und einem sehr gebrochenen Englisch.

»Na und?«, verteidigte er sich. »Einige Leute haben Höhenangst oder Angst vor geschlossenen Räumen oder Schlangen. Ich habe zufällig Flugangst. Seit dem Krieg.«

»Ist denn da mal irgendetwas auf einer Reise passiert?«

»Als mein Einsatz zu Ende war.« Er schaute an die Decke und lachte gequält. »Das ist ja das Ironische. Ich bin lebend aus Vietnam herausgekommen. Dann steige ich in diesen riesigen, wunderschönen Vogel, der mich in die Freiheit zurückbringt. Auf diese Weise habe ich übrigens Toby Wolff kennengelernt. Er saß neben mir. Wir waren beide betrunken und haben Witze gerissen, während wir zur Startbahn gerollt sind. Endlich nach Hause.« Er schüttelte den Kopf. »Wir beide gehörten zu den Glückspilzen. Wir saßen in der letzten Reihe. Das Heck brach unter der Belastung ab …«

Sie nahm seine Hand. »Du brauchst nicht darüber zu reden, Guy.«

Bewundernd schaute er sie an. »Du bist kein bisschen nervös, nicht wahr?«

»Nein. Ich habe mein halbes Leben in Flugzeugen verbracht. Ich habe mich immer wie zu Hause gefühlt.«

»Das musst du von deinem alten Herrn geerbt haben. Pilotengene.«

»Es sind nicht nur die Gene. Es sind einfach die Statistiken.«

Die Motoren der Ilyuschin heulten auf. Die Kabine erbebte, als die Maschine an Geschwindigkeit gewann. Und dann blieb die Erde unten zurück, und das Flugzeug schaukelte hinauf in den Himmel.

»Ich weiß zufällig, dass Fliegen die sicherste Art zu reisen ist«, fügte sie hinzu.

»Sicher?«, rief Guy über das Dröhnen der Motoren hinweg. »Offenbar bist du noch nie mit Air Vietnam geflogen.«

In Hanoi wurden sie von einer vietnamesischen Begleiterin empfangen, die sich nur als Miss Hu vorstellte, sehr schön war, nie lächelte und zum inneren Kern der Führungskräfte ihres Landes gehörte. Ihre Begrüßung fiel kühl und geschäftsmäßig aus; ihr Handschlag hatte etwas sehr Offizielles. Anders als Mr. Ainh, der regelrecht geschwätzig war, glaubte Miss Hu offensichtlich an die Kraft des Schweigens. Und an die Revolution. Auf der Fahrt in die Stadt ließ sich die Frau nur ein einziges Mal zu einer freiwilligen Bemerkung hinreißen. Sie deutete auf das verbogene Stahlskelett einer zerstörten Brücke. »Sehen Sie den Schaden? Amerikanische Bomben.« Das war's dann auch schon mit Small Talk. Willy betrachtete die starren Schultern der Frau und kam zu der Erkenntnis, dass der Krieg für einige Menschen auf beiden Seiten niemals zu Ende gehen würde.

Sie ärgerte sich so sehr über Miss Hus Kommentar, dass sie Guys geistesabwesenden Blick überhaupt nicht bemerkte. Erst als sie sah, dass er zum dritten Mal aus der Heckscheibe schaute, erkannte sie, was ihn beschäftigte: Ein Mercedes mit dunkel getönten Scheiben fuhr direkt hinter ihnen. Sie wechselte einen Blick mit Guy.

Der Mercedes folgte ihnen bis in die Stadt. Erst als sie vor dem Hotel hielten, überholte er sie und bog um die Ecke. Durch die dunklen Scheiben waren die Insassen nicht zu erkennen.

Willys Tür wurde geöffnet. Heiße Luft strömte ins Wageninnere. Die betäubende Hitzewelle vernebelte ihr die Sinne.

Miss Hu wartete neben dem Fahrzeug. Ihr Gesicht war bereits schweißüberströmt. »Das Hotel hat eine Klimaanlage«, erklärte sie und fügte missbilligend hinzu: »Für den Komfort von *Ausländern*.«

Wie sich herausstellte, funktionierte die sogenannte Klimaanlage kaum. Das ganze Hotel strahlte den verwelkten Charme einer längst versunkenen französischen Kolonialmacht aus. Der Läufer in der Lobby war fadenscheinig und verblichen, das Mobiliar eine traurige Mischung von zerkratzten Rosenholzstühlen und zerschlissenen

Kissen. Während Guy an der Rezeption eincheckte, blieb Willy in der Nähe der Koffer und behielt die Eingangstür im Auge.

Sie war nicht überrascht, als einige Augenblicke später zwei Vietnamesen mit dunklen Sonnenbrillen durch die Tür schlenderten. Sie bemerkten sie sofort und verzogen sich in eine Nische, wo sie sich hinter einem riesigen Farn versteckten. Der Rauch ihrer Zigaretten stieg bis an die Decke.

»Wir sind eingecheckt«, verkündete Guy. »Zimmer 308. Mit Blick auf die Stadt.«

Willy berührte seinen Arm. »Zwei Männer«, flüsterte sie. »Auf drei Uhr …«

»Ich sehe sie.«

»Was sollen wir tun?«

»Wir ignorieren sie.«

»Aber …«

»Mr. Barnard?«, rief Miss Hu. Beide drehten sich um. Die Frau wedelte mit einem Stück Papier. »Der Mann an der Rezeption sagt, dass Sie ein Telegramm bekommen haben.«

Guy runzelte die Stirn. »Ich erwarte kein Telegramm.«

»Es ist heute Morgen in Saigon eingetroffen, aber Sie waren gerade abgereist. Das Hotel hat hier angerufen und die Nachricht übermittelt.« Sie reichte Guy das handschriftliche Memo und ließ ihn nicht aus den Augen, während er es las.

Falls die Nachricht wichtig war, ließ Guy es sich nicht anmerken. Nachlässig stopfte er den Zettel in seine Tasche, griff nach den Koffern und schob Willy in den wartenden Aufzug.

»Keine schlechten Nachrichten?«, rief Miss Hu hinter ihm her.

Guy lächelte ihr zu. »Nur ein Gruß von einem Freund«, antwortete er und drückte den Aufzugknopf.

Willy erhaschte einen letzten Blick auf die beiden Vietnamesen, die sie von ihrem Platz hinter dem Farn beobachteten, ehe die Aufzugtüren zuglitten. Sofort ergriff er ihre Hand. *Sag jetzt kein Wort,* las sie in seinen Augen.

Schweigend fuhren sie hinauf in den zweiten Stock.

Im Zimmer sah Willy Guy verdutzt dabei zu, wie er als Erstes durch den Raum lief, unter Lampenschirme und Kommoden griff, Schranktüren öffnete und die Nachttische abtastete. Hinter dem Kopfteil des Betts fand er schließlich, wonach er suchte: ein drahtloses Mikrofon, kaum größer als eine Briefmarke. Er ließ es an seinem Platz. Dann trat er ans Fenster und schaute auf die Straße hinunter.

»Wie aufmerksam«, murmelte er. »Sie haben einen Babysitter-Service für uns eingerichtet.«

Sie stellte sich neben ihn, um zu sehen, was sein Interesse so erregte: der schwarze Mercedes, der am Straßenrand parkte. »Was ist mit dem Telegramm?«, wisperte sie.

Statt zu antworten, zog er den Zettel aus der Tasche und reichte ihn ihr. Auch nach dem zweiten Lesen ergab die Botschaft für sie keinen Sinn.

Onkel Sy hat nach dir gefragt. Er plant eine geführte Tour durch Vietnam. Viel Spaß unterwegs. Bobbo.

Guy schloss die Vorhänge und begann, hektisch durchs Zimmer zu laufen. Seinem Gesichtsausdruck nach zu urteilen, schmiedete er einen Notfallplan.

Unvermittelt blieb er stehen. »Möchtest du etwas für deinen Magen?«, fragte er.

Sie blinzelte verwundert. »Wie bitte?«

»Pepto Bismol könnte helfen. Leg dich besser ein wenig hin. Dieses Darmvirus kann ziemlich eklig werden.«

»Darmvirus?« Hilflos schaute sie ihn an.

Er ging zum Schreibtisch und suchte in den Schubladen nach

einem Briefbogen des Hotels. Dabei redete er die ganze Zeit. »Ich glaube, es war der Fisch von gestern Abend. Fühlst du dich immer noch so mies?« Er hielt ein Blatt Papier hoch, auf das er »Ja« gekritzelt hatte.

»Ja«, sagte sie folgsam. »Ziemlich mies. Vielleicht … vielleicht sollte ich mich wirklich besser hinlegen.« Sie machte eine Pause. »Nicht wahr?«

Wieder schrieb er etwas. Jetzt stand auf dem Papier: »Du möchtest ins Krankenhaus.«

Sie nickte und ging ins Bad. Dort stöhnte sie ein paar Mal und betätigte die Wasserspülung. »Mir geht es wirklich dreckig. Vielleicht sollte ich einen Arzt aufsuchen …« In dem Moment, als sie am Waschbecken stand und das Wasser aus dem Hahn rauschte, wurde ihr schlagartig klar, dass genau das es war, was er wollte. *Der Mann ist ein Genie,* dachte sie voller Bewunderung. Sie drehte sich zu ihm um. »Glaubst du, dass wir jemanden finden, der Englisch spricht?«

Anerkennend hielt er den Daumen hoch.

»Wir könnten es im Krankenhaus versuchen«, antwortete er. »Es muss ja nicht unbedingt ein Arzt sein. Hauptsache jemand, der dich versteht. So jemanden wird es ja wohl geben.«

Sie ging zum Bett und ließ sich auf die Matratze fallen, deren Sprungfedern quietschten, als sie auf und ab wippte. »Himmel, ich fühle mich ganz schrecklich.«

Er setzte sich neben sie und legte seine Hand auf ihre Stirn. Mit einem Augenzwinkern sagte er: »Mädel, du bist richtig heiß.«

»Ich weiß«, entgegnete sie ganz ernsthaft.

Sie konnten sich das Lachen kaum verkneifen.

»Vor einer Stunde schien sie überhaupt nicht krank gewesen zu sein«, sagte Miss Hu, als sie sie zehn Minuten später zur Limousine begleitete.

»Die Krämpfe kamen ganz plötzlich«, entgegnete Guy.

»*Sehr* plötzlich«, stellte Miss Hu spitz fest.

»Ich glaube, es war der Fisch«, jammerte Willy auf dem Rücksitz.

»Ihr Amerikaner habt so furchtbar empfindliche Mägen«, gab Miss Hu verächtlich zurück.

Im Wartezimmer des Krankenhauses war es heiß wie in einem Ofen, und es wimmelte von Patienten. Als Guy und Willy eintraten, wurde die Menge schlagartig still. Die einzigen Geräusche waren das rhythmische Klappern des Deckenventilators und das Schreien eines Babys im Schoß seiner Mutter. Alle Augen folgten den beiden Amerikanern, als sie durch den Raum zur Rezeption gingen.

Die vietnamesische Krankenschwester starrte sie in stummem Erstaunen an. Erst als Miss Hu eine Frage herausbellte, reagierte die Schwester mit einem nervösen Kopfschütteln und einer raschen Antwort.

»Hier gibt es nur vietnamesische Ärzte«, übersetzte Miss Hu. »Keine Europäer.«

»Niemand hier ist im Westen ausgebildet worden?«, fragte Guy.

»Warum? Glauben Sie, dass Ihre westliche Medizin besser ist?«

»Hören Sie, ich bin nicht hier, um die Vorteile von westlicher oder östlicher Medizin zu diskutieren. Finden Sie einfach jemanden, der Englisch spricht. Eine Krankenschwester wäre schon ausreichend. Sie haben doch Schwestern, die Englisch sprechen, oder?«

Grollend drehte Miss Hu sich um und murmelte der Rezeptionistin etwas zu, die daraufhin einige Telefonate führte. Schließlich wurde Willy über einen Gang zu einem privaten Untersuchungszimmer geführt. Er enthielt nur die Grundausstattung: einen Untersuchungstisch, ein Waschbecken, einen Instrumentenwagen. In verstaubten Glasgefäßen lagen Watteballchen und Zungenspatel. Träge umkreiste eine Fliege die einzige, nackte Glühbirne. Die Krankenschwester reichte Willy einen ausgefransten Kittel und bedeutete ihr mit Handbewegungen, sich auszuziehen.

Willy hatte nicht vor, ihre Kleider abzulegen, während Miss Hu in einer Ecke Wache stand.

»Ich würde etwas Privatsphäre zu schätzen wissen«, sagte sie.

Die andere Frau rührte sich nicht vom Fleck. »Mr. Barnard bleibt doch auch«, konterte sie.

»Nein.« Willy schaute zu Guy hinüber. »Mr. Barnard geht auch«, sagte sie mit Betonung.

»Ich wollte tatsächlich gerade gehen.« Guy wandte sich zur Tür. Und an Miss Hu gewandt, fügte er hinzu: »Wissen Sie, Genossin, in Amerika gilt es als sehr ungezogen, jemandem beim Ausziehen zuzuschauen.«

»Ich wollte mich nur vergewissern, ob das, was man über die Unterwäsche von Frauen aus dem Westen hört, wirklich stimmt«, verteidigte sich Miss Hu, als sie und die Krankenschwester Guy hinausfolgten.

»Was genau haben Sie denn gehört?«, erkundigte Guy sich.

»Dass sie nur dem Zweck dient, die Lüsternheit des männlichen Geschlechts zu wecken.«

»Genossin«, antwortete Guy grinsend, »es wäre mir ein großes Vergnügen, meine Informationen bezüglich westlicher Damenunterwäsche mit Ihnen zu teilen …«

Die Tür fiel hinter ihnen ins Schloss. Als Willy allein war, schlüpfte sie in den Kittel, setzte sich auf den Untersuchungstisch und wartete.

Kurz darauf kam eine hochgewachsene Frau um die vierzig in einem Laborkittel herein. Das Namensschild auf ihrem Kittel bestätigte, dass sie Nora Walker war. Zur Begrüßung nickte sie Willy kurz zu und blieb neben dem Tisch stehen, um die Unterlagen auf dem Klemmbrett durchzulesen. Graue Strähnen durchzogen ihr braunes Haar, und ihre Augen waren so grün wie das Meer.

»Man hat mir gesagt, Sie seien Amerikanerin.« Die Frau sprach mit britischem Akzent. »Hier kommen nicht viele Amerikaner her. Was haben Sie für Beschwerden?«

»Ich habe Magenschmerzen, und mir ist übel.«

»Seit wann?«

»Seit einem Tag.«

»Haben Sie Fieber?«

»Nein. Aber die Krämpfe sind ziemlich heftig.«

Die Frau nickte. »Das ist nicht ungewöhnlich für Touristen aus dem Westen.« Sie schaute wieder auf das Klemmbrett. »Es liegt am Wasser. Da sind andere Bakterien drin als die, die Sie gewöhnt sind. Sie werden ein paar Tage brauchen, um sich zu akklimatisieren. Ich werde Sie untersuchen. Wenn Sie sich bitte hinlegen würden, Miss …« Sie studierte den Namen auf dem Brett und verstummte.

»Maitland«, sagte Willy leise. »Mein Name ist Willy Maitland.«

Nora räusperte sich. Mit gepresster Stimme wiederholte sie: »Legen Sie sich bitte hin.«

Gehorsam legte Willy sich auf den Tisch und gestattete der Frau, ihren Unterleib abzutasten. Die Hände auf ihrem Bauch waren eiskalt.

»Sam Lassiter hat gesagt, Sie könnten uns vielleicht helfen«, wisperte Willy.

»Sie haben mit Sam gesprochen?«

»In Can Tho. Ich habe ihn aufgesucht, weil ich etwas über meinen Vater erfahren wollte.«

Nora nickte. Anschließend fragte sie, ganz Krankenschwester: »Tut es weh, wenn ich hier drücke?«

»Nein.«

»Und hier?«

»Ein bisschen.«

Bei der nächsten Frage flüsterte Nora wieder. »Wie geht es Sam denn so?«

Willy zögerte. »Er ist tot«, murmelte sie.

Die Hand auf ihrem Bauch erstarrte. »Meine Güte. Wie …« Nora riss sich zusammen und schluckte. »Wie weh tut es denn?«

Willy fuhr sich mit einem Finger über die Kehle.

Nora holte tief Luft. »Verstehe.« Ihre Hände, die immer noch auf Willys Bauch lagen, zitterten. Einen Moment lang blieb sie reglos mit gesenktem Kopf stehen. Dann drehte sie sich um und ging zu einem Medizinschrank. »Ich glaube, Sie brauchen Antibiotika.« Sie nahm ein Fläschchen mit Tabletten heraus. »Reagieren Sie allergisch auf Sulfate?«

»Ich glaube nicht.«

Nora griff zu einem Rezeptblock und begann zu schreiben. »Können Sie sich ausweisen, Miss Maitland?«

Willy zog einen kalifornischen Führerschein hervor und reichte ihn Nora. »Reicht das aus?«

»Ja.« Nora steckte ihn in die Tasche. Anschließend klebte sie das Etikett auf das Fläschchen. »Nehmen Sie viermal täglich eine Tablette. Bis morgen Abend sollte sich Ihr Zustand verbessert haben.« Sie drückte Willy das Fläschchen in die Hand, in dem etwa zwei Dutzend Tabletten waren. Auf dem Etikett standen der Name der Arznei und die Anweisungen zur Einnahme. Keine verborgenen Nachrichten, keine diskreten Hinweise.

Erwartungsvoll schaute Willy hoch, aber Nora machte bereits Anstalten zu gehen. Auf halbem Weg zur Tür blieb sie noch einmal stehen. »Sie werden von einem Mann begleitet, einem Amerikaner. Wer ist er? Ein Verwandter?«

»Ein Freund.«

»Verstehe.« Nora betrachtete sie mit einem besorgten Blick. »Ich hoffe, dass Sie sich absolut sicher sind, was Ihre Medikamentenverträglichkeit angeht, Miss Maitland. Falls Sie sich irren, kann diese Medizin sehr, sehr gefährlich sein.« Sie öffnete die Tür. Miss Hu stand genau vor ihr.

Die Vietnamesin richtete sich sofort zu voller Größe auf. »Ist alles in Ordnung mit Miss Maitland?«, wollte sie wissen.

»Sie hat eine leichte Darminfektion. Ich habe ihr Antibiotika gegeben. Morgen sollte es ihr schon wieder sehr viel besser gehen.«

»Es geht mir jetzt schon besser.« Willy kletterte vom Untersuchungstisch. »Wenn ich nun noch an die frische Luft könnte …«

»Eine ausgezeichnete Idee«, sagte Nora. »Frische Luft. Und nur leichte Mahlzeiten. Keine Milch.« Sie ging zur Tür hinaus. »Ich wünsche Ihnen einen angenehmen Aufenthalt in Hanoi, Miss Maitland.«

Miss Hu warf Willy ein süffisantes Lächeln zu. »Sehen Sie? Selbst in Vietnam bekommen Sie die bestmögliche medizinische Versorgung.«

Willy nickte und griff nach ihrer Kleidung. »Ich bin vollkommen Ihrer Meinung.«

Eine Viertelstunde später verließ Nora Walker das Krankenhaus, stieg aufs Fahrrad und fuhr in die Straße der Kleiderverkäufer. An einem Nudelkarren am Straßenrand kaufte sie eine Limonade und ein Schale *Pho*, für die sie dem Verkäufer eine sorgfältig zusammengefaltete Tausend-Dong-Note in die Hand drückte. Mitten zwischen den anderen Kunden hockte sie sich nieder und aß ihre Nudelsuppe. Nachdem sie den letzten Löffel der scharf gewürzten Brühe gegessen hatte, betrat sie einen Schneiderladen, der leer zu sein schien. Durch einen Perlenvorhang schlüpfte sie in ein schwach erleuchtetes Hinterzimmer und wartete zwischen Ballen staubiger Seiden-, Brokat- und Baumwollstoffe.

Das Rascheln des Perlenvorhangs verkündete die Ankunft ihres Kontaktmannes. Nora drehte sich zu ihm um.

»Ich habe gerade Bill Maitlands Tochter getroffen«, sagte sie auf Vietnamesisch und überreichte ihm Willys Führerschein.

Lächelnd betrachtete der Mann das Foto. »Die Ähnlichkeit ist nicht zu übersehen.«

»Es gibt allerdings ein Problem«, fuhr Nora fort. »Sie reist in Begleitung eines Mannes.«

»Sie meinen Mr. Barnard?« Das Lächeln wurde breiter. »Wir sind uns dessen bewusst.«

»Gehört er zur CIA?«

»Wir glauben nicht. So, wie es aussieht, ermittelt er selbstständig.«

»Sie beschatten ihn also.«

Der Mann zuckte mit den Schultern. »Das ist nicht schwer. Bei so vielen Kindern auf der Straße fällt ein einzelner Junge hier und dort überhaupt nicht auf.«

Nora schluckte. Sie hatte Angst, die nächste Frage zu stellen. »Sie hat gesagt, Sam sei tot. Stimmt das?«

Das Lächeln des Mannes erstarb. »Es tut uns leid. Mit der Zeit ist wohl doch nicht alles sicherer geworden.«

Sie drehte sich um und räusperte sich. Aber der Schmerz hielt an. Auch dann noch, als sie die Stirn gegen einen Seidenballen drückte. »Sie haben recht. Es hat sich nichts geändert. Mögen sie verdammt sein. Mögen sie *alle* verdammt sein.«

»Was wollen Sie von uns, Nora?«

»Ich weiß es nicht.« Sie holte tief Luft und drehte sich wieder zu ihm um. »Ich denke … ich denke, wir sollten eine Nachricht schicken.«

»Ich werde Dr. Andersen kontaktieren.«

»Ich brauche die Antworten morgen.«

Der Mann schüttelte den Kopf. »Da bleibt uns wenig Zeit für Vorbereitungen.«

»Ein ganzer Tag. Das muss doch reichen!«

»Aber es gibt …« Er machte eine Pause. »Schwierigkeiten.«

Nora betrachtete das ausdruckslose Gesicht des Mannes. Es sah aus, als trüge er eine Maske. »Was soll das heißen?«

»Die Partei ist jetzt auch interessiert. Und die CIA. Vielleicht gibt es noch andere …«

Andere, dachte Nora. Jene also, von denen sie überhaupt nichts wussten. Die gefährlichste Fraktion überhaupt.

Als Nora den Schneiderladen verließ und in das grelle Licht der Nachmittagssonne blinzelte, hatte sie das Gefühl, von einem Dutzend Augenpaare beobachtet zu werden, während sie gemächlich über die Gia Ngu Street radelte. In der bunt bestickten Bluse, die sie gerade gekauft hatte, kam sie sich sehr auffällig vor. Das war sie allerdings ohnehin schon. In Hanoi wurden alle Ausländer misstrauisch beäugt. In jedem Laden, den sie betrat, auf jeder Straße, auf der sie lief, spürte sie andauernd diese Blicke.

Sie würden auch Willy Maitland verfolgen.

»Wir haben den ersten Zug gemacht«, sagte Guy. »Jetzt sind sie an der Reihe.«

»Und wenn wir nichts von ihnen hören?«

»Dann, fürchte ich, sind wir in einer Sackgasse gelandet.« Guy steckte die Hände in die Taschen und ließ seinen Blick über das Wasser des Hoan-Kiem-Sees und seine grasbewachsenen Ufer schweifen. Wie ein Dutzend andere Paare, die am »See des restaurierten Schwertes« entlangflanierten, hatten auch sie diesen Park aufgesucht, um allein zu sein und in aller Ruhe miteinander reden zu können, ohne belauscht zu werden. Feuerrote Blüten schwebten von den Bäumen. Auf einem Weg vor ihnen spielten Kinder mit einem Ball und schrien laut durcheinander.

»Du hast mir noch gar nichts über das Telegramm erzählt«, sagte sie. »Wer ist Bobbo?«

Er lachte. »Das ist ein Spitzname für Toby Wolff. Nach dem Flugzeugabsturz lagen wir nebeneinander im Militärkrankenhaus. Ich glaube, wir haben die Krankenschwestern ziemlich genervt. Ihnen ständig zugezwinkert, zu viele anzügliche Bemerkungen gemacht. Irgendwann nannten sie uns nur noch ›die schlimmen Bobbsey-Zwillinge‹. Bald war er Bobbo eins und ich Bobbo zwei.«

»Dann ist das Telegramm also von Toby Wolff.«

Er nickte.

»Und was bedeutet es? Wer ist Onkel Sy?«

Nachdenklich betrachtete Guy seine unmittelbare Umgebung. Sie wusste, dass es mehr war als ein beiläufiger Blick; er suchte etwas. Und wie erwartet waren sie bereits da: zwei Vietnamesen, die im Schatten eines Flammenbaums standen. Wahrscheinlich zwei Polizisten, die sie beschützen sollten.

Oder sollten sie sie daran hindern, mit anderen Kontakt aufzunehmen?

»Onkel Sy war unser persönlicher Name für die CIA«, erklärte Guy.

Stirnrunzelnd erinnerte sie sich an die Nachricht. *Onkel Sy hat nach dir gefragt. Er plant eine geführte Tour durch Vietnam. Viel Spaß unterwegs. Bobbo.*

»Es war eine Warnung«, fuhr Guy fort. »Die Firma weiß über uns Bescheid. Und sie sind im Land. Vielleicht observieren sie uns in diesem Augenblick.«

Besorgt schaute sie zum See. Auf einem Fahrrad rollte gelassen ein Mädchen mit Kegelhut vorbei. Auf der Wiese schmiegten sich zwei Liebende aneinander und tauschten Geheimnisse aus. Willy erschien diese Szenerie – der silberne See und die Bäume in voller Blüte – als fast zu perfekt: die kitschige Fantasie eines Postkartenmalers.

Bis auf die beiden Polizeiagenten, die unter dem Flammenbaum standen und sie im Auge behielten.

»Wenn er recht hat«, sagte sie, »wenn die CIA hinter uns her ist – wie erkennen wir sie dann?«

»Genau das ist das Problem.« Guy sah sie an, und die Beklommenheit in seinem Blick machte ihr Angst. »Wir werden sie nicht erkennen.«

So nahe. Und doch unerreichbar.

Siang hockte im Schatten eines Fahrradtaxis und beobachtete die beiden Amerikaner, die am gegenüberliegenden Seeufer entlangschlenderten. Sie ließen sich Zeit und benahmen sich wie Touristen. Sie blieben stehen, um die Blumen zu bewundern oder über ein Kind zu lächeln, das seine ersten Schritte auf dem Weg versuchte. Beiden schien nicht bewusst zu sein, wie leicht sie in das Fadenkreuz eines Gewehrs geraten konnten, wie rasch ihr Leben ausgelöscht werden konnte.

Er konzentrierte sich auf die zwei Männer, die in gebührendem Abstand folgten. Vermutlich Polizisten, dachte er, zum Schutz der beiden abgestellt. Sie machten die Sache zwar komplizierter, aber Siang konnte das Problem umgehen. Früher oder später würde sich eine Gelegenheit ergeben.

Ein Mord wäre so einfach gewesen – als ob man durch einen weit geöffneten Vorhang ein gut sichtbares Ziel ins Visier nahm. Zu schade, dass dies nicht länger der Plan war.

Die Amerikaner kehrten zu ihrem Wagen zurück. Siang erhob sich, stampfte ein paar Mal mit den Füßen auf, um den Blutkreislauf in seinen abgestorbenen Gliedmaßen in Gang zu bringen, und bestieg sein Fahrrad. Es war ein armseliges Transportmittel, aber praktisch und unauffällig. Wem würde unter Tausenden von Radfahrern auf den Straßen von Hanoi ein weiterer schäbig gekleideter Radler auffallen?

Siang folgte dem Wagen zurück zum Hotel. Einen Block weiter stieg er ab und beobachtete die beiden Amerikaner unauffällig dabei, wie sie in der Lobby verschwanden. Sekunden später fuhr ein schwarzer Mercedes vor. Die beiden Polizeiagenten stiegen aus und folgten den Amerikanern ins Hotel.

Höchste Zeit, aktiv zu werden.

Siang nahm ein in ein Tuch gewickeltes Bündel aus seinem Fahrradkorb, suchte sich ein schattiges Plätzchen auf dem Gehweg und breitete sein spärliches Warenangebot aus: Zigaretten, Seife und Postkarten. Anschließend hockte er sich wie all die anderen Straßenhändler auf seine Strohmatte und winkte den Passanten zu.

Während der folgenden zwei Stunden konnte er lediglich ein Stück Seife verkaufen, aber das war ihm egal. Er war schließlich zum Beobachten hergekommen. Und zum Warten.

Und wie jeder guter Jäger verstand Siang sich auf die Kunst des Wartens.

10. KAPITEL

In dieser Nacht schliefen Guy und Willy in getrennten Betten. Zumindest schlief Guy. Willy wälzte sich zwischen den Laken hin und her, denn sie dachte an ihren Vater und überlegte, wann sie ihn das letzte Mal lebend gesehen hatte.

Er hatte gepackt. Sie hatte neben seinem Bett gestanden und ihm dabei zugeschaut, wie er seine Sachen in den Koffer warf. Anhand der Kleidungsstücke erkannte sie, dass er in den Krieg zurückkehrte – den größten Schwachsinn überhaupt. Sie sah die Bomberjacke, das englisch-laotische Wörterbuch, die schweren Goldketten – eine praktische Form des Lösegelds, mit der sich ein abgeschossener Pilot freikaufen und sein Leben retten konnte. Dazu kam der von der Regierung verteilte »Blood Chit« mit Informationen über den verunglückten Piloten. Den »Blood Chit« hatte ihr Vater einem anderen Flieger der US-Airforce stibitzt.

Ich bin Bürger der Vereinigten Staaten von Amerika. Ich spreche Ihre Sprache nicht. Ein Unglück zwingt mich, Sie um Unterstützung zu bitten, mir Nahrung und ein Obdach zu geben und mich zu beschützen. Bitte bringen Sie mich zu jemandem, der für meine Sicherheit garantieren und dafür sorgen kann, dass ich zu meinen Landsleuten zurückgebracht werde.

Die Botschaft war in drei Sprachen verfasst.

Als Letztes verstaute er seine .45er mit dem extrem empfindlichen Stecherabzug. Willy hatte vor dem Bett gestanden und die Waffe angestarrt. Schlagartig war ihr deren entsetzliche Bedeutung klar geworden.

»Warum gehst du wieder zurück?«, wollte sie wissen.

»Weil es mein Job ist, Schätzchen«, antwortete er und verstaute die Waffe zwischen seinen Kleidungsstücken. »Weil ich einen guten Job mache, und weil wir das Geld brauchen.«

»Wir brauchen kein Geld. Wir brauchen dich.«

Er schloss den Koffer. »Deine Mom hat wieder mit dir geredet, stimmt's?«

»Nein, *ich* rede mit *dir*, Daddy. *Ich!*«

»Klar doch, Schätzchen.« Lachend fuhr er ihr durch den Haarschopf, was er immer tat, wenn sie sich wie sein kleines Mädchen fühlen sollte. Er stellte den Koffer auf den Boden und warf ihr ein breites Lächeln zu. So lächelte er auch immer ihre Mutter an, und mit diesem Lächeln bekam er immer, was er wollte. »Ich sag dir mal was. Wie wär's, wenn ich dir eine Überraschung mitbringe? Etwas Schönes aus Vientiane. Einen Rubin vielleicht? Oder lieber einen Saphir? Ich wette, du magst Saphire.«

Sie zuckte nur mit den Schultern. »Wozu?«

»Was soll das heißen – wozu? Du bist doch mein Baby, oder?«

»Dein Baby?« Sie schaute zur Decke und lachte bitter. »Wann bin ich jemals *dein* Baby gewesen?«

Sein Lächeln erstarb. »Dein Tonfall gefällt mir überhaupt nicht, junge Dame.«

»Was gefällt dir denn schon – außer blöde Flugzeuge in deinem blöden Krieg zu fliegen.« Ehe er etwas erwidern konnte, drängte sie sich an ihm vorbei und verließ das Zimmer.

Als sie die Treppe hinunterlief, hörte sie ihn rufen: »Du bist noch ein Kind. Eines Tages wirst du es verstehen. Werde nur ein wenig erwachsener. Dann verstehst du schon ...«

Eines Tages. Eines Tages.

»Ich verstehe es immer noch nicht«, flüsterte sie in der Dunkelheit.

Mit aufheulendem Motor raste unten auf der Straße ein Wagen vorbei. Sie setzte sich im Bett auf, fuhr sich mit der Hand durch das feuchte Haar und sah sich im Zimmer um. Die Vorhänge flatterten wie Spinnweben vor dem Fenster, durch das der Mond schien. Im Bett nebenan lag Guy. Im Schlaf hatte er die Decke weggestrampelt, und sein nackter Rücken schimmerte in der Dunkelheit.

Sie schlüpfte aus dem Bett und trat ans Fenster. An der Straßenecke hockten drei in Lumpen gekleidete Fahrer neben ihren Fahrradtaxis im trüben Licht einer Laterne. Sie redeten nicht miteinander – drei stumme Gestalten, die in mitternächtlicher Müdigkeit zusammenkauerten. Sie fragte sich, wie viele andere, die genauso müde und stumm waren, durch die Nacht wanderten.

Wenn man darüber nachdenkt, dass sie den Krieg gewonnen hatten …

Ein Stöhnen und das Quietschen von Bettfedern veranlasste sie, sich umzudrehen. Guy lag jetzt auf dem Rücken. Die Decke hatte er auf den Boden getreten. Eine unerklärliche Faszination zog sie an seine Seite. Im Halbdunkel blieb sie neben seinem Bett stehen und betrachtete sein zerzaustes Haar, seinen Brustkorb, der sich langsam hob und senkte. Selbst im Schlaf umspielte ein Lächeln seine Mundwinkel, als ob er sich im Traum an einen Witz erinnerte, dessen Pointe nur er verstand. Sie wollte ihm schon das Haar aus der Stirn streichen, überlegte es sich jedoch anders. Ihre Hand schwebte über ihm, während sie den Wunsch, ihn zu berühren, verdrängte. Wie gern hätte sie in seinen Armen gelegen. Schon lange hatte sie solche Gefühle nicht mehr für einen Mann empfunden. Es machte ihr ein wenig Angst, denn es waren die ersten Anzeichen von Kapitulation. Die ersten Hinweise darauf, dass sie kurz davor stand, ihm ihre Seele zu opfern.

Das durfte sie keinesfalls zulassen. Nicht bei diesem Mann.

Sie drehte sich um, ging zurück zu ihrem Bett und warf sich auf das Laken. Während sie an die Decke starrte, dachte sie darüber nach, wie sehr er der Falsche für sie war – wie sehr sie die Falschen füreinander waren.

Genauso, wie ihre Mutter und ihr Vater die Falschen füreinander gewesen waren.

Ann Maitland war sich dieser grundsätzlichen Unvereinbarkeit niemals bewusst geworden. Nur ihrer Tochter war es schmerzhaft aufgefallen. Bill Maitland war der Wilde, der unberechenbare Joker im Glücksspiel des Lebens. Und Ann akzeptierte freudig alle Überraschungen, die sie mit ihm erlebte, weil er ihr Mann war und weil sie ihn liebte.

Willy dagegen brauchte diese Art von Liebe nicht. Sie brauchte keine jüngere Version von Wild Bill Maitland.

Trotzdem begehrte sie ihn, warum auch immer. Und er lag im Bett neben ihr.

Sie schloss die Augen. Schlaflos und schwitzend zählte sie die Stunden bis zum Morgen.

»Eine äußerst erstaunliche Entwicklung der Ereignisse.« Minister Tranh, der erst vor Kurzem dem Flugzeug aus Saigon entstiegen war, setzte sich auf den Stuhl mit der hohen Rückenlehne und betrachtete die Teeblätter, die in seiner Tasse schwammen. »Sie sagen, sie benehmen sich wie ganz normale Touristen?«

»Wie typisch *kapitalistische* Touristen«, ergänzte Miss Hu angewidert. Sie öffnete ihr Notizbuch, in dem sie pflichtgemäß jede Einzelheit festgehalten hatte, und begann mit ihrem Bericht. »Heute Morgen um neun Uhr fünfundvierzig besuchten sie das Grab unseres geliebten Führers, sagten aber kein Wort dazu. Um zwölf Uhr siebzehn servierte man ihnen das Mittagessen im Hotel – ein Menü bestehend aus gebratenem Fisch, gedünsteter Flussschildkröte, gedämpftem Gemüse und Eiercreme. Heute Nachmittag wurden sie zum Kriegsmuseum geführt, anschließend zum Revolutionsmuseum …«

»Das ist kaum die Tour, die kapitalistische Touristen unternehmen.«

»Danach …«, sie blätterte eine Seite um, »sind sie *shoppen* gegangen.« Triumphierend klappte sie ihr Notizbuch zu.

»Aber Genossin, selbst das ergebenste Parteimitglied muss hin und wieder einkaufen gehen.«

»Auch Antiquitäten?«

»Ah. Sie schätzen unsere Traditionen.«

Miss Hu beugte sich vor. »Und genau das erregt mein Misstrauen, Minister Tranh. Der Wolf legt sein Lammfell ab.«

»Schafspelz«, korrigierte der Minister mit einem Lächeln. Die eifrige Genossin Hu hatte offensichtlich ihr Wörterbuch amerikanischer Redensarten zurate gezogen. Wie schade, dass sie so wenig von deren Humor mitbekommen hatte. »Was genau haben sie danach gemacht?«

»Nach dem Besuch des Antiquitätenladens haben sie zwei Stunden in der australischen Botschaft verbracht – in der Cocktaillounge, um genau zu sein –, wo sie sich mit verschiedenen verdächtigen Ausländern unterhalten haben.«

Minister Tranh fand es nur mäßig interessant, dass die Amerikaner sich in eine westliche Botschaft zurückgezogen hatten. Wie vermutlich jeder Mensch im Ausland vermissten sie ihre Mitbürger. In Paris war es Tranh vor Jahrzehnten ebenso ergangen. Selbst als er in den Bistros der Rive Gauche seinen Kaffee getrunken und die Freuden des Künstlerlebens genossen hatte, vermisste er bisweilen den Anblick pechschwarzen Haares und den nasalen Klang seiner eigenen Sprache. Dennoch war er sehr in die französische Hauptstadt verliebt gewesen …

»Sie sehen also, dass wir die Amerikaner fest im Blick haben«, schloss Miss Hu ihren Bericht. »Seien Sie versichert, Minister Tranh, dass nichts schiefgehen kann.«

»Vorausgesetzt, sie kooperieren weiter mit uns.«

»Kooperieren?« Mit verletztem Stolz streckte Miss Hu ihr Kinn vor. »Den beiden ist nicht bewusst, dass wir sie permanent im Auge haben.«

Eine Schande, dass die politisch so korrekte Miss Hu weder über Fantasie noch tiefere Einblicke verfügte. Minister Tranh fehlte es jedoch an Energie, ihr zu widersprechen. Schon vor langer Zeit hatte er gelernt, dass Eiferer sich nur selten von gesundem Menschenverstand beirren ließen.

Seufzend betrachtete er seine Teeblätter. »Sie haben natürlich recht, Genossin«, sagte er.

»Wir sind jetzt schon einen Tag hier. Warum hat sich noch niemand mit uns in Verbindung gesetzt?«, flüsterte Willy über den Tisch hinweg, auf dem ein Wachstuch lag.

»Vielleicht können sie sich uns nicht gefahrlos nähern«, schlug Guy vor. »Oder sie beobachten uns noch.«

So wie alle uns beobachten, dachte Willy, als sie sich in dem lauten Café umsah. Auf den Tischen stapelten sich Kaffeetassen und Suppenschüsseln. Über den Gästen schwebte eine Wolke aus Kochdünsten und Zigarettenrauch, und die Kellner balancierten Tabletts mit dampfenden Speisen durchs Lokal. *Sie alle beobachten uns,* überlegte sie. In der hintersten Ecke saßen die beiden Polizeiagenten und schnippten die Asche ihrer Zigaretten auf eine Untertasse. Und durch die schmutzigen Fenster lugten kleine Gesichter herein – Kinder, die einen Blick auf die selten gewordenen Amerikaner erhaschen wollten.

Der magere und schweigsame Kellner stellte zwei Schalen mit Nudelsuppe auf ihren Tisch und verschwand durch eine Schwingtür. Aus der Küche drangen das Geklapper von Töpfen und hektisches Stimmengewirr, untermalt vom Stakkato eines Hackmessers. Die Schwingtür klappte unermüdlich auf und zu, und die Kellner liefen gebeugt unter dem Gewicht ihrer Tabletts von Tisch zu Tisch.

Die Polizisten beobachteten sie mit starrem Blick.

Willy, die die Anspannung kaum noch ertrug, griff zu ihren Essstäbchen und stopfte sich mechanisch Bissen in den Mund. Es war ein bescheidenes Essen – Nudeln in einer pfefferigen Brühe, in der hauchdünne Scheibchen von etwas schwammen, das wie Rindfleisch aussah. Wasserbüffel, erklärte Guy. Schmackhaft, aber zäh. Mit gebeugtem Kopf, um die Blicke nicht zu sehen, aß sie schweigend. Erst als sie ungewollt auf eine Pfefferschote biss, griff sie hastig nach ihrem Glas Limonade und legte endlich die Essstäbchen beiseite.

»Ich weiß nicht, wie lange ich noch die Rolle eines harmlosen Touristen durchhalte.« Sie seufzte. »Wie lange sollen wir noch warten?«

»So lange wie nötig. Das ist eines der Dinge, die man in diesem Land lernt. Geduld. Auf den richtigen Zeitpunkt warten. Auf die passende Situation.«

»Zwanzig Jahre sind eine sehr lange Wartezeit.«

»Genau das macht mir ein bisschen Sorge.« Er runzelte die Stirn. »Dass es zwanzig Jahre sind. Warum wühlt die Firma in zwanzig Jahre altem Schmutz? Das bringt doch überhaupt nichts mehr.«

»Vielleicht sind sie nicht daran interessiert. Vielleicht irrt Toby Wolff sich ja.«

»Toby Wolff irrt sich nie.« Sorgenvoll ließ er seinen Blick durch den überfüllten Raum schweifen. »Und noch etwas gibt mir zu denken. Übrigens schon von Anfang an. Unser angeblich ›unbeabsichtigtes‹ Treffen in Bangkok. Beide suchen wir nach denselben Antworten, nach demselben Mann.« Er machte eine Pause. »Abgesehen von einer milden Form von Verfolgungswahn, den ich bei mir zu entdecken beginne, kommt mir das Ganze vor wie …«

»Zufall?«

»Schicksal.«

Willy schüttelte den Kopf. »Ich glaube nicht an Schicksal.«

»Das wirst du noch.« Er schaute hoch in die Wolke von Zigarettenqualm, die vom Ventilator durcheinandergewirbelt wurde. »Es liegt an diesem Land. Es verändert dich, nimmt dir ganz allmählich deinen Realitätssinn, dein Gefühl für Kontrolle. Du beginnst zu glauben, dass gewisse Dinge passieren sollten, dass sie passieren werden, egal, wie sehr du dich dagegen sträubst. Als ob unser Leben vorherbestimmt sei und es ganz unmöglich ist, etwas am Drehbuch zu ändern.«

Ihre Blicke begegneten sich über den Tisch hinweg. »Ich glaube nicht an Schicksal, Guy«, wiederholte sie leise. »Das habe ich noch nie getan.«

»Ich bitte dich auch nicht darum.«

»Ich glaube nicht, dass es uns vorherbestimmt ist, zusammen zu sein. Es ist einfach passiert.«

»Aber irgendetwas – Glück, Schicksal, Verschwörung, nenne es, wie du willst – hat uns zusammengeführt.« Er beugte sich ein wenig vor, ohne den Blick von ihr zu lösen. »Von allen verrückten Orten in der Welt sind wir ausgerechnet hier, am selben Tisch, in derselben schmuddeligen Kneipe in Vietnam gelandet. Und ...« Er machte eine Pause. Seine braunen Augen blickten noch wärmer, und sein verschmitztes Lächeln nahm dem Ernst seiner Worte die Spitze. »Ich komme immer mehr zu der Ansicht, dass es Zeit wird, uns an das verrückte Drehbuch zu halten. Zeit, auf unsere Instinkte zu hören.«

Durch den Nebel des Zigarettenqualms schauten sie einander an. Und sie dachte: *Ich würde nichts lieber tun, als meinen Instinkten zu folgen, die mir sagen, ins Hotel zurück und mit dir ins Bett zu gehen. Ich weiß, dass ich es bereuen werde. Aber ich will es trotzdem. Vielleicht will ich es seit dem Tag, an dem ich dich kennengelernt habe.*

Er griff über den Tisch, und ihre Hände trafen sich. Als ihre Finger sich berührten, schien es, als sei ein magischer Stromkreis geschlossen worden, als ob dieser Moment schon immer geplant gewesen sei, weil ein gutes, schlimmes oder gleichgültiges Schicksal vorherbestimmt hatte, dass sie einander hier und jetzt begegneten. Dass sie nicht getrennte, sondern gemeinsame Wege gehen, einander in den Armen halten und im selben Bett liegen sollten.

»Gehen wir zurück ins Hotelzimmer«, wisperte er.

Sie nickte. Ein Lächeln, ein wissendes und vielversprechendes, zeichnete sich auf ihren Gesichtern ab. Schon hatte sie die Bilder im Kopf: Hemd und Bluse, die langsam aufgeknöpft, Gürtel, die gelöst wurden. Schweiß, der auf Rücken und Schultern glänzte. Langsam schob sie ihren Stuhl zurück.

Doch gerade als sie aufstehen wollten, drang eine bekannte Stimme vom anderen Ende des Lokals an ihre Ohren. Sie zuckten zusammen.

Zwischen den Tischen bahnte sich Dodge Hamilton einen Weg zu ihnen. Bleich und verschwitzt ließ er sich auf einen Stuhl neben sie fallen.

»Was zum Teufel machen Sie denn hier?«, fragte Guy konsterniert.

»Ich kann von Glück sagen, dass ich überhaupt hier bin«, antwortete Hamilton und wischte sich mit einem Taschentuch über die Stirn. »Einer der Motoren hat während des ganzen Flugs von Da Nang bis hierher gequalmt. Ich sage Ihnen, ich habe mich schon mit gebrochenen Knochen auf irgendeinem Berggipfel liegen gesehen.«

»Ich dachte, Sie wollten in Saigon bleiben?«, wunderte Willy sich.

Hamilton steckte das Taschentuch in seine Hosentasche zurück. »Ich wünschte, ich hätte es getan. Aber gestern habe ich ein Telex vom Büro des Finanzministers erhalten. Er hat sich nun doch bereit erklärt, mir das Interview zu geben, hinter dem ich schon seit Monaten her bin. Also habe ich quasi den letzten Platz in einem

Flieger aus Saigon bekommen.« Er schüttelte den Kopf. »Das war mein letzter Flug, Punkt. Ich brauche unbedingt etwas zu trinken.« Er zeigte auf Willys Glas. »Was haben Sie da?«

»Limonade.«

Hamilton drehte sich um und rief nach dem Kellner. »Hallo, Sie! Kann ich auch so ein … Limonadenzeugs bekommen?«

Willy nahm einen Schluck und sah Hamilton nachdenklich über den Rand ihres Glases an. »Wie haben Sie uns gefunden?«

»Wie? Ach, das war kein Kunststück. Der Mann an der Hotelrezeption hat es mir verraten.«

»Und woher wusste er es?«

Guy seufzte. »Offenbar können wir keinen Schritt machen, ohne dass alle Welt darüber Bescheid weiß.«

Hamilton runzelte misstrauisch die Stirn, als der Kellner eine Serviette und ein weiteres Glas mit Limonade auf den Tisch stellte. »Da sind bestimmt tödliche Bakterien drin.« Seufzend hob er das Glas. »Ich kann auch genauso gut weiter gefährlich leben. Auf alle verlässlichen Ilyuschins am Himmel! Mögen sie niemals abstürzen! Jedenfalls nicht, wenn ich an Bord bin.«

Guy hob sein Glas und prostete ihm in aufrichtigem Mitgefühl zu. »Amen. Von jetzt an sollten wir uns alle an Schiffe halten.«

»Oder Fahrradtaxis«, ergänzte Hamilton. »Stellen Sie sich nur mal vor, Barnard, dass wir durch ganz China geradelt werden.«

»Ich glaube, in einem Flugzeug sind Sie dennoch sicherer«, sagte Willy und griff nach ihrem Glas. Als sie es erhob, entdeckte sie einen dunklen Fleck auf der feuchten Serviette, die auf dem Tischtuch lag. Sie brauchte ein paar Sekunden, um zu begreifen, was es mit diesem winzigen blauen Rinnsal auf sich hatte. Tinte. Auf der anderen Seite der Serviette stand etwas geschrieben …

»Es kommt immer auf das Flugzeug an«, sagte Hamilton gerade. »Nach dem heutigen Erlebnis steige ich in keine russische Schrottmühle mehr. Ich muss schon sagen, dieser Flug hat mich ziemlich des-ilyuschioniert.«

Guys schallendes Gelächter riss Willy aus ihren Gedanken. Sie schaute auf und bemerkte Hamiltons gerunzelte Stirn. Dodge Hamilton, überlegte sie. Er war immer in der Nähe. Ließ sie nicht aus den Augen.

Sie zerknüllte die Serviette zwischen ihren Fingern. »Wenn ihr nichts dagegen habt, würde ich jetzt gerne ins Hotel gehen.«

»Ist irgendwas nicht in Ordnung?«, erkundigte Guy sich.

»Ich bin müde.« Mit der Serviette in der Hand erhob sie sich. »Und mir ist ein bisschen übel.«

Sofort schob Hamilton sein Glas mit der Limonade von sich fort. »Ich wusste doch, dass ich mich besser an Whisky gehalten hätte. Kann ich Ihnen irgendetwas besorgen? Bananen vielleicht? Die sollen helfen, wissen Sie.«

»Das wird schon wieder«, sagte Guy und half Willy beim Aufstehen. »Ich kümmere mich um sie.«

Das Chaos und die Hitze, die ihnen auf der Straße entgegenschlugen, waren überwältigend. Willy klammerte sich an Guys Arm. Sie hatte Angst zu reden und ihren Verdacht in Worte zu fassen. Aber er hatte ihre Anspannung längst gespürt. Zielstrebig führte er sie durch das Menschengewühl zu ihrem Hotel.

Als sie in ihrem Zimmer waren, verriegelte Guy sofort die Tür und schloss die Vorhänge. Willy faltete die Serviette auseinander. Im Schein einer Nachttischlampe versuchten sie, die verwischte Botschaft zu entziffern.

»0200. Gasse hinterm Hotel. Seien Sie vorsichtig.«

Willy schaute ihn an. »Was hältst du davon?«

Er antwortete nicht sofort. Stattdessen begann er, durch das Zimmer zu laufen, während er überlegte und die Risiken abwog. Dann griff er nach der Serviette, zerriss sie in kleine Fetzen und verschwand im Badezimmer. Sie hörte die Toilettenspülung. Er hatte den Beweis vernichtet. Als er wieder ins Zimmer kam, war seine Miene ausdruckslos.

»Warum legst du dich nicht ins Bett?«, schlug er vor. »Es gibt nichts Besseres gegen eine Magenverstimmung als eine gute Nachtruhe.« Er knipste die Lampe aus. Im Halbdunkel blickte sie auf ihre Armbanduhr. Kurz nach halb acht. Sie mussten sich auf eine lange Wartezeit einstellen.

In dieser Nacht fanden sie kaum Schlaf.

Im Dunkel des Zimmers warteten sie darauf, dass die Stunden verstrichen. Der Straßenlärm, das Stimmengewirr, das Geklapper der Fahrradtaxis wurden allmählich leiser. Angezogen lagen sie auf ihren Betten, die Nerven angespannt, und wagten nicht, auch nur ein Wort miteinander zu wechseln.

Erst nach Mitternacht versank Willy endlich in einen traumlosen Schlaf. Sie hatte das Gefühl, nur wenige Sekunden wären vergangen, als sie wachgerüttelt wurde. Guys Lippen berührten ihre Stirn, und sie hörte ihn flüstern: »Es wird Zeit.«

Sie setzte sich auf und war sofort hellwach. Das Herz hämmerte ihr in der Brust. Mit den Schuhen in den Händen folgte sie ihm zur Tür.

Der Korridor war menschenleer. Der abgewetzte Holzboden schimmerte im Licht einer schwachen nackten Glühbirne. Leise betraten sie den Gang und schlichen zum Treppenhaus.

Vom Geländer der ersten Etage aus schauten sie in die Lobby. Die Hotelrezeption war nicht besetzt. Schnarchlaute drangen bis zu ihnen herauf. Sie klangen wie das ferne Echo von Löwengebrüll. Mit jeder Stufe, die sie hinabstiegen, sahen sie mehr von der Hotellobby. Schließlich entdeckten sie den Nachtportier ausgestreckt auf einer Couch. Den Mund hatte er weit geöffnet, während er tief und friedlich schlief.

Guy warf Willy ein Grinsen und einen erhobenen Daumen zu. Willy folgte ihm die Stufen hinunter zu einem Dienstboteneingang. Kisten standen an den Wänden eines schmuddeligen Korridors, an dessen Ende sich eine weitere Tür befand. Sie traten in die Nacht hinaus.

Die Dunkelheit war so undurchdringlich, dass Willy sich mit ausgestreckten Händen vorantastete, um die Orientierung nicht zu verlieren. Guy griff nach ihrer Hand, und sofort fühlte sie sich sicherer. Inzwischen wusste sie, dass sie dieser Hand vertrauen konnte. Seite an Seite schlichen sie durch die schattenhafte Umgebung in die enge Gasse hinter dem Hotel. Und dort warteten sie.

Es war eine Minute nach zwei.

Sechs Minuten später ahnten sie die Bewegung in der Dunkelheit eher, als dass sie sie hörten. Es war, als habe ein Windhauch sich in etwas Lebendiges, Konkretes verwandelt. Sie sahen die Frau erst, als sie dicht neben ihnen stand.

»Kommen Sie mit«, sagte sie. Willy erkannte die Stimme. Es war Nora Walker.

Sie folgten ihr durch zahlreiche Straßen und Gassen und drangen immer tiefer in das Labyrinth ein, das Hanoi hieß. Hin und wieder erhaschten sie im Schein einer Straßenlaterne einen Blick auf Nora. Das Haar hatte sie unter einem Kegelhut verborgen, in ihrer schäbigen dunklen Bluse unterschied sie sich nicht von den zahlreichen anderen ärmlich gekleideten Frauen.

Schließlich machten sie halt in einer Gasse mit Pfützen voll abgestandenem Wasser. Schemenhaft erkannte Willy drei Fahrräder in der Dunkelheit, die gegen eine Wand gelehnt waren. Ein Bündel wurde ihr in die Hand gedrückt. Es bestand aus einer pyjamaähnlichen Hose und Bluse und einem Kegelhut, der nach frischem Stroh roch. Auch Guy erhielt Kleidung zum Wechseln.

Schweigend zogen sie sich um.

Auf dem Fahrrad folgten sie Nora meilenweit über abgelegene Straßen, von denen sich einige wie Schlangen wanden. In diesen Schattenlandschaften gewann jeder Gegenstand ein eigenes Leben. Niedrig hängende Äste schienen nach ihnen zu greifen. Willy verlor jeden Orientierungssinn. Mitunter hatte sie das Gefühl, sich im Kreis zu bewegen. Automatisch trat sie in die Pedale und folgte dem schemenhaften Umriss von Noras Hut durch das Dunkel der Nacht.

Die gepflasterten Straßen wurden zu lehmigen Wegen; nach den Häusern kamen die Hütten und Gemüsegärten. Als sie endlich den Stadtrand erreichten, stiegen sie von den Rädern. Am Straßenrand parkte ein altersschwacher Truck. Durch das Fahrerfenster sahen sie die Glut einer Zigarette aufleuchten. Quietschend wurde die Tür geöffnet, und ein Vietnamese sprang aus dem Wagen. Flüsternd unterhielt er sich mit Nora. Dann warf der Mann die Zigarette fort und deutete auf das Heck des Trucks.

»Steigen Sie ein«, forderte Nora sie auf. »Er kümmert sich ab hier um Sie.«

»Wo fahren wir denn hin?«, wollte Willy wissen.

Nora schlug die Abdeckung beiseite und bedeutete ihnen, hinaufzuklettern. »Keine Zeit für Fragen. Beeilen Sie sich.«

»Kommen Sie nicht mit uns?«

»Ich kann nicht. Sie werden merken, dass ich fort bin.«

»*Wer* wird das merken?«

Noras Stimme wurde noch drängender. »Bitte! Steigen Sie ein.«

Guy und Willy kletterten auf die Stoßstange und ließen sich zwischen Stapeln von Reissäcken auf der Ladefläche nieder.

»Seien Sie geduldig«, sagte Nora. »Es ist eine lange Fahrt. Es gibt genug zu essen und zu trinken.«

»Wer ist der Fahrer?«, erkundigte Guy sich.

»Keine Namen. Das ist sicherer.«

»Aber können wir ihm vertrauen?«

Nora zögerte. »Können wir überhaupt irgendjemandem vertrauen?«, konterte sie. Dann zerrte sie die Abdeckung zurück, und das Leinentuch verbarg Guy und Willy vor der Nacht.

Nora musste eine weite Strecke mit dem Rad bis zu ihrer Wohnung zurücklegen. Mit vorgebeugtem Oberkörper radelte sie schnell durch die Nacht. Ihr Hut zitterte im Wind. Sie kannte den Weg sehr gut; selbst in der Dunkelheit spürte sie die riskanten Stellen auf den Straßen, ehe sie sie erreichte. Geschickt wich sie jedem Schlagloch aus.

In dieser Nacht spürte sie aber noch etwas anderes. Eine Vorahnung von etwas Bösem lauerte in den Schatten. Das Gefühl wurde so übermächtig, dass sie anhielt und sich umdrehte. Eine Minute lang hielt sie den Atem an und wartete. Nichts bewegte sich – bis auf die Wolken, die sich vor den Mond schoben und Schatten auf die Erde warfen. *Das ist nur meine Einbildung,* dachte sie. Niemand folgte ihr. Es *konnte* ihr niemand gefolgt sein. Sie war zu vorsichtig gewesen, war mit den Amerikanern so viele Umwege gefahren, dass ihnen jeder Verfolger hätte auffallen müssen.

Ein wenig erleichterter setzte sie ihren Heimweg fort.

Sie stellte ihr Rad in der Gemeinschaftsgarage ab und stieg die wackligen Stufen zu ihrer Wohnung hinauf. Die Tür war nicht verschlossen. Die Bedeutung dieser Tatsache wurde ihr erst bewusst, als sie einen Fuß in die Wohnung gesetzt hatte. Da war es bereits zu spät.

Hinter ihr fiel die Tür ins Schloss. Sie fuhr herum. Eine Lampe leuchtete ihr ins Gesicht, sodass sie geblendet wurde. Panisch trat sie einen Schritt zurück. »Wer … was …?«

Von hinten wurde sie brutal von zwei Händen gepackt. Die Klinge eines Messers drückte gegen ihren Hals.

»Kein Wort«, wisperte eine Stimme in ihr Ohr.

Der Mann mit der Taschenlampe trat vor. Er war so groß, dass sein Schatten die ganze Wand bedeckte. »Wir haben auf Sie gewartet, Mrs. Walker«, sagte der Mann. »Wo haben Sie sie hingebracht?«

Sie schluckte. »Wen?«

»Sie sind zum Hotel gefahren, um sie zu treffen. Wohin sind Sie von dort aus gegangen?«

»Ich bin nicht …« Sie keuchte, als die Klinge plötzlich in ihr Fleisch schnitt und sie einen warmen Blutstropfen an ihrem Hals spürte.

»Langsam, Mr. Siang«, beschwichtigte der Mann. »Wir haben die ganze Nacht Zeit.«

Nora begann zu weinen. »Bitte, bitte … Ich weiß überhaupt nichts …«

»Aber natürlich wissen Sie etwas. Und Sie werden es uns erzählen, nicht wahr?« Der Mann zog einen Stuhl näher und setzte sich. Seine Zähne blitzten wie Elfenbein durch die Dunkelheit. »Es ist nur eine Frage der Zeit.«

Unter der flatternden Abdeckung nahm Willy erste Anzeichen der Morgendämmerung wahr: Licht, das durch Äste schimmerte; Staub, der in den Straßen aufgewirbelt wurde; das leuchtende Grün von Reisfeldern. Sie waren nun schon seit Stunden unterwegs, und die Reissäcke fühlten sich wie Zement in ihrem Rücken an. Wenigstens hatten sie genug zu essen und zu trinken. In einer unverschlossenen Kiste entdeckten sie eine Flasche Wasser, ein Baguette und vier hart gekochte Eier. Es schien ausreichend zu sein – jedenfalls zunächst. Aber je länger sich die Stunden dahinzogen und je erstickender die Hitze wurde, desto mehr wurde diese eine Wasserflasche zu einer Kostbarkeit. Sie teilten sie ein – jede halbe Stunde einen Schluck. Dennoch reichte es kaum aus, um ihre Kehlen anzufeuchten.

Gegen Mittag begann die Strecke anzusteigen.

»Wo fahren wir hin?«, fragte Willy.

»Nach Westen, nehme ich an. Ins Gebirge. Vielleicht ist es die Straße nach Dien-Bien-Phu.«

»Richtung Laos?«

»Wo das Flugzeug deines Vaters abgestürzt ist.« Im Dämmerlicht der Ladefläche trug Guys schmutziges und unrasiertes Gesicht einen Ausdruck der Entschlossenheit zur Schau. Sie fragte sich, ob sie wohl auch so finster aussah.

Er streifte sein verschwitztes Hemd ab und warf es achtlos beiseite. Den Moskitos, die um sie herumschwirrten, schenkte er keine Beachtung. Die Narbe auf seinem nackten Unterleib schien im Zwielicht kleine Wellen zu schlagen. Fasziniert von dem Anblick, streckte Willy die Hand aus, um das Wundmal berühren. Dann zögerte sie.

»Ist schon in Ordnung«, sagte er leise, ergriff ihre Hand und legte sie auf seine Narbe. »Es tut nicht weh.«

»Die Verletzung muss aber ziemlich schmerzhaft gewesen sein.«

»Ich erinnere mich nicht mehr.« Als er ihren verdutzten Blick sah, fügte er hinzu: »Ich meine, ich erinnere mich nicht bewusst daran. Aber es ist schon komisch, dass ich mich noch an jede Einzelheit erinnere, kurz bevor das Flugzeug abgestürzt ist. Toby saß neben mir und hat irgendwas Lustiges erzählt. Etwas über den Piloten, der ihn an einen Kumpel erinnerte, den er bei den Anonymen Alkoholikern kennengelernt hatte. In der Flugschule hatte er gehört, dass die Trinker immer die besten Piloten waren. Ein nüchterner Mann hätte nicht im Traum daran gedacht, diese Schrottmühlen zu fliegen, mit denen wir unterwegs waren. Ich erinnere mich, dass wir schallend gelacht haben, als wir zur Startbahn gerollt sind. Und dann …« Er schüttelte den Kopf. »Sie haben erzählt, dass ich ihn aus dem Wrack gezogen habe, kurz bevor es explodiert ist. Sie haben mich sogar als Helden bezeichnet.« Er öffnete die Wasserflasche und nahm einen Schluck. »Was für ein Witz!«

»Klingt so, als hättest du dir die Auszeichnung verdient«, erwiderte sie.

»Klingt mehr, als hätte ich einen Schlag gegen den Schädel bekommen und nicht gewusst, was zum Teufel ich da getan habe.«

»Die größten Helden sind die zögerlichen. Mut bedeutet nicht Furchtlosigkeit – es bedeutet, im Angesicht der Furcht zu handeln.«

»Wirklich?« Er lachte. »Dann wäre ich einer der Besten!« Er straffte den Rücken, als der Truck das Tempo verlangsamte und stehen blieb. Von Weitem bellte eine Stimme Befehle. Besorgt schauten sie einander an.

»Was ist das?«, flüsterte sie. »Was sagen die da?«

»Etwas über eine Straßensperre ... Soldaten halten jeden an. Eine Art Kontrolle ...«

»Um Himmels willen! Was sollen wir ...?«

Er legte einen Finger auf die Lippen. »Das hört sich nach viel Verkehr vor uns an. Es könnte eine Weile dauern, bis wir an der Reihe sind.«

»Können wir wenden? Zurückfahren?«

Er kroch ans Ende des Trucks und schaute durch einen Schlitz in der Abdeckung. »Keine Chance. Wir stecken fest. Auf beiden Seiten stehen Trucks.«

Panisch begann Willy, die dämmerige Ladefläche nach Jutesäcken und Kisten abzusuchen oder nach irgendetwas, das groß genug war, um sich darin zu verstecken.

Die Stimmen der Soldaten kamen näher.

Wir müssen weglaufen, dachte Willy. Guy saß bereits in gebückter Haltung neben ihr. Doch ein Blick in die Umgebung verriet ihnen, dass sie inmitten von flachen Reisfeldern standen. Ohne ausreichende Deckung würde ihre Flucht sofort bemerkt werden.

Aber sie werden uns nichts tun, überlegte sie weiter. *Das würden sie nicht wagen. Wir sind Amerikaner.*

Als ob in dieser Welt ein Adler auf dem Reisepass irgendeine Art von Schutz bedeutete.

Die Soldaten – zwei, den Stimmen nach zu urteilen – waren jetzt ganz nahe. Der Fahrer des Trucks versuchte mit Witzen, eine Durchsuchung seines Wagens zu vermeiden – er lachte übertrieben laut und bot Zigaretten an. Der Mann musste Nerven aus Stahl haben – oder ein fantastischer Schauspieler sein. Nicht ein einziger besorgter Ton klang in seinen Worten mit.

Doch seine Bestechungsversuche misslangen. Auf dem kiesbedeckten Seitenstreifen näherten sich Schritte dem Heck des Wagens.

Instinktiv drückte Guy Willy gegen die Reissäcke und schützte sie mit seinem Rücken. Ihn würden sie zuerst sehen, er würde ihnen zuerst ins Gesicht blicken. Er wappnete sich für das Unvermeidliche.

Eine Hand wurde durch einen Spalt in der Plane gestreckt; Finger griffen nach der Abdeckung …

Und erstarrten mitten in der Bewegung. In der Ferne war ein lautes Hupen zu hören. Reifen quietschten, gefolgt vom Zusammenprall von Metall und ärgerlichen Rufen von Fahrern.

Die Finger, die nach der Abdeckung gegriffen hatten, wurden zurückgezogen. Die beiden Soldaten wechselten einige knappe Worte, Schritte entfernten sich knirschend über den Kies.

Innerhalb von Sekunden saß ihr Fahrer wieder hinter dem Steuer und trat das Gaspedal durch. Der Truck machte einen Satz nach vorn und riss Guy von den Füßen. Er stürzte und landete neben Willy auf den Reissäcken. Als ihr Truck mit Höchstgeschwindigkeit an der Warteschlange vorbeibrauste, hielten sie sich aneinander fest, zu konsterniert über ihr knappes Entkommen, um etwas zu sagen.

Unvermittelt brachen beide in Gelächter aus und rollten über die Säcke. Vor Erleichterung war ihnen ganz schwindlig.

Guy schloss sie in die Arme und drückte ihr einen Kuss auf den Mund.

»Wofür war das denn?«, fragte sie überrascht, während sie sich zurückzog.

»Das war reiner Instinkt«, wisperte er.

»Folgst du immer deinen Instinkten?«

»Wann immer ich damit ungestraft davonkomme.«

»Du glaubst also, dass du damit ungestraft davonkommst?«

Statt einer Antwort griff er nach ihrem Haar, drückte sie gegen einen Reissack und küsste sie erneut. Dieses Mal jedoch noch länger und noch leidenschaftlicher. Unvermittelt weckte sein Kuss eine so starke Begierde in ihr, dass sie kein Wort hervorbrachte.

»Ich glaube, du willst das genauso wie ich«, murmelte er.

Energisch schob sie ihn von sich fort, warf ihn auf den Rücken und setzte sich auf ihn, sodass er sich keinen Zentimeter bewegen konnte. »Guy Barnard, du Miststück. Du kriegst von mir, was du verdienst.«

Er lachte. »Fängst du gerade damit an?«

»Ja, das tue ich.«

»Und was genau verdiene ich?«

Einen Moment lang betrachtete sie sein Gesicht im staubigen Zwielicht. Dann beugte sie sich langsam zu ihm hinunter. »Das hier«, sagte sie leise.

Dieses Mal war der Kuss anders. Zärtlicher. Hungriger. Sie war eine willige Partnerin, und er reagierte prompt. Er musste sie nicht warnen, dass sie sich auf ein gefährliches Spiel einließ, dass sie beide auf den Punkt zusteuerten, an dem es kein Zurück mehr gab. Sie konnte bereits seine Erregung spüren und ihre eigene heiße Flamme, mit der sie sofort auf diese Erregung reagierte. Und während sie ihn küsste und ihre Körper eng aneinander gepresst waren, dachte sie: *Ich werde das bereuen. Solange ich atme, werde ich dafür bezahlen müssen. Aber es fühlt sich so richtig an …*

Sie löste sich von ihm und rang nach Atem.

»Sieh mal einer an.« Guy grinste übers ganze Gesicht. »Ich bin überrascht, Miss Willy Maitland. *Sehr* überrascht.«

Sie richtete sich auf und schob ihr Haar mit einer fahrigen Bewegung zurück. »Ich wollte das nicht tun.«

»Und ob du das tun wolltest.«

»Es war dumm.«

»Warum hast du es denn dann getan?«

»Es war …« Sie schaute ihm in die Augen. »Reiner Instinkt.«

Er lachte. Er lachte so sehr, dass er auf den Rücken fiel und über die Reissäcke rollte. Der Truck fuhr durch ein Schlagloch. Willy verlor das Gleichgewicht und landete neben ihm auf der Ladefläche.

Er lachte immer noch.

»Du bist ein verrückter Typ«, sagte sie.

Er legte einen Arm um ihren Hals und zog sie zärtlich an sich. »Verrückt, ja. Aber nach dir.«

Siang saß am Steuer einer schwarzen Limousine mit getönten Fensterscheiben und fluchte über den Zustand der Autobahn – oder das, was in diesem Land als Autobahn bezeichnet wurde. Er hatte nie verstanden, warum Kommunismus und ordentliche Straßen einander ausschließen mussten. Hinzu kamen dieser entsetzliche Verkehr und der Ärger über die Kontrolle dieses Regierungsfahrzeugs. Der Anblick der bewaffneten Soldaten am Straßenrand hatte ihn einen Moment lang mit Sorge erfüllt. Doch ein paar besänftigende Worte des Mannes auf der Rückbank sowie das Wedeln mit einem sowjetischen Diplomatenpass sorgten dafür, dass sie ihre Fahrt unbehelligt fortsetzen konnten.

Sie fuhren weiter Richtung Westen. Ein Straßenschild bestätigte, dass sie auf der Autobahn nach Dien-Bien-Phu waren. Ein seltsames Omen, überlegte Siang, dass sie ausgerechnet die Stadt zum Ziel hatten, in der die Franzosen besiegt worden waren und der Osten über den Westen triumphiert hatte. Vor Jahrhunderten hatte ein asiatischer Schriftsteller prophetische Zeilen niedergeschrieben:

Zum Süden hin liegt das Gebirge,
Das Land der Vietnamesen.
Wer gegen sie zu Felde zieht,
Dem ist die Niederlage sicher.

Siang warf einen Blick in den Rückspiegel und betrachtete den Mann auf der Rückbank. Er dachte gewiss nicht in Kategorien von *Osten gegen Westen.* Nationen oder Vaterland oder Patriotismus waren ihm ziemlich gleichgültig. Die wahre Gewalt liegt in den Händen von Individuen, hatte er Siang einmal erzählt, von besonderen Menschen, die wissen, wie man mit ihr umgeht, wie man sie behält. Und *er* hatte vor, sie zu behalten.

Siang zweifelte keine Sekunde daran, dass es ihm gelingen würde.

Er erinnerte sich noch an den Tag, als sie einander zum ersten Mal im Happy Valley begegnet waren – auf einer amerikanischen Basis, die die GIs in einem Anflug von Ironie »Golfplatz« nannten. Es war 1967. Siang trug damals einen anderen Namen. Er war ein schlanker Teenager von dreizehn Jahren, lief barfuß herum und versuchte, sich wie so viele andere hungrige Waisen irgendwie durchzuschlagen. Als er den Amerikaner zum ersten Mal sah, war er besonders von dessen Größe beeindruckt. Ein großes, fleischiges Gesicht, das von der Hitze besorgniserregend gerötet war; Stiefel, die für einen Riesen gemacht worden waren; Hände, die groß genug waren, um den Arm eines Kindes zu brechen. Es war ein heißer Tag, und Siang bot Softdrinks an. Der Mann kaufte eine Coca Cola, leerte den Inhalt mit wenigen Schlucken und gab ihm die leere Flasche zurück. Als Siang sie entgegennahm, spürte er den abschätzenden Blick des Mannes auf sich. Dann drehte er sich um und ließ ihn stehen.

Am nächsten Tag und an jedem weiteren Tag in der Woche verließ der GI das Militärgelände, um eine Cola zu kaufen. Obwohl ein Dutzend anderer Kinder um seine Aufmerksamkeit buhlten und mit Softdrinks winkten, kaufte der Mann ausschließlich bei Siang.

Am Ende der Woche schenkte der Mann Siang ein neues Hemd, drei Dosen Corned Beef und erstaunlich viel Geld. Er erzählte ihm, dass er das Tal früh am nächsten Morgen verlassen würde, und bat den Jungen, ihm das hübscheste Mädchen, das er finden könnte, für die Nacht zu besorgen.

Es war nur ein Test, wie Siang später herausfand. Er bestand ihn. Der Amerikaner schien ausgesprochen erstaunt zu sein, als Siang an jenem Abend vor dem Militärgelände auftauchte, ein ausnehmend schönes Mädchen im Schlepptau. Offenbar hatte der Mann damit gerechnet, Siang würde das Geld einstecken und einfach verschwinden.

Zu Siangs Verblüffung schickte der Mann das Mädchen fort, ohne es auch nur einmal anzurühren. Stattdessen bat er den Jungen zu bleiben – nicht als Liebhaber, wie Siang zunächst befürchtete, sondern als Assistent. »Ich brauche jemanden, dem ich vertrauen kann«, sagte der Mann. »Jemanden, den ich anlernen kann …«

Selbst nach all den Jahren spürte Siang noch die Ehrfurcht des Teenagers, wann immer er den Amerikaner anschaute. Er betrachtete das Gesicht im Rückspiegel, das sich kaum verändert hatte, seit dem Tag, als sie einander im Happy Valley über den Weg gelaufen waren. Die Wangen mochten etwas fleischiger und rötlicher geworden sein, aber die Augen waren immer noch dieselben – mit messerscharfem, wissendem Blick. Genau wie sein Gehirn. Diese Augen jagten ihm beinahe Angst ein.

Siang konzentrierte sich wieder auf die Straße. Der Mann auf der Rückbank summte einen Song: »Yankee Doodle.« Eine seltsame Wahl in Anbetracht des sowjetischen Reisepasses, den er bei sich trug. Siang musste über die Ironie der Situation schmunzeln.

Nichts an dem Mann war jemals so, wie es zu sein schien.

11. KAPITEL

Es war schon spät am Tag, als der Truck endlich anhielt. Willy, die zwischen den Reissäcken eingedöst war, rollte auf den Rücken und hatte Mühe, sich zu orientieren. Die Signale, die ihr Körper aussendete, verliehen dem Begriff *Elend* eine ganz neue Bedeutung. Jeder Muskel schmerzte, jeder Knochen fühlte sich an wie gebrochen. Das Motorengeräusch erstarb. In der plötzlichen Stille war das Brummen der Moskitos besonders laut in der Dunkelheit zu hören – einer Dunkelheit, die so undurchdringlich war, dass sie ihr fast den Atem zu nehmen schien.

»Bist du wach?« Guys schweißglänzendes Gesicht tauchte über ihr auf.

»Wie viel Uhr ist es?«

»Später Nachmittag. Etwa fünf. Meine Uhr ist stehen geblieben.«

Sie setzte sich aufrecht hin. Zu schnell, denn ihr wurde ein wenig schwindelig. »Wo sind wir?«

»Ich weiß es nicht genau. Ich nehme an, kurz vor der Grenze.« Guy erstarrte, als er Schritte hörte. Männer, die sich auf Vietnamesisch unterhielten, näherten sich ihnen.

Die Abdeckung wurde beiseitegeschoben. Im plötzlichen grellen Tageslicht erschienen ihre Gesichter wie dunkle Kreise.

Einer der Männer bedeutete ihnen auszusteigen. »Folgen Sie mir«, befahl er. »Und sagen Sie kein Wort.«

Willy rappelte sich auf und sprang auf den weichen Dschungelboden. Guy folgte ihr. Schwankend und blinzelnd blieben sie einen Moment stehen und atmeten zum ersten Mal seit Stunden frische Luft ein. Durch das Geäst über ihnen malte die Nachmittagssonne flirrende Punkte auf den Boden vor ihren Füßen. Im Blätterwerk kreischte ein unsichtbarer Vogel warnende Laute.

Der Vietnamese gab ihnen ein Zeichen, sich in Bewegung zu setzen. Kaum waren sie in den Wald eingedrungen, wurde ein Motor gestartet. Beunruhigt schaute Willy sich um. Der Truck fuhr ohne sie zurück. Mit einem Blick zu Guy stellte sie fest, dass ihm der gleiche Gedanke durch den Kopf schoss. *Jetzt gibt es kein Zurück mehr.*

»Nicht stehen bleiben. Gehen. Gehen«, befahl der Vietnamese.

Sie drangen tiefer in den Wald ein.

Der Mann wusste offenbar, wo er hinwollte. Zielsicher bahnte er sich einen Weg durch dichte Schlingpflanzen und vorbei an Bäumen zu einer einsamen Hütte. Eine zerschlissene Decke aus der US-Armee, die über dem Eingang hing, diente als Tür. Im Inneren bedeckte Stroh den nackten Boden. Ein Moskitonetz, dünn wie Seide, umspannte eine Isomatte. Auf einem niedrigen Tisch stand ein bescheidenes Mahl, bestehend aus Bananen, Kokosnussstücken und kaltem Tee.

»Sie warten hier«, befahl der Mann. »Lange vielleicht.«

»Auf wen warten wir?«, wollte Guy wissen.

Der Mann antwortete nicht; vielleicht verstand er auch die Frage nicht. Stattdessen drehte er sich um und verschwand wie ein Geist im Wald.

Lange blieben Willy und Guy an der Tür stehen und lauschten auf die Geräusche des Dschungels. Doch alles, was sie hörten, war das Rauschen der Palmwedel und der einsame Schrei eines Vogels.

Wie lange würden sie wohl warten müssen? fragte Willy sich. Stunden? Tage? Sie schaute hoch zu den Baumkronen, durch deren feuchte Blätter die letzten Sonnenstrahlen drangen. Bald würde es dunkel werden. »Ich habe Hunger«, sagte sie und schaute in die dämmerige Hütte.

Gemeinsam verschlangen sie sämtliche Bananen, kratzten noch das winzigste Stück Kokosnuss aus der Schale und tranken den Tee bis zum letzten Tropfen. Noch nie hatte Willy ein so köstliches Mahl genossen. Als ihre Mägen endlich gefüllt waren, zitterten ihre Beine vor Erschöpfung. Sie krochen unter das Moskitonetz auf die Isomatte und schliefen sofort ein.

Bei Anbruch der Dunkelheit begann es zu regnen. Der Regen war heftig und ausdauernd wie ein Monsun, aber er brachte keine Erleichterung von der Hitze. Willy war aufgewacht und starrte mit offenen Augen in die Dunkelheit. Die verschwitzte Kleidung klebte ihr am Körper. Das Moskitonetz blähte sich wie ein Geist, der über ihnen schwebte.

Sie kroch unter dem Netz hervor. Wenn sie nicht sofort ein wenig frische Luft schnappen konnte, würde sie ersticken.

Sie ließ Guy schlafend auf der Matte liegen und schlich zur Tür, wo sie die regennasse Luft tief in ihre Lungen sog. Da sie den kühlenden Nebelschwaden nicht widerstehen konnte, trat sie hinaus in den Wolkenbruch.

Um sie herum klang der Dschungel wie Tausende von Schlagzeugbecken, die gleichzeitig zum Klingen gebracht wurden. Zitternd stand sie in der tosenden Dunkelheit, während ihr der Regen übers Gesicht strömte.

»Was zum Teufel tust du da?«, rief eine schlaftrunkene Stimme. Sie drehte sich um und entdeckte Guy im Türrahmen.

Sie lachte. »Ich nehme eine Dusche.«

»Angezogen?«

»Es ist herrlich hier draußen. Komm raus, ehe es aufhört.«

Er zögerte kurz. Doch dann stellte er sich neben sie.

»Fühlt es sich nicht fantastisch an?«, rief sie und streckte die Arme aus, als wolle sie den Regen willkommen heißen. »Ich habe die Hitze nicht länger ausgehalten. Himmel, ich konnte den Geruch meiner eigenen Klamotten keine Sekunde länger ertragen.«

»Du findest das schon schlimm? Warte mal ab, bis sie erst anfangen zu schimmeln.« Er schaute hinauf in den Himmel und brummte zufrieden. »So sollten wir immer duschen. Wie die Kinder. Als ich während des Krieges hier war, fand ich es toll, wenn sie nackt herumliefen. Es gibt keinen schöneren Anblick als all die kleinen braunen Körper, die im Regen tanzen. Kein Gefühl von Scham oder Peinlichkeit …«

»So sollte es sein.«

»Genau.« Und leise wiederholte er: »So sollte es sein.«

Plötzlich spürte Willy seinen Blick auf ihrem Rücken. Sie drehte sich um und sah ihm in die Augen. Die Palmen rauschten, und der Regen zeichnete Muster auf die Blätter. Schweigend trat er zu ihr und stellte sich so nahe vor sie, dass sie die Hitze zwischen ihren Körpern spürte. Sie bewegte sich jedoch nicht und sagte kein Wort. Der Regen, der ihr übers Gesicht lief, war warm wie Tränen.

»Was machen wir denn jetzt, angezogen wie wir sind?«, murmelte er.

Sie schüttelte den Kopf. »Das darf jetzt nicht sein.«

»Vielleicht doch.«

»Ein One-Night-Stand; mehr wäre es doch nicht …«

»Lieber einmal als keinmal.«

»Und dann gehst du wieder.«

»Das weißt du nicht. Das weiß ich nicht.«

»Ich weiß es. Du wirst gehen …«

Sie wollte sich abwenden, doch er zog sie zurück und drehte sie um, sodass sie ihn ansehen musste. In dem Augenblick, als sich ihre Lippen trafen, wusste sie, dass sie die Schlacht verloren hatte.

Lieber einmal als keinmal, dachte sie, als ihr letzter Rest von Widerstand verschwand. *Besser, dich einmal gehabt zu haben und zu verlieren, als darüber nachzudenken, wie es gewesen sein könnte.* Sie schlang die Arme um seinen Hals und erwiderte seinen Kuss, genauso hungrig, genauso leidenschaftlich. Ihre Körper pressten sich so eng aneinander, dass sie die fiebrige Hitze des anderen sogar durch die feuchten Kleider spüren konnten.

Er fingerte bereits an den Knöpfen ihrer Bluse. Sie erschauerte, als der Stoff über ihre Schultern glitt und der Regen auf ihre nackte Haut prasselte. Seine warmen Hände umfassten ihre Brüste, und jetzt zitterte sie nicht mehr vor Kälte, sondern vor Begehren.

Zusammen tauchten sie ein in die Dunkelheit der Hütte. Verzweifelt zerrten sie an den Kleidungsstücken, die noch an ihren Körpern klebten, und warfen die nassen Teile achtlos beiseite. Als sie schließlich hüllenlos und schutzlos einander gegenüberstanden, legte er die Hand unter ihr Kinn, hob ihr Gesicht und drückte zärtlich seine Lippen auf ihren Mund. Kein Kuss zuvor war jemals bis in die Tiefen ihrer Seele vorgedrungen. In der sie umgebenden Dunkelheit schien der Boden unter ihren Füßen nachzugeben. Sie ließ sich von ihm auf die Matte betten und spürte das Moskitonetz zu allen Seiten herabsinken.

Sex in den Wolken, dachte sie, als sich der dünne Stoff hob und senkte. Dann schloss sie die Augen und vergaß vollkommen, wer und wo sie war. Es gab nur noch das unentwegte Rauschen des Regens und die magischen Berührungen von Guys Händen und Lippen. Es war schon so lange her, dass ein Mann sie geliebt hatte, so lange, dass sie sich diesem Vergnügen hemmungslos hingegeben hatte. Der Lust und dem Schmerz. Und es würde schmerzhaft sein, wenn erst einmal alles vorbei war, wenn er aus ihrem Leben verschwunden war. Mit einem Mann wie Guy war ein solches Ende unvermeidlich.

Sie ignorierte die Warnungen, die ihr jemand ins Ohr zu flüstern schien. Sie war an einem Punkt angelangt, an dem alle Rettungsversuche vergeblich waren. Sie zog ihn zu sich hinunter und flüsterte: »Jetzt. Bitte.«

Er kämpfte bereits gegen seine eigenen Begierden, versuchte, seine Lust im Zaum zu halten. Doch mit ihrer leisen Bitte verjagte sie schließlich seine letzten Bedenken.

»Ich kann nicht anders«, stöhnte er, ergriff ihre Hände und schob sie neben ihren Kopf, wo er sie fest umklammerte. Sie war seine gefügige Gefangene, die unter ihm lag und bereit war, alles zu tun.

Er füllte sie so sehr aus, dass sie vor Überraschung den Atem anhielt. Aber ihre Überraschung verwandelte sich sehr schnell in pures Vergnügen. Sie stemmte sich ihm entgegen, bewegte sich mit ihm, er schob sich tief in sie hinein, und beide erreichten ungeahnte Höhen der Lust, die gleichermaßen überwältigend wie schmerzhaft waren.

Um sie herum versank die Welt, und die Nacht drehte sich um sie in einem wilden Wirbel aus Nebel und Magie. Sie brachten einander bis kurz vor den Höhepunkt, und dort hielten sie inne, genossen die Qual und das Vergnügen. Noch wollten sie das Unvermeidliche nicht zulassen, wollten Leid und Lust bis zur Neige auskosten. Ihre Schreie ertranken im stetigen Trommeln des Regens, im Rauschen der Blätter, als sie den Gipfel erreichten.

Selbst als sie Minuten später zur Erde zurückkehrte, hatte sie noch immer das Gefühl zu schweben. Das Moskitonetz blähte sich über ihnen wie ein Fallschirm, der sie sanft zu Boden brachte.

Es war nicht nötig zu reden. Es reichte, mit ineinander verschränkten Gliedern nebeneinanderzuliegen und dem Rhythmus der Nacht zu lauschen.

Sanft strich Guy ihr eine Haarsträhne von der Wange. »Warum hast du das gesagt?«, wollte er wissen.

»Was gesagt?«

»Dass ich wieder gehe. Dass ich dich verlassen würde.«

Sie löste sich von ihm und rollte auf den Rücken. »Weil du es tun wirst.«

»Möchtest du, dass ich es tue?«

Sie antwortete nicht. Was würde es schon für einen Unterschied machen, wenn sie jetzt vor ihm ihre Seele entblößte? Wollte er wirklich die Wahrheit hören – dass sie nach dieser Nacht wahrscheinlich alles tun würde, um ihn bei sich zu behalten, um sich von ihm lieben zu lassen?

»Willy?«

Sie wandte ihm den Rücken zu. »Warum reden wir überhaupt darüber?«

»Weil ich darüber reden möchte.«

»Ich aber nicht.« Sie setzte sich hin, zog die Beine an und verschränkte die Arme schützend um ihre Knie. »Keinem nützt dieses Gerede etwas – was passiert jetzt, wohin gehen wir nun … Ich habe das alles schon mal erlebt.«

»Du vertraust den Männern wirklich nicht, stimmt's?«

Sie lachte bitter. »Sollte ich etwa?«

»Und nur, weil dein alter Herr dich verlassen hat? Oder gibt es da noch etwas anderes? Eine schlimme Liebesbeziehung? Was?«

»Ja. In der Reihenfolge.«

»Verstehe.« Ein langes Schweigen entstand, und sie erschauerte, als er mit seiner Hand über ihren nackten Rücken streichelte. »Wer hat dich denn noch verlassen? Außer deinem Vater?«

»Nur ein Mann, den ich geliebt habe. Jemand, der gesagt hat, er würde mich auch lieben.«

»Was er nicht getan hat.«

»Oh, ich glaube, er hat es schon getan – auf seine Weise.« Sie zuckte mit den Schultern. »Eine nicht gerade beständige Weise.«

»Wenn es nicht beständig ist, ist es keine Liebe.«

»Das klingt ja wie ein Songtitel.« Sie lachte.

»Ein mieser Song.«

Sofort wurde sie wieder ernst und drückte die Stirn gegen ihre Knie. »Du hast recht. Ein mieser Song.«

»Andere Menschen kommen über missglückte Liebesaffären hinweg …«

»Oh, ich bin drüber weg.« Sie hob den Kopf und betrachtete das Moskitonetz. »Ich brauchte nur einen Monat, um mich in ihn zu verlieben. Und ein Jahr, um zu merken, dass er schon längst nicht mehr bei mir war. Eines habe ich gelernt: Es ist nicht plötzlich vorbei. Die wenigsten Liebenden stehen einfach auf und gehen zur Tür hinaus. Sie machen es ganz langsam, Schritt für Schritt, und jeder einzelne tut entsetzlich weh. Zuerst heißt es: ›Warum sollte man heiraten, es ist doch nur ein Stück Papier.‹ Und am Ende sagen sie dir: ›Ich brauche mehr Freiheit.‹ Und dann: ›Wie kann man bloß versprechen, ewig zusammenzubleiben?‹ Vielleicht hat mein Vater die bessere Methode gewählt. Keine Entschuldigungen, keine Erklärungen. Er ist einfach gegangen.«

»Es gibt keine ›gute‹ Methode, um jemanden zu verlassen.«

»Da hast du recht.« Sie schob das Netz beiseite und stellte die Füße auf den Boden. »Deshalb lasse ich auch nicht zu, dass mir so etwas noch einmal passiert.«

»Wie willst du es verhindern?«

»Ich gebe keinem Mann mehr die Chance, mich zu verlassen.«

»Das heißt, du gehst zuerst?«

»Männer tun das doch dauernd.«

»Manche Männer.«

Du eingeschlossen, dachte sie mit einem Gefühl von Verbitterung. »Auf welche Art und Weise hast du denn deine Freundin verlassen, Guy? Bist du gegangen, bevor oder nachdem du erfahren hast, dass sie schwanger war?«

»Es war eine ungewöhnliche Situation.«

»Das ist es immer.«

»Wir hatten schon Monate zuvor Schluss gemacht. Erst nach der Geburt habe ich von dem Kind erfahren. Da konnte ich schon nichts mehr tun und nichts mehr ändern. Ginny war bereits mit einem anderen Mann verheiratet.«

»Oh.« Sie schwieg eine Weile. »Das macht es natürlich einfach.«

»Einfach?« Zum ersten Mal hörte sie den Zorn in seiner Stimme. Am liebsten hätte sie ihre Worte zurückgenommen, wünschte sich, die Verbitterung in seiner Antwort ungeschehen machen zu können. »Du vertrittst offenbar diese bescheuerte Ansicht, dass alle Männer gleich sind«, fuhr er fort. »Uns allen geht nichts über unsere Unabhängigkeit, und dafür würden wir alles tun. Von wegen Verantwortungssinn! Wir schauen nicht zurück zu den Menschen, die wir verletzt haben. Ich will dir mal was sagen, Willy. Nur weil wir ein Y-Chromosom haben, sind wir nicht automatisch die miesen Vertreter der menschlichen Rasse.«

»Ich hätte das nicht sagen dürfen«, murmelte sie und berührte zärtlich seine Hand. »Es tut mir leid.«

Schweigend lag er in der Dunkelheit und starrte an die Decke. »Sam ist jetzt drei Jahre alt. Ich habe ihn gerade zwei Mal gesehen – einmal an Ginnys Haustür und einmal auf dem Spielplatz seiner Vorschule. Ich bin hingegangen, um ihn genauer anzusehen, um zu schauen, was für ein Kind er ist, ob er glücklich wirkt. Ich nehme an, die Lehrerin muss es gemeldet haben. Kurz darauf rief Ginny mich an und hat mir die Hölle heißgemacht. Sie warf mir vor, mich in ihre Ehe einzumischen. Sie hat mir sogar mit einem Kontaktverbot gedroht. Seitdem bin ich nicht mehr in seine Nähe gekommen …« Er hielt inne und räusperte sich. »Ich dachte, ich tue ihm sowieso keinen Gefallen, wenn ich versuche, mich in sein Leben zu drängen. Sam hat bereits einen Vater – einen guten, nach allem, was ich gehört habe. Und es hätte alle nur verletzt, wenn ich es auf einen Gerichtsprozess hätte ankommen lassen. Vielleicht später einmal, wenn er älter ist, habe ich die Möglichkeit, ihm alles zu erzählen. Ihm zu sagen, wie gerne ich ein Teil seines Lebens gewesen wäre.«

Und mein Leben? dachte sie mit einem plötzlichen Anflug von Traurigkeit. *Daran wirst du auch keinen Anteil haben, nicht wahr?*

Sie stand auf und begann, in der Dunkelheit nach ihren verstreuten Kleidern zu tasten. »Ich gebe dir einen Tipp, Guy«, sagte sie über ihre Schulter hinweg. »Gib deinen Sohn niemals auf. Lass dir das von einer Tochter sagen, die als Kind verlassen worden ist. Daddys sind eine kostbare Ware.«

»Ich weiß«, murmelte er. Nach einer Weile fuhr er fort: »Du wirst niemals darüber hinwegkommen, nicht wahr? Dass dein Vater dich verlassen hat.«

Sie wrang ihre nasse Bluse aus. »Es gibt Dinge, die ein Kind nie vergessen kann.«

»Oder vergeben.«

Draußen war der Regen zu einem Flüstern geworden. Im Strohdach über ihnen knisterten die Insekten. »Glaubst du, ich sollte ihm vergeben?«

»Ja.«

»Ich denke, ich könnte ihm vergeben, dass er *mich* verletzt hat. Aber nicht, dass er meine Mutter verletzt hat. Nicht, wenn ich daran denke, was sie durchgemacht hat, um …« Sie brach ihren Satz abrupt ab.

Sie hatten es beide gleichzeitig gehört: Schritte, die über den nassen Boden vor der Hütte näherkamen.

Mit einem Satz sprang Guy von der Matte und stellte sich neben sie. Schuhe schabten über die Schwelle, und der Schatten eines Mannes füllte den Türrahmen.

Der Eindringling hielt eine Laterne hoch. Im plötzlichen Licht sahen sie aus wie ein Standbild: Willy, die ihre zerknautschte Bluse gegen die nackten Brüste drückte; Guy, der gebückt stand, als wollte er angreifen. Der Fremde, dessen Gesicht unter einem graugrünen Poncho verborgen war, ließ die Laterne langsam sinken und stellte sie auf den Tisch. »Entschuldigen Sie die Verspätung«, sagte er. »Heute Nacht ist die Straße in sehr schlechtem Zustand.« Er legte ein in Stoff gewickeltes Bündel neben die Laterne. »Keine Panik, Mr. Barnard. Wenn ich Sie hätte umbringen wollen, wären Sie jetzt tot.« Nach einer kurzen Pause fügte er hinzu: »Sie beide.«

»Wer zum Teufel sind Sie?«

Wasser tropfte auf den Boden, als der Mann die Kapuze seines Ponchos zurückschob. Sein blondes Haar schimmerte im Licht der Laterne fast weiß. Er hatte ein Mondgesicht und blasse Augen. »Dr. Gunnel Andersen«, stellte er sich vor und nickte zur Begrüßung. »Nora hat Sie angekündigt.« Weitere Tropfen fielen zu Boden, als er seinen Poncho ausschüttelte und zum Trocknen an einen Haken hing. Dann nahm er am Tisch Platz. »Lassen Sie sich bitte nicht abhalten, Ihre Kleider anzuziehen.«

»Wie hat Nora Sie erreicht?«, wollte Guy wissen, während er sich die Hose anzog.

»Wir haben einen Kurzwellensender für medizinische Notfälle. Nicht alle Frequenzen werden von der Regierung abgehört.«

»Sind Sie von der schwedischen Botschaft?«

»Nein. Ich arbeite für die UN.« Andersens gleichmütiger Blick wanderte zu Willy, die mit ihrer feuchten Kleidung kämpfte. »Wir versorgen die Dörfer mit Arzneimitteln. Humanitäre Hilfe. Malaria, Typhus – hier gibt es alles. Wahrscheinlich wird es das auch immer geben.« Er begann, das Bündel auszupacken, das er auf den Tisch gelegt hatte. »Ich nehme an, Sie haben noch nicht gegessen. Es ist nichts Besonderes, aber etwas anderes habe ich nicht auftreiben können. Es war ein schlechtes Erntejahr, und Proteine sind knapp.« In dem Bündel steckte eine Bambusschachtel, die mit kaltem Reis, eingelegtem Gemüse und winzigen Stückchen von Schweinefleisch in eingetrockneter Soße gefüllt war.

Sofort setzte Guy sich hin. »Nach den Bananen und den Kokosnussstücken ist das hier das reinste Festmahl.«

Dr. Andersen schaute zu Willy, die noch immer unschlüssig in der Ecke stand und ihn misstrauisch beobachtete. »Haben Sie keinen Hunger, Miss Maitland?«

»Ich komme um vor Hunger.«

»Warum essen Sie dann nichts?«

»Zuerst möchte ich wissen, wer Sie sind.«

»Ich habe mich doch vorgestellt.«

»Ihr Name bedeutet gar nichts. In welcher Verbindung stehen Sie zu Nora? Zu meinem Vater?«

Dr. Andersens Augen waren klar wie Wasser. »Sie haben zwanzig Jahre auf eine Antwort gewartet. Sicherlich können Sie sich noch ein paar Minuten länger gedulden.«

»Willy, du musst etwas essen«, drängte Guy sie. »Komm, setz dich.«

Der Hunger zwang sie schließlich an den Tisch. Da Dr. Andersen kein Besteck mitgebracht hatte, mussten Willy und Guy den Reis mit den Fingern essen. Während sie kaute, hatte sie das Gefühl, dass der Schwede sie nicht aus den Augen ließ.

»Ich merke, dass Sie mir nicht vertrauen«, stellte er fest.

»Ich vertraue niemandem mehr.«

Er nickte lächelnd. »Dann haben Sie in wenigen Tagen gelernt, wozu ich Monate gebraucht habe.«

»Misstrauen?«

»Zweifel. Furcht.« Er schaute sich in der Hütte um und betrachtete die tanzenden Schatten an den Wänden. »Ich nenne es das schleichende Unbehagen. Ein Gefühl dafür, dass die Dinge in diesem Land nicht richtig sind. Dass unter der Oberfläche … ein Geheimnis verborgen ist … etwas Schreckliches.«

Das Licht der Laterne flackerte und erstarb fast. Er schaute nach oben zum Dach, auf das der Regen hämmerte. Eine Windbö kam auf und wehte die Gerüche des Dschungels in die Hütte.

»Sie spüren es auch«, sagte er.

»Ich weiß nur, dass es zu viele Zufälle gegeben hat«, erwiderte Guy. »Zu viele kleine Eingriffe des Schicksals. Als ob ein Weg für uns angelegt worden wäre, dem wir blind folgen.«

Andersen nickte. »Für uns alle gibt es Wege. In der Regel wählen wir den des geringsten Widerstands. Erst wenn wir den Weg verlassen, wird es gefährlich.« Er lächelte. »Wissen Sie, in dieser Minute könnte ich genauso gut in meinem Haus in Stockholm sitzen, Kaffee trinken, Kuchen und Kekse essen und fett werden. Aber ich habe mich dazu entschlossen, hier zu bleiben.«

»Und ist das Leben gefährlich geworden?«, wollte Willy wissen.

»Ich sorge mich nicht um *mein* Leben. Es war nicht ungefährlich, Sie hierher zu bringen. Aber Nora hatte das Gefühl, dass es der richtige Zeitpunkt sei.«

»Es war also ihre Entscheidung?«

Er nickte. »Sie dachte, es könnte Ihre letzte Chance für ein Wiedersehen sein.«

Willy erstarrte. Konsterniert schaute sie ihn an. »Haben Sie *Wiedersehen* gesagt?«

Dr. Andersen hielt ihrem Blick stand. Dann nickte er langsam.

Sie wollte etwas sagen, doch die Stimme versagte ihr. Die Bedeutung dieses Wortes hatte sie sprachlos gemacht.

Ihr Vater lebte.

Es war Guy, der das Schweigen brach. »Wo ist er?«

»In einem Dorf nordwestlich von hier.«

»Als Gefangener?«

»Nein, nein. Als Gast. Als Freund.«

»Er wird nicht gegen seinen Willen festgehalten?«

»Nicht seit Ende des Krieges.« Andersens Blick wanderte zu

Willy, die ihre Stimme noch immer nicht wiedergefunden hatte. »Es ist wahrscheinlich nicht leicht für Sie, das zu akzeptieren, Miss Maitland, aber es gibt tatsächlich Amerikaner, die in diesem Land ihr Glück finden.«

Fassungslos sah sie ihn an. »Ich … ich verstehe nicht. All die Jahre war er am Leben … er hätte nach Hause kommen können …«

»Viele Männer sind nicht zurückgekehrt.«

»Er hatte die Wahl.«

»Er hatte auch seine Gründe.«

»Gründe? Er hatte alle Gründe, wieder nach Hause zu kommen.«

Ihre schmerzerfüllter Stimme schien im Raum zu stehen. Einen Moment lang sagte keiner der beiden Männer ein Wort. Schließlich erhob Andersen sich. »Ihr Vater muss für sich selbst sprechen«, sagte er und ging zur Tür.

»Warum ist er dann nicht hier?«

»Es müssen gewisse Vereinbarungen getroffen werden. Der richtige Zeitpunkt, der passende Ort …«

»Wann werde ich ihn sehen?«

Der Arzt zögerte. »Das kommt darauf an.«

»Worauf?«

Er schaute sich noch einmal um. »Ob Ihr Vater Sie zu sehen wünscht.«

Lange nachdem Andersen gegangen war, stand Willy noch an der Tür und schaute in den dichten Regen hinaus.

»Warum würde er mich nicht sehen wollen?«, rief sie verzweifelt in die Dunkelheit.

Ruhig trat Guy hinter sie, legte die Arme um ihre Schultern und zog sie an sich.

»Warum nicht?«

»Willy, hör auf.«

Sie drehte sich um und lehnte den Kopf an seine Brust. »Glaubst du, dass es so schrecklich war?«, schluchzte sie. »Mein Vater zu sein?«

»Natürlich nicht.«

»Es muss so gewesen sein. Ich muss ihn unglücklich gemacht haben.«

»Du warst noch ein Kind, Willy. Du darfst dir keine Vorwürfe machen. Männer verändern sich manchmal. Manchmal brauchen sie …«

»Warum?«, schrie sie.

»He, nicht alle Männer gehen fort. Einige von uns bleiben, in guten wie in schlechten Tagen.«

Sanft führte er sie zu der Schlafmatte zurück. Unter dem Schutz des silbernen Moskitonetzes ließ sie zu, dass er sie in den Armen hielt. Es war keine leidenschaftliche Umarmung, sondern eine tröstliche. Die Arme eines Freundes. Es fühlte sich richtig an – genauso wie sich der Sex richtig angefühlt hatte, den sie früher am Abend genossen hatten. Doch selbst jetzt, wo sie in seinen Armen lag, fragte sie sich unwillkürlich, wann sich das ändern würde. Wann *er* sich ändern würde.

Der Gedanke, dass auch er sie eines Tages verlassen könnte, schmerzte ungeheuerlich. Dass sie auf seine Nähe, seine Wärme würde verzichten müssen, dass ihre Seelen nur so kurz miteinander vereint waren. Sie rechnete ganz fest mit dem Schmerz, aber sie würde ihn niemals ertragen können.

Vor der Hütte rauschten die Blätter unter den schweren Tropfen.

Es regnete die ganze Nacht.

Im Morgengrauen hielt ein Jeep vor der Hütte.

»Ich nehme nur die Frau mit«, beharrte der vietnamesische Fahrer und baute sich vor Guy auf. Der Mann zeigte auf die Hütte. »Du bleibst, GI.«

»Sie geht nicht ohne mich«, erwiderte Guy.

»Sie haben gesagt, nur die Frau.«

»Dann fährt sie nicht.«

Die beiden Männer musterten einander mit herausfordernden Blicken. Schließlich zuckte der Fahrer nur mit den Schultern und ging zum Jeep zurück. »Dann nehme ich keinen mit.«

»Guy, bitte«, flehte Willy. »Warte doch einfach hier auf mich. Mir wird schon nichts passieren.«

»Mir gefällt das nicht.«

Sie schaute zum Fahrer hinüber, der schon wieder hinter dem Steuer saß und den Motor startete. »Mir bleibt keine Wahl«, sagte sie nach ein paar Sekunden und stieg in den Jeep.

Der Fahrer löste die Handbremse und wendete den Wagen. Als sie losfuhren, schaute Willy noch einmal zurück. Guy stand allein unter den Bäumen. Sie glaubte, ihn etwas rufen zu hören – vielleicht ihren Namen –, doch dann versperrten ihr die Bäume des Dschungels den Blick auf ihn.

Sie konzentrierte sich auf die Straße – oder das, was als Straße diente. Eigentlich war es nicht mehr als ein schlammiger Trampelpfad mitten durch den Wald. Zweige schlugen gegen die Windschutzscheibe; Wasser tropfte von den Blättern und spritzte in ihre Gesichter.

»Wie weit ist es?«, fragte sie, erhielt aber keine Antwort. »Wo fahren wir hin?« Wieder keine Antwort. Sie lehnte sich zurück und wartete ab, was als Nächstes passieren würde.

Nach ein paar Meilen durch den Wald endete der Pfad im Nichts, und sie blieben vor einer undurchdringlichen Dschungelwand stehen. Der Fahrer schaltete den Motor aus. Nur wenige Sonnenstrahlen drangen durch die Laubkronen bis zu ihnen durch. Der Schrei eines einsamen Vogels durchbrach die Stille.

Der Fahrer stieg aus und ging zum Heck. Willy ließ ihn nicht aus den Augen, als er unter einer tarnfleckigen Abdeckplane herumwühlte, die über dem Rücksitz lag. Sie sah etwas aufblitzen, als die Plane beiseite glitt. Ihr Fahrer hielt eine Machete in der Hand.

Er drehte sich zu ihr um. Ein paar Herzschläge lang schauten sie einander an. Ihre Blicke trafen sich über die funkelnde, rasiermesserscharfe Klinge hinweg. Seine Augen blitzten amüsiert.

»Wir laufen jetzt«, verkündete er.

Sie brachte nur ein schwaches Nicken zustande. Schweigend kletterte sie aus dem Jeep und folgte dem Mann in den Dschungel.

Wortlos bewegte er sich zwischen den Bäumen hindurch. Das einzige Geräusch auf seinem Weg waren das Schwirren der Machete und das dumpfe Geräusch, das sie beim Abhacken von Ästen und Lianen machte. Dicht an dicht hingen Schlingpflanzen von den Ästen, und Moskitoschwärme stiegen aus Pfützen mit abgestandenem Wasser auf. Pausenlos und unermüdlich bahnte er sich seinen Weg und tauchte wie ein Phantom in das grüne Dickicht ein. Willy, die ständig an Zweigen und Ästen hängen blieb, gelang es kaum, die Rückseite seines zerrissenen T-Shirts im Blick zu behalten.

Nach einer Weile gab sie es auf, die Moskitos zu vertreiben. Sie hatte rasch erkannt, dass sie auf verlorenem Posten stand. Sollten sie sie doch aussaugen; ihr Blut war noch zu haben. Sie konnte sich nur auf den Weg konzentrieren und einen Fuß vor den anderen setzen. Es kam ihr vor, als gleite sie durch ein zeitloses Vakuum, wo die Entfernung anhand der Abstände zwischen den Bäumen oder der Spanne zwischen zwei Schritten gemessen wurde.

Als sie endlich stehen blieben, konnte sie sich vor Erschöpfung kaum noch auf den Beinen halten. Ermattet sank sie gegen den nächsten Baum und wartete auf weitere Anweisungen von ihm.

»Hier«, sagte er nur.

Verwirrt schaute sie sich um. »Aber was haben Sie …«

Zu ihrem Erstaunen drehte er sich um und verschwand im Dschungel.

»Warten Sie!«, schrie sie. »Sie können mich doch nicht hier alleine lassen.«

Ungerührt lief der Mann weiter.

»Bitte! Sie müssen mir sagen, wo ich bin!«, rief sie hinter ihm her. Er blieb stehen und schaute sich um. »Wo bin ich? Was ist das hier für eine Stelle?«

»Dieselbe Stelle, wo wir *ihn* gefunden haben«, lautete die Antwort. Dann ging er weiter. Kurz darauf hatte ihn der Urwald verschluckt.

Ratlos drehte sie sich um die eigene Achse, blickte sich um, blinzelte in das Dickicht und wartete auf das Auftauchen eines Retters. Doch sie sah keinen. Die letzten Worte des Mannes klangen in ihren Ohren nach.

Was ist das hier für eine Stelle?

Dieselbe Stelle, wo wir ihn gefunden haben.

»Wen?«, rief sie.

Verzweifelt schaute sie hoch in die verschlungenen Äste, die den Blick zum Himmel versperrten. Dann entdeckte sie es – eine gigantische Silhouette, die sich wie die Rückenflosse eines Haifischs zwischen den Baumstämmen abzeichnete.

Es war das Heck eines Flugzeugs.

12. KAPITEL

Langsam ging sie näher. Mit jedem Schritt erkannte sie unter der Tarnung von Bäumen und Unterholz mehr von den Überresten, die einmal ein Flugzeug gewesen waren. Schlingpflanzen wucherten über scharfkantiges Metall. Rumpfverstrebungen ragten vom Boden des Dschungels in den Himmel empor, nackt und bloß wie die von Wind und Sonne gebleichten Rippen eines Tieres. Willy blieb stehen und schaute erneut zu dem Heck hoch oben in den Ästen. Rost und tropische Fäulnis hatten über die Jahre die Kennzeichnungen unleserlich gemacht, aber sie konnte noch die Seriennummer erkennen: 5410.

Es war der Flug Nummer 5078 von Air America. Ausgangspunkt: Vientiane, Laos. Ziel: eine zerklüftete Baumkrone mitten im Dschungel von Nordvietnam.

In der Stille des Waldes neigte sie den Kopf. Ein dünner Streifen Sonnenlicht fiel durch die Äste und zitterte vor ihren Füßen. Um sie herum ragten Baumstämme empor wie die Wände einer Kathedrale. Wie passend, dass dieser rostige Altar des Krieges seine letzte Ruhestätte ausgerechnet an einem Ort grenzenlosen Friedens gefunden hatte.

Sie hatte Tränen in den Augen, als sie sich endlich dazu zwang, sich umzudrehen und den Flugzeugrumpf in Augenschein zu nehmen – oder das, was von ihm übrig geblieben war. Der größte Teil der Hülle war verbrannt oder verrottet. Übrig geblieben waren nur ein Teil des Bodenbelags und zerbrochene Verstrebungen. Die Tragflächen waren komplett verschwunden – wahrscheinlich durch den Aufprall weggeschleudert. Langsam bahnte sie sich einen Weg zu den Resten des Cockpits.

Sonnenlicht fiel durch die zerborstene Frontscheibe. Die Navigationsinstrumente waren ausgebaut worden, verschmorte Drähte hingen aus Löchern im Armaturenbrett. Ihr Blick wanderte zur Trennwand, die von Schüssen durchlöchert war. Sie fuhr mit den Fingern über das zerbeulte Metall und zog die Hand schnell weg.

Als sie einen Schritt zurücktrat, hörte sie eine Stimme. »Es ist nicht viel von ihr übrig geblieben. Aber ich glaube, das Gleiche könntest du auch von mir sagen.«

Willy fuhr herum. Und erstarrte zu Eis.

Er trat aus dem Wald – ein Mann in Lumpen, der auf sie zukam. Am Gang erkannte sie ihn, nicht an seinem Körper, der vollkommen ausgemergelt war. Und auch nicht an seinem Gesicht.

Ganz bestimmt nicht an seinem Gesicht.

Er hatte keine Ohren und keine Augenbrauen. Von seinem Haar waren nur zerzauste Büschel übrig geblieben. Ein paar Meter vor ihr blieb er stehen, als habe er Angst, noch näher zu kommen.

Sie schauten einander an und sagten kein Wort. Vielleicht fürchteten sie sich davor, die Stille zu zerstören.

»Du bist groß geworden«, bemerkte er schließlich.

»Ja.« Sie räusperte sich. »Das bin ich wohl.«

»Du siehst gut aus, Willy. Wirklich gut. Bist du verheiratet?«

»Nein.«

»Du solltest es sein.«

»Ich bin es nicht.«

Eine Pause entstand. Beide schauten zu Boden, schauten wieder auf – wie Fremde, die verzweifelt nach einer Gemeinsamkeit suchten.

Leise fragte er: »Wie geht es deiner Mutter?«

Willy blinzelte, um neue Tränen zu unterdrücken. »Sie … sie liegt im Sterben.« Das schockierte Schweigen ihres Vaters verschaffte ihr ein schales Gefühl von Genugtuung. »Krebs«, fuhr sie fort. »Ich sage ihr seit Monaten, dass sie endlich zum Arzt gehen soll, aber du weißt ja, wie sie ist. Sie denkt nie an sich selbst. Sie nimmt sich nie Zeit, um …« Die Stimme versagte ihr.

»Ich hatte ja keine Ahnung«, flüsterte er.

»Wie denn auch? Du warst ja tot.« Sie schaute zum Himmel und musste plötzlich lachen – ein hässlicher Laut inmitten der Stille der Bäume. »Hast du nie daran gedacht, uns zu schreiben? Einen Brief aus dem Grab?«

»Es hätte alles nur viel schwieriger gemacht.«

»Schwieriger als was? Als es ohnehin schon war?«

»Als ich verschwunden bin, als man mich für tot hielt, hätte Ann noch einmal von vorn anfangen können«, sagte er. »Sie hätte jemand anderen finden können. Einen, der besser für sie gewesen wäre.«

»Aber sie hat es nicht getan. Sie hat es nicht einmal versucht! Sie hat immer nur an dich gedacht.«

»Ich dachte, sie würde mich irgendwann vergessen. Über mich hinwegkommen.«

»Da hast du falsch gedacht.«

Er ließ den Kopf hängen. »Es tut mir leid, Wilone.«

Nach ein paar Sekunden antwortete sie: »Mir tut es auch leid.«

Ein Vogel sang in den Bäumen. Die hübsche Melodie füllte das Schweigen zwischen ihnen.

»Was ist mit dir passiert?«, wollte sie wissen.

»Du meinst das hier?« Mit einer vagen Geste deutete er auf sein Gesicht.

»Ich meine … alles.«

»Alles«, wiederholte er. Er schaute in die Baumkronen und lachte. »Wo zum Teufel soll ich anfangen?« Er begann, im Kreis herumzulaufen. Zwischen den Bäumen bewegte er sich wie ein Verlorener. Schließlich blieb er neben dem Flugzeugrumpf stehen. Den Blick auf die Überreste geheftet, fuhr er fort: »Das ist schon komisch. Ich war keine Sekunde bewusstlos. Selbst als die Maschine runterging, als sie in die Bäume prallte und mir alles um die Ohren flog, bin ich hellwach geblieben. Ich erinnere mich noch, dass ich gedacht habe:

›Wann werde ich denn nun den Himmel sehen?‹ Oder die Hölle. Dann ging alles in Flammen auf. Und ich dachte: ›Das ist die Antwort. So sieht meine Ewigkeit aus …‹.«

Er hielt inne und seufzte tief. »Sie haben mich in der Nähe gefunden, zwischen den Bäumen umhertorkelnd. Mein Gesicht war zum größten Teil verbrannt. Aber ich erinnere mich nicht daran, irgendetwas gefühlt zu haben.« Er betrachtete seine vernarbten Hände. »Die Schmerzen kamen später. Als sie versuchten, die Brandwunden zu säubern. Als die Nerven wieder funktionierten. Ich habe sie angefleht, mich sterben zu lassen, aber sie taten es nicht. Vermutlich war ich zu wertvoll für sie.«

»Weil du Amerikaner warst?«

»Weil ich Pilot war. Jemand, aus dem man Informationen herausholen konnte; jemand zum Austauschen. Jemand, der die Parteilinie verbreiten konnte, wenn er wieder zu Hause war …«

»Haben sie dir … wehgetan?«

Er schüttelte den Kopf. »Ich nehme an, sie waren der Ansicht, dass ich schon genug Schmerzen hatte. Sie hatten andere Methoden, um mich zu überzeugen. Endlose Diskussionen. Knallharte Auseinandersetzungen, als ich wieder auf dem Weg der Besserung war. Ich habe mir geschworen, keine Gehirnwäsche zuzulassen. Aber der Gegner war stärker als ich. Ich war weit weg von zu Hause. Und sie haben viele Dinge gesagt, sehr viele Dinge, denen ich nichts entgegensetzen konnte. Und nach einer Weile … nach einer Weile erschienen mir ihre Behauptungen auch logisch. Dieses Land sei ihr Haus, sagten sie, und wir seien die Diebe, die in dieses Haus eingebrochen seien. Und würde nicht jeder gegen die Einbrecher in seinem Haus kämpfen?«

Er stieß einen tiefen Seufzer aus. »Ich weiß es nicht mehr … heute klingt es erbärmlich, aber irgendwann war ich einfach nur noch müde. Zu müde, um weiter zu diskutieren. Zu müde, um ihnen zu erklären, was ich in ihrem Land machte. Zu müde, um weiß Gott was zu verteidigen. Irgendwann war es einfacher, ihrer Meinung zu sein. Und nach einer Weile habe ich sogar angefangen, ihnen zu glauben. Ich habe geglaubt, was sie mir erzählt haben.« Er schaute zu Boden. »Deshalb bin ich für einige Leute ein Verräter.«

»Für einige Leute, ja. Aber nicht für mich.«

Er schwieg.

»Warum bist du nicht nach Hause gekommen?«, wollte sie wissen.

»Sieh mich an, Willy. Wer will mich schon zurückhaben?«

»*Wir* wollten dich zurückhaben.«

»Nein, das wolltet ihr nicht. Nicht den Mann, der ich geworden bin.« Er ließ ein freudloses Lachen hören. »Jeder hätte mit dem Finger auf mich gezeigt, hinter meinem Rücken geflüstert, über mein Gesicht geredet. Ist das der Vater, den du hättest haben wollen? Der Ehemann, den deine Mutter sich gewünscht hätte? Bei euch zu Hause erwarten die Leute, dass man eine Nase und Ohren und Augenbrauen hat.« Er schüttelte den Kopf. »Ann … Ann war so wunderschön. Ich – ich hätte nicht zu ihr zurückkommen können.«

»Aber was hast du denn hier? Sieh dich doch nur an – deine Kleider, deinen ausgemergelten Körper. Du verhungerst und verkümmerst bei lebendigem Leib.«

»Ich esse das, was die anderen Dorfbewohner essen. Das reicht zum Leben.« Er zupfte an dem Fetzen, der ihm als Hemd diente. »Und auf Klamotten habe ich ohnehin noch nie viel Wert gelegt.«

»Du hast eine Familie aufgegeben.«

»Ich … ich habe eine andere Familie gefunden, Willy. Hier.«

Entgeistert starrte sie ihn an.

»Ich habe eine Frau. Sie heißt Lan. Und wir haben Kinder. Ein kleines Mädchen und zwei Jungs – acht und zehn. Sie sprechen Englisch … und ein bisschen Französisch«, sagte er hilflos.

»Wir haben zu Hause auf dich gewartet.«

»Aber ich war hier. Und Lan war hier. Sie hat mir das Leben gerettet, Willy. Sie hat mir beigestanden, als ich die Infektionen hatte, das Fieber, die endlosen Schmerzen …«

»Du hast gesagt, du hättest um deinen Tod gebeten.«

»Lan war es, die mir wieder Lebensmut gegeben hat.«

Willy starrte den Mann mit dem halben Gesicht an, den Mann, den sie einmal Vater genannt hatte. Die wimpernlosen Augen hielten ihrem Blick stand. Er sah aus, als erwarte er ihr Urteil.

Sie hatte noch ein Gesicht, ein normales Leben. Sie fragte sich, welches Recht sie hatte, ihn zu verurteilen.

Sie wandte den Blick ab. »Also … was soll ich nun Mom erzählen?«

»Ich weiß es nicht. Vielleicht gar nichts.«

»Sie hat ein Recht, es zu erfahren.«

»Vielleicht wäre es netter, wenn sie es nicht erfährt.«

»Netter für wen? Für dich oder für sie?«

Er schaute auf seine Füße, die in schmutzigen Schuhen steckten. »Ich nehme an, ich habe das verdient. Was immer du mir vorwirfst, ich habe es verdient. Aber ich schwöre bei Gott, dass ich es bei ihr und dir wiedergutmachen wollte. Ich habe euch Geld geschickt – zwanzig oder sogar dreißigtausend Dollar. Das habt ihr doch bekommen, nicht wahr?«

»Wir haben nie herausgefunden, wer es geschickt hat.«

»Das solltet ihr auch nicht wissen. Nora Walker hat sich darum gekümmert. Sie hat es von einer Bank in Bangkok überwiesen. Es war alles, was ich hatte. Alles, was von dem Gold übrig geblieben war.«

Verdutzt schaute sie ihn an, während sein Blick über den Flugzeugrumpf schweifte. »Du hast Gold transportiert?«

»Damals wusste ich es noch nicht. Das war ein ungeschriebenes Gesetz bei Air America: Stelle nie Fragen nach der Ladung. Flieg einfach nur die Maschine. Aber nachdem sie abgestürzt ist und ich aus dem Wrack gekrochen bin, habe ich es gesehen. Überall lagen Goldbarren verstreut. Es war verrückt. Da stand ich nun, mein halbes Gesicht verbrannt, und dachte: Ich bin reich. Wenn ich das hier überlebe, ich Hundesohn, dann bin ich *reich*.« Noch immer konnte er über die Absurdität der Situation lachen. Ein dem sicheren Tod Geweihter jubelte inmitten der Trümmer seines Flugzeugs. »Einen Teil des Goldes habe ich vergraben, einiges ins Gebüsch geworfen. Ich dachte … ich glaubte, ich dachte, dass das mein Freifahrschein aus der Hölle sein würde. Dass ich es benutzen konnte, um mich freizukaufen, falls ich gefangen genommen würde.«

»Und was ist dann passiert?«

Er schaute hinauf in die Baumkronen. »Sie haben mich gefunden. Nordvietnamesische Soldaten. Und sie haben den größten Teil des Goldes gefunden.« Er zuckte mit den Schultern. »Sie haben uns beide behalten.«

»Aber nicht für immer. Du musstest nicht bleiben …« Sie unterbrach sich. »Hast du eigentlich jemals an uns gedacht?«

»Ich habe nie aufgehört, an euch zu denken. Nach dem Krieg, nachdem dieser ganze … Wahnsinn vorüber war, bin ich hierher zurückgekommen und habe das Gold ausgegraben, das sie nicht entdeckt hatten. Ich habe Nora gebeten, es an euch weiterzugeben.« Er schaute Willy an. »Verstehst du nicht? Ich habe euch nie vergessen. Ich …« Er hielt inne, und als er weitersprach, flüsterte er nur: »Ich konnte einfach nicht zurück.«

Ein Windstoß fuhr durch die Bäume und brachte die Blätter zum Rascheln. Einige von ihnen fielen als grüner Regen auf die Erde.

Er machte Anstalten zu gehen. »Ich nehme an, du willst zurück nach Hanoi. Ich werde dafür sorgen, dass dich jemand fährt …«

»Dad?«

Er blieb stehen, wagte jedoch nicht, sich zu ihr umzudrehen.

»Deine kleinen Jungen … Du sagst, sie verstehen Englisch?«

Er nickte.

Sie zögerte. »Dann sollten wir uns eigentlich verstehen … die Jungs und ich«, sagte sie. »Vorausgesetzt, dass sie mich sehen wollen …«

Ihr Vater fuhr sich mit der Hand über die Augen. Trotzdem konnte sie die Tränen sehen, als er sich zu ihr umdrehte. Er lächelte … und streckte die Hand aus.

Sie war schon viel zu lange fort.

Drei Stunden waren vergangen, und Guy machte sich große Sorgen. Mehr als das: Er war fast verrückt vor Angst. Irgendetwas stimmte nicht. Sein Instinkt hatte sich wieder gemeldet, die Vorahnung von etwas Entsetzlichem, das passieren würde, und er konnte nichts dagegen tun. Dutzende von Szenarien spielten sich vor seinem inneren Auge ab, eines schrecklicher als das andere. Willy, die schrie. Starb. Oder schon tot irgendwo im Dschungel lag. Als er endlich das Brummen des Jeeps hörte, war seine Panik ins Unermessliche gewachsen.

Dr. Andersen saß am Steuer. »Guten Morgen, Mr. Barnard!«, rief er fröhlich, als Guy auf ihn zukam.

»Wo ist sie?«

»In Sicherheit.«

»Beweisen Sie es.«

Andersen öffnete die Tür und bedeutete ihm mit einer Handbewegung einzusteigen. »Ich bringe Sie zu ihr.«

Guy stieg ein und knallte die Tür zu. »Wo fahren wir hin?«

»Es ist eine lange Fahrt.« Andersen legte den ersten Gang ein und steuerte auf einen Feldweg zu. »Sie müssen etwas Geduld haben.«

Der nächtliche Regen hatte den Weg in eine Schlammstrecke verwandelt. Zu beiden Seiten wucherte der Dschungel und schien ihnen die Luft zum Atmen zu nehmen. Sie mochten zehn, zwanzig oder dreißig Meilen zurückgelegt haben – bei dieser Straße, die vom Urwald gefangen gehalten wurde, konnte man die Entfernungen unmöglich einschätzen. Irgendwann hielt Andersen an, aber Guy hätte nicht sagen können, warum er das tat. Erst als er ausstieg, entdeckte er den schmalen Pfad, der zwischen den Bäumen ins Gebüsch hineinführte. Weit konnte er nicht sehen; der Urwald verbarg alles den Blicken.

»Von hier aus laufen wir«, verkündete Andersen und sah sich nach einigen losen Ästen um.

»Warum die Tarnung?«, wollte Guy wissen, als Andersen die Hölzer auf den Jeep legte.

»Um das Dorf zu schützen.«

»Wovor haben sie Angst?«

Andersen griff unter die Plane auf der Rückbank und zog eine AK-47 hervor. Lässig schlang er sich das Gewehr über die Schulter. »Vor allem«, antwortete er und tauchte in den Dschungel ein.

Der Pfad führte in eine schattige Welt, die von dreißig Meter hohen Bäumen und undurchdringlichen Schlingpflanzen beherrscht wurde. Beim Blick auf Andersens Rücken entging Guy nicht die Ironie der Situation: Ein Arzt schleppte eine Automatikwaffe mit sich herum. Er fragte sich, gegen welchen Feind er sie wohl einsetzen wollte.

Der Gestank von verrottender Vegetation und Schlamm, der in der Hitze schmorte, war ihm nur allzu vertraut. »Der ganze verdammte Dschungel riecht nach Tod«, pflegten die GIs zu fluchen. Guy spürte, dass sein Gang sich in ein vorsichtiges Gleiten verwandelte. Seine Reflexe waren bis zum Äußersten gespannt, seine fünf Sinne in höchster Alarmbereitschaft. Das Knacken eines Zweiges unter Andersens Schuh war so schockierend wie ein Pistolenschuss.

Die Geräusche des Dorfes drangen an sein Ohr, noch ehe er es sah. Irgendwo tief im Wald lachten Kinder. Dann hörte er Wasserrauschen und das Geschrei eines Babys.

Unbeirrt schritt Andersen voran, und als sich der letzte Vorhang aus Ästen teilte, sah Guy unter gewaltigen Bäumen die kreisförmig angeordneten Hütten. Auf dem Platz dazwischen kickten Kinder Kieselsteine hin und her. Sie erstarrten, als Guy und Andersen aus dem Gebüsch auftauchten. Eines der Mädchen rief etwas, und sofort trat ein Dutzend Erwachsener aus den Hütten. Sie betrachteten Guy in vereintem Schweigen.

Kurz darauf tauchte an der Tür einer der Hütten eine vertraute Gestalt auf. Als Willy auf Guy zukam, verspürte er den dringenden Wunsch, sie in die Arme zu schließen und hier und jetzt und vor allen Menschen zu küssen. Es konnten ruhig alle sehen. Aber er schien wie angewurzelt zu sein. Er konnte nur in ihr lächelndes Gesicht sehen.

»Ich habe ihn gefunden«, verkündete Willy.

Verständnislos schüttelte er den Kopf. »Was?«

»Meinen Vater. Er ist hier.«

Guy wandte den Kopf und sah, dass noch jemand aus der Hütte gekommen war. Ein Mann ohne Ohren, ohne Augenbrauen. Die entsetzliche Erscheinung streckte die Hand aus, an der eine Fingerspitze fehlte.

William Maitland lächelte. »Willkommen in Na Co, Mr. Barnard.«

Trotz der Tarnung hatte Siang Dr. Andersens Jeep sofort entdeckt, nachdem ihn die Spuren im Schlamm – glücklicherweise hatte es in der Nacht zuvor heftig geregnet – zu diesem Ausgangspunkt geführt hatten.

Er schob die Äste beiseite und inspizierte den Innenraum des Jeeps. Unter einer grünen Plane auf dem Rücksitz entdeckte er einen Krug mit Trinkwasser, einige alte Werkzeuge und ein zerfleddertes Notizbuch, offenbar ein Tagebuch, dessen Seiten vollgekritzelt waren. Auf der Umschlaginnenseite stand ein Name: »Dr. Gunnel Andersen«.

Siang kletterte aus dem Jeep, lief ein paar Schritte in den Dschungel und blinzelte in die Schatten. Er brauchte nicht lange, um die Fußabdrücke zu entdecken. Zwei Männer. Dr. Andersen – und wer noch? Barnard? Er folgte den Spuren, die ihn zu einem angelegten Weg führten, der zweifellos schon länger existierte. Das Dorf Na Co musste in dieser Richtung liegen.

Er kehrte zu seiner Limousine zurück, in der der Mann auf ihn wartete. »Sie sind in den Wald gegangen«, erklärte Siang. »Ein Weg führt zu einem Dorf.«

»Ist es der richtige?«

Siang zuckte mit den Schultern. »Hier in den Bergen gibt es viele Dörfer. Aber der Jeep gehört Dr. Andersen.«

»Dann ist es das richtige Dorf.« Zufrieden lehnte der Mann sich zurück. »Unsere Leute sollen sich heute Abend hier einfinden.«

»So bald?«

»So arbeite ich nun mal. Schon immer. Die Männer sind bereit.«

Die Söldner warteten tatsächlich schon seit zwei Tagen auf das Signal. Sie waren in Thailand rekrutiert worden – fünfzehn Männer, ausgerüstet mit modernsten Feuerwaffen. Sobald der Befehl erteilt wurde, würden sie sich auf den Weg machen, ohne irgendwelche Fragen zu stellen.

»Sag ihnen, dass wir auch die Hunde brauchen«, befahl der Mann. »Um das Dorf zu säubern. Es muss ausradiert werden.«

Siang dachte nach. »Auch die Kinder?«

»Man darf keine Waisen zurücklassen.«

Das bereitete Siang ein wenig Sorgen, aber er sagte nichts. Er hütete sich, der Stimme der Notwendigkeit zu widersprechen. Oder der Gewalt.

»Ist ein Funkgerät im Jeep?«, wollte der Mann wissen.

»Ja«, antwortete Siang.

»Reiß es heraus.«

»Andersen wird es merken ...«

»Andersen wird gar nichts merken.«

Siang nickte. Er hatte sofort verstanden.

Der Mann fuhr mit der Limousine zu einem Treffpunkt, der eine Meile weit entfernt lag. Siang wartete, bis der Wagen aus seinem Blickfeld verschwunden war, ehe er zu dem Jeep zurückkehrte, die Drähte des Funkgeräts herausriss und zusätzlich das Armaturenbrett zertrümmerte. Anschließend setzte er sich in den Schatten eines Baums. Er schloss die Augen, um seine Kräfte zu sammeln, die er für seine Aufgabe benötigte.

Bald würde er Unterstützung bekommen. Bis zum Abend würde das gut bezahlte Söldnerheer auf dieser Straße eingetroffen sein. Er verjagte den Gedanken an die Opfer – die Frauen, die Kinder. So waren nun mal die Folgen des Krieges. Bei jedem Kampf gab es unschuldige Todesopfer. Er hatte gelernt, das zu akzeptieren und mit einem Schulterzucken über das Unvermeidliche hinwegzugehen. Einen Abzug zu betätigen bedeutete, einen kühlen Kopf zu bewahren und seine Gefühle zu ignorieren. So funktionierten Schlachten nun einmal.

So funktionierte der Erfolg.

»Weiß sie, wie gefährlich das ist?«, fragte Maitland.

»Das kann ich nicht sagen.« Guy stand an der Tür und schaute auf den mit Blättern bestreuten Platz, wo die Dorfkinder Willy belagerten und mit Fragen bombardierten. Was für ein herrliches, unbeschwertes, kindliches Getümmel, dachte er sehnsüchtig. Dann drehte er sich um und betrachtete die Narben, die nicht viel von Bill Maitlands Gesicht übrig gelassen hatten. »Ich weiß ja nicht einmal, ob *ich* weiß, wie gefährlich das ist.«

»Sie hat mir von einigen Vorfällen erzählt.«

»Vorfälle? Sie meint wohl die Menschen, die rechts und links von uns getötet wurden. Wir werden verfolgt, seit wir ...«

»Wer verfolgt Sie?«

»Die örtliche Polizei. Vielleicht auch andere.«

»Die Firma?«

»Ich weiß es nicht. Sie haben sich uns nicht vorgestellt.«

Unvermittelt begann Maitland, nervös in der Hütte auf und ab zu laufen. »Wenn die Sie bis hierher verfolgt haben ...«

»Vor wem verstecken Sie sich? Vor der Firma? Der hiesigen Polizei?«

»Zum Beispiel.«

»Wer ist es denn nun?«

»Alle.«

»Das macht es etwas übersichtlicher.«

Maitland setzte sich auf seine Schlafmatte und stützte den Kopf in die Hände. »Ich wollte in Ruhe gelassen werden. Mehr nicht. Nur in Ruhe gelassen.«

Guy betrachtete den vernarbten Schädel und fragte sich, wieso er keinerlei Mitleid empfand. Der Mann verdiente bestimmt ein bisschen Mitgefühl. Aber im Augenblick war Guy nur gereizt, weil Maitland ausschließlich an sich selbst dachte. Willy hat einen besseren Vater verdient, überlegte er.

»Ihre Tochter hat Sie bereits gefunden«, sagte er. »Daran können Sie nichts mehr ändern. Sie können sie nicht in die Vergangenheit zurückschieben.«

»Das will ich auch gar nicht. Ich bin froh, dass sie mich gefunden hat.«

»Trotzdem haben Sie es nicht für nötig erachtet, ihr zu sagen, dass Sie am Leben sind.«

»Ich konnte es nicht.« Mit schmerzverzerrtem Blick sah Maitland hoch. »Es standen Menschenleben auf dem Spiel, Menschen, die ich beschützen musste. Lan, die Kinder …«

Guy ließ nicht locker. Er trat einen Schritt näher zu Maitland. »Wer wird ihnen etwas tun? Es ist zwanzig Jahre her, und Sie haben immer noch Angst. Warum? Was für Geschäfte haben Sie gemacht?«

»Ich war nur eine Schachfigur – ich habe Flugzeuge geflogen, mehr nicht. Die Ladung war mir immer scheißegal.«

»Was waren das denn für Ladungen? Drogen? Waffen?«

»Manchmal.«

»Was denn nun?«

»Beides.«

»Und wer hat die Ware in Empfang genommen?« Guys Stimme war schneidend geworden.

Abrupt richtete Maitland sich auf. »Ich habe niemals Geschäfte mit dem Gegner gemacht. Ich habe nur meine Befehle ausgeführt.«

»Wie lautete der Befehl für diesen letzten Flug?«

»Einen Passagier abzuliefern.«

»Interessante Fracht. Wer war er?«

»Sein Name stand nicht auf den Frachtpapieren. Ich nehme an, es war irgendein VIP aus Laos. Wie sich herausgestellt hat, war sein Tod eine ausgemachte Sache.« Er schluckte. »Es war kein feindliches Feuer, das zu unserem Absturz geführt hat. Im Frachtraum ist eine Bombe explodiert. *Unsere* Leute haben sie an Bord gebracht. Wir sollten alle sterben.«

»Aber warum?«

Ein langes Schweigen entstand. Schließlich erhob Maitland sich, ging zur Tür und starrte auf den Kreis von Hütten. »Ich glaube, es wird Zeit, mit den Alten zu reden.«

»Was können die mir denn erzählen?«

Maitland drehte sich um und sah ihn an. »Alles.«

Lans Baby weinte in einer Ecke der Hütte. Sie nahm es an die Brust, wiegte es sanft hin und her und redete beruhigend auf das Mädchen ein. Dabei lauschte sie aufmerksam den Stimmen, die aus den Schatten kamen.

Sie hörten alle zu – die Kinder, die Familien. Willy verstand nicht, was gesagt wurde, aber sie spürte, dass es bei der Diskussion um etwas Wichtiges ging. Um etwas Beängstigendes.

In der Mitte der Hütte saßen die drei Dorfältesten – zwei Männer und eine Frau. Ihre Gesichter verschwammen im Nebel des Rauchs, der von den Räucherstäbchen aufstieg. Die Frau rauchte eine Zigarette, während sie etwas auf Vietnamesisch murmelte. Erst zeigte sie zum Himmel und dann auf Maitland.

»Sie sagt, es war noch nicht Zeit für deinen Vater, zu sterben«, flüsterte Guy Willy ins Ohr. »Aber die beiden anderen Männer, der Amerikaner und der Laote, starben, weil das genau der Tod war, der für sie von Anfang an vorherbestimmt war …« Er verstummte und lauschte fasziniert der Stimme der alten Frau. Ihr Klang wehte wie der Duft der Räucherstäbchen durch den Raum und wurde von den Schatten verschluckt.

Als einer der alten Männer das Wort ergriff, sprach er so leise, dass seine Stimme im Gemurmel der Zuhörer und den Geräuschen, die ihre Bewegungen verursachten, fast unterging.

»Er widerspricht ihr«, übersetzte Guy. »Er sagt, es war nicht das Schicksal, das den Laoten getötet hat.«

Heftig schüttelte die alte Frau den Kopf. Sofort entbrannte eine Diskussion darüber, warum der Passagier aus Laos wirklich gestorben war. Schließlich stand der Mann, der Einspruch erhoben hatte, auf und schlurfte in eine Ecke der Hütte. Dort schob er die Matte beiseite, die den Lehmboden bedeckte, wedelte eine Schicht Staub fort und nahm ein in Tüchern gewickeltes Bündel zur Hand. Mit zitternden Fingern wickelte er es aus dem verschlissenen Stoff und hielt das Objekt, das sich darin befand, ehrfurchtsvoll hoch.

Selbst im Dämmerlicht der Hütte war der Glanz von Gold nicht zu übersehen.

»Es ist das Medaillon«, wisperte Willy. »Das, von dem Lassiter gesprochen hat.«

»Der Laote hat es getragen«, erklärte ihr Vater.

Der Alte reichte Guy das Bündel. Vorsichtig nahm er das Medaillon aus seinem zerschlissenen Stoffbett. Obwohl die Oberfläche schwarz von der Explosion war, war die Prägung noch gut zu erkennen: ein dreiköpfiger Drachen mit gebleckten Stoßzähnen und Klauen, die zum Kampf bereit waren.

In der Stimme des Alten mischten sich Ehrfurcht und Bewunderung, als er weitersprach.

»Er hat genau so ein Medaillon schon einmal gesehen«, sagte Maitland. »Vor vielen Jahren in Laos. Es hing um den Hals von Prinz Souvanna.«

Geräuschvoll atmete Guy ein. »Es ist das königliche Wappen. Dieser Passagier …«

»War der Halbbruder des Königs«, ergänzte Maitland. »Prinz Lo Van.«

Aus der Mitte der Zuhörerschaft wurde ein unbehagliches Murmeln hörbar.

»Das verstehe ich nicht«, sagte Willy. »Warum hätte die Firma seinen Tod gewollt?«

»Das ergibt keinen Sinn«, pflichtete Guy ihr bei. »Lo Van war neutral und eher auf unserer Seite. Außerdem war er anständig und ein guter Führer. Mit unserer Unterstützung hätte er dafür gesorgt, dass wir in diesem Land Fuß fassen können. Und damit hätte sich die Waagschale zu unseren Gunsten geneigt.«

»Genau das sollte er tun«, bestätigte Maitland. »Diese Kiste mit Gold gehörte ihm. Sie sollte über Laos abgeworfen werden.«

»Um eine Armee zu finanzieren?«, fragte Willy.

»Genau.«

»Warum sollten sie ihn dann ermorden? Er war auf unserer Seite, also …«

»Aber die Jungs, die das Flugzeug in die Luft gejagt haben, waren es nicht«, unterbrach Guy.

»Du meinst, die Kommunisten haben die Bombe gezündet?«

»Nein. Jemand, der noch gefährlicher ist. Einer von unseren Leuten.«

Die Alten waren verstummt. Sie beobachteten ihre Gäste, wie ein Lehrer seinen Schüler ansah, der verzweifelt nach einer Antwort suchte.

Erneut ergriff die alte Frau das Wort. Maitland übersetzte.

»Während des Krieges haben einige von uns bei den Pathet Lao gelebt, der kommunistischen Widerstandsbewegung in Laos. Es gab nicht viele Orte, an denen man sich verstecken konnte. Deshalb haben wir in Höhlen geschlafen. Aber wir hatten Gemüsegärten und Hühner und Schweine – alles, was man zum Überleben braucht. Einmal, da lebte ich noch nicht lange in der Höhle, hörte ich ein Flugzeug. Ich dachte, es wäre der Feind, die Amerikaner. Sofort habe ich mein Gewehr genommen und bin hinausgegangen, um es abzuschießen. Aber mein Anführer hat mich daran gehindert. Ich habe nicht verstanden, warum er das Flugzeug landen ließ. Es hatte feindliche Kennzeichen, die amerikanische Flagge. Unser Anführer befahl uns, das Flugzeug zu entladen. Wir trugen Kisten mit Gewehren und Munition hinaus. Anschließend beluden wir das Flugzeug mit Opium, vielen, vielen Säcken. Ein Warenaustausch, dachte ich. Es musste ein gestohlenes Flugzeug sein. Aber dann stieg der Pilot aus, und ich habe sein Gesicht gesehen. Er war weder Laote noch Vietnamese. Er war wie ihr. Ein Amerikaner.«

»Friar Tuck«, murmelte Guy.

Die Frau sah ihn an. Ihre Augen waren dunkel und unergründlich.

»Ich habe ihn auch gesehen«, erklärte Maitland. »Ich wurde in einem Lager westlich von hier gefangen gehalten, als er landete, um die Ware auszutauschen. Ich kann Ihnen sagen, das ganze verdammte Land war eine einzige Opiumfabrik. Geld wurde auf beiden Seiten gemacht, viel Geld. Alles unter dem Deckmantel des Krieges. Ich glaube, das ist der Grund, warum Lo Van ermordet wurde. Um das Land in Aufruhr zu halten. Es gibt nichts Besseres als einen schmutzigen Krieg, um verdeckt Profite zu machen.«

»Wer hat das Gesicht des Piloten sonst noch gesehen?«, fragte Guy auf Vietnamesisch und sah sich im Raum um. »Wer kann sich noch daran erinnern, wie er aussah?«

Ein Mann und eine Frau, die in einer Ecke hockten, hoben langsam die Hand. Möglicherweise gab es noch andere, die zu verängstigt waren, um sich zu melden.

»In dem Lager waren außer mir noch vier weitere Kriegsgefangene«, sagte Maitland. »Sie haben das Gesicht des Piloten ebenfalls gesehen. Soweit ich mich erinnere, ist keiner von ihnen lebend nach Hause gekommen.«

Die Räucherstäbchen waren zu einem Haufen Asche niedergebrannt, aber der Rauch hing noch im Raum. Niemand machte ein Geräusch – nicht einmal die Kinder.

Deshalb habt ihr Angst, dachte Willy, während sie in den Kreis der Gesichter blickte. *Selbst jetzt, nach all den Jahren, wirft der Krieg noch seine Schatten über euer Leben.*

Und über meins.

»Kommen Sie mit uns zurück, Maitland«, sagte Guy. »Erzählen Sie Ihre Geschichte. Es ist die einzige Möglichkeit, sie hinter sich zu lassen. Und frei zu sein.«

Maitland stand in der Tür seiner Hütte und betrachtete die Kinder, die auf dem Dorfplatz spielten.

»Guy hat recht«, pflichtete Willy ihm bei. »Du kannst dich nicht dein ganzes Leben lang verstecken. Es wird Zeit, einen Schlussstrich zu ziehen.«

Ihr Vater drehte sich zu ihr. »Und was ist mit Lan? Den Kindern? Wenn ich jetzt gehe, lassen mich die Vietnamesen vielleicht nie wieder in ihr Land.«

»Dieses Risiko müssen Sie eingehen«, entgegnete Guy.

»Sei ein Held – ist es das, was Sie mir damit sagen wollen?« Maitland schüttelte den Kopf. »Jetzt will ich *Ihnen* mal etwas erzählen, Barnard. Die wirklichen Helden auf dieser Welt sind nicht die Jungs, die rausgehen und verrückte Risiken eingehen. Nein, das sind die, die dort bleiben, wo sie gebraucht werden, und wo sie hingehören. Vielleicht wird das Leben ein bisschen eintönig. Vielleicht treiben die Frau und die Kinder sie in den Wahnsinn. Aber sie bleiben.« Er warf Willy einen vielsagenden Blick zu, ehe er wieder zu Guy schaute. »Glauben Sie mir, ich habe genug Fehler gemacht, um es zu wissen.«

Maitlands Blick wanderte erneut zu seiner Tochter. »Heute Abend fahrt ihr beide zurück nach Hanoi. Du musst zurück nach Hause, Willy, und dein Leben weiterleben.«

»*Falls* sie nach Hause kommt«, warf Guy ein.

Maitland schwieg.

»Was glauben Sie, wie groß ihre Chancen sind?«, bohrte Guy erbarmungslos weiter. »Denken Sie mal darüber nach. Glauben Sie im Ernst, dass die sie in Ruhe lassen mit all dem, was sie weiß? Glauben Sie tatsächlich, dass sie sie leben lassen?«

»Dann nennen Sie mich eben einen Feigling«, platzte es aus Maitland heraus. »Nennen Sie mich verdammt noch mal, wie und was Sie wollen. Es ändert überhaupt nichts. Ich kann nicht noch einmal weggehen. Dieses Mal nicht.« Und damit stürzte er aus der Hütte.

Durch die offene Tür sahen sie ihn quer über den Platz zu dem Baum laufen, unter dem Lan saß. Lächelnd legte sie ihrem Mann das Baby in den Arm. Lange blieb er neben ihr sitzen, wiegte seine Tochter im Arm, hielt sie eng an die Brust gedrückt, als ob er befürchtete, jemand könnte sie ihm entreißen.

Du hältst die ganze Welt in deinem Arm, dachte Willy, während sie ihn beobachtete. *Du müsstest verrückt sein, wenn du das aufgibst.*

»Wir müssen ihn umstimmen«, sagte Guy. »Wir müssen ihn überreden, mit uns zurückzugehen.«

In diesem Moment schaute Lan auf, und ihre Blicke kreuzten sich. »Er kommt nicht zurück, Guy«, sagte Willy. »Er gehört hierher.«

»Du bist auch seine Familie«, protestierte Guy.

»Aber nicht die, die ihn jetzt braucht.« Sie lehnte den Kopf an den Türrahmen. Ein Blatt fiel von einem der Bäume und wurde über den Platz geweht. Ein nacktes Baby kroch hinter ihm her. »Zwanzig Jahre lang habe ich diesen Mann gehasst …« Sie seufzte. Und dann lächelte sie. »Ich glaube, es wird allmählich Zeit für mich, erwachsen zu werden.«

»Irgendetwas stimmt nicht. Andersen sollte längst wieder hier sein.«

Maitland stand am Rand des Dschungels und ließ seinen Blick über den Lehmpfad schweifen. Von der Stelle aus, an der der Jeep des Doktors gestanden hatte, führten Reifenspuren nach Norden. Die Zweige, die er zur Tarnung auf seinen Wagen gelegt hatte, waren auf der Erde verstreut. Doch von dem Jeep war nichts zu sehen.

Willy und Guy liefen die Straße auf und ab und dachten über Andersens Verspätung nach.

»Er weiß, dass ihr auf ihn wartet«, sagte Maitland. »Er ist schon eine Stunde zu spät.«

Guy trat einen Kieselstein fort und schaute hinterher, wie er im Gestrüpp verschwand. »Sieht ganz so aus, als kämen wir heute Abend nicht mehr nach Hanoi. Jedenfalls nicht ohne Auto.« Er schaute in den Himmel, der allmählich dunkler wurde. »Die Sonne geht schon unter. Wir sollten ins Dorf zurück.«

Maitland rührte sich nicht vom Fleck. Er starrte immer noch über den Weg.

»Vielleicht hat er eine Reifenpanne«, schlug Willy vor. »Oder das Benzin ist ihm ausgegangen. Wie auch immer, Dad – es sieht so aus, als würdest du uns heute Nacht nicht los.« Sie hakte sich bei ihm unter. »Guy hat recht. Es wird Zeit zurückzugehen.«

»Noch nicht.«

Willy lächelte. »Du willst uns unbedingt loswerden, stimmt's?«

»Was?« Er schaute seine Tochter an. »Nein, nein, natürlich nicht. Es ist nur …« Wieder ließ er seinen Blick über den Weg schweifen. »Irgendwas fühlt sich nicht richtig an.«

Aufmerksam sah Willy ihn an. Plötzlich war ihr genauso unbehaglich zumute wie ihm. »Glaubst du, dass es Probleme gibt?«

»Und wir sind nicht darauf vorbereitet«, erwiderte er grimmig.

»Was meinen Sie damit?« Guy drehte sich zu ihm um. »Das Dorf muss sich doch irgendwie verteidigen können.«

»Wir haben vielleicht eine Pistole, die funktioniert, und ein paar Relikte aus dem Krieg, die seit Jahren nicht benutzt wurden. Dazu Andersens Gewehr. Er hat es heute hiergelassen.«

»Und wie viele Patronen?«

»Nicht genug, um …« Plötzlich streckte Maitland das Kinn vor und drehte sich in die Richtung, aus der das Geräusch eines näherkommenden Wagens drang.

»In Deckung!«, befahl Guy.

Willy hechtete bereits hinter das nächste Gebüsch. Im selben Moment sprangen Guy und Maitland in die andere Richtung und tauchten in dem grünen Gezweig unter.

Sie schaffte es gerade noch, sich zu verbergen. In dem Augenblick, als sie im Dreck landete, bog ein Jeep um die Ecke. Durch das Gestrüpp des Unterholzes sah sie, dass er mit Soldaten voll besetzt war. Als er näherkam, wühlte Willy sich in Panik tiefer in das Blätterwerk hinein, ohne auf die Dornen zu achten, die ihr das Gesicht zerkratzten. Sie duckte sich ins Gestrüpp und wartete darauf, dass der Jeep vorbeifuhr. Etwas krabbelte über ihre Hand. Unwillkürlich zuckte sie zusammen. Ein fetter schwarzer Käfer fiel von ihrem Handrücken und verschwand in der Dunkelheit. Erst jetzt, als sie dem Insekt hinterhersah, bemerkte sie das merkwürdige Knistern in den Zweigen. Alles um sie herum schien mit einem Mal in Bewegung zu sein.

Himmel! Sie lag in einem Insektennest. Um sie herum wimmelte es von diesen schwarzen Tieren.

Mühsam unterdrückte sie einen Schrei und sprang zur Seite.

Und landete nur wenige Zentimeter neben einer menschlichen Hand. Die Finger waren kreideweiß und zu einer Kralle gebogen.

Selbst wenn sie hätte schreien wollen, hätte sie keinen Laut hervorgebracht. Ihre Kehle war wie zugeschnürt. Langsam wanderte ihr Blick von der Hand zu dem Arm und von dort bis zu dem Oberkörper. Und unerbittlich bis zu seinem Gesicht.

Gunnel Andersens tote Augen starrten sie an.

13. KAPITEL

Mit aufheulendem Motor donnerte der Jeep weiter.

Willy presste die Faust auf den Mund, um den Schrei des Entsetzens zu unterdrücken, der sie zu zerreißen drohte. Dabei biss sie sich so fest auf die Knöchel, dass sie zu bluten begannen. Sobald der Jeep außer Sicht war, verlor sie die Kontrolle über sich. Sie rappelte sich auf und taumelte rückwärts.

»Er ist tot!«, schrie sie.

Sofort waren Guy und ihr Vater an ihrer Seite. Sie spürte Guys warmen Arm, den er um ihre Hüfte legte, um sie festzuhalten. »Wovon redest du?«

»Andersen.« Mit zitternden Fingern zeigte sie auf das Gebüsch.

Ihr Vater ließ sich auf die Knie fallen und schob die Zweige beiseite. »Himmel«, wisperte er, als er die Leiche erblickte.

Die Bäume um sie herum schienen zu wanken. Willy sank zu Boden. Der Dschungel begann sich um sie zu drehen, eine graugrüne, schmierige Wand, während sie sich auf den weichen Untergrund erbrach.

Sie hörte die Stimme ihres Vaters, die eigentümlich gepresst klang. »Man hat ihm die Kehle durchgeschnitten.«

»Saubere Arbeit. Sehr professionell«, murmelte Guy. »Sieht so aus, als liege er schon seit Stunden hier.«

Mühsam hob Willy den Kopf. »Warum? Warum haben sie ihn umgebracht?«

Ihr Vater ließ die Zweige los, sodass die Leiche von den grünen Blättern bedeckt wurde. »Um ihn zum Schweigen zu bringen. Um uns von der Umwelt …« Unvermittelt sprang er auf. »Das Dorf. Ich muss sofort zurück.«

»Dad! Warte …«

Doch ihr Vater war bereits in den Dschungel eingetaucht.

Guy nahm ihren Arm und zog sie hoch. »Wir müssen los. Komm.«

Stolpernd folgte sie ihm über den Pfad. Die Sonne ging bereits unter; der Himmel über den Baumkronen hatte ein furchterregendes Rot angenommen.

Weiter vorne hörte sie ihren Vater rufen: »Lan! Lan!« Als sie aus dem Dschungel heraustraten, hatten sich rund ein Dutzend Dorfbewohner auf dem zentralen Platz versammelt und sahen zu, wie Maitland seine Frau in die Arme schloss.

»Die Leute müssen von hier verschwinden!«, rief Guy. »Maitland, sagen Sie es ihnen, verdammt noch mal. Sie müssen fort.«

Maitland ließ seine Frau los und drehte sich zu Guy um. »Wo zum Teufel sollen wir denn hin? Das nächste Dorf ist zwanzig Meilen von hier entfernt. Hier leben alte Menschen; und Babys.« Er deutete auf eine hochschwangere Frau. »Schauen Sie sie doch an. Glauben Sie, dass *sie* zwanzig Meilen laufen kann?«

»Sie muss. Wir alle müssen gehen.«

Maitland wollte sich abwenden, aber Guy riss ihn zurück und zwang ihn, zuzuhören. »Denken Sie darüber nach. Sie haben Andersen ermordet. Sie sind der Nächste. Und dann kommen die anderen dran – alle, die wissen, dass Sie noch leben. Es muss doch irgendeinen Platz geben, an dem wir uns verstecken können.«

Maitland wandte sich an einen der Dorfältesten und fragte ihn hastig etwas auf Vietnamesisch.

Der alte Mann runzelte die Stirn. Dann deutete er mit dem Finger nach Nordosten, wo die Berge lagen.

»Was hat er gesagt?«, fragte Willy.

»Er sagt, es gibt eine Stelle etwa fünf Kilometer von hier. Eine alte Höhle in den Hügeln. Sie haben sie schon einmal benutzt – damals, während eines anderen Krieges.« Er schaute hoch zum Himmel.

»Die Sonne ist fast untergegangen. Wir müssen gehen, solange es noch hell genug ist, um den Fluss zu überqueren.«

Die Dorfbewohner waren bereits ausgeschwärmt, um ihre Habseligkeiten zu sammeln. Jahrhunderte voller Kriege hatten sie gelehrt, dass man schnell sein musste, wenn man überleben wollte.

Maitlands Familie brauchte kaum fünf Minuten zum Packen. Lan wachte über die Demontage ihres Hausstands und sorgte dafür, dass nur die wichtigsten Dinge mitgenommen wurden – Decken, Nahrungsmittel, der kostbare Kochtopf. Sie verschwendete keine Zeit auf Worte oder Tränen. Erst vor der Hütte, als sie sich noch einmal umdrehte, schimmerte es verdächtig in ihren Augen. Beiläufig, beinahe routiniert, wischte sie die Tränen ab.

Letzte Reste des Tageslichts sickerten durch die Äste, als sich die zerlumpte Prozession in den Dschungel aufmachte – vierundzwanzig Erwachsene, elf Kinder und drei Babys. Willy hatte sie gezählt. *Und wir alle haben schreckliche Angst.*

Sie bewegten sich nahezu geräuschlos – sogar die Kinder. Die Stille war geradezu unwirklich – als ob Geister zwischen den Bäumen hindurchschwebten. Am Ufer eines schnell dahinströmenden Flusses blieben sie stehen. Ein Wasserrad drehte sich in den Fluten – eine ebenso filigrane wie stabile Konstruktion aus Bambusrohren, die eine Bewässerungsanlage versorgten. Da der Fluss zu tief war, als dass die Kleinsten hätten hindurchwaten können, wurden sie auf Schultern zum anderen Ufer getragen. Durchnässt und schmutzig krochen schließlich alle aus dem Wasser und setzten ihre Wanderung zu den Bergen fort.

Die Nacht brach herein. Im Licht des Vollmonds durchquerten sie eine gespenstische Umgebung aus Wind und Schatten, durch deren Dunkelheit sie Geister zu begleiten schienen. Inzwischen waren die Kinder so erschöpft, dass sie nur noch stolpernd vorankamen.

Doch niemand musste sie dazu anhalten, weiterzulaufen; die Angst vor Verfolgung hielt sie in Bewegung.

Endlich erreichten sie den Rand eines Felsvorsprungs. Eine riesige Felswand glitzerte silbern im Mondschein. Die Dorfältesten berieten leise miteinander, wie sie weiter vorgehen sollten. Die alte Frau führte schließlich den Weg an. Zielstrebig lief sie durch die Dunkelheit zu einer Treppe aus Steinstufen, die in den Fels gehauen waren. Sie stiegen hinauf, immer nahe am Rand des Felsvorsprungs entlang, bis sie vor einer Barriere aus dichtem Busch stehen blieben, die undurchdringlich zu sein schien.

Missbilligendes Gemurmel war zu hören. Dann trat einer der Dorfbewohner vor, schob die Zweige beiseite und hielt eine brennende Kerze empor. Doch man sah nur gähnende Leere. Er streckte seinen Arm in den Hohlraum, dessen nachtschwarze Dunkelheit die kleine Flamme am Docht zu verschlucken schien. Sie befanden sich am Eingang einer gigantischen Höhle.

Der Mann kroch hinein und tauchte sofort wieder auf, als eine flatternde Wolke über ihn hinwegzog. Nervöses Lachen breitete sich wie eine Welle in der Gruppe aus.

Fledermäuse, dachte Willy schaudernd.

Der Mann holte tief Luft und betrat die Höhle erneut. Kurz darauf rief er den anderen zu, ihm zu folgen.

Guy stieß Willy an. »Los. Geh hinein.«

Sie schluckte und zögerte. »Habe ich eine Wahl?«

Seine Antwort kam wie aus der Pistole geschossen. »Nicht die geringste.«

Das Dorf war verlassen.

Siang durchsuchte jede einzelne Hütte. Er drehte jedes Brett und jede Schlafmatte um auf der Suche nach geheimen Tunneln, die praktisch in jedem Dorf zu finden waren. In Friedenszeiten wurden die Tunnel als Vorratskammern genutzt; im Krieg dienten sie als Versteck oder Fluchtwege. Doch alle waren menschenleer.

Frustriert griff er nach einem Tontopf und schmetterte ihn auf den Boden, wo er krachend zerbarst. Dann trat er hinaus auf den runden Platz zwischen den Hütten, wo die Männer im Mondschein warteten. Die Gesichter hatten sie mit Tarnfarbe geschwärzt.

Sie waren fünfzehn an der Zahl, ausnahmslos Profis, ungehobelte Amerikaner, die um einiges größer waren als er. Nachdem man sie benachrichtigt hatte, waren sie innerhalb einer Stunde von Thailand aus gestartet. Wie erwartet war die laotische Flugabwehr ein löchriges Netz und nicht in der Lage, eine einzelne tief fliegende Maschine in ihrem Luftraum aufzuspüren, geschweige denn abzuschießen. Die Söldner hatten nur vier Stunden gebraucht, um von ihrem Landepunkt knapp hinter der vietnamesischen Grenze hierher zu kommen. Die ganze Operation hatte reibungslos funktioniert.

Bis jetzt.

»Sieht aus, als wären wir zu spät«, ertönte eine Stimme.

Siang drehte sich um. Sein Kunde trat aus den Schatten – ebenfalls ein Riese in dieser Versammlung hochgewachsener Männer.

»Sie haben nur ein paar Stunden Vorsprung«, verteidigte Siang sich. »Ihr Abendessen haben sie nicht angerührt.«

»Dann sind sie auch nicht weit gekommen. Nicht mit den Frauen und Kindern.« Der Mann wandte sich an einen der Söldner. »Was ist mit dem Gefangenen? Hat er geredet?«

»Nicht ein Wort.« Der Soldat stieß einen Dorfbewohner zu Boden. Sie hatten den Mann zehn Meilen weiter oben auf der Straße entdeckt. Er war nach Ban Dan unterwegs gewesen. Oder besser, die Hunde hatten ihn aufgespürt. Nützliche Tiere, diese Hunde, und absolut notwendig bei einer Operation, bei der ein einzelner überlebender Augenzeuge eine Katastrophe bedeuten konnte.

Gegen solche Tiere hatten die Dorfbewohner keine Chance, zu entkommen. Jetzt kniete er auf der Erde. Sein schwarzes Haar schimmerte silbern im Mondlicht.

»Bring ihn zum Reden.«

»Reine Zeitverschwendung«, knurrte Siang. »Diese Leute aus dem Norden sind stur. Er wird Ihnen nichts sagen.«

Einer der Söldner versetzte dem Mann einen Tritt. Doch selbst als er sich schmerzverzerrt auf dem Boden wand, spie er nur eine Reihe von Schimpfwörtern aus.

»Was? Was hat er gesagt?«, wollte der Söldner wissen.

Siang druckste herum. »Er sagt, dass wir verflucht sind. Dass wir so gut wie tot sind.«

Der Söldner lachte höhnisch. »Abergläubischer Quatsch!«

Siang schaute in die Dunkelheit hinaus. »Ich bin sicher, dass sie weitere Boten losschicken werden, um Hilfe zu holen. Bis morgen früh ...«

»Bis morgen früh haben wir den Job erledigt. Dann werden wir längst von hier verschwunden sein«, unterbrach ihn sein Auftraggeber.

»Wenn wir sie finden können«, gab Siang zu bedenken.

»Ein ganzes Dorf zu finden dürfte ja wohl kein Problem sein.« Der Mann drehte sich um und bellte einem der Söldner einen Befehl zu. »Dafür haben wir ja schließlich die Hunde.«

Ein Dutzend Kerzen flackerte in der Höhle. Draußen blies ein scharfer Wind; Böen bauschten die Decke auf, die am Eingang der Höhle hing. An den Wänden tanzten schattenhafte Silhouetten, und das Murmeln zahlreicher Stimmen bildete eine permanente Geräuschkulisse – das angstvolle Flüstern einer Dorfbevölkerung im Belagerungszustand. Kinder sammelten Steine oder flochten Lianen zu Seilen. Frauen schnitzten Bambusstangen zurecht, um daraus tödliche Fallen zu machen. Nur die Babys schliefen. Im Dunkel der Nacht hoben Männer Gruben aus, mit deren Hilfe sie ihr Land schon seit Jahrhunderten verteidigten. Diesen Dschungelkrieg gewann nicht der Stärkere mit den besseren Waffen, sondern derjenige, der schnell und schlau war und verzweifelt um sein Leben kämpfte.

Vor allem verzweifelt.

»Der Zylinder ist eingerostet«, stellte Guy fest, nachdem er in den Lauf einer alten Pistole geschaut hatte. »Sie könnten nur einen einzigen Schuss abgeben, mehr nicht.«

»Es sind ohnehin nur noch zwei Patronen drin«, antwortete Maitland.

»Dann ist sie praktisch wertlos.« Guy gab Maitland die Pistole zurück. »Es sei denn, man begeht Selbstmord.«

Einen Moment lang wog Maitland die Waffe nachdenklich in der Hand. Er wandte sich an seine Frau und sprach leise auf Vietnamesisch mit ihr.

Lan starrte auf die Pistole, als habe sie Angst, sie zu berühren. Dann nahm sie sie jedoch zögernd entgegen und verschwand in den Schatten der Höhle.

Guy nahm Andersens Sturmgewehr zur Hand und inspizierte es kurz. »Wenigstens dieses Baby funktioniert.«

»Ja. Es geht doch nichts über die gute alte AK-47«, sagte Maitland. »Ich habe mal gesehen, wie jemand eine davon aus dem Schlamm gebuddelt und sofort abgefeuert hat.«

Guy lachte. »Die andere Seite hat verdammt gute Arbeit geleistet, nicht wahr?« Er schaute sich um, als Willy näherkam. »Wie geht's denn bei euch voran?«

Müde ließ sie sich neben ihm in den Staub sinken. »Wir haben genug Stangen zugespitzt, um eine ganze Armee aufzuspießen.«

»Wir brauchen mehr«, sagte ihr Vater. Und mit einem Blick zum

Höhleneingang fuhr er fort: »Jetzt bin ich mal wieder mit Graben an der Reihe.«

»Ich war gerade draußen«, sagte Guy. »Alle Gruben sind fertig.«

»Dann brauchen sie Hilfe mit den anderen Fallen …«

»Sie wissen schon, was sie tun. Wir wären ihnen nur im Weg.«

»Es ist schwer zu glauben«, sagte Willy.

»Was?«

»Dass wir eine ganze Armee mit Schlingpflanzen und Bambus aufhalten können.«

»Das hat schon einmal geklappt«, erwiderte Maitland. »Auch gegen größere Heere. Außerdem wollen wir keinen Krieg gewinnen. Wir müssen nur so lange durchhalten, bis unsere Boten ihr Ziel erreicht haben.«

»Wie lange wird das dauern?«

»Bis zum nächsten Dorf sind es zwanzig Meilen. Falls sie ein Funkgerät haben, könnte morgen Vormittag Hilfe eintreffen.«

Willy ließ ihren Blick über die Kinder schweifen, die nach und nach vor Erschöpfung eingeschlafen waren. Guy berührte ihren Arm. »Du brauchst auch etwas Ruhe.«

»Ich kann nicht schlafen.«

»Dann leg dich einfach nur hin. Geh schon.«

»Und was ist mit euch beiden?«

Guy schob ein Magazin ein und ließ es einrasten. »Wir halten Wache.«

Sie runzelte die Stirn. »Glaubst du im Ernst, dass sie uns heute Nacht finden werden?«

»Wir haben jede Menge Spuren hinterlassen.«

»Aber sie brauchen Tageslicht …«

»Nicht, wenn sie einen örtlichen Informanten haben«, schaltete ihr Vater sich ein. »Jemand, der diese Höhlen kennt. Wenn wir im Dunkeln hierher gefunden haben, können die das auch.« Er griff nach dem Gewehr und schlang es sich über die Schulter. »Minh und ich übernehmen die erste Wache, Guy. Sehen Sie zu, dass Sie etwas Schlaf bekommen.«

Guy nickte. »Ich werde Sie in ein paar Stunden ablösen.«

Nachdem ihr Vater gegangen war, schaute Willy wieder zu den schlafenden Kindern. Ihr kleiner Halbbruder hatte sich unter einem Bündel Decken zusammengerollt. *Was wird mit ihnen passieren?* fragte sie sich. *Mit uns allen?* In einer gegenüberliegenden Ecke spitzten zwei alte Frauen Bambusstöcke an; das kratzende Geräusch verursachte Willy eine Gänsehaut.

»Ich habe Angst«, flüsterte sie.

Guy nickte. Das Kerzenlicht zeichnete harte Linien in sein Gesicht. »Wir haben alle Angst. Jeder Einzelne von uns.«

»Es ist meine Schuld. Ständig muss ich darüber nachdenken, wie es gewesen wäre, wenn ich alleine gefahren wäre ...«

Er berührte ihr Gesicht. »Ich bin derjenige, der sich verantwortlich fühlen sollte.«

»Warum?«

»Weil ich dich benutzt habe. Obwohl ich es immer bestritten habe – ich hatte von Anfang an vor, dich zu benutzen. Und wenn dir jetzt etwas zustoßen sollte ...«

»Oder dir«, fiel sie ihm ins Wort und schloss ihre Hand um seine Finger. »Lass mich bloß nicht an deinem Sarg weinen, Guy Barnard. Das würde ich nämlich nicht überleben. Also versprich es mir.«

Er drückte ihre Hand an seine Lippen. »Ich verspreche es dir. Und du sollst wissen, dass ich vorhabe ...« Er machte eine kurze Pause und fuhr lächelnd fort. »Dass ich vorhabe, dich viel öfter zu sehen, wenn wir hier wieder raus sind. Falls du nichts dagegen hast.«

Sie erwiderte sein Lächeln. »Ich bestehe darauf.«

Warum erzählen wir uns diese dummen Lügen? fragte sie sich. *Wir tun ja gerade so, als hätten wir eine Zukunft.* Im Angesicht des

Todes bedeuteten Versprechen noch viel mehr als sonst.

»Und wenn sie uns finden?«, flüsterte sie.

»Wir tun, was wir können, um am Leben zu bleiben.«

»Stöcke und Steine gegen Automatikwaffen? Der Kampf könnte sehr schnell vorbei sein.«

»Wir haben eine gute Verteidigungsposition. Auf dem Weg lauern jede Menge Fallen. Und wir haben einige der geschicktesten Kämpfer auf der Welt auf unserer Seite. Männer, die Armeen in Schach gehalten haben, indem sie ihren Verstand und ihre Geschicklichkeit benutzten.« Er schaute hinauf in die Dunkelheit, die die schwachen Kerzenflammen nicht erreichen konnten. »Diese Höhle ist angeblich heilig. Es ist eine Zufluchtsstätte, älter als die Erinnerung der Menschen. Wenn du durch diesen Tunnel dort hinten läufst, kommst du am östlichen Fuß des Felsvorsprungs raus. Diese Menschen sind richtig clever. Sie lassen sich niemals in eine Ecke drängen. Sie haben immer einen Fluchtweg.« Er betrachtete die Familien, die im Schatten dösten. »Seit der Steinzeit führen sie Kriege. Und sie können es barfuß, mit nur einer Handvoll Reis. Wenn es ums Überleben geht, sind *wir* die Neulinge.«

Vor der Höhle heulte der Wind, die Bäume ächzten, und die Blätter der Büsche schlugen gegen den Felsen. Eines der Kinder schrie im Schlaf. Das ängstliche Schluchzen hörte sofort auf, als die Mutter es in den Arm nahm.

Die Kleinen verstehen überhaupt nichts, überlegte Willy. Aber sie wissen genug, um ängstlich zu sein.

Guy schloss sie in die Arme. Gemeinsam sanken sie auf die Erde und hielten sich fest. Sie brauchten nicht zu sprechen; es reichte, ihn in der Nähe zu haben und ihre Herzen im Gleichtakt schlagen zu hören.

Ganz hinten in ihrer Ecke spitzten die beiden alten Frauen immer noch ihre Bambusstöcke.

Willy schlief tief und fest, als Guy aufstand, um Wache zu halten. Es fiel ihm nicht leicht, sie allein zu lassen. In den wenigen Stunden, die sie schlafen konnten, hatten sie sich auf der harten Erde aneinandergeschmiegt. Ihre Körper lagen so eng zusammen, dass es für sie praktisch kein Zurück mehr gab. Selbst wenn er sie nie wieder sehen sollte, selbst wenn sie plötzlich aus seinem Leben verschwinden sollte, würde sie immer ein Teil davon bleiben.

Er deckte sie zu und verschwand in der Nacht.

Der Himmel war ein blitzendes Sternenmeer. Guy fand Maitland ein paar Meter entfernt auf einem Felsvorsprung kauernd. Guy ließ sich neben ihm auf dem Stein nieder.

»Totenstille«, sagte Maitland. »Bis jetzt.«

Zusammen saßen sie unter den Sternen, lauschten dem Wind und dem Rauschen der Büsche, deren Zweige gegen die Felsen schlugen. Ein Stein rollte polternd den Berg hinunter. Guy schaute hoch und entdeckte auf einem höheren Plateau die Silhouette eines der Dorfbewohner gegen den Nachthimmel.

»Haben Sie etwas geschlafen?«, erkundigte Maitland sich.

Guy schüttelte den Kopf. »Wissen Sie, früher konnte ich überall und zu jeder Zeit schlafen. Egal, wo ich mich gerade befand und was gerade passierte. Hubschrauberlandungen. Heckenschützenfeuer. Aber heute nicht. Und nicht hier. Ich kann Ihnen sagen – das ist nicht meine Art von Kampf.«

Maitland drückte Guy das Gewehr in die Hand. »Ja. Es ist ein ganz anderer Krieg, wenn das Leben von Menschen, die man liebt, auf dem Spiel steht, nicht wahr?« Er stand auf und verschwand in der Dunkelheit.

Menschen, die man liebt? Der Gedanke, dass er verliebt war, erfüllte Guy mit Erstaunen. Obwohl es ihn eigentlich nicht überraschen sollte. Insgeheim wusste er es schon längst: Er hatte sich tatsächlich in Maitlands Tochter verliebt.

So etwas hatte er nie geplant, und er hatte es ganz gewiss nicht gewollt. Er war sich nicht einmal sicher, ob er seine Gefühle als *Liebe* bezeichnen konnte. Sie hatten doch nur eine Woche in der Hölle zusammen verbracht. *Und im Himmel,* dachte er, als er sich an die Nacht in der Hütte unter dem Moskitonetz erinnerte. Der Gedanke, dass ihr etwas zustoßen könnte, war ihm unerträglich, und er würde alles tun, um ihr Leben zu retten. Konnte man diese Art von Gefühl als *Liebe* bezeichnen?

Irgendwo in der Nacht schrie ein Tier.

Er umklammerte den Lauf des Gewehrs fester.

Noch vier lange Stunde bis zum Morgengrauen.

Mit dem ersten Licht des neuen Tages kam der Angriff.

Guy hatte das Gewehr bereits an den nächsten Mann übergeben, der nach ihm Wache hielt, und betrachtete die Felswand, als ein Schuss ertönte. Instinktiv duckte er sich, um in Deckung zu gehen. Als er hinter ein paar dichte Büsche robbte, ertönten weitere Schüsse aus Automatikwaffen. Von oben vernahm er einen Schrei und wusste, dass seine Wachablösung getroffen worden war. Er linste hinauf, um zu sehen, wie schwer der Mann verletzt war. Durch die Schwaden des Morgennebels erkannte er seinen blutüberströmten Arm, der leblos über der Felskante baumelte. Weitere Gewehrsalven ertönten und prasselten gegen die Felswand. Das Feuer wurde nicht beantwortet, denn die einzige Waffe, über die das Dorf verfügte, lag nun in den Händen eines toten Mannes.

Guy schaute hinunter und entdeckte die anderen Dorfbewohner, die hinter den Felsen Deckung suchten. Wie lange würden sie die Höhle ohne Waffen verteidigen können? Ihre ganze Hoffnung lag nun in den Fallen – den Stolperdrähten und den Gruben mit den zugespitzten Bambusstangen, die ihnen die Angreifer vom Hals halten sollten.

Guy schaute hinauf zu dem Felsvorsprung, wo das Gewehr lag. Diese kostbare AK-47 konnte den Unterschied ausmachen zwischen Leben und Tod.

Ein paar Meter bergan entdeckte er einen Felsbrocken sowie ein paar spärliche Büsche, die ihm auf dem Weg nach oben als Deckung dienen konnten. Es gab keine andere Route, keine andere Möglichkeit. Er duckte sich und machte sich bereit, um mit einem Sprung den ersten Busch zu erreichen.

Willy rührte in einem dampfenden Topf mit Reis und Brühe, als sie die Schüsse hörte. Ihr erster Gedanke galt Guy. *Lieber Gott, ist er verletzt worden?*

Aber ehe sie einen Schritt machen konnte, packte ihr Vater sie am Arm. »Nein, Willy.«

»Vielleicht braucht er Hilfe …«

»Du kannst da nicht raus!« Er rief nach seiner Frau, die ihn durch den Tumult hindurch hörte. Sie griff nach Willys Arm und zog sie in den hinteren Teil der Höhle. Die anderen Frauen trieben die Kinder bereits in den Fluchttunnel. Willy konnte nur hilflos zuschauen, als die Männer zu ihren primitiven Waffen griffen und nach draußen drängelten.

Aus der Ferne kamen weitere Schüsse, und Steinbrocken fielen den Felsen hinunter.

Wo bleibt der Gegenangriff? dachte Willy. *Warum schießt keiner zurück?*

Vor dem Eingang der Höhle flog ein Gegenstand über den Boden und platzte auf. Eine Rauchwolke wehte ihnen entgegen. Es stank so entsetzlich, dass Willy unwillkürlich zurücktaumelte und nach Luft schnappte.

»Nach hinten, nach hinten!«, schrie ihr Vater. »Hinein in den Tunnel, alle zusammen.«

»Was ist mit Guy?«

»Er kann auf sich selbst achtgeben. Bringt die Kinder von hier weg.« Mit fast brutaler Gewalt schob er sie in den Tunnel hinein. »Beweg dich!«

Ihr blieb keine andere Wahl. Aber als sie sich umdrehte, um zu fliehen, und weitere Gewehrsalven hörte, hatte sie das Gefühl, einen Teil von sich selbst auf dem umkämpften Felsen zurückzulassen.

Die Kinder waren bereits im Tunnel verschwunden. Nur wenige Meter vor ihr weinte ein Baby. Sie folgte dem Laut und tauchte hinein in absolute Dunkelheit.

Plötzlich flammte ein Licht im Gang auf. Es war eine Kerze. Im Schein der Flamme erkannte sie das ledrige Gesicht der alten Frau, die sie zu der Höhle geleitet hatte. Jetzt führte sie die Prozession der verängstigten Frauen und Kinder an.

Willy, die die Nachhut bildete, konnte der Kerzenflamme kaum folgen. Die alte Frau bewegte sich schnell; offensichtlich kannte sie den Weg. Vielleicht war sie schon einmal über diesen Weg geflüchtet, bei einer anderen Schlacht, in einem anderen Krieg. Es tröstete sie ein wenig zu wissen, dass sie der Spur einer Überlebenden folgten.

Der erste Schritt war eine Überraschung für Willy. Einen Moment lang schwebte ihr Fuß im Nichts, ehe er auf einem glitschigen Stein landete. Wie weit noch? fragte sie sich, als sie die Hand ausstreckte, um sich an der Tunnelwand abzustützen. Ihre Finger berührten Klumpen von hartem Wachs – Spuren alter Kerzen. Wie viele vor ihr mochten sich schon über diese Stufen getastet haben und waren in Panik gestürzt? Die Angst all dieser zahllosen Fliehenden schien immer noch in der Dunkelheit zu hängen.

Der Tunnel machte eine scharfe Linkskurve und führte weiter abwärts. Sie fragte sich, wie weit sie schon gelaufen waren. Die Strecke erschien ihr meilenweit. Die Gewehrsalven waren nur noch als leises Plopp-Plopp-Plopp aus der Ferne zu hören. Sie wollte nicht darüber nachdenken, was da draußen passierte. Sie konnte sich nur auf die winzige Flamme konzentrieren, die weit vorne flackerte.

Plötzlich schien die Flamme heller zu werden, gefolgt von einer regelrechten Explosion von Licht. Als sie um die Ecke bog, stellte sie zu ihrer Überraschung fest, dass es nicht die Kerze war. Sondern Tageslicht!

Freudiges Murmeln drang durch den Gang. Plötzlich konnten alle nicht schnell genug den Ausgang erreichen, hinaustreten und in den hellen Sonnenschein blinzeln.

Willy kniff die schmerzenden Augen zusammen und betrachtete die Bäume, die Berge und den Himmel. Sie hatten die andere Seite des Felsens erreicht. Sie waren in Sicherheit. Vorerst.

Aus der Ferne erklangen weiter die Gewehrschüsse.

Die alte Frau befahl ihnen, in den Dschungel zu gehen. Zunächst verstand Willy nicht, warum sie sich so beeilen sollten. Gab es eine neue Gefahr, die sie noch nicht erkannt hatte? Dann hörte sie, was die Alte in Panik versetzte: Hunde.

Die anderen vernahmen jetzt ebenfalls das Gebell. Voller Panik stürzten sie in den Wald. Nur Lan bewegte sich nicht. Willy sah, wie sie vollkommen ruhig dastand. Sie schien auf die Hunde zu lauschen, abzuschätzen, aus welcher Richtung sie kamen, wie weit sie noch entfernt waren. Ihre beiden Jungen betrachteten sie voller Angst und Verwirrung, weil sie keinen Schritt vorwärts machte.

Lan schob die Jungen weiter und befahl ihnen zu fliehen. Die Jungen schüttelten den Kopf. Sie würden nicht ohne ihre Mutter gehen. Lan drückte das Baby ihrem ältesten Sohn in die Arme und stieß beide Kinder noch einmal energisch an. Der kleinere Junge war in Tränen ausgebrochen. Er schüttelte den Kopf und klammerte sich an ihren Ärmel. Aber er durfte den Befehl seiner Mutter nicht missachten. Schluchzend wurde er von seinem älteren Bruder fortgeführt, um sich den anderen Kindern auf der Flucht anzuschließen.

»Was haben Sie vor?«, rief Willy. War die Frau verrückt geworden?

Ruhig drehte Lan sich in die Richtung, aus der das Hundegebell kam.

Willy schaute zum Wald und sah die Kinder, die zwischen den Bäumen hindurch flüchteten. Sie waren so klein, so hilflos. Wie weit würden sie kommen?

Sie drehte sich wieder zu Lan um, die jetzt zielstrebig durch den Schmutz stapfte, dorthin, wo die Hunde zuerst hinkommen würden. Und dann fiel es Willy wie Schuppen von den Augen: Lan hinterließ ihre Spur für die Tiere. Sie sollten ihr folgen und von den Kindern abgelenkt werden. Indem sie das tat, opferte sich die Frau für alle anderen.

Das Gebell wurde lauter. Willys Instinkt befahl ihr, endlich weiterzulaufen. Aber sie dachte an Guy und ihren Vater, die freiwillig und ganz selbstverständlich die Rolle der Retter übernommen hatten und sich dem Feind in den Weg stellten. Die letzten Kinder verschwanden im Dschungel. Sie brauchten Zeit – Zeit, die ihnen niemand schenken konnte.

Jetzt begann sie ebenfalls, auf der schmutzigen Erde herumzulaufen.

Überrascht schaute Lan sich um, als sie sah, was Willy tat. Sie wechselten kein Wort, nur einen Blick und ein trauriges, wissendes Lächeln. Mehr brauchten die beiden Frauen nicht, um sich zu verständigen.

Willy riss einen Streifen Stoff aus ihrer Bluse und trat den Fetzen in den Schmutz. Bestimmt würden die Hunde die Fährte aufnehmen. Dann drehte sie sich um und lief nach Süden, zurück zu der Felswand. Fort von den Kindern. Auch Lan entfernte sich vom Fluchtweg der Dorfbewohner.

Willy beeilte sich nicht. Schließlich rannte sie nicht länger um *ihr*

Leben. Sie fragte sich, wie lange die Hunde wohl brauchen würden, bis sie sie eingeholt hatten. Und wenn sie bei ihr waren – wie lange konnte sie sich gegen sie zur Wehr setzen? Sie brauchte unbedingt eine Waffe. Eine Keule, einen Stock. Sie griff nach einem abgebrochenen Ast, riss die Zweige ab und schwang ihn ein paar Mal hin und her. Er lag gut und schwer in ihrer Hand. Die Hunde würden erst einmal zögern, ehe sie zum Angriff übergingen. Wenn sie schon eine Beute war, dann würde sie verdammt schwer zu bekommen sein.

Das Gebell kam immer näher, ein teuflisches Geräusch, erbarmungslos und Furcht einflößend. Doch jetzt vermischte es sich mit etwas anderem, einem rhythmischen, monotonen Dröhnen, das die Erde zum Beben zu bringen schien, als es lauter wurde. Es waren keine Gewehrschüsse …

Hubschrauber!

Neue Hoffnung flammte in ihr auf, und sie schaute hinauf zum Himmel. In der Ferne erkannte sie zwei schwarze Punkte gegen das helle Blau des morgendlichen Himmels. War das die Rettungsmannschaft, auf die sie gewartet hatten?

Sie kletterte auf einen Felsen und begann, mit den Armen zu wedeln. Es war ihre einzige Chance – Guys einzige Chance – zu überleben.

Ihre ganze Aufmerksamkeit richtete sich auf die beiden stecknadelkopfgroßen Punkte am Himmel. Deshalb bemerkte sie die Hunde erst, als es zu spät war.

Aus den Augenwinkeln sah sie einen braunen Blitz seitwärts an ihr vorbeihechten. Sie fuhr herum, als ihr ein Kieferpaar an die Kehle zu springen versuchte. Ihre Reaktion war rein reflexartig. Sie sprang zur Seite, und hundert Pfund Fell und Zähne verbissen sich in ihrer Schulter. Schreiend stürzte sie zu Boden und die mächtigen Kiefer bohrten spitze Zähne in ihren Arm.

Schritte kamen näher, und eine Stimme schrie: »Zurück. Ich sagte *zurück*!«

Der Hund ließ sie los und blieb knurrend vor ihr stehen.

Langsam hob Willy den Kopf und sah die beiden Männer in Tarnanzügen, die sich über sie beugten. *Amerikaner*, dachte sie konsterniert. Was taten die denn hier?

Zwei kräftige Hände rissen sie unsanft hoch. »Wo sind die anderen?«, blaffte einer der Männer.

»Sie tun mir weh …«

»Wo sind die anderen?«

»Es gibt keine anderen!«, schrie sie.

Sein heftiger Fausthieb brachte sie erneut zu Boden. Zu verdattert, um sich zu bewegen, blieb sie hilflos vor dem Mann liegen und versuchte verzweifelt, einen klaren Gedanken fassen zu können.

»Mach sie alle.«

Nein, dachte sie. *Bitte nicht …*

Aber sie wusste, dass kein Flehen der Welt die Männer von ihrer Absicht abbringen konnte. Sie lag auf dem Boden, die Arme um die Brust geschlungen, und wartete auf das Ende.

Plötzlich sagte der andere Söldner: »Noch nicht. Vielleicht ist sie uns noch nützlich.«

Sie wurde hochgezogen und auf die Füße gestellt. Sie schwankte, und ihr war übel.

Augen in einem ausdruckslosen Gesicht, beschmiert mit schwarzer Tarnfarbe, starrten sie teilnahmslos an. »Warten wir doch mal ab, wie der gute Friar darüber denkt.«

14. KAPITEL

Das Ziel war ganz nah. Höchste Zeit, den letzten Schritt zu riskieren.

Guy lag bäuchlings hinter einem Felsbrocken und versuchte, die Entfernung bis zur nächsten Gewehrmündung abzuschätzen. Knapp zwanzig Meter mussten es sein. Ihm blieben nur ein paar spärliche Büsche als weitere Deckung und ein armseliger Baum auf halber Strecke. Er sah die Mündung der AK-47 über den Felsvorsprung ragen – so dicht, dass er sie praktisch anspucken konnte, und dennoch außer Reichweite.

Vorsichtig ging er in die Hocke und bereitete sich auf die letzten Meter vor.

Eine Gewehrsalve spritzte gegen die Felswand. Sofort ließ er sich wieder auf die Erde fallen. *Das ist eine bescheuerte Idee, Barnard. Die bescheuertste, die du jemals hattest!*

Er schaute nach unten. Maitland gestikulierte zu ihm herauf. Was zum Teufel wollte er damit sagen? Guy war sich nicht sicher, aber er vermutete, dass er ihn aufforderte zu warten und liegen zu bleiben. Doch die Zeit wurde knapp. Die Männer in den Tarnanzügen, die sich durch den Busch schlugen, hatten den Fuß des Felsens fast erreicht. Und die erste Falle. *Himmel, lass sie langsamer werden. Gib uns mehr Zeit.*

Er hörte, wie das erste Opfer in eine der Bambusfallen stürzte. Ein gellender Schrei hallte von den Felswänden wider. Der Schrei eines Mannes, der soeben von den spitzen Spießen aufgespießt worden war. Weitere Rufe ertönten, Flüche wurden gebrüllt. Offenbar herrschte totale Verwirrung, während die Söldner versuchten, ihren verletzten Kameraden zu bergen.

Das war nur ein Vorgeschmack, Jungs, dachte Guy mit grimmiger Befriedigung. *Wartet nur ab, was als Nächstes kommt.*

Die Angreifer fackelten nicht lange. Ein Befehl wurde gebellt, und ein halbes Dutzend Söldner begann, den Weg zum Felsen hinauf zu stürmen. Dabei kamen sie der zweiten Falle immer näher. Es war ein Stolperdraht, bei dessen Berührung ein stark geneigter Baumstamm auf die Gegner stürzen würde. Aber jetzt waren die Angreifer gewarnt; sie wussten, dass mit jedem Schritt ein Risiko verbunden war, und sie suchten argwöhnisch nach weiteren Gefahrenquellen. Misstrauisch beäugten sie jeden Felsen und jeden Busch mit den geübten Augen von Männern, die sich im Dschungelkampf auskannten.

Wir haben fast alle Trümpfe ausgespielt, dachte Guy. *Jetzt hilft nur noch beten.*

Dann hörte er es. Alle hörten es. Ein vertrautes Brummen, das sie in den Himmel schauen ließ. Hubschrauber.

In diesem Augenblick, als alle Blicke nach oben gerichtet waren, begann Guy zu rennen. Sein plötzliches Auftauchen überraschte die Söldner so sehr, dass sie um Sekundenbruchteile zu spät reagierten. Und dann brach die Hölle los. Kugeln spritzten über den Boden und wirbelten Staubwolken auf. Doch Guy hatte sein Ziel halb erreicht und kroch durch das letzte Dickicht. Die Zeit schien stillzustehen. Jeder Schritt dauerte eine Ewigkeit. Vor seinen Füßen explodierte der Boden. Er hörte einen Schrei aus der Ferne und dann den dumpfen Aufschlag eines Baumstamms. Die zweite Falle hatte die Soldaten auf dem Pfad erwischt.

Er setzte zu einem Sprung an und landete taumelnd auf dem Felsvorsprung. Jetzt bewegte sich alles im Zeitraffer. Er riss dem toten Mann die AK-47 aus den Händen, zielte und begann zu feuern.

Ein Söldner, der ungedeckt unterhalb von ihm stand, ging sofort zu Boden. Die anderen hasteten in den Dschungel zurück. Zwei Tote lagen auf dem Pfad – Opfer der letzten Falle.

Willkommen in der Steinzeit, Rambo!

Guy feuerte weiter, während die Angreifer aus seinem Blickfeld verschwanden und hinter Bäumen Deckung suchten. Er wartete auf eine Bewegung, auf ein Zeichen eines neuen Angriffs. Im Augenblick stand es unentschieden.

Er suchte den Himmel nach den Hubschraubern ab. Zu seiner Bestürzung entfernten sie sich wieder. Bald waren sie nur noch kleine Punkte am Horizont. Verzweifelt sah er ihnen nach, wie sie in einem unendlichen Meer von Blau davondrifteten.

Jetzt drangen von unten Rufe auf Vietnamesisch zu ihm herauf. Im selben Moment bemerkte er die Rauchsäule, die an der Klippenwand emporstieg. Der schwärzeste, schönste Rauch, den er je gesehen hatte. Die Dorfbewohner hatten die Bergflanke in Brand gesetzt.

Rasch suchte er noch einmal das endlose Blau über seinem Kopf ab und schickte ein Stoßgebet in den Himmel. Innerhalb von Sekunden entdeckte er sie – zwei Insekten, die am Horizont entlangflogen. War es nur Wunschdenken, oder kamen sie tatsächlich näher?

Eine weitere Bewegung am Fuße der Felswand erregte seine Aufmerksamkeit. Als er hinuntersah, entdeckte er zwei Gestalten, die aus dem Dschungel auftauchten und sich dem Felsen näherten. Sofort richtete er die Gewehrmündung auf sein Ziel und wollte gerade abdrücken, als er erkannte, wer da unten stand. Sein Zeigefinger erstarrte mitten in der Bewegung.

Ein Mann hielt einen menschlichen Schild vor sich. Selbst aus der Entfernung erkannte Guy das Gesicht der Geisel. Es war kreideweiß und trug einen hilflosen Ausdruck zur Schau.

»Lassen Sie die Waffe fallen, Barnard!« Der Befehl eines unsichtbaren Mannes, der sich zwischen den Bäumen verbarg, hallte von den Felswänden wider. Die Stimme kam ihm seltsam bekannt vor.

Guy gefror zur Pose eines Scharfschützen, den Finger am Abzug, die Wange an das Gewehr gepresst. Verzweifelt zermarterte er sich das Gehirn auf der Suche nach einem Ausweg, um Willy lebend aus dieser Zwangslage herausholen zu können. Ein Austausch? Es war die einzige Möglichkeit: ihr Leben gegen seines. Würden sie sich darauf einlassen?

»Ich habe gesagt, *fallen lassen*!«, rief die körperlose Stimme.

Willys Geiselnehmer hob die Pistolenmündung an ihre Schläfe.

»Oder möchten Sie sehen, was eine Kugel mit diesem hübschen Gesicht anstellen kann?«

»Warten Sie!«, rief Guy. »Lassen Sie uns reden …«

»Keine Verhandlungen.«

Die Mündung wurde an Willys Schläfe gedrückt.

»Nein!« Guys Stimme, schrill vor Panik, schallte von den Felswänden zurück.

»Dann lassen Sie die Waffe fallen. *Jetzt!*«

Guy ließ die AK-47 zu Boden gleiten.

»Treten Sie sie weg. Machen Sie schon!«

Guy versetzte der Waffe einen Fußtritt. Sie rutschte über den Felsvorsprung und landete weiter unten zwischen den Steinbrocken.

»Stehen Sie auf. Ich will Sie sehen. Na los, wird's bald?«

Langsam erhob sich Guy. Er rechnete damit, dass ihm sofort die Kugeln um die Ohren fliegen würden.

»Und jetzt kommen Sie von dem Felsen runter. Und Sie auch, Maitland. Ich habe nicht den ganzen Tag Zeit. Bewegen Sie sich!«

Guy hastete den Klippenweg hinunter. Als er unten ankam, wartete Maitland bereits. Zum Zeichen seiner Niederlage hatte er die Hände hinter dem Kopf verschränkt. Guys ganze Sorge galt Willy. Sie war verletzt; ihre Bluse war zerrissen und blutbefleckt und ihr Gesicht beängstigend blass. Aber in ihrem Blick, mit dem sie Guy anschaute und der ihn mitten ins Herz traf, lag ein geradezu verzweifelter Mut. Ihr Blick sagte ihm: *Mach dir keine Sorgen um mich. Mir geht es gut. Und ich liebe dich.*

Grinsend ließ ihr Geiselnehmer seine Pistole sinken. Jetzt erkannte Guy sein Gesicht: Es war derselbe Mann, mit dem er auf der Hotelterrasse in Bangkok gekämpft hatte. Der thailändische Killer – oder war er Vietnamese?

»Hallo, Guy«, ließ sich ein anderer Mann vernehmen. Es traf Guy wie ein Schock, als er die Stimme erkannte.

Der Mann trat aus dem Dschungel heraus in den Sonnenschein. Seine mächtigen Schultern brachten den Stoff seines Tarnanzugs fast zum Zerreißen.

Maitland stockte der Atem. »Das ist er«, murmelte er. »Friar Tuck.«

»Toby?«, fragte Guy entgeistert.

»Sowohl als auch«, antwortete Tobias Wolff lächelnd. Sein Gesichtsausdruck schwankte zwischen Triumph und Bedauern, als er vor ihnen stand. »Ich wollte dich nicht umbringen, Guy. Im Gegenteil, ich habe alles Mögliche unternommen, um es zu vermeiden.«

Guy ließ ein bitteres Lachen hören. »Warum?«

»Ich schuldete dir was. Hast du das vergessen?«

Stirnrunzelnd betrachtete Guy Tobys Beine. Er hatte weder Prothesen noch Krücken. »Du kannst ja laufen.«

Toby zuckte mit den Schultern. »Du weißt doch, wie das in Militärkrankenhäusern ist. Die Ärzte haben mir die schlechte Nachricht überbracht. Sie sagten, sie könnten nichts für mich tun und sind gegangen. Sie haben mich in einer Ecke abgestellt und vergessen. Aber ich war trotzdem kein hoffnungsloser Fall. Zuerst kam das Gefühl in meine Zehen zurück. Dann konnte ich sie wieder bewegen. Nein, nein, ich habe es Onkel Sam nie erzählt. Schließlich verschaffte mir mein Zustand die Freiheit, unbehelligt meinen Geschäften nachzugehen. Das ist das Schöne, wenn man querschnittsgelähmt ist: Du gerätst nie unter Verdacht.« Er grinste. »Und außerdem bekommst du noch jeden Monat die Invalidenrente überwiesen.«

»Die dürfte ziemlich üppig ausfallen«, knurrte Guy.

»Das ist nun mal der Grundsatz der Dinge. Onkel Sam ist mir für meine jahrelangen treuen Dienste einiges schuldig.« Er schaute zu Maitland hinüber. »Er war das einzige Detail, das mir Sorgen machte. Der letzte Zeuge von Flug 5078. Ich hatte erfahren, dass er lebte. Ich wusste nur nicht, wie ich ihn finden konnte.«

Er blinzelte zum Himmel, als das Dröhnen der Hubschrauber näherkam. Die Piloten hatten offenbar die Rauchsäulen bemerkt, die von den Felsen aufstiegen. »Die Zeit ist um«, stellte Toby fest. Er drehte sich zu seinen Männern um und rief: »Bewegt euch!«

Sofort verschwanden die Söldner im Dschungel. Sie schritten ruhig und besonnen, aber dennoch schnell voran. Toby nickte seinem Auftragskiller zu: »Mr. Siang, Sie wissen, was Sie zu tun haben.«

Siang versetzte Willy einen Stoß. Guy fing sie auf, und gemeinsam stürzten sie auf die Knie. Für letzte Worte oder einen Abschied blieb ihnen keine Zeit. Guy schlang sie fest in die Arme – ein vergeblicher Versuch, sie vor den Kugeln zu schützen.

»Bringen Sie's zu Ende«, befahl Toby.

Guy sah zu ihm auf. »Wir sehen uns in der Hölle.«

Siang hob die Pistole. Die Mündung zeigte genau auf Guys Kopf. Mit Willy im Arm wartete er auf die Explosion. Die Dunkelheit.

Der Knall der Waffe ließ beide zusammenzucken.

Verwundert stellte Guy fest, dass er immer noch kniete, immer noch atmete. *Was zum Teufel ist los? Lebe ich noch? Leben wir beide noch?*

Gerade noch rechtzeitig schaute er hoch, um zu sehen, wie Siang zu Boden ging. Sein Hemd war blutdurchtränkt.

»Dort ist sie! Da hinten!«, schrie Toby und zeigte auf die Bäume.

Sie sahen sie im Schatten des Waldes. Mit beiden Händen hielt sie die alte Pistole umklammert. Lan stand ganz still, als sei sie entsetzt über das, was sie gerade getan hatte.

Einer der Söldner zielte auf sie.

»Nein!«, brüllte Maitland und stürzte sich auf den Schützen.

Der Schuss verfehlte sein Ziel; Maitland und der Söldner fielen zu Boden und kämpften verbissen miteinander.

Hoch oben auf dem Felsvorsprung erklangen Rufe. Guy und Willy warfen sich auf die Erde, als es von oben Pfeile regnete. Mit einem Schrei stürzte Toby zu Boden. Die Männer, die von seinem Heer übrig geblieben waren, irrten orientierungslos durch die Gegend.

Inmitten des Tumults gelang es Guy und Willy, in Deckung zu kriechen. Als sie sich hinter einen Felsblock hockten, stellte Willy plötzlich fest, dass ihr Vater ihnen nicht gefolgt war.

»Dad!«, rief sie.

Etwa zehn Meter entfernt lag Maitland blutüberströmt auf der Erde. Willy wollte zu ihm, aber Guy zog sie zu sich nach unten.

»Bist du wahnsinnig?«, stieß er aus.

»Ich kann ihn nicht dort liegen lassen!«

»Warte, bis es sich beruhigt hat.«

»Er ist verletzt.«

»Im Moment kannst du nichts machen.«

Schluchzend versuchte sie, sich aus Guys Griff zu befreien, aber ihre Proteste versanken im Dröhnen der Hubschrauberrotoren. Ein Armeehelikopter schwebte genau über ihren Köpfen. Der Pilot steuerte ihn über eine Lichtung im Dschungel und sank zu Boden. Sanft setzten die Kufen auf der Erde auf.

Kaum hatte der Hubschrauber Bodenberührung, stürzte ein halbes Dutzend Vietnamesen heraus, gefolgt von ihrem Kommandeur. Er zeigte auf Maitland und bellte ein paar Befehle. Zwei Soldaten eilten zu dem verwundeten Mann.

»Lass mich los«, sagte Willy und befreite sich aus Guys Griff.

Sie lief zu ihrem Vater. Die Soldaten hatten bereits ihren Sanitätskasten geöffnet; eine Trage wurde herbeigeschafft. Guy schaute zurück zu dem Hubschrauber. In dem Moment stieg der letzte Passagier aus. Mit geducktem Kopf lief der alte Mann unter den wirbelnden Rotoren auf Guy zu.

Lange blieben sie schweigend nebeneinander stehen und schauten der höher steigenden Rauchwolke zu. Die Flammen schienen den Berg einzuhüllen, als sich der letzte der Dorfbewohner über den Felsenweg in Sicherheit brachte.

»Ein äußerst eindrucksvolles Signalfeuer«, sagte Minister Tranh. Er schaute Guy an. »Sie sind unverletzt?«

Guy nickte. »Wir haben ein paar Leute verloren – oben auf dem Berg. Und die Kinder – ich weiß nicht, wie es ihnen geht. Aber ich glaube ... ich hoffe ...«

Er drehte sich um. Willy folgte der Trage, auf der ihr Vater lag, zum Hubschrauber. Beim Einstieg blieb sie stehen und drehte sich zu Guy um.

Er lief zu ihr, denn er wollte sie unbedingt in die Arme nehmen. Er wollte ihr all die Dinge sagen, die auszusprechen er Angst gehabt hatte – Dinge, die er noch nie einer Frau gesagt hatte. Er musste es ihr jetzt sagen, solange er noch die Gelegenheit dazu hatte, solange sie noch hier war und er sie in die Arme nehmen konnte.

Ein Soldat blockierte ihm den Weg. »Bleiben Sie zurück.«

Staub flog Guy in die Augen, als die Rotoren des Hubschraubers sich in Bewegung setzten. Wie von einem Hurrikan wurden Blätter und Zweige durch die Luft gewirbelt. Einer der Soldaten im Hubschrauber befahl Willy einzusteigen. Mit einem letzten Blick zurück gehorchte sie.

Er hatte den Zeitpunkt verpasst. Durch die geöffnete Tür konnte Guy sehen, wie sie immer noch zu ihm herüberschaute. Mit einem

Gefühl äußerster Niedergeschlagenheit schaute er dem Helikopter hinterher, der sich in den Himmel schraubte und die Frau mit sich nahm, die er liebte. Noch lange, nachdem das Knattern der Rotorblätter verstummt war, sah er in das wolkenlose Blau des Himmels.

Seufzend drehte er sich zu Minister Tranh um. In diesem Augenblick bemerkte er, dass noch jemand genauso betrübt den Abflug des Hubschraubers beobachtet hatte. Am Rande des Dschungels stand Lan und blickte ebenfalls nach oben. Wenigstens hatte sie überlebt.

»Wir sind glücklich, Sie lebend anzutreffen«, sagte Minister Tranh.

»Wie haben Sie uns gefunden?«, wollte Guy wissen.

»Einer der Männer aus dem Dorf ist heute am frühen Morgen in Na Khoang eingetroffen. Wir hatten uns Sorgen um Sie gemacht. Und als Sie spurlos verschwunden waren …« Minister Tranh schüttelte den Kopf. »Sie haben ein Talent, die Dinge kompliziert zu machen, Mr. Barnard. Kompliziert jedenfalls für uns.«

»Ich musste es tun. Ich wusste schließlich nicht, wem ich vertrauen konnte.« Guy schaute seinem Gegenüber in die Augen. »Ich weiß noch immer nicht, wem ich trauen kann.«

Minister Tranh dachte eine Weile über Guys Bemerkung nach. Dann erwiderte er ruhig: »Werden wir das jemals wissen?«

Dodge Hamilton lehnte an der Hotelbar und griff zu seinem Glas. »Auf den guten Kampf.«

Missgelaunt starrte Guy in sein Whiskyglas. »Es gibt keinen guten Kampf, Hamilton. Es gibt nur Kämpfe, die man nicht vermeiden kann.«

»Nun ja …« Grinsend hob Hamilton sein Glas. »Dann lassen Sie uns auf das Unvermeidliche anstoßen.«

Trotz allem musste Guy lachen, obwohl ihm überhaupt nicht danach zumute war. Er sagte sich, dass er eigentlich feiern müsste. Der Kampf war beendet, und zum ersten Mal seit Tagen fühlte er sich wieder wie ein Mensch. Nach einer ausgiebigen Nachtruhe, einer Dusche und einer Rasur konnte er den Anblick seines Gesichts im Spiegel wieder ertragen. *Dabei spielt es eigentlich keine Rolle,* dachte er voller Trübsinn. *Sie ist nicht hier, um es zu sehen.*

Es fiel ihm unheimlich schwer, sich an Willys Abwesenheit zu gewöhnen. Immer wieder sah er den traurigen Blick, den sie ihm zugeworfen hatte, als sie in den Hubschrauber gestiegen war. Keine letzten Worte, kein Abschied – nur dieser Blick. Er wünschte, er könnte ihn aus seiner Erinnerung streichen.

Nein. Das war es eigentlich nicht, was er wollte.

Was er wollte, war eine zweite Chance.

Er stellte sein Whiskyglas ab und zwang sich zu einem Lächeln. »Es sieht jedenfalls so aus, als hätten Sie Ihre Geschichte doch noch bekommen, Hamilton.«

»Es ist nicht gerade die, die ich geplant hatte.«

»Aber dafür kommt sie jetzt bestimmt auf Seite eins, oder?«

»Das schon. Sie hat alles, was eine gute Story braucht. Die Gespenster des Krieges werden zu neuem Leben erweckt. Ex-Feinde, die sich auf die anderen Seiten schlagen. *Und* ein Happy End. Eine Geschichte, die unbedingt geschrieben werden muss. Dennoch …« Er seufzte. »Wahrscheinlich wird sie wieder auf die letzte Seite verbannt, weil ein pikanter Skandal aus dem Königshaus der Aufmacher sein wird. Als ob das Schicksal der Welt davon abhinge, wer was im Buckingham Palace sagt oder nicht sagt oder tut oder nicht tut …«

Guy schüttelte den Kopf und lachte glucksend. Einige Dinge schienen sich nie zu ändern.

»Er wird doch wieder auf die Beine kommen, oder? Maitland?«

Guy schaute auf. »Ich glaube schon. Willy hat mich vor ein paar Stunden aus Bangkok angerufen. Maitland ist stabil genug für einen Transport.«

»Sie fliegen ihn nach Amerika?«

»Heute Abend.«

Hamilton neigte den Kopf. »Und Sie sind nicht dabei?«

»Weiß nicht. Ich muss einen Job zu Ende bringen. Ein paar letzte Einzelheiten klären. Und sie ist mit anderen Sachen beschäftigt ...«

Er betrachtete seinen Whisky und dachte an ihr letztes Telefonat. Die Verbindung war sehr schlecht gewesen, es hatte in der Leitung geknistert, und beide hatten schreien müssen. Sie hatte aus dem Krankenhaus angerufen; er war auf dem Weg zu einem Treffen mit vietnamesischen Regierungsvertretern gewesen. Kein besonders guter Zeitpunkt für ein romantisches Gespräch. Dennoch hätte er ihr alles gesagt, wenn sie ihm nur einen Hinweis gegeben hätte, dass sie es von ihm hätte hören wollen. Aber es hatte nur zu hilflosen Floskeln gereicht: »Wie geht es dir?«, und: »Ist dein Arm wieder in Ordnung?«, und: »Ja, danke, sie haben mich wieder gut zusammengeflickt«. Und am Ende hatten sie sich hastig voneinander verabschiedet.

Als er den Hörer aufgelegt hatte, war ihm klar geworden, dass er sie verloren hatte. *Vielleicht ist es am besten so,* dachte er. Jeder Dummkopf wusste, dass Kriegsromanzen keine Dauer beschieden war. Wenn man im Schützengraben zusammenhockte und einem die Kugeln über den Kopf flogen, war es leicht, sich zu verlieben.

Aber jetzt waren sie zurück in der realen Welt. Sie brauchte ihn nicht länger, und er redete sich ein, dass er sie auch nicht länger brauchte. Schließlich hatte er ja auch zuvor niemanden benötigt.

Er leerte seinen Whisky. »Jedenfalls kann ich den Jungs zu Hause eine irre Geschichte erzählen, Hamilton. Wie ich wieder in Vietnam gekämpft habe – dieses Mal auf der anderen Seite.«

»Das wird Ihnen keiner abkaufen.«

»Vermutlich nicht.« Guys Blick fiel auf ein Gemälde an der Wand – es zeigte Ho Chi Minh, der wie ein gütiger Onkel freundlich lächelte. »Wissen Sie, ich muss Ihnen etwas gestehen.« Er schaute zurück zu seinem Trinkkumpan. »Irgendwann war ich so paranoid, dass ich dachte, Sie wären von der CIA.«

Hamilton brach in schallendes Gelächter aus.

»Können Sie sich das vorstellen?« Jetzt lachte auch Guy. »Ausgerechnet Sie.«

Immer noch grinsend stellte Hamilton sein Glas ab. »Offen gestanden«, erwiderte er nach einer Pause, »bin ich das tatsächlich.«

Ein langes Schweigen entstand. »Was?«, fragte Guy ungläubig.

Hamilton erwiderte seinen Blick. Seine Miene war nichtssagend. Nur um seine Mundwinkel zuckte es amüsiert. »Viele Grüße von General Kistner. Er freut sich zu hören, dass Sie lebendig und wohlauf sind.«

»Kistner hat Sie geschickt?«

»Nein. Er hat *Sie* geschickt.«

Guy versteifte sich. »Da haben Sie was missverstanden. Ich arbeite nicht für diese Leute. Ich war auf eigene Faust unterwegs ...«

»Tatsächlich?« Hamiltons Lächeln war provozierend. »Das war ja dann ein richtiger Glücksfall, nicht wahr, dass Sie und Miss Maitland sich in Kistners Villa über den Weg gelaufen sind. Merkwürdig auch, dass Miss Maitlands Fahrer auf einmal verschwunden war – genau zu dem Zeitpunkt, als Sie in die Stadt zurückfahren wollten.«

Guy schaute in sein Glas und schwenkte den Whisky.

»Man hat mir eine Falle gestellt«, murmelte Guy. »Diese merkwürdige Verabredung mit Kistner ...«

»... diente nur dazu, Sie und Miss Maitland zusammenzubringen. Sie bewegte sich bereits auf gefährlich dünnem Eis und stand kurz davor, einzubrechen. Uns war klar, dass sie Hilfe brauchte. Aber es musste jemand sein, der überhaupt nichts mit der Firma zu hatte und den die Vietnamesen nicht verdächtigen würden. Und wie sich herausgestellt hat, waren *Sie* genau der Richtige.«

Guy hielt sich an der Theke fest. »Ich habe Ihre Drecksarbeit erledigt …«

»Sie haben Onkel Sam einen Gefallen getan. Wir wussten, dass Sie auf dem Weg nach Saigon waren. Dass Sie das Land kennen. Die Sprache ein wenig sprechen. Wir wussten auch, dass Sie aufgrund Ihrer Vergangenheit eine … drücken wir es mal so aus: Angriffsfläche bieten.« Er warf Guy einen vielsagenden Blick zu.

Sie wissen es, dachte Guy. *Sie haben es wahrscheinlich schon immer gewusst.* »Dieser Besuch von der Ariel Group …«

»Richtig. Ariel. Der Name hat was, finden Sie nicht? Das ist zufälligerweise der Name von General Kistners jüngster Enkelin.« Hamilton lächelte. »Sie brauchen sich keine Sorgen zu machen, Guy. Wir können sehr diskret sein. Besonders wenn wir das Gefühl haben, gute Arbeit bekommen zu haben.«

»Und wenn Sie sich in mir geirrt hätten? Was wäre gewesen, wenn ich für Toby Wolff gearbeitet hätte? Ich hätte Sie töten können.«

»Das hätten Sie nicht getan.«

»Meine Vergangenheit bietet doch eine Angriffsfläche. Ihre Worte.«

»Sie sind sauber, Guy. Selbst in Anbetracht Ihrer Vergangenheit sind Sie sauberer als der aufrichtigste flaggenschwingende Patriot in Washington.«

»Woher wollen Sie das wissen?«

Hamilton zuckte mit den Schultern. »Sie wären erstaunt, wenn Sie wüssten, was *wir* alles über Sie wissen. Über jeden, nebenbei bemerkt.«

»Aber Sie konnten nicht vorhersehen, was ich tun würde. Was Willy tun würde. Was wäre geschehen, wenn sie mich zum Teufel geschickt hätte?«

»Es war ein Glücksspiel. Aber sie ist eine attraktive Frau. Und Sie sind ein erfinderischer Mann. Wir haben auf die Chemie vertraut.«

Und es hat geklappt, dachte Guy. *Sie Mistkerl, Hamilton! Die Chemie hat wunderbar funktioniert.*

»Wie dem auch sei …« Hamilton legte ein paar Banknoten auf die Theke. »Sie werden mit dem Stillschweigen belohnt, das Ihnen so sehr am Herzen liegt. Die finanzielle Belohnung können Sie sich allerdings abschreiben, fürchte ich. Dafür dürfen Sie sich in dem Bewusstsein sonnen, dass Sie Ihrem Land einen guten Dienst erwiesen haben.«

Jetzt brach Guy in schallendes Gelächter aus. Er lachte, bis ihm die Tränen in die Augen traten und zahlreiche Gäste die Köpfe nach ihm drehten.

»Habe ich die Pointe verpasst?«, fragte Hamilton höflich.

»Ich kann mich eher in dem Bewusstsein sonnen, dass ich der Angeschmierte bin«, antwortete Guy.

Als er die Bar verließ, lachte er noch immer.

15. KAPITEL

Ihr Vater verließ sie schon wieder.

Früh an einem verregneten Morgen stand Willy an der Schlafzimmertür und sah ihm beim Kofferpacken zu – so wie sie es vor vielen Jahren schon einmal getan hatte. Die Zeit, die sie ihn bei sich gehabt hatte, war so kurz gewesen – nur einige wenige Tage nach seiner Entlassung aus dem Krankenhaus. Und in jeder Minute hatte er sich nach seiner Familie zurückgesehnt – der anderen Familie. Nein, er hatte sich nicht beklagt, und er war auch nicht unfreundlich gewesen. Aber sie hatte die Traurigkeit in seinem Blick gesehen und sein Seufzen gehört, wenn er durchs Haus gegangen war. Sie wusste, dass es unvermeidlich war: Er würde wieder aus ihrem Leben verschwinden.

Er warf einen letzten Blick in seinen Schrank und wandte sich dann der Kommode zu.

Ihr Blick fiel auf ein Paar nagelneue Slipper, die er in den Schrank gestellt hatte. »Nimmst du deine Schuhe nicht mit, Dad?«, fragte sie.

»Zu Hause ziehe ich keine Schuhe an.«

»Oh.« *Das hier war mal dein Zuhause,* dachte sie.

Sie ging ins Wohnzimmer, setzte sich ans Fenster und schaute in den Regen. Ihr kam es vor, als seien die Sorgen eines ganzen Lebens in die vergangenen zwei Wochen hineingepresst worden, in denen sie nun wieder zu Hause war. Während ihr Vater sich in einem Militärhospital erholte, lag ihre sterbende Mutter nur wenige Meilen entfernt in einem anderen Krankenhaus. Zwischen den beiden hin- und herzupendeln hatte ihr fast das Herz zerrissen: Ihr Vater kam wieder zu Kräften, bei ihrer Mutter schwanden sie zusehends. Anns Tod war schneller eingetreten, als die Ärzte vorhergesagt hatten; es war fast so, als habe sie nur so lange durchgehalten, um ihren Ehemann ein letztes Mal sehen zu können. Danach war sie friedlich eingeschlafen.

Natürlich hatte sie ihm verziehen.

Ebenso wie Willy ihm verziehen hatte.

»Ich habe fertig gepackt.« Ihr Vater kam mit dem Koffer ins Wohnzimmer. »Das Taxi ist schon unterwegs.«

»Bist du sicher, dass du alles hast? Das Spielzeug für die Kinder? Die Bücher?«

»Es ist alles hier drin. Das wird die reinste Bescherung. Sie werden mich für den Weihnachtsmann halten.« Er stellte den Koffer ab und setzte sich auf die Couch. Eine Weile lang sagte keiner etwas.

»Du wirst nicht mehr zurückkommen, nicht wahr?«, fragte sie schließlich.

»Das dürfte nicht so leicht sein.«

»Darf ich dich denn besuchen kommen?«

»Willy, du weißt doch, dass du das darfst. Du und Guy. Und beim nächsten Mal wird es ein richtiger Besuch.« Er lachte. »Nett und ruhig und langweilig. Guy wird es zu schätzen wissen.«

Erneut entstand ein langes Schweigen. »Hast du in letzter Zeit mit ihm gesprochen?«, fragte ihr Vater schließlich.

Sie wandte den Blick ab. »Vor zwei Wochen.«

»Seitdem nicht mehr?«

»Er hat nicht angerufen.«

»Warum hast *du* ihn nicht angerufen?«

»Ich hatte viel zu tun. Ich musste mich um viele Dinge kümmern. Das weißt du doch.«

»Aber er weiß es nicht.«

»Er sollte es wissen.« Aufgewühlt sprang sie auf und begann, im Zimmer auf und ab zu laufen. Schließlich kehrte sie ans Fenster zurück. »Es überrascht mich nicht, dass er nichts von sich hat hören lassen. Wir hatten unser kleines Abenteuer, und jetzt läuft das

Leben wieder in seinen normalen Bahnen.« Sie warf ihrem Vater einen Blick zu. »Männer hassen das doch, oder? Das ganz normale Leben.«

»Manche Männer schon. Andererseits ändern sich auch einige von uns.«

»Oh, Dad, ich kenne mich damit ganz gut aus. Ich weiß, wann etwas zu Ende ist.«

»Hat Guy das gesagt?«

Sie drehte sich wieder zum Fenster um und schaute hinaus. »Das brauchte er gar nicht.«

Ihr Vater sagte nichts dazu. Nach einer Weile hörte sie ihn ins Schlafzimmer zurückgehen, aber sie drehte sich nicht um. Sie starrte einfach weiter in den Regen und dachte an Guy. Zum ersten Mal fragte sie sich, ob *sie* möglicherweise diejenige gewesen war, die weglief.

Nein, sie war nicht weggelaufen. Sie hatte sich der Realität gestellt. Zusammen hatten sie eine fantastische Zeit erlebt, eine verrückte Woche voller Gefühle, die aus dem Ruder gelaufen waren, eine Woche einerseits voller Schrecken und andererseits rauschhaft schön. Jeder Atemzug und jeder Herzschlag schien wie ein Geschenk Gottes zu sein.

Natürlich war es nicht von Dauer gewesen.

Aber wessen Schuld war das?

Gegen ihren Willen fühlte sie sich magisch zum Telefon hingezogen. Noch während sie seine Nummer wählte, überlegte sie, was sie ihm sagen sollte. *Hallo, Guy, ich weiß, dass du das nicht hören willst. Aber ich liebe dich.* Dann würde sie sofort den Hörer auflegen und ihm die Qual ersparen zuzugeben, dass das Gefühl nicht beidseitig war. Zwölfmal ließ sie es klingeln. Sie wusste, dass es in Honolulu vier Uhr morgens war. Um diese Zeit *musste* er zu Hause sein.

Als sie schließlich auflegte, hatte sie Tränen in den Augen. Sie stand auf und starrte aufs Telefon. Wie konnte es passieren, dass diese leblose Ansammlung von Plastik und Drähten ihr das Gefühl von Verrat vermittelte? *Du verdammter Kerl,* dachte sie. *Du hast mir nicht einmal die Gelegenheit gegeben, mich zum Narren zu machen.*

Das Geräusch von Reifen auf nassem Asphalt ließ sie aus dem Fenster schauen. Durch den strömenden Regen erkannte sie ein Taxi, das am Straßenrand hielt.

»Dad!«, rief sie. Sie ging ins Zimmer ihres Vaters. »Dein Taxi ist hier.«

»Jetzt schon?« Er schaute sich noch einmal um, um sicherzugehen, dass er nichts vergessen hatte. »Okay, das wär's dann wohl.«

Es klingelte an der Tür. Er zog sich den Regenmantel an und durchquerte das Wohnzimmer. Willy sah nicht, wie er die Tür öffnete, aber sie hörte ihn sagen: »Das glaube ich nicht!« Sie drehte sich um.

»Guten Tag, Maitland«, sagte Guy.

Die beiden Männer, beide im Regenmantel und mit Koffer in der Hand, standen sich an der Tür gegenüber und grinsten.

Guy schüttelte sich die Regentropfen aus dem Haar. »Darf ich reinkommen?«

»Oh je, das weiß ich nicht. Ich frage besser mal den Boss.« Maitland wandte sich an seine Tochter. »Was meinst du? Darf der Mann reinkommen?«

Willy war zu verdattert, um ein Wort zu sagen.

»Ich nehme an, das heißt Ja«, sagte ihr Vater und bedeutete Guy einzutreten.

Guy trat über die Schwelle und stellte seinen Koffer ab. Dann blieb er einfach stehen und schaute sie an. Das regennasse Haar klebte an seiner Stirn, und er wirkte ziemlich erschöpft. Aber kein

Mann hatte jemals so gut ausgesehen. Sie versuchte, sich all die Gründe ins Gedächtnis zu rufen, derentwegen sie ihn *nicht* sehen wollte und in den Regen zurückschicken sollte. Doch die Stimme versagte ihr. Sie konnte ihn nur verwundert anschauen und sich daran erinnern, wie es sich angefühlt hatte, in seinen Armen zu liegen.

Unbehaglich scharrte Maitland mit den Füßen. »Ich … ähm … ich glaube, ich habe etwas vergessen«, murmelte er und zog sich diskret in sein Schlafzimmer zurück.

Einen Moment lang waren nur die Wassertropfen zu hören, die von Guys Mantel auf den Parkettboden fielen.

»Wie geht es deiner Mutter?«, erkundigte Guy sich.

»Sie ist vor fünf Tagen gestorben.«

Er schüttelte den Kopf. »Das tut mir leid, Willy.«

»Mir tut es auch leid.«

»Wie geht es dir? Ist alles in Ordnung mit dir?«

»Mir … mir geht es gut.« Sie wandte den Blick ab. *Ich liebe dich,* dachte sie. *Und trotzdem stehen wir hier wie zwei Fremde, die albernen Smalltalk treiben.* »Ja, mir geht es gut«, wiederholte sie, als ob sie ihn – oder sich selbst – davon überzeugen musste, dass der Kummer dieser letzten zwei Wochen nicht der Rede wert sei.

»Du siehst hübsch aus – angesichts dessen, was du durchgemacht hast.«

Sie zuckte mit den Schultern. »Du siehst schrecklich aus.«

»Das ist kaum überraschend. Auf dem Flug habe ich kein Auge zugetan. Und auf dem Nachbarsitz hat die ganze Zeit ein Baby gebrüllt – den ganzen Weg von Bangkok.«

»Bangkok?« Sie runzelte die Stirn. »Du warst in Bangkok?«

Er nickte und lachte. »So ist nun mal dieses verrückte Geschäft, in dem ich tätig bin. Kaum war ich aus Vietnam zurück, haben sie mich schon eine Woche später gebeten, zurückzufliegen – wegen Sam Lassiter.« Er hielt inne. »Ich gebe zu, ich war nicht gerade begeistert von der Aussicht, wieder im Flugzeug sitzen zu müssen, aber ich hatte das Gefühl, dass ich es tun müsste.« Und nach einer kurzen Pause fügte er hinzu: »Kein Soldat sollte allein nach Hause kommen müssen.«

Sie dachte an Lassiter und an den Abend im Café am Fluss, an das Liebeslied auf der knisternden Schallplatte, an die Papierlampions, die sich im Wind bewegten. Sie dachte an seine Leiche, die in den Fluten des Mekong schwamm. Und sie dachte an die Frau mit den dunklen Augen, die ihn geliebt hatte. »Du hast recht«, pflichtete sie ihm bei. »Kein Soldat sollte allein nach Hause kommen müssen.«

Eine weitere Pause entstand. Sie spürte seine Blicke auf sich. Er wartete.

»Du hättest mich anrufen können«, sagte sie schließlich.

»Ich wollte es tun.«

»Aber du hattest keine Gelegenheit, stimmt's?«

»Ich hatte viele Gelegenheiten.«

»Aber es war dir egal?« Sie schaute auf. All seine Verletzungen, all ihre Wut kamen plötzlich an die Oberfläche. »Zwei Wochen ohne ein Sterbenswort von dir. Und jetzt hast du tatsächlich die Nerven, unangemeldet hier aufzutauchen, über meine Schwelle zu treten und deinen verdammten Koffer im Wohnzimmer …«

Sie konnte den Satz nicht zu Ende bringen. Denn unvermittelt nahm er sie in die Arme und verschloss ihren Mund mit seinen Lippen. Und alles, was sie ihm hatte sagen wollen, die bösen und wütenden Worte, die sich in ihrer Brust aufgestaut hatten, waren mit einem Mal wie weggeblasen. Daran war einzig und allein dieser Kuss schuld. Der einzige Laut, den sie hervorbrachte, war ein verdutztes Murmeln, und dann brach die Begierde wie eine Woge über ihr zusammen. Sie hätte nicht sagen können, wo sein Körper endete und ihrer begann. In diesem Augenblick wusste sie nur, dass er sie niemals wirklich verlassen hatte und dass er ein Teil von ihr sein würde, solange sie lebte. Selbst als er sich von ihr löste, um ihr in die Augen zu schauen, war sie noch ganz benommen von seiner Berührung, seinem Geschmack, seinem Duft.

»Ich wollte dich anrufen. Aber ich wusste nicht, was ich sagen sollte …«

»Ich habe auf deinen Anruf gewartet. All die Tage …«

»Vielleicht hatte ich … ich weiß nicht … Angst?«

»Wovor?«

»Zu hören, dass es vorbei ist. Dass du wieder angefangen hast, klar zu denken und zu dem Schluss gekommen bist, dass ich das Risiko nicht wert sei. Aber in Bangkok bin ich ins Oriental Hotel gegangen und habe auf der Terrasse einen Drink genommen – der guten alten Zeiten wegen. Ich habe den gleichen Sonnenuntergang und die gleichen Boote auf dem Fluss gesehen. Aber ohne dich hat es sich ganz anders angefühlt.« Er seufzte. »Zum Teufel, ohne dich fühlt sich alles ganz anders an.«

»Das hast du mir nie gesagt. Stattdessen bist du einfach aus meinem Leben verschwunden.«

»Es schien nie … der richtige Zeitpunkt zu sein.«

»Der richtige Zeitpunkt für was?«

»Du weißt schon.«

»Nein, ich weiß es nicht.«

Irritiert schüttelte er den Kopf. »Du weißt schon, dass du es einem auch nicht sehr leicht machst, oder?«

Sie trat einen Schritt zurück und musterte ihn kritisch von Kopf bis Fuß. Dann lächelte sie. »Das war auch nie meine Absicht.«

»Ach, Willy!« Er legte den Arm um sie und zog sie eng an seine Brust. »Du und ich, wir haben wirklich eine Menge zu klären.«

»Zum Beispiel?«

»Zum Beispiel«, während er sie küsste, sprach er weiter, »wer auf der rechten Seite des Betts schlafen soll.«

»Oh«, murmelte sie, ihre Lippen auf seine gedrückt. »Du liegst rechts.«

»Und wer den Namen für unser erstes Kind aussuchen wird …«

Seufzend schmiegte sie sich an ihn. »Das mache ich.«

»Und wer als Erster ›Ich liebe dich‹ sagen soll.«

Eine Pause entstand. »Darüber müssen wir noch verhandeln«, antwortete sie lächelnd.

»Nein, müssen wir nicht.« Er legte die Finger unter ihr Kinn und hob es an.

Sie sahen einander in die Augen. Beide sehnten sich danach, die Worte zu hören, doch sie warteten starrköpfig darauf, dass der andere zuerst klein beigab.

Sie streckten die Waffen zur selben Zeit.

»Ich liebe dich«, hörte Willy ihn sagen – in dem Moment, als sie die gleichen Worte aussprach.

Auch ihr Lachen kam gleichzeitig – hell und freudig und voller Hoffnung.

Der Kuss, der folgte, war warm und zärtlich, aber viel zu kurz. Er hatte ihren Appetit auf viel mehr geweckt.

»Je mehr wir üben, umso besser werden wir«, flüsterte er.

»Zu sagen ›Ich liebe dich‹?«

»Nein. Beim Küssen.«

»Oh«, murmelte sie. Mit leiser Stimme fügte sie hinzu: »Können wir es noch mal probieren?«

Von der Straße drang das Quäken einer Hupe ins Zimmer und riss sie beide in die Wirklichkeit zurück. Durch das Fenster sahen sie ein zweites Taxi, das am Straßenrand wartete.

Zögernd löste Willy sich aus Guys Armen. »Dad?«, rief sie.

»Ich komme, ich komme.« Ihr Vater tauchte in der Schlafzimmertür auf und schlüpfte erneut in seinen Regenmantel. Unschlüssig blieb er stehen und sah sie an.

»Ähm … warum verabschiedet ihr beide euch nicht voneinander?«, fragte Guy diplomatisch, während er sich zur Tür drehte. »Ich trage schon mal Ihren Koffer ins Taxi.«

Jetzt standen Willy und ihr Vater allein im Zimmer. Sie schauten einander an und wussten beide, dass dieser Abschied, wie jeder Abschied, der letzte sein konnte.

»Alles in Ordnung zwischen dir und Guy?«, wollte Maitland wissen.

Willy nickte.

Wieder wurde es still. Und dann fragte ihr Vater leise: »Und zwischen dir und mir?«

Sie lächelte. »Da ist auch alles in Ordnung.« Sie trat auf ihn zu, und sie hielten einander bei den Händen. »Ja«, murmelte sie und legte den Kopf an seine Brust. »Zwischen dir und mir ist auch alles in Ordnung. Ganz sicher.«

Zögernd machte er Anstalten zu gehen. An der Tür schüttelten er und Guy einander die Hand.

»Gute Heimreise, Maitland.«

»Die werde ich haben. Passen Sie auf sich auf, ja? Und Guy … vielen Dank für alles.«

»Wofür?«

Maitland schaute zu Willy. Es war ein Blick des Bedauerns. Und der Erlösung. »Dass Sie mir meine Tochter zurückgebracht haben«, antwortete er.

Als Wild Bill Maitland hinausging, kam Guy durch dieselbe Tür herein. Er sagte kein Wort. Er nahm Willy einfach in den Arm und hielt sie fest.

Als das Taxi fortfuhr, dachte sie: *Mein Vater hat mich verlassen. Wieder einmal.*

Sie schaute hoch zu Guy. *Und was ist mit dir?*

Er beantwortete ihre unausgesprochene Frage, indem er ihr Gesicht mit seinen Händen umschloss und sie küsste. Dann versetzte er der Tür einen Tritt mit dem Fuß, und sie fiel zu. Es klang sehr endgültig.

Und auf einmal wusste sie, dass der Mann dieses Mal bleiben würde.

TESS
GERRITSEN
VERRAT
IN PARIS
THRILLER
HarperCollins